LE GRAND JEU

Elena Tchijova

LE GRAND JEU

Traduit du russe
par Marianne Gourg-Antuszewicz

LES ÉDITIONS NOIR SUR BLANC

Du même auteur

Le Temps des femmes (Noir sur Blanc, 2014)
La Planète des champignons (Noir sur Blanc, 2018)

Titre original : *Povelitel' vechtcheï*

ISBN : 978-2-88983-043-5

Cette étrange histoire commença en 201…, de bonne heure, par un sombre matin de mars balayé de vents mauvais, déchaînés comme de véritables vandales. En pareils jours, dès l'aube, vous avez la migraine, et des pensées insolites s'accumulent entre vos tempes. Vous allez, pensant : qui sommes-nous ? Des courlis à la queue mouillée dont le destin est d'arpenter sans fin cet espace, le plus prémédité au monde, dostoïevskien, etc., etc.[1] ? Ou des descendants et des héritiers ? Qu'on gratte n'importe lequel d'entre nous et l'on trouvera non point un Tatar[2], ni même un moujik rossé dans l'étable par une maîtresse despotique[3], mais Lui en Personne[4], Son Altesse toute-puissante, navigateur et bâtisseur, souverain de la Grande

1. Dostoïevski qualifia Saint-Pétersbourg de « ville la plus préméditée au monde » dans le roman *L'Adolescent. (Toutes les notes sont de la traductrice.)*
2. Allusion au « joug tatar » (1237-1480), période où la Rus' se trouva sous la domination des khans tatars de la Horde d'Or.
3. Allusion aux excès du servage.
4. Il s'agit de Pierre le Grand, qui entreprit d'« européaniser » la Russie d'une façon volontariste et autoritaire. Saint-Pétersbourg, sa capitale, édifiée sur des marais au prix de très nombreuses vies, fut conçue comme « une fenêtre sur l'Europe ». Les réformes de Pierre entérinèrent le fossé entre des élites européanisées et un « peuple » ignorant, superstitieux, à moitié païen et hostile à un Occident perçu comme diabolique.

Russie, de la Petite, de la Blanche, etc., etc., maudit pour les siècles des siècles par la tsarine Eudoxie[5]. Et nous, Ses obscurs descendants de la douzième génération, devons porter cette malédiction…

5. Née Lopoukhine, elle fut la première épouse de Pierre le Grand et la mère de son fils Alexis Petrovitch. Pierre divorça d'elle et l'envoya dans un couvent. Au centre de l'opposition aux réformes de Pierre, elle fut emprisonnée au monastère de Souzdal puis au monastère de la Dormition à Staraïa Ladoga.

1

En ce morose matin de mars, une femme fort éloignée de la première jeunesse (du reste, sa doudoune chinoise verte achetée au marché dans les années 1990 aurait vieilli n'importe qui), dénommée Anna Petrovna, pénétra dans le hall du centre commercial sis au rez-de-chaussée d'un immeuble et se dirigea vers le comptoir des gardiens ; en même temps que les clés des bureaux, les mains du préposé lui transmirent, contre toute attente, une nouvelle qu'elle ressentit comme sienne, lui appartenant en propre. Elle en éprouva un afflux de bonheur depuis longtemps oublié, comme si ce n'était pas le destin de son immense pays, mais son petit destin à elle – sarment de vigne vierge desséché – qui avait soudain repris vie et vu éclore à son sommet un bourgeon, promesse de joie et de clarté, toutes choses qui depuis longtemps n'existaient absolument plus pour elle.

Détail à première vue sans importance, le messager du destin n'avait pas été Pal Palytch, remuant boute-en-train, pas plus qu'Ignati Maksimytch, gros homme essoufflé, mais l'imposant Piotr Fiodorytch. Elle connaissait les noms et les visages de tous les gardiens du rez-de-chaussée, mais il était le seul à lui inspirer une sorte de crainte. Et ce n'est qu'arrivée au cagibi où elle rangeait ses vêtements de travail, son aspirateur laveur et une réserve de chiffons propres qu'Anna Petrovna comprit.

C'était précisément ce vieux lieutenant-colonel de réserve qui, certains jours, ne daignait même pas se fendre d'un « b'jour », lui et pas un autre, qui avait pu lui faire un sourire à s'en décrocher les mâchoires en laissant tomber deux mots brefs[6] dont, en raison de sa distraction matinale, le sens véritable n'était parvenu jusqu'à sa conscience que lorsque, par un mouvement de ses sourcils touffus, il lui avait désigné le poste de télévision qui marmonnait dans un coin, tout au fond de la loge.

Toujours sous l'impression de ce sourire bourru et du mouvement de sourcils qui avait suivi, elle décrocha sa blouse de travail noire, mais, au lieu de la mettre, elle s'assit, les mains croisées sur les genoux, sans remarquer – pour la première fois depuis de longs mois – combien elles étaient flétries, fanées, couvertes de fines ridules fendillées. Sa petite maman aimait répéter : « Rien ne trahit une femme comme ses mains. » Les derniers temps, quand elle entrait dans la chambre de sa mère, Anna se cachait les mains dans sa poche ou sous son tablier pour ne pas se trahir par une question muette : « Qu'est-ce que je deviendrai quand maman sera morte ? »

Cette question l'avait brûlée pour la première fois l'automne dernier quand elle s'était réveillée en pleine nuit et qu'il lui avait soudain semblé – dans les ténèbres, entre sommeil et réalité – qu'elle n'était pas couchée dans son lit, mais qu'elle se tenait debout, pieds nus, en chemise, devant une haute porte blanche derrière laquelle se dissimulait quelque chose d'obscur, d'informe, et qu'un désir aigu de l'ouvrir l'avait transpercée.

À ce moment-là, elle eut l'impression qu'au lieu de penser, elle parlait à voix haute. Se reprenant, elle baissa la voix, comme si elle avait appuyé sur la touche son du vieux téléviseur soviétique en noir et blanc de la marque Rekord qui végétait à la campagne depuis déjà une dizaine d'années ; il avait cédé sa place légitime à un appareil nouveau, un Philips d'importation, mais Anna n'avait pas pu s'habituer au serviable étranger. Chaque fois qu'elle passait d'une chaîne à l'autre à l'aide de la télécommande si pratique, elle sentait ses muscles se contracter : elle éprouvait l'envie de se lever, d'avancer de

6. « La Crimée est à nous » (« *Krym nach* »). Cet épisode évoque l'annexion de la Crimée par la Russie en 2014.

deux pas, main tendue, comme au bon vieux temps du Rekord. Elle rêvait parfois que, des profondeurs de l'écran, une autre main surgirait pour se tendre vers elle comme sur l'image d'une revue. Aussi loin qu'elle remontât dans ses souvenirs, Anna revoyait cette image fixée au mur par des punaises métalliques au-dessus du petit meuble déséquilibré que maman continuait à appeler « table de téléphone » en l'honneur de l'appareil de téléphone si muet et immobile qu'il ressemblait à un crapaud. Anna n'allait pas encore à l'école quand le crapaud, son œil rond écarquillé, descendit du petit meuble où il avait trôné si longtemps et déménagea dans l'entrée, où il resta de nouveau figé des années durant : personne ne leur téléphonait.

À la place du crapaud noir, on voyait désormais des chiffres sur la tapisserie. Une nuit, Anna, qui avait entendu des pas dans l'entrée, approcha à pas de loup de la porte de sa chambre et, l'œil collé à la fente, vit maman qui les effaçait avec une gomme (ceux qui étaient tracés au crayon partaient, ceux qui étaient écrits à l'encre résistaient). Au matin, ils avaient disparu, cachés, dissimulés sous l'image que maman avait suspendue plus bas.

Ce même matin, maman l'avait appelée et, montrant du doigt l'image, avait dit : « À gauche, c'est Adam, et à droite, Dieu le Père. »

En ce temps-là, Anna ignorait complètement qui était Adam et, a fortiori, Dieu le Père. Et elle n'avait pas osé demander. De toute façon, sa mère aurait dit en guise de réponse : « Maintenant que tu as mangé et bu, allez, file dans ta chambre. » C'était si elle était de mauvaise humeur. Dans le cas contraire : « Réfléchis, devine toute seule. » Quand Anna, qui allait déjà à l'école, devina enfin, Dieu disparut, il ne resta que le père. Dont Anna savait seulement qu'il était mort peu avant sa naissance. Avec le grade de lieutenant-colonel.

Un jour, maman laissa échapper : « Ton père aimait passer ses vacances en Crimée » – et depuis, c'était comme si ce rêve de son père, la main tendue, s'était enfin réalisé. Anna, les yeux fermés, dissimulait sa joie tiède sous ses paupières, chuchotant :

– Je le savais bien… Je savais que tôt ou tard…

Il ne restait qu'à s'étonner que la nouvelle transmise par le gardien Piotr l'ait prise au dépourvu. Alors qu'il y avait eu, oui, des présages. Pour commencer, au printemps dernier, à la datcha, on avait vu fleurir un cerisier abâtardi qui ne donnait pas de fruits depuis plus de vingt ans. Ce matin-là, Anna était sur le perron, immobile, éperdue d'admiration devant le blanc nuage impalpable quand le petit-fils des voisins, un gamin dans les six ans, s'était écrié de l'autre côté de la palissade :

– Mamie ! Mamie ! Regarde ! On se croirait en Crimée !

On a bien raison de dire que la vérité sort de la bouche des enfants. Si vous ne croyez pas aux proverbes après ça...

D'ailleurs, il y avait eu autre chose, quand, à l'automne, Anna s'était égarée dans la forêt. Pourtant, elle connaissait par cœur tous les sentiers du coin ; mais là, on aurait dit que le diable s'acharnait à la faire tourner en rond jusqu'au moment où elle avait rencontré une femme inconnue venue d'un autre hameau et qu'elles avaient émergé du bois juste devant la gare. Elles avaient discuté en chemin : de la pluie – il n'y en avait pas eu depuis longtemps – et, du coup, ce serait un été sans champignons (Anna avait dit : « Et c'est tant mieux. Un été à champignons est signe de guerre »). Ensuite, du cassis : Anna l'écrasait avec du sucre tandis que la femme le mettait au congélateur (« L'hiver, c'est fou ce que ça peut être bon, du jus de cassis ! ») ; là-dessus, elles étaient passées aux mauvais bolets : ces temps-ci, il en était sorti des tas, avec des chapeaux gris et des spores rosâtres. Les connaisseurs le savaient et ne les ramassaient pas. Anna avait dit : « Les mauvais bolets sont amers. Si on a un doute, il faut passer la langue dessus. » Et la femme avait raconté une histoire qui lui était arrivée, justement en Crimée : « Tous leurs champignons sont sucrés. Bon, donc, je les fais bouillir. Grâce à Dieu, c'est moi qui les ai goûtés, imaginez un peu si ç'avait été les enfants ! J'ai dû en manger deux cuillerées... » Suivirent tous les détails : des coups de poignard dans l'estomac et puis l'impression d'être retournée de fond en comble. Naturellement, Anna lui exprima sa compassion en dépit de ses doutes : Comment ça, sucrés ? Pour sûr, elle n'avait pas passé la langue dessus et, maintenant, elle venait se plaindre...

Anna jeta un coup d'œil sur sa montre et se reprit : « C'est l'heure de travailler et je suis là, assise ! » Elle se leva, se passa hâtivement la main dans les cheveux ; elle enfila sa blouse satinée en se trompant de manche.

Ancienne professeure de collège, Anna connaissait l'essentiel de la sagesse pédagogique : qui sème une action récolte une habitude ; qui sème une habitude récolte un caractère ; qui sème un caractère récolte un destin.

Elle avait fait une action en prenant des heures de femme de ménage. Et récolté une habitude immuable : commencer par le bureau du directeur, puis poursuivre en allant du plus au moins important, la comptabilité, le service de la planification, celui des ventes, le couloir. Au bout du couloir, les toilettes, qu'elle nettoyait en dernier lieu. Avant, elle agissait sans réfléchir. Mais maintenant il lui venait à l'esprit une idée des plus pertinentes : si, réellement, le destin lui-même lui tend une main secourable et lui promet de l'aider à regagner ce qu'elle a perdu, n'est-ce pas le moment de lancer un défi au diktat de l'habitude ? *Aller en sens inverse.* Vérifier ce que cela donne. Et si une nouvelle habitude allait engendrer un nouveau caractère ? Fier et hardi, rien à voir avec le sien aujourd'hui…

Toute à cette pensée, Anna laissa l'aspirateur dans le cagibi et, armée d'une brosse dure, s'activa spécialement sous le rebord de la cuvette des W.-C., frotta longuement, consciencieusement, comme si elle attendait que de sous le dépôt jaune de rouille profondément incrustée monte la réponse à la grande question de sa vie ratée (à quoi bon se cacher la triste vérité ?) : « Comment en suis-je arrivée là ? »

Sans avoir obtenu de réponse, elle rinça la brosse et s'approcha du miroir ; elle sortit de sa poche un aérosol, recouvrit la surface du miroir du produit pour les vitres à base d'ammoniaque qu'elle jugeait le plus efficace ; saisit un chiffon propre et sec afin d'éliminer les traces blanchâtres… Elle inspira la faible odeur d'ammoniaque et, comme émergeant d'un évanouissement où elle aurait passé toutes les dernières années, elle prit une résolution simple et claire : « Suffit. J'ai assez donné. » Rendant un ultime tribut à une habitude invétérée, elle essuya le miroir et, telle quelle, son chiffon humide à la main, elle se dirigea vers le bureau du directeur. Avec la ferme intention de remplir un formulaire de démission.

La secrétaire du directeur était occupée à parler dans son portable. Debout, Anna attendit patiemment qu'elle termine sa conversation et remarque sa présence. La secrétaire se retourna, la regarda, perplexe, comme si elle s'efforçait de se rappeler qui était cette femme en blouse noire.

Anna sourit d'un air désemparé, comme si, elle non plus, ne se rappelait pas qui elle était et les raisons de sa venue. Et soudain, elle remarqua la corbeille à papier pleine à ras bord. Anna s'était juré de ne pas y faire attention, mais la maudite habitude (jointe à la conscience professionnelle inhérente à son caractère) la poussa à sortir de sa poche un sac plastique noir et, le temps de faire passer de la corbeille dans le sac les papiers à jeter accumulés la veille, elle prit conscience que sa décision irréfléchie mettait en péril le bien-être de sa propre famille. Sans parler du fait que maman ne saurait pour rien au monde approuver une décision aussi précipitée.

Sans interrompre sa conversation animée, la secrétaire recula dans son fauteuil de bureau. Anna sursauta en entendant le crissement des roulettes. Et revint définitivement à elle, avec le net sentiment qu'il y avait littéralement un instant, pas plus, elle se trouvait, pour ainsi dire, au bord de l'abîme. Et ne s'était sauvée que par miracle.

Elle fit signe à la secrétaire qu'elle allait revenir tout de suite, sortit en vitesse du secrétariat en se reprochant d'avoir donné libre cours à ses *désirs transversaux*. Tout ça au lieu d'écouter la voix de la raison. Ou celle de maman. Ce qui, du reste, était la même chose.

Pleine d'un repentir authentique, véritable, elle revint à son cagibi, sortit l'aspirateur dans le couloir mais, au lieu de retourner au secrétariat du directeur, elle ouvrit la porte la plus proche, celle qui portait le panneau « Comptabilité » et se retrouva à l'épicentre d'une altercation furieuse.

– Comment ça, vous ne comprenez pas ? Une transgression pure et simple des lois internationales, voilà ce que c'est ! Vous croyez qu'on va s'en tirer comme ça ? Que ça ne va pas nous retomber sur le nez ?

– Ma chère Viktoria Frantsevna, le nez n'a absolument rien à voir là-dedans. Voyez plutôt les résultats du référendum !

– Ne me faites pas rire ! Dites plutôt du pseudo-référendum !

– Et la sixième flotte ! Et la base américaine de Sébastopol ! Ça aussi, dites-moi, c'est pseudo ?

Anna s'attarda à la porte, tentant de comprendre pour quelle raison ils s'accrochaient de si bon matin, surtout avec de *pareils* coups de gueule. Tonnerre et éclairs. Encore heureux qu'il ne s'agisse pas du directeur, mais de la comptable en chef, Viktoria Frantsevna, et de son adjoint, Vassili, promis à un bel avenir en dépit de son jeune âge.

– Et allez, c'est parti pour un tour ! – Viktoria Frantsevna avait le visage crispé. N'allez surtout pas oublier la junte fasciste !

– Soyez tranquille, je ne l'oublierai pas ! À vous autres, je vous rappellerai tout, tout !

– Je serais curieuse de savoir qui c'est, « nous autres » !

– Qui ? Les libéraux, ceux qui partagent vos idées !

Anna fronça les sourcils. « Encore la politique. Ils n'ont rien de mieux à faire. Au lieu de s'empoigner, ils feraient mieux de travailler. Et de ne pas me gêner ! »

Irritée au possible, elle fit traîner un regard aussi rêche qu'une brosse métallique sur les varices de la comptable : « Et ça veut un référendum ! Espèce de poule mouillée, va ! » Elle mit l'aspirateur en marche à la puissance maximale, promena le large embout sur le sol afin de récupérer les petits morceaux de papier et les minuscules moutons de poussière en même temps que les fragments de dispute qui volaient à travers la pièce.

– Vos lois internationales, je m'en contrefiche !

– Ce ne sont pas les miennes, Vassenka, elles sont universelles !

Anna se dit : « D'où vient toute cette poussière ? Je fais le ménage tous les jours, mais ça ne l'empêche pas de s'accumuler… »

– Je ne comprends pas ! Qu'est-ce que ça veut dire, « universelles » ?

– Eh bien, ça veut dire justement qu'on ne doit pas les violer !

Le doigt sur le bouton de l'aspirateur, Anna ressentit un besoin croissant de dire ce qu'elle pensait. Pas au sujet des bases ou de la flotte américaine, dont elle n'avait que faire. Mais à propos de la transgression.

Si on lui avait demandé : peut-on ou non transgresser les lois ? elle aurait répondu : non. Mais elle se serait dit dans son for intérieur : parfois, on peut. Si la loi va à l'encontre de la justice. La justice est supérieure à la loi. Mais le problème était que personne ne lui posait la question. Pour ceux dont elle faisait le ménage, Anna était invisible, un prolongement de l'aspirateur, des seaux et des chiffons.

Cela dit, aujourd'hui, elle ne voulait penser qu'à des choses positives. Elle avait hâte de rentrer pour annoncer la bonne nouvelle à maman depuis le seuil. Tout émue à cette pensée, Anna termina le ménage, remit l'aspirateur dans le cagibi, étendit les chiffons mouillés sur les radiateurs et sortit en s'efforçant d'ignorer les bribes de la désagréable dispute qui s'étaient agglomérées dans sa tête comme de la poussière sous un radiateur.

Au passage pour piétons, Anna attendit que s'allume le petit homme vert, avança sur la voie carrossable quand, surgie on ne sait d'où, une voiture bondit, lui coupa la route, manquant la renverser ; le drapeau russe tricolore sortit de la vitre passager, la voiture brûla le feu rouge à toute allure.

Anna réussit par miracle à faire un bond en arrière. Elle arrangea sa toque qui lui avait glissé sur le front et oublia au même instant la secrétaire et les chamailleurs enragés. À croire qu'une puissante coulée d'air les avait emportés en même temps que les fragments de dispute dont ne demeurait que le seul et unique mot de « transgression » ; le temps d'arriver au métro, il tourbillonna dans sa tête comme une bille de plastique dans un labyrinthe pour enfants. Il lui fallut descendre sous terre et parcourir au moins deux stations pour que la bille tombe enfin dans son trou. Et Anna découvrit qu'elle n'était pas dans un wagon étouffant, mais dans son propre passé qu'elle croyait oublié depuis longtemps.

À sa grande stupéfaction, tout y était demeuré comme autrefois : les examens de fin d'études, l'affectation, son dépit de ne pas être nommée dans un collège spécialisé en mathématiques comme Michka Verblovski, mais dans *le plus ordinaire* qui soit. Unique lot de consolation : il était à cinq minutes de chez elle. À pied. Foin des transports en commun !

En plus, il apparut bientôt que son statut était précaire. Elle avait hérité du poste de Salomeïa Markovna qui devait démissionner fin août. Or cette dernière changea d'avis et décréta qu'elle restait. Là-dessus, la directrice convoqua Anna dans son bureau pour lui proposer d'accepter temporairement – « Je dis bien, temporairement » – les petites classes. Certes, elle reconnaissait qu'il y avait là une infraction au Code du travail concernant les droits et obligations d'une jeune spécialiste fraîche émoulue d'un institut pédagogique et officiellement promise à un autre poste. « Mais, Annouchka Petrovna, si vous donnez volontairement votre consentement, je me débrouillerai pour trouver un terrain d'entente avec le RONO[7]. » Puis elle ajouta en la regardant dans les yeux : « Un jour viendra où vous vous retrouverez dans la même situation… – la directrice se mordit les lèvres – je veux dire, à la veille de la retraite, bien que vous… », et elle désigna les lointains d'un geste de la main, comme s'il ne s'agissait pas de temps, mais d'une route sur laquelle la jeune spécialiste qu'était Anna devrait encore cheminer des années et des années. Et, en effet, en ce temps-là, la route semblait longue. Plus exactement, sans fin. Désormais, quand elle regardait en arrière, non.

Autrement dit, son chemin avait commencé par une infraction. Mais cette infraction à laquelle Anna avait consenti volontairement, quoique contrainte et forcée, n'était pas le vrai problème ; deux mois plus tard, début novembre, juste avant les fêtes (dans un collège, la vie des secrets est brève !), il s'avéra que Salomeïa avait quitté son poste non pas pour raisons personnelles, mais à cause de son gendre et de sa fille : en août ou en septembre, ils avaient déposé une demande de permis de séjour définitif en Israël, mais au lieu de continuer tranquillement à travailler, « figurez-vous qu'ils avaient jugé bon de démissionner et que, maintenant, ils vivaient aux crochets de leur mère ». C'est en ces termes compatissants que Zinaïda Vassilievna, prof de chimie, à qui Salomeïa, qui la tenait pour sa meilleure amie, s'était ouverte de ses problèmes familiaux, avait éventé cette confidence auprès de l'équipe enseignante. Cette même Zinaïda avait expliqué à Anna que, *d'un point de vue objectif*, elle s'était vue privée de son poste légitime, non point pour venir en aide à une femme âgée en difficulté, mais pour les beaux yeux de tire-au-flanc inconnus, de parasites.

7. Rectorat.

Anna n'y avait pas pensé toute seule, mais après ces éclaircissements, elle envisagea les choses autrement : elle faisait les frais d'une lamentable histoire parce que la directrice et Salomeïa Markovna avaient toutes deux profité de sa jeunesse et de son inexpérience. D'autre part, elle n'allait tout de même pas courir demander justice au RONO !

D'autant que, de façon inattendue, le travail avec les petites classes lui avait plu. Elle s'était attachée aux enfants, travaillait honnêtement, en faisant don d'elle-même, comme on disait en ces années, et, même plus tard, quand Salomeïa Markovna démissionna enfin pour partir en Israël avec les siens, Anna n'abandonna pas « ses petits débutants » et les accompagna jusqu'en seconde, alors qu'à sa place une autre aurait fait valoir ses droits légitimes. Les enseignants spécialisés avaient moins d'heures, leur traitement n'avait rien à voir, en plus, comme prof principal, on touchait un complément de salaire, pas énorme, mais c'était toujours ça de pris. Néanmoins, Anna ne mit pas son intérêt personnel au-dessus du bien commun et resta où elle était.

D'ailleurs, elle ne vit pas passer ces quatre années. À la différence de Valentina Dmitrievna, la directrice, qui remarqua tout et, principalement, l'intégrité d'Anna. Elle l'en « remercia » au fil des ans en la gratifiant d'un bon emploi du temps, sans « trous » et, tout simplement, de prévenances amicales, comme pour persuader Anna que, même si la justice n'était pas immédiate, elle finissait toujours par être rendue.

Il y avait un autre domaine, plus délicat, celui-là, dans lequel la directrice l'avait toujours soutenue. Quand Anna se retrouva, comme on disait, vieille fille (« Ne me faites pas rire avec votre âge ! ») et que, plus tard, à trente-cinq ans sonnés, elle eut un enfant sans être mariée, Valentina Dmitrievna ne lui posa pas de questions déplacées, elle se contenta de l'enlacer en disant : « Annouchka, vous êtes une femme heureuse... Si vous saviez comme moi, je regrette ! En mon temps, je ne m'y suis pas décidée : les gens, la direction, les collègues... » – en sous-entendant qu'autrefois on regardait de travers les mères célibataires. Autrefois, mais plus maintenant.

La directrice aimait sans conteste les enfants. Anna aussi. Tous, sans aucune distinction (la justice envers chaque enfant est la base et le fondement de toute action pédagogique). Mais dès qu'elle eut mis au monde son Pavlik, elle comprit qu'aucun amour professoral ne pouvait se comparer à *ce* sentiment dévorant, qui vous tenait nuit et jour en alerte, vous prenait à la gorge et qu'elle aurait dénommé « amour maternel » si elle n'avait eu devant les yeux un autre exemple, celui de sa propre mère.

Anna n'avait jamais pu se faire à l'espèce d'aliénation qui déferlait parfois sur sa mère. Des yeux froids, comme immobilisés ; une veine – la jugulaire, semblait-il –, qui gonflait à son cou. Anna savait ce qui allait suivre. Les jours ordinaires, maman mâchait et remâchait la nourriture avec application et c'est avec la même application qu'elle allait remâchant les détails de la vie de gens inconnus d'Anna : qui avait épousé qui ou avait divorcé de qui, en subtilisant, aux termes de la liquidation de la communauté, la surface habitable de son ex-conjoint ; ce *quelqu'un* n'avait d'ailleurs pas attendu pour faire preuve de roublardise et d'abjection. En grandissant au milieu des fantômes que maman puisait dans ses souvenirs d'avant-guerre, Anna devina peu à peu que ces terribles explosions ne s'expliquaient pas par son indocilité à elle, sa propension à n'en faire qu'à sa tête ou, pire, sa paresse. Sa mère était une sorte d'aimant vivant qui attirait les mauvaises personnes.

Peut-être était-ce pour la contrer : Anna, même si elle remarquait parmi ses relations quelque chose de peu reluisant, préférait les peindre de couleurs avantageuses, comme si elle avait tiré la couverture de la justice du côté opposé à celui de sa mère. Pour Anna, l'homme ne se résumait pas à son comportement et à ses actes, fussent-ils mauvais.

Voix contre voix, c'était là une façon sûre de mettre un terme à ces prophéties de malheur. Sa mère écoutait Anna avec un ricanement caustique. Mais à son cou, la veine s'estompait progressivement jusqu'à disparaître complètement sous la peau. Jusqu'à la fois suivante, où sa mère, comme si elle s'était cognée à quelque chose, ferait remonter ses fantômes des profondeurs de sa mémoire, puis énumérerait et soupèserait leurs honteux faits et gestes, raffermissant sa chair décrépite par des preuves morales de ce qu'ils n'avaient pas volé leur destin.

Avec le temps, ces périodes de recours aux fantômes se prolongeaient. Au moment où Anna termina ses études secondaires, leur orbite englobait, en plus des morts, des vivants inconnus de maman. Elle ne pouvait donc compter sur sa mémoire pour en parler, mais cela ne l'arrêtait pas. Depuis, comme si elle avait confondu aspect extérieur et profil moral, maman se fiait à ses yeux : pour satisfaire son tempérament malveillant, elle recrutait désormais ses ennemis sur l'écran du téléviseur (c'était encore le vieux Rekord soviétique). Anna, quand elle revenait de l'institut, ne s'étonnait plus de questions qui auraient pu paraître étranges à d'autres : « Comment elle s'appelle, déjà, cette naine ? » Si Anna tentait de répliquer : « Pourquoi, tout de suite, naine ? Elle est simplement de petite taille... » –, sa mère lui coupait la parole en croassant, tel un oiseau de mauvais augure : « Une naine, une naine, je te dis. Et, en plus, elle a un long nez. »

Elle se concentrait sur le physique d'un acteur ou d'une actrice dont elle ne se rappelait absolument pas le nom, mais ne pouvant laisser les choses *en l'état,* elle avait contracté l'étrange habitude d'errer de pièce en pièce, sourcils froncés, mordant ses lèvres sèches que l'on eût dites découpées dans du parchemin. Anna, qui avait bien dû se jurer cent fois de se taire, n'y tenant plus, finissait par demander : « Et ta naine, elle a joué dans quoi ? » Et sa mère, à qui, en l'occurrence, la mémoire ne faisait pas défaut, commençait à énumérer des titres de films. Au troisième ou quatrième, le nom lui revenait et, tranquillisée, elle continuait à vivre et à régner comme si de rien n'était.

Le malheur, c'était que chaque épisode de ce genre laissait une trace mauvaise dans la mémoire d'Anna. Désormais, quand elle apercevait à l'écran cette fameuse actrice, elle ne voyait pas le talent de son jeu ni même ses qualités féminines, réelles ou supposées, mais son malheureux nez trop long, comme si sa mère, pour pallier les défauts de sa propre mémoire, avait déplacé le point focal de la vision d'Anna. De bon il était devenu mauvais.

Lorsque le nouveau Philips s'installa dans la maison, Anna eut vraiment peur qu'avec ses dix chaînes ou plus, débitant des séries mexicaines à l'infini, il ne fasse définitivement perdre à sa mère tout contact avec la réalité. Mais, au contraire, il eut le pouvoir de la calmer.

Par ailleurs, il apparut bientôt que les passions latino-américaines n'y étaient pour rien et que la faute en revenait à une cataracte progressive ; dans un premier temps, expliqua le médecin à Anna, cette maladie obscurcit les couleurs, tout en rétrécissant le champ de vision ; avec les années, et en l'absence de mesures adéquates, elle pouvait conduire à la cécité complète. La mesure qu'il préconisait n'était autre qu'une opération à l'institut d'ophtalmologie. « Certes, c'est loin d'être un plaisir gratuit, mais je crois que c'est dans vos moyens. » Anna était prête à prendre les moyens, plus exactement, à prendre sa ceinture pour la serrer, mais sa mère refusa catégoriquement : se faire taillader les yeux au couteau ? On n'avait jamais vu ça !

– Voyons, il n'est pas question de couteau... Ils vont l'attraper avec une minuscule pince et ils l'enlèveront comme un petit bout d'écorce sec...

– Je les connais, leurs pincettes ! Laisse-moi tranquille. Dégage !

Comme si elle espérait que son entêtement et sa volonté inflexible couvriraient de honte la progression de la maladie, sa mère s'asseyait devant la télévision, mais, à la voir tendre une oreille attentive, les yeux fixés sur un point, Anna comprit que le moment de la cécité était advenu.

Elle crut d'abord que c'était une question de mois. Toutefois, le monde mettait longtemps à s'éteindre dans les yeux de maman qui avait réussi à s'adapter à ce nouvel univers privé de lumière. Elle errait dans l'appartement les bras écartés. Mieux, elle agitait les doigts comme pour tâter l'espace de l'appartement où elle était emprisonnée tel un oiseau en cage.

Pour Anna, ces bras écartés mettaient un point d'orgue à l'image d'un oiseau, et pourtant elle resta stupéfaite quand Natalia, sa collègue, professeure de langue et de littérature russes qu'il lui arrivait d'inviter pour parler du collège et tout simplement bavarder, suivant sa mère du regard, et confondant cécité et surdité, s'était écriée assez fort : « Ta maman a l'air d'un oiseau aux ailes brisées. »

Anna faillit lui demander pourquoi « brisées » ? Mais, n'entendant pas sa mère approcher, elle s'abstint d'une conversation dangereuse.

Ce même soir – Natalia était partie depuis longtemps – sa mère arriva, traînant les pieds avec un bruit particulièrement menaçant. « Bon, ça commence... » et, se préparant à repousser les assauts du corbeau, Anna se recroquevilla sur elle-même comme à l'accoutumée. Mais contrairement à ses craintes, sa mère se mit à parler d'une voix humaine normale : « Ta copine me semble raisonnable. » Pour parler de Natalia, elle évitait de dire « ton amie », comme si elle avait su à l'avance que leur amitié n'était pas solide ; et ce mot neutre permettrait de battre en retraite si ce que sa fille dénommait « amitié » venait à prendre fin.

Anna, elle, ne croyait pas à cette issue et, désireuse de prouver combien sa mère avait tort, encourageait volontiers les conversations « à cœur ouvert » ; plus exactement, elle écoutait Natalia se plaindre de ses parents et de ses grands-parents qui faisaient des scènes du matin au soir pour des raisons plus stupides les unes que les autres : « Hier, figure-toi que grand-mère a dégivré le frigo et jeté des tomates. Pourries, avec des taches. Et ma mère qui voulait les mettre dans la soupe ! Fallait entendre ça ! Elles se sont crié dessus jusqu'à ce qu'il fasse nuit et que les voisins donnent de grands coups... – À qui ? – À personne, au radiateur. – Et après ? Elles ont fait la paix ? – Pour ça, on peut toujours attendre ! Quand j'étais petite (Natalia ricana), je pensais que c'était partout pareil. Après, j'ai compris que non. Tiens, vous, vous vivez en paix, vous ne vous engueulez pas. »

Anna resta à court de conseils. Elle ne pouvait tout de même pas dire : « Il vaudrait mieux qu'on s'engueule... »

Natalia se représentait la vie de famille idéale de la façon suivante : la mère prenait soin de son enfant dès son plus jeune âge, elle le faisait manger, l'habillait, l'aidait à faire ses devoirs, soutenue par l'attention affectueuse des grands-parents ; le père travaillait pour faire vivre sa famille, mais plus tard, quand l'enfant avait grandi, c'était le père qui lui donnait son billet pour la vie. Autrement dit, qui l'aidait à prendre son envol. Et même si sa famille actuelle était bien éloignée de cet idéal, Anna tombait d'accord avec son amie. Dans l'espoir que quand elle se marierait, sa propre famille serait exactement ainsi.

Aujourd'hui, la question brûlante : maman avait-elle ou non surpris leur conversation, s'était volatilisée toute seule. Pour commencer, leur amitié, à Natalia et elle, s'était défaite, et puis, maman marchait à peine, tout juste si elle arrivait à se traîner jusqu'à son but.

Désormais, quand Anna prêtait l'oreille aux pas traînants, elle avait l'impression que maman errait sur une route forestière, trébuchant contre des racines. Par moments, elle entendait même le sable crisser, si distinctement qu'à peine sa mère avait-elle disparu dans sa chambre, Anna se saisissait d'un balai et, le plus étonnant, en ramassait une grosse poignée. Naturellement, il venait de dehors (avant, on salait les trottoirs, maintenant la mode avait changé et on les sablait, et Pavlik ne s'essuyait jamais les pieds), mais, n'importe, Anna avait le sentiment que le sable venait de sa mère. Et pas dans on ne sait quel sens figuré, comme si la vieille femme s'était effritée. Non, au sens le plus propre qui soit.

Cette route déserte, Anna en avait rêvé maintes fois ; ce n'était toutefois pas sa mère qui y cheminait, mais elle. Souffle coupé, oreilles à l'affût. La forêt lui répondait par un sombre silence, comme si elle menaçait de l'entraîner dans des fourrés impénétrables dont elle ne pourrait jamais s'extirper, même en hurlant pendant des heures.

Elle est à deux doigts de désespérer. Et voici que dans une trouée entre les arbres s'ouvre une éclaircie. Anna grimpe sur un monticule envahi de buissons de petite taille. Et elle entend des gémissements entrecoupés d'un fracas rauque. Elle regarde mieux et comprend que ce sont des bûcherons qui manient ainsi la hache en exhalant des râles montés du tréfonds de leurs entrailles.

Toutefois, l'horreur qui la submergeait dans son rêve ne venait pas du fait qu'elle voyait les arbres tomber (d'ailleurs, ils ne tombaient pas, ils gisaient en hautes piles grinçantes et c'était ce grincement exténuant qu'elle avait pris pour un gémissement) mais du fait qu'en ce lieu désert et transparent, *rien n'était normal.*

Ni souches, ni racines, ni aiguilles de pin – la terre nue et rien d'autre, craquelée de profondes crevasses serpentines. Une terre dépourvue de sa couverture végétale, comme saupoudrée d'une substance grise, rappelant le ciment en poudre.

Ce désert cendreux lui apparut encore par la suite (avec de plus en plus de troncs nus et privés de racines), mais jamais plus avec la netteté de gravure de cette toute première fois où, se réveillant, couverte de sueur froide, elle s'était ruée dans la salle de bains pour prendre une douche brûlante et se laver de toute cette horreur, oubliant qu'en entendant l'eau couler à une heure indue, maman se réveillerait et hurlerait : « Une fuite ! Une fuite ! » Et que, si on n'arrivait pas à la calmer, elle parcourait l'appartement en faisant claquer les interrupteurs, comme si elle espérait prendre au dépourvu les éléments malintentionnés.

Anna sait que sa mère a une peur panique de l'eau déchaînée. Pourquoi de l'eau et pas du feu ? Les faits étaient là : un jour – à la fin des années 1990 ou au début des années 2000 – une bougie posée sur le rebord de la fenêtre avait mis le feu au rideau de la cuisine. Les Nouveaux Russes[8] qui avaient acheté les appartements de la maison les avaient remplis de machines à laver, de fours à micro-ondes et d'autres appareils énergivores et, tant que les tableaux électriques individuels et toutes les anciennes installations des halls n'avaient pas été modifiés, il fallut avoir en permanence une provision de bougies à portée de main. Anna avait composé le 01 en toute hâte, mais le temps qu'elle dicte l'adresse d'une voix blanche, sa mère était montée sur une chaise avec un calme olympien, avait arraché le rideau enflammé en même temps que la tringle, avait piétiné les restes de flammes et regagné ses appartements, laissant à sa fille le soin de se débrouiller des taches noires et de l'écœurante odeur de brûlé, la pire de toutes, excepté celle qui monte d'une casserole quand le lait se sauve.

Cette dernière pensée rappelle à Anna qu'elle a justement oublié d'acheter du lait. Maman est probablement déjà réveillée et elle a beau ne pas en prendre, elle va quand même demander. Et se mettre en colère comme si c'était une question de vie ou de mort, de même qu'en 1992, cette horrible année où, à la naissance de Pavlik, le lait d'Anna s'était tari sans qu'elle ait eu de véritable montée.

8. Citoyens enrichis – souvent par des trafics – après la chute de l'URSS et vivant de façon dispendieuse pseudo-occidentale. On a souvent ri de leur mauvais goût.

Pour le lait, il faudrait retourner avenue Moskovski, mais Anna décide d'y renoncer, espérant que la nouvelle ahurissante qu'elle apporte justifiera son oubli.

– Petite maman, c'est moi, je suis rentrée !

Cela durait depuis qu'elle était enfant : sa mère exigeait invariablement que sa fille l'appelle « petite maman ». Anna se souvient : au début, ce n'était pas facile, mais, avec le temps, elle s'était rodée et l'expression s'était collée à sa langue. Prêtant l'oreille au silence maternel (qui peut revêtir les nuances les plus variées), elle pénètre dans la chambre en répétant mot pour mot la phrase du gardien. Elle s'attend, à présent, à voir petite maman se réjouir, mais celle-ci redemande d'une faible voix encore ensommeillée :

– À nous ? Et elle était à qui ?

– Avant, petite maman, la Crimée faisait partie de l'Ukraine...

– Et l'Ukraine ?

– L'Ukraine n'est pas à nous.

Arrachant sa tête à l'oreiller, sa mère arrête sur sa fille le regard de ses yeux à moitié aveugles tendus de membranes blanchâtres.

– Et nous sommes en quelle année ?

– En 14, petite maman.

– Ne dis pas n'importe quoi – sa mère a un reniflement méprisant. D'après toi, alors, je ne suis pas née ?

– Petite maman, tu es bien née... – Anna pense : « Et même que tu as vieilli. » Allez, lève-toi tranquillement, nous allons faire notre toilette, mettre notre dentier...

La mère agite une main irritée dans sa direction et retombe sur son oreiller, comme si le mépris dont elle enveloppe sa balourde de fille lui avait ôté ses dernières forces.

Une dizaine de minutes plus tard, Anna a préparé du gruau d'avoine – « Hier, de la semoule, aujourd'hui, de l'avoine » – et revient dans la chambre, mais sa mère n'a toujours pas daigné se lever. Couchée, elle examine ses mains ridées semblables à des pattes de poule. Anna s'approche du lit pour arranger l'oreiller mais sa mère, contrariée, agite la jambe et croasse d'une voix hargneuse :

– Apporte-moi de la crème pour bébé.

– Elle est dans la salle de bains. Commençons par nous lever et nous habiller...

– Apporte-la, je t'ai dit.

Anna soupire, mais décide de ne pas la contredire – il suffit de mettre un pied dans ce labyrinthe pour y rester toute la journée –, elle va chercher la crème, transvase le gruau dans un récipient en fonte – il garde la chaleur plus longtemps –, le recouvre d'une serviette gaufrée propre, tâte machinalement le contenu de son sac : le porte-monnaie, le téléphone, la carte, le sac coloré de chez Ikea (ces sacs plastique, on n'en a jamais assez), et déclare à haute et intelligible voix à travers la porte :

– Petite maman, je m'en vais. J'ai mis le gruau sous une serviette, la télécommande est sur le fauteuil…

Et sans même essayer de définir la nuance du silence qui lui répond, elle se dirige vers l'entrée tout en se demandant si elle ne va pas jeter un coup d'œil à son fils. Bon, qu'il dorme, il a encore passé la nuit devant son ordinateur. Pas plus que sa mère, Anna n'apprécie cette façon de faire. Pianoter sur un clavier quand il faut dormir et rester couché le jour. Où a-t-on vu ça ?

Si seulement elle pouvait lui faire entendre raison ! Il l'écoutait, haussait les épaules et retournait à ses moutons.

Il fut une époque où Anna se faisait de la bile. Avec les années, elle s'était accoutumée à voir son fils vivre comme sur une autre planète. Quelle ne fut pas sa stupéfaction quand il s'avéra qu'en plus, sur ladite planète, on gagnait de l'argent ! Et pas qu'un peu. Quelque deux mois plus tôt, Pavlik lui avait dit, comme ça : « Tu devrais laisser tomber tes ménages. On te paie combien ? Dans les trente mille ? Moi, je te les donne. »

Maintenant, Anna se dit en descendant l'escalier : « J'ai peut-être eu tort de refuser… » D'un autre côté, démissionner, c'est facile. Pars si tu en as envie, personne ne te retiendra. Il y a plein de femmes qui cherchent une place de femme de ménage. Et après ? On ne sait pas ce qui peut arriver dans la vie… Maman risque de devoir être hospitalisée et, moi aussi, je suis à l'âge où on peut attraper des tas de bricoles : les docteurs, les médicaments… Pavlik ignore cet aspect des choses, c'est normal, il est trop jeune. Mais ça fait quand même plaisir de voir votre fils s'inquiéter de vous.

Ce n'est pas comme sa mère, qui dit qu'une femme doit travailler tant qu'elle tient sur ses jambes. Moi, dit-elle, j'ai toujours travaillé. Toujours, tu parles d'un bobard ! Quand on pense aux annuités qu'elle a, ça fait rigoler. Sans le supplément du blocus, elle aurait dû vendre ses « choses ». « Bien que – Anna donne libre cours à son vieux ressentiment – elle aurait pu en vendre avant, vu la dèche dans laquelle on était ; un morceau de pain blanc, c'était déjà une friandise, Dieu sait comment j'étais habillée pour aller à l'école, les autres petites filles avaient de jolies chaussures et, moi, des pantoufles... »

« Les choses », c'est ainsi que maman appelle leur collection privée. Des tableaux anciens, des meubles d'acajou, des lustres en cristal, de l'argenterie et tout le reste. Maman aime tout ça à la folie. « Elle préférerait mourir de faim que de s'en séparer. Elle s'y cramponne comme le diable à une âme pécheresse. Elle va jusqu'à interdire de les épousseter. Touche pas, crie-t-elle, c'est moi qui le fais ! Tu parles... quand c'est à peine si elle peut se déplacer dans sa chambre. Et sa tête qui déraille... » Et Anna repense à la conversation d'aujourd'hui, quand elle lui a demandé en quelle année on était. La doctoresse du district dit qu'il s'agit de phénomènes cérébraux qui ont tendance à mal se terminer. Dans le meilleur des cas, par un obscurcissement de la conscience. Dans le pire, par des états réactifs. Mais, dit-elle, en l'occurrence, ce n'est pas ça. Votre maman est calme et tranquille. Elle a le cœur faible et fait une légère arythmie. Espérons donc qu'il n'y aura pas d'aggravation.

Anna se console en se rappelant que maman a déjà eu des pertes de mémoire : il lui est arrivé de regarder son petit-fils en disant : « C'est qui, celui-là ? » Ou, l'an dernier, quand elle n'a pas reconnu la lampe en bronze ornée d'un ange : « C'est pas à nous. Emporte-la. » Tant mieux qu'au moins, Pavlik ne se vexe pas. Un autre à sa place serait furieux, mais lui ne fait qu'en rire : « Laisse mémé, tu ne vois pas qu'elle te trolle, non ?... » Dans son langage, ça signifie faire enrager exprès. Se ficher de quelqu'un.

Pourquoi ? Incompréhensible.

À ces pensées qui semblent autant d'offenses invétérées, aujourd'hui, est venue s'agréger une nouvelle, toute fraîche : « Et moi qui me dépêchais de rentrer en croyant lui faire plaisir et elle, elle ne trouve à me dire que : "Apporte-moi de la crème." » Toute à ses réflexions, Anna ne remarque pas qu'elle est arrivée au salon de coiffure et a même eu le temps de se changer.

Elle jette ses gants de caoutchouc dans la poche de sa blouse de travail, entre dans la grande salle et va dans le coin du fond ; il y a là un seau en plastique où les coiffeuses jettent les cheveux qu'elles ont balayés après chaque client. Dans ce salon de coiffure où Anna fait quelques heures, elle a récolté une autre habitude fixe : commencer par le seau. Et tout en longeant les fauteuils, elle tend l'oreille, dans l'espoir de retrouver le bonheur matinal que sa conversation avec sa mère est venue saper.

Les clientes parlent de tout et de rien : « Est-ce que la coloration arrive à dissimuler mes mèches blanches ? Mon coquin de chien pékinois s'entête à faire pipi sur les pantoufles. C'est la troisième paire qu'on jette. Avez-vous vu ce nouveau film ? » En un mot, on parle de tout sauf de l'essentiel. Un instant, Anna en vient à se dire : « Et si le gardien avait confondu... », mais, depuis la petite pièce de devant où se tient Adelaïda Ivanovna, l'adjointe de la patronne (elle répond au téléphone, encaisse les clientes, note les rendez-vous), lui parviennent les mâles accents d'une marche militaire tonnante tandis que d'une voix virile, un présentateur ayant le plus grand mal à cacher sa jubilation prononce les mots sacrés à son cœur.

Ensorcelée par cette voix jubilatoire, Anna, oubliant sur l'heure son seau, se retrouve comme par enchantement dans cette pièce. Mais elle n'en retire rien de nouveau ; elle entend furtivement le mot « référendum » tandis que se succèdent sur l'écran les visages réjouis des habitants de l'endroit. Que disent-ils exactement ? Anna n'arrive pas à le distinguer – elle tombe sur la patronne, dame d'une cinquantaine d'années qu'elle s'efforce d'éviter, sans toutefois en avoir vraiment peur.

Cette femme qu'Anna trouve vulgaire (par ailleurs, vulgaire ou non, elle a su monter son entreprise et donner du travail à d'autres) aime raconter sa glorieuse carrière, comment d'apprentie coiffeuse elle en est venue à posséder son propre salon, et conclut immuablement son récit par : « Qui travaillait consciencieusement du temps de l'Union soviétique n'a rien à perdre actuellement, à condition, bien sûr, de ne pas être idiot. » Et, considérant en conséquence ses employés comme des « idiots », elle tutoie tout le monde, sans distinction d'âge.

Et voilà qu'à présent elle tombe sur Anna à bras raccourcis.

– T'es là debout à faire quoi ?! On dirait une vache qui regarde passer un train ! Combien de fois faut te répéter de commencer par balayer les cheveux, au lieu de les laisser traîner par terre...

Anna veut répliquer qu'il n'y a pas le moindre cheveu, que les filles balaient elles-mêmes, mais elle n'en a pas le loisir. Adressant un signe de tête bienveillant à son adjointe, la patronne se dirige fièrement vers son recoin, son cabinet de travail, comme elle dit.

Anna n'a plus qu'à exécuter ses ordres. Mais, désarçonnée par cette grossièreté non dissimulée (« Elle me manipule comme si j'étais une vache »), elle a oublié de mettre ses gants de caoutchouc, des cheveux se sont glissés partout et, Anna a beau se laver ensuite soigneusement le bras jusqu'au coude, il lui semble que des bouts de cheveux étrangers sont quand même restés collés à sa peau. Sentiment dégoûtant qui vous fait courir des fourmis dans le dos.

Luttant contre l'envie de se gratter tout en maudissant sa faiblesse de caractère, elle se dit : « Pourquoi c'est comme ça ? Varvara, elle, on risque pas de lui tomber dessus. » Il s'agit de Varvara Tikhonovna, qui fait le ménage dans la boutique *Traiteur* de la porte immédiatement voisine ; il faut voir les coups d'œil qu'elle lance à sa patronne, comme elle lui montre les dents ! Et elle a beau faire son ouvrage à la va comme je te pousse, l'autre tient à la garder.

Un jour, à ce propos, Anna lui avait dit : « Bravo, vous ne laissez personne vous marcher sur les pieds », et Varvara : « Tu n'as qu'à faire pareil. On est tous égaux. S'ils sont pas contents, qu'ils me licencient. Leurs sous, j'en ai rien à fiche, je pourrais très bien me contenter de ma retraite ; ce fric, c'est pour mettre du beurre dans les épinards. Comme qui dirait, pour se payer des bonbons. Et des bonbons, on peut en manger un kilo, deux à la rigueur, mais pas davantage. »

Ça n'avait l'air de rien, mais il lui était resté un arrière-goût désagréable : « On aurait dit que c'était de moi qu'elle parlait. Pour m'accuser... C'est facile pour elle de raisonner comme ça. Ni parents, ni enfants, ni petits-enfants, seule comme un rat mort, alors elle vit pour elle. » Avant, Anna se serait attardée là-dessus, mais aujourd'hui elle a l'impression qu'on a ôté un lourd cadenas de son cœur et qu'on a entrouvert la porte de son âme. « Et moi ? Je ferais quoi si je pouvais vivre pour moi ? »

Étonnée de se poser une question aussi stupide, elle l'arrache de son esprit comme une mauvaise herbe d'une plate-bande ; elle fait le tour des magasins avoisinants, remplit son sac Ikea de produits frais, réfléchissant comme d'habitude à ce qu'elle va bien pouvoir cuisiner, d'abord pour le déjeuner, puis pour le dîner, à ce qui pourra rester au frigo jusqu'au lendemain ; composant peu à peu un menu approximatif dont, à n'en pas douter, maman rayera quelque chose : « Encore du bortch, dira-t-elle, tu en as fait samedi dernier et, lundi, c'était de la soupe aux choux. » Pour tout ce qui concerne la nourriture, la mémoire maternelle en remontrerait à n'importe quel calendrier.

Combien de fois, en vérité, avait-elle proposé : « Si on y réfléchissait la veille ? », mais non, rien à faire : « À mon âge, anticiper ? Supposons que j'anticipe et que je meure pendant la nuit. »

Sachant par avance ce qui allait suivre, mais achoppant chaque fois sur cette pierre, Anna multipliait les assurances chaleureuses : « Tu ne vas pas mourir, petite maman ! – Qu'est-ce que tu en sais, toi ? Tu te prends pour Dieu ? »

Autrefois, elle pensait que maman n'avait pas tant peur de la mort que de laisser « les choses » sans surveillance. Mais après l'incident de l'année précédente, quand maman n'avait pas reconnu la lampe de bronze à l'ange, Anna se mit à penser que maman avait oublié « les choses » pour se concentrer sur le contenu de l'immense chiffonnier qui occupait la moitié d'un mur et où, sa vie durant, elle avait entassé des rebuts dépourvus de toute utilité : tickets de caisse, clés de serrures inexistantes, perles dépareillées provenant de colliers cassés ; chiffons lavés et relavés à en être transparents ; morceaux de papier abîmé aux pliures (dans la vie fantomatique de sa mère, ces lambeaux de papier jaunis par le temps jouaient le rôle de documents de première importance).

Le soir, prêtant l'oreille aux bruits assourdis et indéfinissables qui lui parvenaient de la pièce voisine, Anna croyait voir aussi nettement qu'au travers d'une loupe sa mère qui tirait sur les lourds tiroirs grinçants, pour passer en revue ses pauvres trésors qu'elle chérissait comme la prunelle de ses yeux, des prunelles qui, dans son cas, allaient s'obscurcissant.

Maman ne se séparait pas de la clé de son chiffonnier. Anna l'avait vue quand elle était enfant : une petite clé suspendue à un cordon crasseux. En quittant la maison, sa mère le suspendait autour de son cou – comme dans les bains publics où il ne faisait pas bon laisser sans surveillance clés et objets de valeur, si on ne voulait pas se les faire voler. Anna ne savait pas où sa mère la cachait dorénavant, mais son cœur se serrait d'une pitié douloureuse à la pensée de la vieille femme affaiblie et à moitié aveugle dont l'unique joie était désormais de manger un mets savoureux.

Le souvenir de cette douleur de tous les soirs s'affaiblissait dans la journée et lui donnait la force de supporter sans murmurer les caprices maternels, d'avaler des boules d'offenses et d'irritation, se contentant de soupirer en cachette, tandis que l'autre, sans même goûter, condamnait sans appel la soupe qu'elle venait de préparer : « Une fois de plus, ton chou n'est pas assez cuit ! Regarde comme il est dur », et, sans laisser sa fille se justifier (« Comment ça, dur ? Je l'ai fait cuire une heure entière ! »), elle repoussait son assiette d'un geste furibond qui laissait sur la toile cirée propre des lambeaux de chou et des traces grasses et collantes.

« À la rigueur, je lui donnerai du fromage blanc. Avec de la crème ou de la confiture, comme elle voudra… » Anna réfléchit à ce qu'elle va bien pouvoir servir à sa mère si, aujourd'hui encore, elle refuse la soupe. Et, jetant un œil à la cuisine, elle y découvre le récipient de fonte intact – la serviette n'a pas bougé – et va voir sa mère dans l'intention de la gronder : « Voyons, petite maman, il faut te nourrir si tu veux garder tes forces… »

Elle ouvre la porte et se fige. Sa mère est assise devant la télévision, mais au lieu d'être droite, la nuque appuyée au coussin taché de graisse, sa petite tête est retombée sur son épaule, ses coudes sont enfoncés dans les accoudoirs et ses doigts écartés. Anna, incapable de comprendre, comme de faire un pas en direction de l'inéluctable, reste debout ; son regard glisse de la nuque parsemée de rares cheveux blancs aux doigts, pour revenir à la nuque, comme si elle devait choisir entre les deux pour preuve d'une mort certaine. Le léger tremblement qui ébranle son corps l'empêche de se concentrer – de se prendre en main, de faire le tour de l'imposant fauteuil, d'examiner le visage de maman. Comme pour avaler en quelque sorte sa mort en un seul et énorme morceau.

Le morceau n'est pas passé, il lui reste en travers de la gorge. Anna ressent une vive douleur, déglutit convulsivement – et, juste à cet instant, comme si la mère n'avait fait qu'attendre que sa buse de fille se trahisse par cette convulsion involontaire, les doigts écartés tressaillent et s'agrippent aux accoudoirs, la petite tête d'oiseau se détache de l'épaule et se met en position verticale. La mère tourne vers sa fille son visage ridé, comme amorphe.

– Eh bien ? Qui avait raison ? Les fascistes sont à l'œuvre ! Pas mal !

Menaçante, serrant bien fort son minuscule poing desséché, elle le brandit en direction d'on ne sait qui.

– Attendez un peu que nous chassions la bête fauve fasciste de notre Ukraine chérie. Nous irons l'écraser dans son antre maudit !

En entendant ce discours dément – véritablement *réactif* –, Anna se sent faiblir, et poussant un cri pitoyable : « Pacha ! Pachenka ! », elle se rue dans la chambre de son fils qui décolle péniblement ses paupières et tente de lui expliquer la métamorphose survenue dans le cerveau de sa grand-mère. Elle saute du coq à l'âne : la crème pour bébé qu'elle a exigée ce matin, le récipient de fonte et la bouillie d'avoine intacte, les prétendus fascistes qui, Dieu nous en préserve, se seraient emparés de son « Ukraine chérie ».

– Attends un peu. Je capte que dalle...

À présent bien réveillé, son fils remonte son pantalon de pyjama et se dirige vers le lieu des événements, écoute attentivement les discours de sa grand-mère (entre-temps, Anna, horrifiée, a assisté à l'apparition de détachements punitifs incendiant de paisibles villages et emmenant leurs habitants innocents pour les fusiller), mais il n'est pas le moins du monde effrayé, on dirait même qu'il se réjouit.

– Elle est forte, mémé ! Une vraie patriote ! Elle roule pour les nôtres. Grave.

– Pachenka, mon fils chéri, elle roule où, dis ? Explique-moi en russe normal... Et si j'appelais quand même le docteur, hein ?

– Bon, pour le docteur, attends.

Pavlik embrasse la pièce d'un regard concentré d'où toutes traces de sommeil ont disparu.

« Il est grand à présent, mon petit. C'est un homme véritable. » Réconfortée à cette pensée, Anna va à la cuisine pour prendre des gouttes de queue-de-lion ou de valériane ; tout en fouillant sur les étagères, elle se persuade que le docteur peut attendre. Et si, en parlant avec son petit-fils, maman allait se reprendre et surmonter son état réactif ?...

Quand Anna revient dans la chambre après avoir avalé une double dose de valériane, elle y trouve une scène idyllique. Maman est assise dans son fauteuil comme si de rien n'était et Pavlik sur le vieux canapé au cuir craquelé par le temps. Petite maman lui raconte quelque chose.

– D'abord, dit-elle, un sifflement. Léger, tout léger. Comme une fougasse. Quand elle tombe sur un toit. Mais qu'est-ce que je vous explique, docteur ! Alors que vous devez être bien mieux au courant que moi. Je me rappelle la blessure, mais ce qu'il y a eu après... je ne me rappelle pas...

Debout à deux pas du fauteuil qui l'a mortellement effrayée, Anna écoute, tendue. Peu à peu, elle devine qu'il est question d'un hôpital militaire, il semble à maman qu'elle y a été transférée après avoir été blessée. Et maintenant, elle prend son petit-fils pour un docteur et l'interroge sur une opération qu'on lui aurait déjà faite sans qu'elle recouvre la vue pour autant. À quoi le docteur répond : « Il n'y a pas eu d'opération », et elle : « Je croyais qu'on opérait tout de suite », et lui : « Parfois, non. » Elle ne veut pas le croire : « Comment ça, il n'y en a pas eu ! » Et lui : « Sinon, on aurait mis un bandage. » Saisissant précautionneusement le poignet sec d'oiseau, Pavlik promène l'extrémité des doigts de sa grand-mère sur un visage que la vieillesse et la peur ont ridé.

Et le plus étonnant, c'est que ça marche : sa mère se calme à vue d'œil et quoique Anna soit absolument persuadée qu'il n'y a jamais eu d'hôpital ni, a fortiori, de blessure, elle ressent quand même un immense soulagement : « Mieux vaut encore ça que tous ces cris à propos de fascistes. » Un moindre mal, ça s'appelle. Anna pense : « Pachenka a probablement raison – dans ces cas-là, l'essentiel est de ne pas la contredire... »

Ce ne fut que tard dans la soirée, quand elle eut pris de la distance par rapport à ce qu'elle venait de vivre – le passage de la mort à la vie (une vie improbable, mais une vie quand même) –, qu'Anna se souvint qu'un jour maman s'était assoupie – mais de façon normale, pas *horrible* – au beau milieu d'une conversation, sans terminer le mot qu'elle avait commencé : elle avait piqué du nez une ou deux fois, et laissé tomber sa tête sur sa poitrine. Elle tira donc son fils par la manche pour lui signifier qu'il était temps de laisser en paix cette pauvre vieille exténuée. Là-dessus, ladite vieille avait ouvert un œil tendu d'une pellicule blanchâtre et, plissant dans un ricanement la moitié de son visage ridé, avait adressé un clin d'œil à son petit-fils.

Et lui, se retournant depuis la porte, lui avait fait un clin d'œil en retour.

Anna avait su très tôt qu'elle attendait un garçon. Elle s'était rendue à la consultation gynécologique du district en raison d'étranges irrégularités de son cycle menstruel et, là, on lui avait diagnostiqué une grossesse tardive et, donc, fortement recommandé de faire une analyse génétique spéciale qui avait pour résultat collatéral de déterminer le sexe de l'enfant. Mais, comme elle l'apprit plus tard, cette analyse n'était pas sans danger et comportait, entre autres conséquences fâcheuses, un risque de fausse couche spontanée. C'était en tout cas ce que disaient les femmes d'expérience avec lesquelles Anna s'était retrouvée dans une même salle après avoir heureusement accouché de Pavlik. Le sujet était venu sur le tapis en raison d'un cas bouleversant, la naissance d'un bébé trisomique, Dieu merci, dans le service voisin, pas dans le leur.

Les mères avaient longuement discuté de cette triste nouvelle apportée dans leur salle par une certaine Doussia, aide-soignante, et elles en étaient venues à une seule et même opinion que ladite Doussia avait formulée de la façon suivante :

– Mieux vaut perdre un bébé sain que de mettre au monde un monstre qui vous empoisonnera l'existence.

Deux jours plus tard, les passions étaient retombées, quand l'aide-soignante fit une nouvelle annonce stupéfiante :

– Finis les ennuis ! Quelle honte ! Elle a signé les papiers pour s'en débarrasser. Terminé ! Et que je te prends la poudre d'escampette ! Siffle toujours pour me retrouver et bois de l'eau !

Du coup, les mères reprirent leurs discussions. Qu'est-ce qui était pire ? Abandonner un monstre malade et savoir que la chair de votre chair était en vie quelque part et souffrait le martyre, ou faire une croix sur votre propre vie, se sacrifier, comme on dit ?

Doussia ne prit pas part à la discussion, se bornant à expliquer :

– Cette génétique, on n'y comprend rien... Des fois, le père et la mère sont jeunes et en pleine forme, et faut voir ce qu'ils mettent au monde... D'autres fois, c'est le contraire. Y en a qui ont passé l'âge et leurs petits sont en bonne santé et, en plus, crient comme des putois. On n'avait pas tort de dire que cette génétique, c'était la pute de l'impérialisme...

Allusion transparente à la femme d'un entrepreneur à qui son nabab de mari avait payé une chambre individuelle, où les richardes jouissaient de conditions spéciales : bouilloire électrique, draps changés quotidiennement, couches et alèses en nombre illimité – tout ce qu'elle exige, donnez-le-lui ! Et, cerise sur le gâteau, elle portait son propre peignoir en tissu éponge, alors que si on ne payait rien, on devait se contenter de celui de l'hôpital, en flanelle.

Quand, le cinquième jour, à la veille de sa sortie, son braillard de bébé mourut sans crier gare (probable que les infirmières, ces bonnes à rien, l'avaient laissé tomber, mais allez vérifier, maintenant !), les mères compatirent de tout cœur. Et en tirèrent une conclusion sans appel : ni l'argent ni, a fortiori, les objets de prix ne vous font échapper à votre destin. Le destin, c'est le destin, comme son nom l'indique : tu peux te mettre sur le dos dix peignoirs de grand luxe, il te retrouvera quand même.

Quand Anna, abasourdie par ce qu'elle venait d'entendre, descendit du fauteuil gynécologique, tout tanguait devant ses yeux, les murs blancs du cabinet, le panneau vantant les bienfaits de l'allaitement maternel (gênée de devoir répondre à des questions embarrassantes, Anna l'avait examiné du coin de l'œil pendant que la doctoresse remplissait sa fiche avant de procéder à l'examen), ainsi que la silhouette blanche qui, derrière le bureau, l'interrogeait en remuant les lèvres sans bruit. Tentant de rassembler ses idées, Anna fixait ces lèvres. Semblables à deux petites chenilles, elles se mouvaient sur la colline du menton, tandis qu'Anna, perdue dans ses pensées et ses collants, cherchait, sans la trouver, une réponse à la principale question ou plutôt à l'unique : qu'allait-elle dire chez elle ?...

– Le père se porte bien ?

– Le père ? Il... est mort.

La doctoresse fronça les sourcils.

– De quoi ?

– Je... je ne me rappelle pas...

Les chenilles dont Anna ne pouvait détacher les yeux s'étirèrent en un fin sourire.

– Pas le vôtre. Votre père n'a rien à voir ici. Le père de l'enfant.

– Ah... oui, il se porte bien.

Peut-être n'avait-elle pas répondu avec suffisamment d'assurance. Peut-être que, de toute façon, la doctoresse ne la croyait pas et lui aurait proposé cette analyse (« pour, dit-elle délicatement, exclure tout hasard d'ordre génétique »), toujours est-il qu'Anna donna son consentement. Surtout, elle avait l'habitude de faire confiance aux médecins.

Sa mère – Anna ne s'attendait pas à autre chose – réagit à la nouvelle comme une folle furieuse. Suffoquant, les doigts enserrant son propre cou, comme si on l'étouffait, elle criait d'une voix rauque, entrecoupée :

– Tu ne comprends pas ! Ri-en de rien ! Tu ne comprends ri-en !

À défaut d'autres arguments, Anna évoqua l'analyse génétique du bout des lèvres. Sa mère l'interrompit en hurlant :

– Tu crois qu'elle va montrer quoi, ton analyse génétique ?

N'ayant rien à perdre, Anna cessa de prendre des gants et déclara tout de go :

– Les maladies héréditaires.

On aurait pu croire que ses paroles avaient déclenché un tsunami de fureur. Petite maman s'assit et se mit à pleurer (Anna n'avait jamais vu sa mère pleurer, ni après ni avant). De ce jour, elle ne posa plus aucune question sur rien. Ni sur les résultats de l'analyse ni sur le père de son futur petit-fils.

Anna mit Pachenka au monde avec une facilité déconcertante ; même Doussia, la sage-femme, la complimenta : « Vous avez accouché comme une chatte. » Et quand elle rentra en taxi avec son bébé, pendant une semaine si ce n'est plus, maman fit comme s'il ne la concernait pas ; Anna allait et venait de la cuisine à la chambre, tantôt pour chercher une tétine, tantôt un bocal pour tirer son lait. Et souffrait en silence.

Un jour, en rentrant des courses, elle trouva sa mère auprès du petit lit de Pavlik. Penchée au-dessus de son petit-fils, elle fixait son minuscule visage rougeâtre et ridé avec une immense attention, comme si elle y cherchait quelque chose. Et Anna comprit que maman pensait toujours à ce qui l'avait fait hurler. « Elle a peur que j'aie mis au monde un monstre. »

Ayant de toute évidence décelé quelque chose, la mère dit : « Bravo. C'est pas votre race. » Anna se creusa longuement la tête pour comprendre ce que signifiait « votre race » et à qui s'adressait ce « bravo » : à elle ou à son fils. Ces pensées, amères comme du chlorure de calcium, firent tourner son lait. Le petit Pavlik criait à perdre haleine, maigrissait chaque jour un peu plus, on pouvait compter ses petits os et sans les flacons d'un produit reconstituant fournis par la polyclinique, des flacons envoyés du Danemark dans le cadre de l'aide humanitaire, il se serait éteint. Désormais, quand elle voyait ce gaillard qui la dépassait presque d'une tête, elle avait du mal à croire que cette terrible issue eût été possible.

Parfois, sa mère regardait Pavlik et lâchait : « On dirait qu'il a les cheveux qui foncent » ; et, plus vexant encore : « Il a des yeux de Chinois, avant, ils étaient moins étroits » ; Anna répondait d'un ton conciliant : « Les enfants évoluent en grandissant. Pavlik a encore le temps de changer cent fois. » Mais sa mère lui coupait la parole : « Ne dis pas n'importe quoi ! Ce qu'on a à la naissance, on le garde pour la vie ! », sans remarquer qu'elle se contredisait elle-même. D'ailleurs, les cheveux et les yeux n'étaient encore qu'un avant-goût du torrent d'insanités qu'elle débita quand il apparut – ce fut le bouquet ! – que Pavlik était gaucher : ces gauchers étaient simples d'esprit. Ou bien méchants et perfides, au choix. D'ailleurs, au Moyen Âge, on les brûlait sur des bûchers, et on avait bien raison ! Anna ne savait pas si elle devait en rire ou en pleurer.

Toujours est-il qu'aucun cœur de mère n'aurait pu résister à ces inepties. Elle avait honte quand elle se revoyait criant sur sa mère. Et le plus vexant, c'est qu'une semaine plus tard, jour pour jour, elle découvrit dans sa boîte aux lettres une brochure qu'elle feuilleta par curiosité ; figurez-vous qu'elle y trouva un article dont l'auteur, recourant à des faits historiques irréfutables, démontait les préjugés caducs de maman en citant une série entière de grands hommes, comme par un fait exprès, tous gauchers : Jules César, Napoléon, Léonard de Vinci, Alexandre de Macédoine... Si elle l'avait reçue plus tôt, elle l'aurait mise sous le nez de sa mère : « Tiens, lis ça ! »

Heureusement que maman lui avait pardonné. Et, il faut lui rendre cette justice, qu'elle s'occupa de Pavlik quand, après presque six mois de congé maternité, Anna reprit son travail au collège. Elle y passait toute la journée car elle avait dû demander un demi-service en plus. Autrement, à trois personnes et en l'absence de pension alimentaire, impossible de joindre les deux bouts avec son simple salaire. D'autant qu'on vivait une époque démente : le matin, un prix, le soir, le double. Mais maman ne voulait rien entendre : un jour, elle voulait des saucisses, mais pas n'importe lesquelles, des *bonnes* ; le lendemain il lui fallait du poulet frais, elle en avait assez *des cuisses surgelées de Bush*[9]. Vous pensez qu'elle se serait souciée de son petit-fils ? Que non ! Au lieu de lui réserver les meilleurs morceaux, elle se les gardait pour elle. Anna, au contraire, donnait à son fils ce qu'il y avait de mieux. Tenez, la voilà qui ouvre le frigo, pousse au fond l'assiette de foie grillé riche en vitamines et en fer nécessaires à un jeune organisme qui doit renforcer son immunité et fabriquer des globules rouges. Et prend deux morceaux de cervelas un peu passés – Pavlik déteste ça – pour les réchauffer avec un reste de macaronis de la veille.

Tout en remuant les macaronis grésillants, elle repense à sa mère : oui, elle surveillait son petit-fils, mais se refusait à le promener. Sous prétexte qu'elle n'avait pas la force de porter « ton espèce de balluchon ». Et c'est ainsi que jusqu'à l'âge de dix-huit mois, Pavlik prit l'air sur le balcon, dans sa poussette. Mais quand il réussit à s'asseoir et à détacher les courroies, là, cela devint dangereux. Petite maman s'en fichait comme de l'an quarante. Elle s'obstinait : c'était non et non, tant « qu'il ne marchait pas sur ses jambes ».

---

9. Surgelés américains de mauvaise qualité écoulés sur le marché russe.

Pour marcher sur ses jambes, il aurait fallu qu'elles aient de la force. Et ce n'étaient pas les compléments alimentaires lactés qui allaient leur en donner ! Il fit ses premiers pas assez tôt, mais ne put « marcher sur ses jambes » que vers cinq ans. Dès lors, sa grand-mère l'emmena se promener, pas au parc de la Victoire, pourtant à deux pas de la maison, mais dans un lointain terrain vague, cerné par des immeubles de l'époque stalinienne. Pendant les années Brejnev, il avait été question d'y construire, mais ça ne s'était pas fait.

Les rares jours qu'Anna ne passait pas au travail, elle observait, debout à la fenêtre de la cuisine, le petit Pavlik qui tirait sa grand-mère par la main dans l'espoir de l'entraîner dans le parc où jouaient les autres enfants ; ensuite, tête basse, il la suivait en direction du terrain vague où il n'y avait ni bac à sable, ni enfants, ni balançoires.

Avec le temps, il s'habitua et cessa de tirer la main de sa grand-mère. Mieux : quand Anna, se promenant avec lui pendant son unique jour de congé, proposait : « Et si on allait faire un tour au parc ? », il se renfrognait, regardait par en dessous et refusait : « N-non. On n'y va pas. Mémé, elle veut pas. » « Pourquoi ? » demandait-elle.

Silence.

Si encore il avait été un petit garçon obéissant ! Mais non ! Il suffisait que sa mémé, forte de son expérience maternelle, tape du poing sur la table et lui enjoigne : « Maintenant que tu as mangé, file dans ta chambre » pour qu'il relève la tête et lui siffle au visage : « Fi-le toi-m-même, méssante marât-tre ! »

Naturellement, il n'avait pas trouvé ça tout seul, il l'avait puisé dans les contes, mais le plus fort, c'est qu'elle partait pour de vrai : voûtée, traînant ses chaussons de feutre. Et si Anna assistait à la scène, elle faisait la leçon à son fils d'un sévère ton professoral : « On ne parle pas ainsi à sa grand-mère », tout en suivant sa mère du regard sans la moindre pitié, se sentant vengée de ses amères soirées de petite fille.

Anna s'insurgeait contre ces soirées à l'odeur de peau sèche (jusqu'à ce qu'elle sache lire, elle restait dans sa chambre, la tête dans les mains) en faisant la lecture à haute voix à son fils.

Outre les contes, elle lui lisait chaque soir des vers, d'abord des vers pour enfants pris dans des livres aux dessins en couleur. Puis, quand Pavlik fut un peu plus grand, vinrent des vers véritables tirés d'un recueil usagé aux pages jaunies offert à Anna en ce jour lointain et heureux où elle avait été admise chez les pionniers, l'une des premières de sa classe : *Mais nous irons encore jusqu'au Gange, nous périrons encore au combat pour que du Japon à l'Angleterre, tu resplendisses, ô ma Patrie,* et un autre encore qui réchauffait ses paumes sèches : *Je tire – il n'existe pas de justice plus juste que ma balle !* Cette ardeur, elle souhaitait la transmettre à son fils.

En ces instants, Anna avait le sentiment de ne faire qu'un avec lui.

Un jour, il secoua la tête et interrompit sa lecture enflammée.

– Tu ne lis pas comme il faut. Donne-moi ce livre, que je lise tout seul.

Cela se termina là-dessus. Pavlik ne lisait pas tout seul.

Aspirant à éveiller l'intérêt de l'enfant pour la thématique guerrière, Anna apporta de la bibliothèque du collège les ouvrages sur les pionniers héroïques qu'elle dévorait, enfant. Elle se rêvait tantôt en Zina Portnova, jeune partisane dénoncée par des traîtres, tantôt en Galia Komleva qui transmettait aux partisans nombre de renseignements importants, quand ce n'était pas en Nina Koukoverova qui inondait de tracts soviétiques son village natal occupé par l'ennemi. Mais les exploits de ces enfants laissaient Pavlik de marbre.

Même chose quand Anna lui raconta que lors d'une visite chez le dentiste avec toute sa classe, elle avait pu surmonter une douleur insupportable en s'imaginant que, combattant dans les rangs de partisans soviétiques clandestins, elle avait été prise et torturée par de maudits fascistes qui s'amusaient à lui creuser des dents saines à l'aide d'une fraise.

Pavlik écouta son récit et haussa les épaules.

– Tu ne pouvais pas le leur dire, non ? Qu'au moins ils t'anesthésient !

Mais ça n'était encore rien, en comparaison d'une autre chose qui la rendait folle d'angoisse.

Peut-être était-ce le résultat des promenades dans le terrain vague en tête à tête avec sa mémé, peut-être, en tant que mère, avait-elle négligé quelque chose dans l'éducation de Pavlik, toujours est-il qu'il était incapable de se faire des amis. Pendant les récréations, les autres enfants s'en donnaient à cœur joie alors que lui, debout contre le mur, griffonnait dans son carnet en calicot. Depuis tout petit, il détestait les couvertures en carton, comme s'il avait pressenti l'apparition des tablettes numériques plastifiées. Pour avoir enseigné dans les petites classes, Anna savait qu'il existait des enfants souffre-douleur que leurs camarades harcelaient avec une cruauté sans bornes et elle craignait pour son fils, mais, à sa grande surprise, son petit garçon montra qu'il savait se défendre.

Un jour (Anna n'était pas présente), l'un des meneurs, voulant se donner des airs supérieurs devant les autres, le poussa exprès, pour lui faire mal. Pavlik leva les yeux de son carnet et toisa l'offenseur d'un regard si glacial que l'autre recula même d'un pas. Une prof de géo, témoin de la scène, la décrivit ainsi : « Mon Anna, tu n'imagines pas, un vrai souffle d'air glacé, on se serait crus au pôle Nord. »

La leçon dont – à huit ans – son fils gratifia ses camarades suffit jusqu'en classe de première. Toutes ces années – aussi douloureux qu'il fût de se l'avouer –, les autres enfants le fuyaient. Il n'allait pas aux anniversaires et n'invitait personne chez lui. Anna, comme poussée par une sorte d'intuition, lui acheta un ordinateur dernier modèle (pas un de ces appareils d'occasion au moniteur pendouillant lamentablement). Il lui coûta une somme folle, économisée en cachette de sa mère. Pour ce, elle avait encore pris du travail en plus : des heures de ménage dans un bureau où on l'avait embauchée sans le mentionner sur son livret de travail. Malgré tout, cet argent gagné au noir, « dans une enveloppe », comme on disait, était parfaitement comparable à son traitement d'enseignante et lui était payé ponctuellement, à date fixe. Quand elle eut amassé la somme nécessaire, Anna démissionna. Cette brève expérience devait lui servir bien plus tard quand elle partit à la retraite et que, malade du manque d'argent, elle prit un emploi de femme de ménage à temps complet. Cet achat de prix avait dissipé tous ses préjugés.

Elle écouta attentivement les explications du vendeur conseiller en informatique sans en comprendre un traître mot en dépit de son diplôme de mathématiques et lui expliqua qu'elle n'achetait pas ce miracle de la technique pour elle. C'était un cadeau pour son fils de treize ans. Et, sur l'heure, elle convint avec lui de leçons particulières. Il viendrait chez eux pour tout lui montrer. Elle prit même son numéro de téléphone. Mais il n'y eut pas besoin de secours extérieur. Son fils ouvrit les boîtes en carton, défit les emballages de plastique soudés à mort, introduisit les divers câbles dans les bonnes prises avec un sourire détaché, appuya sur le bouton et s'installa devant l'ordinateur comme si de rien n'était. On aurait dit qu'il était né avec une souris dans la main gauche.

Deux miracles à la fois : d'une part, le miracle de l'ordinateur, et, d'autre part, le talent non moins miraculeux que son fils venait de révéler. Cette coïncidence fit une forte impression sur Anna. Assez forte pour lui faire pousser des exclamations de stupéfaction et de joie, mais aussi pour faire dérailler sa main. Ce même jour, elle cuisina des steaks hachés si compacts que sa mère les prit pour des boulettes de viande et se déclara mécontente du repas. Confondant cause et conséquence, elle s'en prit à sa fille : « Tu ne pouvais pas les mettre sous un couvercle et les laisser mijoter, non ? » Mais quand elle eut compris de quoi il retournait, son irritation ne connut plus de bornes : « Tu as complètement perdu la boule, espèce d'imbécile ! Offrir des jouets aussi chers à ce morveux ! Tu as dû faire fortune, à ce que je vois ! »

Cette déclaration venimeuse, bien dans l'esprit de sa mère, resta en suspens dans l'air électrisé avant d'exploser sous la forme d'un terrible soupçon, suivi d'un examen minutieux des « choses ». Vérifiant que tout était en place, sa mère parcourait l'appartement en fouillant les murs d'un regard pugnace. Elle ouvrait en grand un énième débarras, faisait claquer l'interrupteur d'un bruit sec et bref ; Anna la suivait, balbutiant : « Petite maman, ne fais pas ça, arrête... » – et, tout en sachant qu'elle n'était coupable de rien, elle sursautait à chaque claquement.

Après avoir examiné les tableaux et les bronzes, la mère sortit d'un débarras un escabeau pesant une tonne, avec l'intention de vérifier l'argenterie enfermée dans une vieille valise en fibres tout en haut d'un placard, sous le plafond. Alors seulement, Anna, n'y tenant plus, avoua qu'elle avait gagné de l'argent au noir, en lavant les sols d'un bureau... Dans le fond de son cœur, elle espérait que petite maman allait la plaindre, qui sait, la féliciter, mais celle-ci lâcha l'escabeau : « Prends donc ça. Et remets-le à sa place. » Et exigea avec la dernière énergie que sa fille lui achète un nouveau téléviseur.

« Ta mère perd la vue et toi, tu t'en fiches. Y en a que pour ton morveux de malheur. »

Heureuse de s'en être tirée à relativement bon compte, Anna s'endetta encore pour six mois. Une chance qu'on ne lui ait pas trouvé de remplaçante durant les quelques jours qui avaient suivi sa démission précipitée.

Celui que sa mémé dénommait « ton morveux » (Anna espérait qu'elle n'avait pas dit ça sérieusement, que ça lui avait échappé, sous le coup de la colère) resta à l'écart de cette prise de bec. Avant, déjà, il ne prêtait aucune attention aux empoignades familiales, mais, maintenant, il avait déménagé sur Internet avec armes et bagages et y disparaissait pendant tout son temps libre. Que de fois Anna était passée devant sa chambre en se demandant, angoissée : « Quand peut-il bien faire ses devoirs ? », puis, constatant qu'il n'était l'objet d'aucun grief dans aucune discipline, elle cessa de se tourmenter l'esprit. Au contraire, elle espérait que grâce à un bon niveau d'informatique qui lui conférerait une supériorité sur ses concurrents éventuels, son fils saurait « se réaliser sur le marché du travail ».

Cette foi dans les qualités magiques du marché lui venait de la télévision. À l'aube de la perestroïka (quand tout le monde, sauf maman, se soignait avec de l'eau « chargée » selon la méthode Tchoumak[10]), on pouvait voir un professeur disserter gravement à l'écran de ces étonnantes propriétés ; pour lui, le marché était un « régulateur universel ». À la différence du « plan socialiste » qui ne voyait pas plus loin que le bout de son nez, il avait, lui, le nez creux, tournait à tout vent et, d'une main invisible, répartissait choses et gens à leur juste place. Cette main flexible déplaçant les gens comme des choses chassa pour un temps de la mémoire d'Anna les rêves d'une main paternelle.

Seul de sa classe à maîtriser cette technique onéreuse, son fils rattrapa à toute allure les points qui lui manquaient sur le plan des relations sociales. Maintenant, ses camarades le recherchaient. Pavlik disait : « J'en ai marre. Ils m'embêtent

---

10. Soi-disant doté de pouvoirs occultes, Allan Tchoumak prétendait « charger » de pouvoirs curatifs l'eau que les téléspectateurs déposaient devant leur écran pendant qu'il se livrait à des incantations.

avec leurs questions idiotes. » Un jour, Anna surprit son fils qui expliquait quelque chose au téléphone d'un ton irrité. Désireuse de le faire profiter de son expérience pédagogique, elle lui conseilla de parler plus simplement. Avec des exemples compréhensibles. Il lui sembla même (où était-elle allée chercher ça ?) que Pavlik s'intéressait à son conseil, mais elle gâcha tout en disant :

– Invite tes copains à la maison. C'est plus simple quand on montre, qu'au téléphone.

Pavlik eut un reniflement de mépris, le portrait craché de sa grand-mère.

– Et puis quoi encore ? S'ils veulent comprendre, ils comprendront.

Pas la moindre attention aux autres. Autrement dit, une sécheresse de cœur menaçant de se transformer en caractère.

Concernant un élève de terminale, on était, naturellement, bien loin de pouvoir parler de destin, mais il ne fallait pas, non plus, laisser les choses en l'état. Anna, jugeant venu le moment propice – ils revenaient d'une boutique d'informatique où ils avaient acheté une énième carte et d'autres accessoires –, décida de profiter de l'occasion pour parler de l'amitié, ce sentiment éminemment moral fondé sur l'estime et la compréhension mutuelles ainsi que sur le secours réciproque.

Son fils l'écouta attentivement et répondit que, même s'il en était ainsi, il ne voyait pas pourquoi il devrait recruter ses amis parmi ses camarades de classe au motif fortuit que leurs parents les avaient inscrits dans ce collège et dans cette classe alors qu'on pouvait faire la même chose sur la Toile.

Pavlik restait rebelle à toute exhortation, comme Anna put s'en convaincre une énième fois quand la directrice, Valentina Dmitrievna, ayant entendu parler des succès remarquables du jeune garçon, lui proposa d'organiser et de diriger un club de formation en informatique. Pavlik traita cette velléité d'inutile « liquidation de l'analphabétisme[11] » (heureusement que la directrice n'était pas là !) et il refusa catégoriquement. Espérant le persuader, Anna évoqua ses toutes premières

11. Abrégé en « likbez ». Il s'agit des mesures prises après la révolution pour inculquer les rudiments de lecture et de calcul à une population majoritairement illettrée.

années d'enseignement et le cercle de mathématiques qu'elle avait fondé et dirigé bénévolement, toujours à la demande de Valentina Dmitrievna.

– Bénévolement, c'est genre gratos ? Elle a qu'à travailler, elle. On n'est pas en Soviétie, au cas où elle saurait pas.

Au grand étonnement de sa mère, il fut reçu aux examens de fin d'études secondaires avec la mention « Très bien ». Anna n'était pas inquiète pour les mathématiques, mais se faisait du souci pour le russe. À tort, comme la suite le montra. Avec de pareilles notes, tout lui était ouvert, comme on dit, mais il refusa de poursuivre ses études. Et pendant que son fils s'enfonçait toujours plus profondément dans un espace abstrait où vivaient et se multipliaient virus et « vers » perfides, Anna devait continuer à l'entretenir. Ce qu'elle faisait sans murmurer, ni prêter attention aux sinistres prophéties de sa chipie de mère, que rien ne justifiait sauf son méchant caractère : « Souviens-toi bien de ce que je vais te dire ! Continue de lui tendre la main ! Tu sais ce qu'il va y mettre ? Une pi-erre… »

Elle fut d'autant plus joyeuse de constater que c'était elle qui avait eu raison, et pas sa mère.

« Figure-toi que notre Pavlik gagne de l'argent… » Sans la laisser terminer sa phrase, sa mère eut un petit rire sec : « Il fait comment ? En rêve, peut-être ? Pour gagner de l'argent, il faut travailler. Et celui-là, il dort. »

À présent que son fils avait fait la preuve tangible qu'il était un adulte raisonnable prêt à la secourir au cas où, Anna ressentait un immense soulagement. Mais il lui suffisait de se rappeler les fascistes et leurs affidés pour ressentir un nouvel accès d'angoisse. « Imaginons qu'elle perde la tête pour de bon, on ne pourra plus la laisser seule dans l'appartement… » Tout en supputant ce qu'il faudrait débourser pour prendre une auxiliaire de vie – dans les trente mille roubles, pas moins –, Anna se réjouissait de cette étonnante coïncidence : c'était justement la somme (mensuelle) que Pavlik lui avait promise.

Fermement installée dans sa tête, sa mère ricanait, venimeuse : « Il t'a promis… Tu parles !… Compte là-dessus et bois de l'eau ! »

Anna poussa un lourd soupir et finit la vaisselle. En allant se coucher, elle passa une tête dans la chambre de son fils. Pour lui rappeler le foie de veau rôti : si tout à coup il avait faim, il n'aurait qu'à le prendre dans le frigo. En guise de réponse, Pavel marmonna des mots indistincts sans se retourner.

« Il n'aime pas être dérangé… » pensa-t-elle en refermant précautionneusement la porte.

Au petit matin, scrutant les ténèbres extérieures de ses yeux battus par l'insomnie, Anna se dit enfin : « Mais pourquoi je panique comme ça ! S'il le faut, je n'aurai qu'à vendre. La fameuse lampe à l'ange… Non, pas l'ange : l'ange, ça se verrait… Plutôt les couverts d'argent du placard… » – et, rassérénée par ces pensées salvatrices, elle sombra dans le sommeil comme une masse. Un sommeil si profond que, pour la première fois depuis des années, elle n'entendit pas son réveil sonner.

Elle se prépara à la hâte, avala deux gorgées de thé sans rien manger et sortit. À part ça, cette nouvelle journée ne se distinguait en rien des précédentes. Sauf que ce matin-là, il faisait un rien plus clair. Et que le vent qui avait hurlé toute la nuit était tombé vers les neuf heures. Malgré sa hâte, en approchant du parc de la Victoire, Anna ralentit pour admirer le bleu printanier du ciel sur lequel se détachaient de rares nuages frisés. Mais le temps qu'elle descende dans le métro, puis parcoure quelques stations, debout, pressée contre des corps étrangers, le vent reprit de la force comme un berger expérimenté qui, sentant la proximité d'un loup, rassemble son troupeau égaillé dans les pâturages célestes ; les cris gutturaux des bergers s'échappaient des gouttières pour rebondir sur les passants en éclats de glace fondante.

En sortant de la station, Anna sentit sur le front, les paupières et les joues de la fine bourre de laine de brebis, s'échappant au travers des tiges d'osier de corbeilles tressées à la hâte à l'aide d'un fragile matériau céleste. Elle dévala l'avenue Kamennoostrovski à contre-courant des tondeurs qui n'attendaient, semble-t-il, que ce moment pour déverser sur la tête des passants sans défense tout ce dont ils avaient réussi à remplir leurs corbeilles, mais elle eut beau se dépêcher, elle ne réussit pas à aller assez vite : la neige tombait déjà, drue.

Une neige mouillée, déplaisante. Devant la porte de l'immeuble de bureaux, Anna tapa des pieds sur le paillasson rêche ; sentant de l'eau lui dégouliner dans le cou, elle ôta son bonnet en laine, le secoua vivement et se présenta devant le gardien Piotr tête nue, la doudoune à demi ouverte.

Celui-ci l'accueillit d'un regard sévère et, extrayant un poignet velu de sa manche d'uniforme agrémentée d'incompréhensibles insignes de grade, il frappa d'un ongle éloquent le verre de sa montre de colonel. Il suffit toutefois qu'Anna, consciente de sa faute – elle avait enfreint la discipline de travail –, baissât les yeux d'un air coupable pour qu'il lui adresse un large sourire craquant. Et Anna comprit que la menace qui avait traversé son regard n'était pas à prendre au sérieux.

Rassérénée, elle tendit la main pour recevoir les clés. Piotr Fiodorytch fit passer sur son front étroit recouvert de rides obliques un nuage de sévérité et lui lança brièvement en réponse : « Déjà remises », tout en lui désignant le crochet nu d'un mouvement de sourcils.

La pantomime complexe de son visage fit lever dans le cœur d'Anna une émotion de femme jeune en même temps que des angoisses inattendues. Si bien que, dans l'ascenseur qui la menait à son étage, elle croyait voir les rides obliques nouées en catogan sur la nuque et non le regard caustique que le directeur ne manquerait probablement pas de lui réserver. On aurait dit que quelqu'un, d'une main invisible, l'avait soulevée et transportée dans un passé irréversible, un passé où Piotr Fiodorytch n'était pas encore un sévère gardien, à la vie derrière lui, ni elle une femme à la jeunesse enfuie, à la doudoune chinoise à moitié ouverte et aux cheveux gris aplatis par son bonnet.

Cette émotion de jeune femme accompagne Anna tandis que, machinalement, sans se rendre compte de ce qu'elle fait ni dans quel ordre, elle vide les corbeilles, passe l'aspirateur dans le bureau du directeur et les salles de travail, nettoie les appuis de fenêtre avec un chiffon humide, puis avec un chiffon sec, et récure les W.-C.

Savourant par avance une nouvelle rencontre, fût-elle fugace, elle rince les chiffons, les étend, fait rouler l'aspirateur dans son cagibi et sort sur le palier. Il y a là, entre deux fenêtres, un immense miroir où l'on peut se voir en pied. Jusqu'à aujourd'hui, Anna passait devant en courant, sans s'arrêter.

Mais à présent, elle s'arrête. Et se voit.

Plus exactement, elle voit une femme vêtue d'une doudoune chinoise délavée dont les coutures en lambeaux laissent apparaître le duvet. Cette femme est chaussée de bottes d'occasion, rapetassées, autrefois brunes. Son front est couvert d'un réseau de fines rides en accordéon ; sous les yeux, des cernes noirs que l'on croirait dessinés au crayon ; la peau d'une nuance cadavérique... Comme si une main cruelle armée de la pincette de la vérité avait arraché les membranes sèches qui voilaient ses yeux. Surmontant la douleur aiguë qui lui vrille les prunelles, Anna pense : « Une vieille. Seigneur Dieu, une vieille... »

Ce n'est qu'une fois dehors qu'elle remarque à travers la porte vitrée l'absence de Piotr Fiodorytch (par les yeux de qui elle se regarde désormais). C'est le poussif Ignati Maksimytch qui le remplace derrière le comptoir d'accueil des gardiens, mais la machine à honte est déjà en marche, crépite à toute allure et tourne, tourne, tourne.

Le brouillard neigeux dont la ville s'était revêtue de grand matin est à présent beaucoup moins épais. Les trous des nuages laissent filtrer de petits morceaux de ciel gris : ce n'est plus du brouillard, mais une loque déchirée, usée jusqu'à la corde, trouée aux coudes.

Essayant de ne pas regarder le ciel bas déchiqueté, Anna tourne sur l'avenue Kamennoostrovski et ralentit le pas. La machine à honte frappe un dernier coup et se fige comme par une étrange coïncidence juste devant une boutique qu'Anna a longée maintes fois sans faire attention ni aux mannequins coquettement vêtus ni aux objets disposés en escalier dans la large vitrine.

Le rapport d'Anna aux vêtements (que petite maman désignait du terme méprisant de *chiffons*) n'avait jamais été simple. Le petit mot gluant de « consumérisme » n'y avait pas été pour rien ; c'était un genre de maladie qui frappait des personnes dépourvues de force d'âme. Comme par un malheureux fait exprès, ce vocable fit son apparition juste au moment où Anna, qui se préparait à sortir de l'institut pédagogique, échafaudait de timides projets quant à l'emploi de son futur salaire qu'elle espérait ne pas consacrer uniquement à l'indispensable (nourriture, dépenses domestiques), mais à satisfaire également quelques désirs personnels. Aux réunions du Komsomol, à ces individus sans force d'âme on opposait de grandes figures, dotées, elles, d'une moralité sans faille et de hautes valeurs spirituelles. Rien n'y faisait : ceux qui étaient atteints du « virus de la consommation » passaient tout leur temps libre à faire la queue. Quand ce n'était pas pour un réfrigérateur, c'était pour un lave-linge ; quand ce n'était pas pour une machine à écrire, c'était pour des bottes d'hiver ; quand ce n'était pas pour des bottes, c'était pour une cuvette émaillée.

Mais c'est alors que se produisit une chose totalement inattendue pour Anna. Au mot « consumérisme », maman se mit en rage ; elle menaçait le téléviseur du poing, hurlait : « Mais qu'est-ce qu'ils en savent ! » De ce jour, elle ne fit pas obstacle aux achats d'Anna, allant même jusqu'à les encourager : « Regarde-toi, tu as l'air d'un épouvantail à moineaux ! Bientôt les gens vont changer de trottoir en te voyant ! » Mais pour peu qu'Anna surmonte sa peur du « virus de la consommation » et rapporte un vêtement neuf, sa mère pinçait les lèvres dans une grimace de mépris : « Le malheur avec toi, c'est le goût... » Elle tâtait l'emplette d'abord sur l'endroit, puis sur l'envers, avant d'énoncer son verdict : « Tu l'as acheté, porte-le. C'est pour tous les jours. »

Et bien qu'à proprement parler sa vie ne comportât que des « tous les jours », Anna s'empressait de dissimuler son nouveau corsage ou sa nouvelle robe tout au fond de l'armoire. Comme, d'ailleurs, les rares fois où maman approuvait son achat et disait : « Fais-y attention. Ne va pas l'user. Mets-le pour sortir... »

Mais maintenant, repensant à la vieille femme du miroir, Anna examine d'un regard distrait les objets disposés dans la vitrine, prend son courage à deux mains et entre.

Et voit le gardien. Un jeune, qui a dans les vingt ans de moins que son Piotr. Et qui ne porte pas de vareuse, ou comment appelle-t-on cela, mais un costume noir strict qui le fait ressembler à un marié.

Elle s'attend à le voir s'écrier : « Chère citoyenne, vous n'auriez pas perdu quelque chose ici ! » ou : « Hé, ma pauvre dame, vous ne vous seriez pas trompée de porte, par hasard ? » Anna piétine longuement le paillasson en faisant mine de s'essuyer les pieds.

Son épaule puissante appuyée au chambranle de la porte, le gardien examine ses ongles d'un air songeur : d'abord ceux de la main droite, puis ceux de la gauche.

Anna décide d'en profiter et, confortée par la voix de Varvara Tikhonovna (« On est tous égaux »), elle se dirige vers le portant où sont suspendus des tailleurs pour femme ainsi que des robes d'une beauté céleste. Si bien qu'il lui suffit d'un coup d'œil pour prendre conscience du rôle qui lui a été assigné à cette noce : celui d'une parente pauvre venue sans être invitée. Anna imagine déjà comment disparaître tout doucement, sans aller se couvrir de honte, quand, soudain, elle aperçoit du coin de l'œil un couple d'un certain âge. Un homme et une femme, ses contemporains à peu de chose près.

L'homme a les cheveux gris, il fouille dans son portefeuille, tandis qu'une aimable vendeuse remet à la femme un sac bleu foncé sur lequel se détachent des lettres dorées.

– Je vous souhaite d'avoir du plaisir à la porter, dit la jeune vendeuse en souriant.

La femme lui répond avec une discrète ironie.

– Un plaisir qui coûte cher, c'est le moins que l'on puisse dire…

Et, s'adressant à l'homme :

– C'est moins cher à Milan.

Anna est debout, figée sur place, les yeux baissés : il lui semble qu'elle donnerait tout pour devenir *comme ça*…

La voix de la vendeuse la détourne de ce tableau enchanteur.

– Vous désirez essayer quelque chose ?

Anna est condamnée à acquiescer d'un signe de tête. Il n'existe pas au monde de force susceptible de lui faire dire « non ».

– Vous avez une silhouette magnifique, vous auriez grand tort de ne pas en profiter…

Sans remarquer (ou feignant de ne pas remarquer) le trouble d'Anna, la vendeuse écarte les robes suspendues à de légers cintres métalliques, comme si elle se frayait un chemin à travers la foule compacte des invités à la noce.

– Je peux vous proposer des robes de cocktail, voyez les couleurs. Curcuma, tremble doré… mousse de terrarium…

– Et… ça ?

De l'extrémité d'un doigt tremblant, Anna effleure une chose verte.

– Chou… Une couleur exceptionnellement vivante, croyez-en mon expérience. Elle vous garantit un look élégant.

Anna s'y perd dans les légumes, elle retire la main.

– Il me faudrait… Je ne sais même pas comment expliquer…

Elle regarde autour d'elle, angoissée, comme si elle cherchait le soutien et l'aide de maman.

Mais maman se tait. De son côté, elle a fait tout son possible pour armer sa fille indocile des mots justes. L'insoumise peut les utiliser.

La vendeuse attend patiemment que cette cliente bizarre et, disons le mot, improbable, rassemble enfin ses idées. Pour ne pas laisser échapper les siennes par mégarde : « Si, maintenant, des meufs aussi tartes viennent s'habiller chez nous… » Elle détourne le regard.

– Une robe de tous les jours.

Naturellement, Anna se rend compte que l'arsenal linguistique de maman lui donne l'air d'une sotte, la ridiculise aux yeux de cette jeune vendeuse, mais elle n'a rien d'autre à sa disposition.

– Ah ! Un look de *working girl* !

Sans broncher, la vendeuse se tourne vers un autre portant et choisit une chose gris clair avec, au col, une broderie argentée d'une si inconcevable beauté que, jetant à terre son horrible doudoune (elle l'enjambe comme s'il s'agissait du dernier obstacle la séparant d'une vie nouvelle débordante de bonheur), Anna défait les boutons de sa blouse l'un après l'autre – le regard perdu, comme une somnambule.

Le sourire poli ne sait sur quel pied danser.

– Mais par là… La cabine d'essayage…

C'est alors que, comme si elle avait vu son reflet dans une glace, Anna réalise ce qu'elle a fait. Incapable de se contenir, elle fond en larmes brûlantes, sanglote de honte à corps perdu.

La jeune vendeuse est décontenancée.

Se tournant vers le fond de la boutique, elle hurle :

– Marivanna, Marivanna !

Et, sans attendre la réponse, elle se rue sur le gardien.

– Tu ne vois pas qu'elle fait un malaise, non !

– Y a quoi ?? Faut que j'appelle une ambulance ? demande-t-il mollement.

– Ferme la porte à clé, bon Dieu ! Et lui qui reste comme deux ronds de flan !

De ce qui suivit, Anna se souvient confusément : une femme émerge des profondeurs du magasin, tenant d'une main un flacon, de l'autre un verre qu'elle tend à Anna.

– Buvez. D'un trait – Anna avale sans discuter. Natacha, Liouda ! Restez pas plantées là, les filles !...

Après, il y eut un rideau que quelqu'un tira derrière Anna. Ensuite, sa vieille jupe usagée (Anna ôte elle-même sa jupe *de tous les jours*). Des mains expérimentées font passer sa tête par le col de la robe brodée ; des doigts habiles agrafent le bouton d'en haut.

On la fait tourner vers le miroir et – « Seigneur Dieu... » – si les miracles existent, en voilà un : en dépit des épaules lâchement affaissées, des mains rougies par le travail et abîmées par les produits d'entretien corrosifs (Anna s'empresse de les dissimuler derrière son dos). Sur elle, la robe (personne, même pas maman, n'osera appeler ce miracle des miracles une *robe de tous les jours*) ne semble pas faite d'étoffe. On dirait sa propre peau. Anna regarde en pensant : « Pas possible que ce soit moi !... »

En attendant Anna, la gérante ramasse par terre sa blouse bariolée en polyester chinois. Lorsque, vingt ans plus tôt, son mari et elle, tous deux ingénieurs, avaient subitement perdu leur travail, elle avait commencé à aller en chercher de semblables en Chine. Elle avait bien réussi, était une femme indépendante. Veuve. Son mari, déprimé par le tragique de la situation, avait sombré dans l'alcoolisme et en était mort. Pour elle, ce pitoyable morceau d'étoffe était un hiéroglyphe sino-russe qui disait le désespoir général de cette époque mais aussi sa résolution personnelle de garder la tête hors de l'eau à tout prix, même si elle avait dû se battre. L'odeur de sueur émanant de cette misérable chose fait monter du tréfonds de sa mémoire les sons incompréhensibles et discordants d'un langage étranger, les grands sacs à motifs vichy enveloppés de plastique transparent, autant d'images de son passé de « navette[12] ». Tenant à

12. Terme familier désignant les personnes qui, dans les années 1990, faisaient des allers-retours entre la Russie et la Chine ou la Turquie pour acheter des vêtements à bas prix destinés à être revendus sur les marchés.

deux doigts ce pitoyable article de consommation courante, elle pense : « Pas possible que ç'ait été moi !... »

Anna arrache du miroir son regard ébahi, pousse le rideau. Sort de la cabine.

– Vous n'imaginez pas comme cette robe vous va bien. Il n'y a pas de mots... Croyez-en mon expérience. Si elle part, vous la regretterez...

Un bras passé autour de la taille de la cliente, la gérante fait en sorte de l'amener à prendre une décision difficile (dont Anna pense que dépend le changement de sa destinée).

– Certes, c'est un peu cher...

Anna saisit le regard que porte sur elle la gérante et y lit un doute quant à ses moyens financiers. C'est si amer, si vexant que, sans même jeter un œil sur l'étiquette, elle interrompt l'offenseuse :

– Bof ! Le prix...

– C'est ce que je dis toujours : l'argent, ce n'est que de l'argent... L'important, ce n'est pas les choses, c'est nous.

La gérante pousse délicatement Anna vers la caisse. Elle se penche pour prendre sous le comptoir le sac bleu aux lettres d'or de la marque, et demande :

– Vous réglez comment ? Par carte ou en liquide ?

Naturellement, Anna possède une carte bancaire sur laquelle son salaire lui est viré tous les quinze jours, ainsi que, tous les vingt du mois, sa pension de retraite. Le hic, c'est que maman ne lui permet pas de payer par carte. Elle ne compte plus le nombre de fois où elle a essayé de lui expliquer combien c'était commode et sûr. Rien à faire : « Ne la garde pas sur toi, mets-la en lieu sûr. » En lieu sûr, cela veut dire dans une petite boîte métallique sous la surveillance de maman. Mais elle ne veut surtout pas que la gérante s'imagine que sa question l'a désarçonnée. Dans une poche invisible dissimulée tout au fond de son sac, il y a encore un petit morceau de plastique dont la cheffe comptable lui a révélé les propriétés magiques. À dire vrai, Viktoria Frantsevna lui a donné le conseil suivant : « Dans l'existence, tout peut arriver. Prenez-la. À tout hasard. »

Heureusement, maman n'a aucune idée des possibilités occultes que le système bancaire offre aux possesseurs de cartes de crédit. L'unique chose qu'il faut se rappeler aussi bien que la table de multiplication se résume à quatre chiffres secrets. De crainte de se couvrir de honte, Anna se les répète mentalement.

L'or ensorcelant des lettres l'incite à agir avec plus d'audace. Anna presse précautionneusement les boutons. Le terminal de paiement lui répond par un borborygme de satisfaction qui indique que sa destinée est scellée.

Pour confirmer le fait – indiscutable, avéré –, la jeune vendeuse range les vieilles hardes d'Anna – jupe et blouse – dans le sac bleu au logo de la marque et le tend à Anna en prononçant les mots consacrés :

– Je vous souhaite d'avoir plaisir à la porter.

Anna essaie de se souvenir de ce qu'il conviendrait de répondre. Quelque chose du genre : un plaisir cher, Milan, mais dans sa tête, les quatre chiffres sacrés tournoient comme des pièces dans une machine à sous…

La précédant d'un demi-pas, le gardien lui ouvre la porte, avec prévenance.

Suivant Anna du regard, la gérante lance une phrase énigmatique : « C'est comme ça, les filles, on voit de tout dans la vie ! » et regagne son réduit pour continuer la tâche à laquelle on l'a arrachée : changer les étiquettes de tous les articles en prévision des grands soldes qui démarrent le lendemain dans la boutique.

Anna chemine vers le métro en proie à un sentiment étrange, non conforme au cours ordinaire du temps, un sentiment apparenté à celui qu'elle avait éprouvé quand elle avait été admise chez les pionniers, l'une des premières de sa classe ; en revenant du collège, elle avait ouvert exprès son manteau pour que les passants qu'elle croisait puissent apercevoir – et envier – sa cravate rouge toute neuve. En ce moment, la cravate est remplacée par le splendide sac de la boutique qu'Anna tient bien en évidence au bout de son bras tendu. L'indifférence des piétons engendre des pensées angoissées. Elle se dit « Et si le sac ne suffisait pas ?… S'il fallait encore autre chose ? »

Elle se souvient alors des mots que la patronne du salon de coiffure se plaît à répéter : « Si on est mal coiffée, on peut se mettre sur le dos tout ce qu'on veut, on se retrouvera quand même le bec dans l'eau. »

Et Anna devine que tout vient de son *épouvantable* coiffure. Elle décide d'oublier ses obligations filiales (« Qu'est-ce que ça peut bien faire que maman se lave avant ou après le repas ? D'autant qu'elle arrive à marcher dans sa chambre. Si elle veut, elle peut clopiner jusqu'à la salle de bains... ») et elle s'élance dans la direction opposée à celle de sa maison afin de profiter des avantages que lui offre son travail à mi-temps. Tout de suite. Sans attendre.

Afin d'éviter les questions superflues – qui ne manqueraient pas de pleuvoir si elle se montrait parée de sa nouvelle robe au salon de coiffure où elle est employée –, Anna s'enferme dans les toilettes du personnel et remet ses vieux habits (en tirant sur sa jupe, elle flaire une mauvaise odeur, un relent de souris, comme à la datcha après l'hiver), et, ayant consciencieusement rempli ses obligations, elle s'adresse à l'austère remplaçante pour justifier une requête non prévue par son contrat de travail : elle est soi-disant invitée aux soixante-dix ans d'une proche parente, tante Tonia, la sœur de sa mère.

La remplaçante s'étonne, mais accueille favorablement cette demande d'ordre privé. Elle appelle une coiffeuse (plus précisément, une stagiaire que la patronne compte embaucher pour un emploi venant de se libérer, mais que, pour l'instant, elle se contente de jauger) et lui ordonne de s'occuper de « notre collaboratrice » : « Ma petite Sveta, ce sera pour nous l'occasion de voir de quoi vous êtes capable. »

La stagiaire accepta de bonne grâce l'ordre de la direction, manifestant même un enthousiasme certain. Elle en avait visiblement assez de jouer les auxiliaires et entendait mener à bien cette mission pour se montrer sous son meilleur jour. Elle s'attaqua à la hideuse chevelure d'Anna, s'affaira deux bonnes heures au-dessus d'elle, d'abord timide et demandant à chaque instant « Et notre raie, nous allons la faire où ?... Et notre frange, nous la préférons où ? À droite ? » En réponse, la cliente se contentait de sourire. Mais, ensuite, elle cessa de la presser de questions et dit : « Fermez les yeux et n'essayez pas de regarder » et assuma l'entière responsabilité de la tâche qui lui avait été confiée.

Lorsque Svetlana lui tourna le visage vers le miroir en déclarant solennellement : « Et maintenant, regardez ! », et se recula légèrement pour admirer l'œuvre de ses mains, Anna faillit pousser un cri en voyant sa propre photographie la contempler depuis le miroir, une photographie prise une quinzaine d'années plus tôt dans un studio de l'avenue Moskovski où elle avait conduit le petit Pavlik. Elle s'en souvenait comme si c'était hier, elle croyait même entendre la voix du photographe : « Vous pouvez m'en croire, en visages, je m'y connais un peu ! Vous êtes belle. D'une beauté russe discrète. Comme les paysages de Levitan… »

Sa mère avait regardé la photographie et reniflé : « Tout est bon pour que tu dépenses de l'argent. » Anna avait tenté de répliquer : « Le photographe a dit que j'étais belle… » et s'était vu répondre : « Pour de l'argent, on dit n'importe quoi ! À propos, moi, à ton âge, je faisais plus jeune. » Ne souhaitant pas entrer dans une dispute, Anna avait bafouillé : « Bien sûr, petite maman. » N'empêche que sa mère avait quitté la pièce l'air affligé, à croire qu'Anna était coupable de sa vieillesse, qu'elle avait abrégé les jours de sa mère…

Et ce fut à nouveau un concert de oh ! et de ah !, comme dans la boutique de vêtements ; même la patronne les rejoignit : « C'est ce que j'appelle du travail ! Hein, les filles ? Elle pourrait se présenter au concours national tout de suite. » Et elle fit venir la stagiaire rougissante dans son bureau, et lui signa un CDI sur-le-champ. Car, bien que débutante, elle donnait de grands espoirs ; indubitablement douée, elle manifestait aussi un grand esprit de responsabilité quant à la tâche impartie et rappelait à la patronne, coiffeuse chevronnée, le bon temps de sa propre jeunesse.

La jeune fille sortit du bureau, stupéfaite, mais peut-il en aller autrement quand le rêve qui, croit-on, n'arrivera que dans un avenir éloigné devient soudain réalité, comme par un coup de baguette magique ; d'autres ne comprenaient peut-être pas, mais Anna, elle, le comprenait parfaitement.

Anna attendit que la jeune fille finisse de coiffer son premier client (en tant que coiffeuse officielle) et jeta un œil dans la pièce du fond pour lui dire : « Tu as du talent. – Pas moi, répondit la jeune fille avec sérieux. Nous sommes une dynastie de coiffeuses… Maman m'a appris. Les cours, c'est comme ça, juste pour le diplôme. » S'accrochant au mot « dynastie », Anna demanda : « Et ta grand-mère aussi ? » mais, voyant les yeux sombres flotter puis bondir de côté comme des lièvres apeurés, elle comprit qu'elle aurait mieux fait de se taire.

Afin de réparer sa maladresse, elle se dépêcha de changer de sujet :

– Tu veux que je te montre quelque chose ? Ferme les yeux et n'essaie pas de regarder...

La jeune fille acquiesça volontiers, elle proposa même :

– Si vous voulez, je compte. Un, deux... – combien de fois, durant cette longue journée, Anna aura-t-elle dégrafé sa blouse détestée ! Dix-huit, dix-neuf...

Elle eut le temps de compter jusqu'à trente avant d'entendre :

– Tu peux les ouvrir.

– Trente et...

Les yeux sombres tourbillonnèrent, mais au lieu de pousser des exclamations enthousiastes (comme Anna s'y attendait), Svetlana détailla Anna des pieds à la tête – plus exactement, de l'ourlet au cou – et lâcha dans un soupir extasié :

– Mais c'est... la dernière collection...

Puis, dans un chuchotis où résonnait l'émotion :

– Dites... vous l'avez volée ?!

Ce chuchotis frappa son tympan, roula derrière ses oreilles, là où, d'ordinaire, se déchaînaient des acouphènes. Anna était habituée de longue date à leurs bourdonnements, mais certainement pas à des accusations infondées. Pour remettre la gamine à sa place une fois pour toutes, plongeant le regard dans ses yeux sombres (qui n'exprimaient d'ailleurs pas la moindre condamnation), elle répondit avec autorité :

– Je ne l'ai pas volée, je l'ai achetée.

Et remarquant que, dans l'eau dormante de l'extase, bouillonnaient comme des sources brûlantes des vaguelettes de perplexité, elle tendit la main vers son sac.

– Je peux même te montrer le ticket de caisse.

Tard le soir, dans sa chambre fermée à clé, elle examina sans en croire ses yeux les nombreux achats qu'elle avait faits dans la journée avec l'aide de la jeune fille. Dans les prunelles expressives, les vaguelettes s'étaient peu à peu calmées ; la gamine avait refusé tout net quelque preuve que ce soit : « Non, non, et puis quoi encore ! Je vous crois », et lui avait proposé son aide pour les chaussures (« À deux pas d'ici. Un magasin à tomber par terre. La cliente de maman ne va que là ») et, par la même occasion, pour le maquillage ; par bonheur, la carte bancaire magique fonctionnait impeccablement. En un mot, ce n'est qu'après avoir ouvert la boîte (sa beauté pouvait rivaliser avec celle du sac cadeau bleu foncé) contenant ses nouvelles chaussures dont le cuir souple se révéla, hélas, plus doux que sa peau, qu'elle comprit que Svetlana n'avait pas voulu l'offenser. La coupable, c'était la période actuelle : à la différence de la soviétique, elle se fondait sur tout ce qu'on voulait sauf sur des principes moraux. C'est du moins ce qu'Anna pensa. Et elle se rappela soudain qu'elle avait noté une sorte d'étrangeté, mais que, pressée de soustraire ses achats illégitimes aux regards de ses proches, elle n'y avait pas accordé de signification spéciale.

Mais à présent, Anna reconstituait de mémoire la suite de ses gestes machinaux : « Je suis entrée, j'ai ôté mes bottes, je me suis penchée pour prendre mes pantoufles... » Et elle comprit : des voix. Une voix d'homme, sourde et fêlée, une voix d'homme âgé, lui avait-il semblé. L'autre voix, féminine, elle, lui avait paru jeune. La pensée que sa mère – seule et en son absence – pouvait recevoir du monde frappa Anna à tel point que, négligeant de se changer pour revêtir un vêtement d'intérieur, elle s'en fut tirer les choses au clair.

En dépit de sa brièveté, son trajet eut le temps de générer une supposition stupéfiante. Anna s'arrêta devant la porte, craignant de l'ouvrir et de découvrir – qui ? Était-il possible qu'il s'agisse des fameux fantômes avec lesquels sa mère réglait ses comptes du temps de sa vigueur ? Jusqu'alors, Anna les avait imaginés sous la forme de silhouettes au contour érodé : c'est ainsi qu'un myope voit ceux qui l'entourent s'il a oublié de mettre ses lunettes.

La crainte le disputait à la curiosité. La curiosité l'emporta. Anna toqua brièvement et entrouvrit la porte.

Le tableau qui s'offrit à elle allait à l'encontre de ses absurdes fantaisies : son fils était assis sur le divan, sa tablette à la main. Petite maman somnolait, noyée dans son profond fauteuil, la tête sur la poitrine. Ressentant un soulagement fugace proche de la déception, Anna embrassa d'un regard inquiet les choses connues depuis l'enfance et se persuada que rien, non, rien n'avait changé durant sa brève absence : les mêmes portraits poussiéreux dans leurs cadres de chêne ; le même énorme chiffonnier occupant la moitié du mur ; la table pliante (Anna ne se souvenait pas qu'on l'eût jamais ouverte) ; le vieux bureau avec ses incrustations, planté sur ses pattes de lion sculptées (le petit Pavlik l'appelait tantôt un poêle, tantôt une isba sur pattes de poule[13]) ; le canapé tendu d'un cuir noir crevassé depuis bien longtemps – tout était aussi net et bien rangé qu'à l'ordinaire. Pas de ces sachets de cellophane, petites boîtes et autres saletés dont certaines vieilles femmes encombrent les surfaces qui les entourent, tables de salle à manger, de chevet ou appuis de fenêtre. Anna s'apprêtait à regagner sa chambre, tirer le verrou et reprendre la plaisante fréquentation des choses nouvelles et inconnues, quel que soit le nom que maman leur donne, choses ou chiffons, peu importe... quand, soudain, elle s'aperçut que maman serrait un morceau de drap dans sa main.

Interdite (« Elle s'est mis en tête de faire la poussière ou quoi ? »), Anna posa les yeux sur son fils avec l'intention de lui expliquer que sa grand-mère n'était pas en état, ou plutôt, était dans un état tel qu'il ne fallait satisfaire aucune de ses demandes sans y réfléchir à deux fois, d'autant qu'elles étaient souvent dangereuses. Imagine un peu quel malheur pourrait arriver si, oubliant son âge et sa faiblesse, elle s'amusait à grimper sur une chaise pour atteindre les portraits ! Qu'est-ce qu'on ferait si elle perdait l'équilibre, glissait et tombait ?... Dans le torrent de paroles d'Anna, essayant de raisonner son gamin étourdi et irresponsable, passa – comme la tête d'un nageur solitaire emporté par les flots – son offense filiale : jamais, au grand jamais, maman ne l'a autorisée, elle, sa propre fille, à épousseter sa chambre. Suivant des yeux l'offense qui nageait à contre-courant, Anna se dit : « Combien de fois ai-je essayé de lui retirer son chiffon ! »

Le nageur solitaire dont elle ne détournait pas les yeux surgit une dernière fois avant de disparaître dans la gueule de l'élément aquatique.

Oubliant combien maman avait le sommeil léger, Anna, irritée, demanda à voix haute :

– Pavlik, tu peux me dire ce qui se passe ici ?

---

13. Dans les contes populaires, la sorcière Baba Yaga habite une isba sur pattes de poule.

– Où ?

Son fils tirait sur le long câble noir posé par terre qui allait du canapé au fauteuil.

– Ici.

Le regard d'Anna glissa, impatient, sur les portraits anciens que, tant qu'elle en avait eu la force, maman n'oubliait jamais de dépoussiérer quotidiennement : un vieillard vêtu d'une redingote à l'ancienne mode, avec un nœud de cravate compliqué ; un moustachu en uniforme militaire (col brodé d'or, épaulettes en or terni, comme décoloré) ; une jeune femme (Anna l'appelle l'Inconnue) dont les somptueuses manches vertes soulignaient la pâleur.

– Rien de rien... – son fils loucha sur les tableaux en ricanant. Si tu ne me crois pas, tu n'as qu'à leur demander.

Et Anna eut beau comprendre que ce n'était pas sérieux, que son fils la trollait, elle sentit des frissons lui courir sur la peau. C'était pareil à l'église : elle savait parfaitement qu'il n'existait en réalité aucun Dieu, mais sa peau sentait Sa présence.

Cependant, petite maman s'était réveillée. Mais au lieu de tomber sur sa fille à bras raccourcis comme à l'ordinaire (« Je me demande ce que tu es venue faire ici ! ») en hurlant, elle lui adressa un sourire édenté qui s'épanouit sur son visage.

– Regardez voir, docteur ! C'est ma petite Tonia, ma sœur chérie, voyez comme elle est belle ! Le temps d'aller tout chercher, j'en ai pour une minute, il y a un sac entier de prêt pour toi – elle roucoule sans cesser de fixer sa fille de ses yeux aveugles tendus de cataracte.

Égarée devant cette durable démence, Anna étendit les bras comme pour retenir sa mère dans l'espace de la raison.

– C'est moi, petite maman... regarde-moi... mais regarde-moi donc...

Ses balbutiements décontenancés, presque enfantins, agirent. Chassant de son visage le sourire obséquieux inconnu d'Anna (comme si elle l'avait caché dans les plis de sa peau flasque), sa mère croassa de sa voix habituelle :

– Je vois bien que c'est toi. Et alors ?

Et sans la laisser reprendre ses esprits, elle la mit dehors, refusant même de dîner : « Dégage avec ton dîner. » Elle se leva du fauteuil en geignant (Anna s'élança pour l'aider, mais sa mère s'écarta, agacée), clopina jusqu'au lit ; elle poussa un gémissement étouffé, s'allongea, les ressorts du matelas lui répondirent en gémissant à leur tour en écho – et elle se retourna, visage contre le mur.

Anna s'éloigna, docile, et alla interroger son fils sans tarder : elle devait savoir de quoi ils causaient, sa grand-mère et lui, comprendre pourquoi, au lieu de croasser, elle dégageait cette joie édentée en racontant ces balivernes.

Mais elle trouva porte close. De derrière la porte lui parvint le bruit de tirs désordonnés et de cris perçants. *Depuis le flanc gauche ! Passons par la gauche ! Salopards, fachos de merde !*

À peine Anna, furieuse, avait-elle pensé : « Je souffre, je suis mal, et lui, il s'en fiche comme de l'an quarante ! », qu'une voix jeune s'écria *Pour la Patrie, pour Staline !*, tandis que résonnait, assourdissante, une explosion d'une force si inhumaine qu'Anna se recroquevilla involontairement, comme si, derrière la porte, à croire que ce n'était pas son fils qui jouait à un jeu de guerre idiot (au lieu de s'occuper de choses sérieuses, monsieur n'a rien trouvé de mieux que de s'amuser, voyez-vous, il joue...), mais de vrais petits soldats qui montaient à l'attaque pour la dernière fois de leur courte vie...

La tasse de café fort qu'Anna se prescrivit après avoir tourné dans sa main le flacon de valériane vide la convainquit qu'elle arriverait à parler à son fils de choses sérieuses, pourquoi pas, dans la soirée, et, entre autres, d'argent.

Réchauffées par le café odorant, ses pensées prirent un autre tour ; devant elle se dressa la silhouette de Tonietchka, la sœur de sa mère, que celle-ci n'avait pas jugé bon de mentionner au cours des quarante dernières années – à se demander si elle avait ou non existé –, mais elle s'en était souvenue justement aujourd'hui, alors qu'Anna avait invoqué les soixante-dix ans de tante Tonia pour demander une faveur personnelle. N'était-ce pas elle qui, par ses propos inconsidérés, avait rappelé sa tante du néant ?

Si elle n'avait pas craint de précipiter maman dans un nouvel accès de démence, Anna aurait peut-être mis à profit cette coïncidence pour essayer de découvrir les raisons de leur brouille, mais, imaginant comment l'autre, battant l'air de ses ailes brisées, accuserait sa sœur d'une noire ingratitude, ou, pire, se justifierait pitoyablement, elle flanqua sa tasse vide dans l'évier. Mit sa doudoune. Sortit sur le palier, l'air aussi décidé et inflexible que si elle partait à tout jamais.

Elle était debout à attendre l'ascenseur (le petit œil rouge congestionné n'en finissait pas de clignoter) quand la porte d'en face s'entrouvrit, découvrant la tête de leur voisine, mère de trois enfants et grand-mère d'une flopée de petits-enfants ; Anna ne connaissait même pas le nombre exact de braillards venus accroître cette parentèle qui débarquait à l'occasion des fêtes. Quelque cinq ans plus tôt, Galina avait marié son dernier fils et, alors qu'elle avait toujours eu une constitution de paysanne, maigre et sèche, elle s'était mise à gonfler jusqu'à devenir complètement obèse. Maman disait que c'était la faute au désœuvrement ; d'ailleurs, l'autre, loin de s'en cacher, s'enorgueillissait de se tourner les pouces : pourquoi se décarcasser puisque, Dieu soit loué, elle ne vivait pas de sa seule retraite, que ses fils lui assuraient une existence confortable ? Depuis, la marotte était de faire le tour du voisinage pour quémander, tantôt du sel, tantôt des allumettes ; il fallait voir ses yeux fouineurs et la curiosité qui la tenaillait. Anna lui donnait sel et allumettes, sachant à l'avance que maman allait lui faire une scène et la traiter de chiffe molle qui se mettait en quatre pour une commère au culot phénoménal, au lieu de la chasser avec perte et fracas. Et Anna avait beau comprendre aussi bien que maman que la voisine se posait là comme pie bavarde et colportait des ragots dans tout l'immeuble, en tant que personne éduquée, elle n'arrivait pas à transiger sur ses principes.

À la vue d'Anna, Galina s'anima et, pour ne pas perdre un temps précieux, sans même remarquer sa coupe à la dernière mode, elle alla d'emblée à l'essentiel. Plus exactement, à la nouvelle qui lui brûlait les entrailles.

– T'as entendu ? Y déménagent. Z'ont échangé leur appart avec la Nina, celle qu'est au-dessus de vous. Y a deux jours, je regarde par la fenêtre, y chargent un camion. Ni une ni deux, je monte chez la Nina et je lui demande : « Ça sera qui à votre place ? » Et elle : « Qu'est-ce que ça peut bien te fiche, à toi ? » « Espèce de garce », je me dis ! Et elle : « Allez, va-t'en, reste pas en travers de la porte. On va venir chercher le canapé. » Et moi : « De quoi ? Il est propriété de l'État. On a le droit de l'utiliser toute sa vie, mais l'embarquer, ça, ja-mais... » Et la Nina qui me fait : « C'était avant qu'on n'avait pas le droit, maintenant on peut tout... » Faut le voir pour le croire ! Je veux quelque chose, hop ! je le prends ! Il leur faudrait un Staline, lui, il te les mettrait au pas !

Le canapé, Anna ne comprit pas pourquoi il était propriété de l'État. Elle voulait demander, mais Galina avait déjà changé de sujet.

– T'sais, y z-ont un fils. Il ressemble à ton Pavlik... Alors, je me suis dit comme ça qu'ils allaient peut-être devenir copains. Tu as un bon gars, bien tranquille, seulement il est un peu ours, toujours seul de chez seul...

Ayant frappé Anna là où ça faisait mal, elle se pourlécha les babines et reprit d'une voix sucrée :

– Tu n'irais pas au magasin par hasard ? Tu pourrais me prendre du lait... Des fois que tu passes devant. Je te rendrai les sous.

Anna fit oui de la tête. Sinon, impossible d'échapper à la grosse bonne femme volubile. Elle lui tourna brusquement le dos, prit l'ascenseur, et, en descendant, se demanda, étonnée : « D'où peuvent bien sortir des gens aussi méchants ? Copains, pas copains, en quoi ça la regarde... »

Le rez-de-chaussée était encombré de cartons. Sur l'un d'entre eux était assis un jeune gars inconnu – c'était vrai qu'il avait quelque chose de son Pavlik. Anna passa à côté de lui, il glissa sur elle un regard vide et enfouit le visage dans son portable.

Et il sortit instantanément de sa mémoire. Comme si la mémoire était un espace concerté où il est facile de pénétrer, mais pas si simple de demeurer. Du reste, peu importait qui était là, Anna n'avait pas la tête à ça.

Elle sortit par la grande porte et s'arrêta, scrutant les ténèbres de ses yeux largement ouverts comme si elle s'efforçait de comprendre pourquoi elle était sortie, avait abandonné les murs qui l'avaient vue grandir. Son difficile destin ne lui aurait-il pas appris à se montrer prudente concernant tout ce qui sortait du cadre d'une habitude enracinée ?

« Admettons que tante Tonia soit vivante. Et que je la retrouve... » On ignore les répercussions que cette rencontre aurait sur maman. Si, dans un lointain passé, les deux sœurs avaient été très proches, il ne s'ensuivait absolument pas qu'elles puissent retrouver leurs relations d'antan. Un passé commun est impossible à revivre une seconde fois...

Anna tourna sur l'avenue Moskovski. Elle marchait sans remarquer qu'elle ne pensait plus à maman ; de la confusion de ses pensées inquiètes avait déjà surgi le petit cinéma où elle était allée un jour – en ce moment où elle était debout à un carrefour en train de se persuader de l'irréversibilité du passé, sa mémoire stupéfaite témoignait du contraire. De ce que cette loi infrangible n'avait pas de pouvoir sur elle : ce qui était arrivé un jour demeurait à tout jamais...

Anna avait oublié comment, ayant fait le tour des environs, elle avait abouti chez elle – dans ses oreilles, les acouphènes se déchaînaient, stridulaient tant et plus ; en pénétrant dans le hall déserté d'où les cartons avaient disparu, elle découvrit le garçon dont la méchante voisine avait prédit qu'il ferait amitié avec son fils. Il était assis sur une marche d'escalier, plongé dans son portable, comme si de rien n'était.

Ce n'est qu'en se couchant à minuit passé qu'Anna se souvint de ce qui l'avait tant mise sur ses gardes : ce n'était pas de voir le gars assis tout seul dans le hall vide, ni même qu'il lève les yeux de son portable pour la suivre du regard tandis qu'elle se dirigeait vers l'ascenseur. Non, c'était ce regard lui-même. Accrocheur et concentré, pas du tout vide comme celui de Pavlik. Le garçon inconnu avait dévisagé Anna jusqu'à ce que les portes de l'ascenseur se referment sur elle.

Elle n'allait pas seule dans ce petit cinéma. Le futur père de Pavlik l'accompagnait.

Ils avaient fait connaissance dans un café. Cet événement qui avait changé son destin dans la réalité et non point dans l'imaginaire, Anna ne l'attribuait pas simplement au concours de circonstances qui l'avait précédé. La veille, le gel avait frappé, entraînant des dégâts dans tout le quartier. Une conduite d'eau chaude avait éclaté : les radiateurs du collège ne fonctionnaient plus, mais on avait attendu presque trois heures pour renvoyer les enfants chez eux. Les pires craintes s'étaient confirmées : les dégâts étaient importants, un jour ne suffirait pas pour les réparer, encore heureux si on y arrivait pour le week-end. Anna sortit de l'établissement en même temps que Natalia, qui lui proposa d'aller prendre un café pour se réchauffer.

Cette longue chaîne de coïncidences fortuites qui avait divisé son destin en un *avant* et un *après* apparaissait à Anna comme obéissant à une loi objective, voire à un dessein de la providence. Rétrospectivement, elle ne s'interrogeait pas sur le fait que cet important événement ait coïncidé avec la fraction de temps où Natalia avait régné en maîtresse sur sa vie, ni sur la raison pour laquelle ces dégâts des eaux s'étaient produits précisément à la fin de leur amitié, ni plus tôt ni plus tard, une amitié dont les bizarreries ne la troublaient pas non plus. Elle voyait dans cette amitié inégale comme un passage de la férule inflexible de sa mère à une liberté relative (quelle que soit la façon dont cette liberté s'exprimait).

Il lui suffisait que Natalia, à la différence de sa mère, ne prétende pas à un pouvoir universel, même si elle se sentait en droit de juger les actions d'Anna, de les approuver ou de les blâmer. Les blâmes blessaient Anna, mais elle supportait, comprenant qu'elle n'aurait pas une chose sans l'autre, que les blâmes et les approbations faisaient partie d'un tout, de la même façon que, dans les « commandes » qu'on lui adressait pour les fêtes, à un sac de gruau de sarrasin, introuvable sur le marché, étaient joints de la gelée de fruits en brique ou un paquet de semoule.

Toutefois, avec les années, il lui devenait toujours plus difficile de rester l'amie de Natalia. En effet, plus elle résistait, plus se tendait une corde invisible, menaçant de se briser dans un claquement affreux, bruit qu'Anna redoutait à l'avance.

La première épreuve – comme elle disait – fut son refus de donner des leçons particulières, occupation rapportant pas mal d'argent à Natalia qui se faisait la répétitrice de ses propres élèves. Anna, quant à elle, considérait comme immoral de dépouiller ceux qu'elle avait le devoir d'instruire gratuitement. Mais, de crainte d'une dispute, elle se garda de motiver son refus par des principes moraux, alléguant la mauvaise santé de sa mère : sa tension faisait des sauts de puce et elle craignait de la laisser seule.

Même si, à parler franchement, elle était tentée. D'autant que les leçons particulières n'étaient pas une invention dangereuse de Natalia. En ces années, nombreux étaient les enseignants qui jouaient les répétiteurs, du moins dans leur collège ; naturellement, sans le crier sur les toits, mais sans vraiment se cacher non plus. La directrice le savait, toutefois elle fermait les yeux, au nom des statistiques de réussite annuelle.

Pour les autres professeurs, ces gains représentaient un supplément considérable à leur salaire de base ; pour Anna, ç'aurait été de l'argent échappant au contrôle maternel et dont elle aurait pu disposer à sa propre guise. En un mot, quand Natalia, qui avait deviné le fond de l'histoire, lui proposa de s'organiser intelligemment en échangeant leurs élèves : « On fait un chassé-croisé, tu prends les miens et moi, les tiens », Anna inclinait déjà à donner son accord. Et s'il n'y avait pas eu *cette femme*, elle l'aurait probablement fait.

Ce jour-là, elle fut convoquée pendant un cours. Étonnée d'une pareille urgence, Anna dicta les numéros d'exercices à faire en son absence et prévint ses élèves qu'elle les vérifierait dès son retour.

En entrant dans le bureau, elle vit une femme inconnue assise à la place de la directrice, appuyée des deux mains au bord de la table, comme si elle n'attendait que l'apparition d'Anna pour se lever et partir. Mais c'est la directrice qui se leva (elle avait cédé son fauteuil directorial à l'inconnue et se tenait à distance, assise tout au bord d'une chaise). En voyant Anna entrer, elle laissa tomber : « Et voici notre Anna Petrovna », et sortit sans lever les yeux sur elle…

Pour commencer, la femme lui demanda si elle n'avait pas de problèmes avec ses collègues. Persuadée qu'il s'agissait de la vieille histoire de son affectation aux petites classes contraire au Code du travail, Anna assura que tout allait bien et qu'elle n'avait pas le moindre grief. La femme inconnue opina du chef : « Magnifique. Super. » Ensuite, elle adopta une expression sévère pour dire qu'Anna devait les aider. Et elle ajouta avec un petit rire : « Et consolider, pour ainsi dire, les traditions familiales. » De quelles traditions s'agissait-il, d'autant plus familiales ? Anna ne le comprit pas ; en revanche, elle comprit immédiatement l'identité de *ceux qu'elle devait aider.* Pour la première fois de sa vie, elle sentit un bourdonnement derrière les oreilles. Elle croisa ses doigts trempés de sueur, s'attendant à ce que la femme exige d'elle le nom des professeurs arrondissant leurs fins de mois à coups de leçons particulières et, juste pour gagner du temps, demanda dans un murmure : « Aider en quoi ? » Mais il s'avéra que la femme s'intéressait aux élèves : des groupes informels menaçaient le régime politique : « Nous devons tirer ces cas au clair en temps voulu – si nous tardons, nos enfants suivront un mauvais chemin. »

Anna ignorait tout de ces groupes, mais aux mots de « régime politique », elle sentit son cœur défaillir. Cependant, l'inconnue fouillait dans son sac, elle y prit un mouchoir, s'essuya soigneusement les mains et, regardant Anna droit dans les yeux, lui dit qu'elle n'attendait pas de réponse immédiate, qu'on la contacterait, mais pas par l'intermédiaire du collège : on lui téléphonerait chez elle.

Quand elle retourna dans sa classe Anna avait cessé de se sentir une professeure ; elle avait l'impression d'être une bestiole acculée dans un coin. Les quelques jours et nuits qui suivirent, elle fut en proie à une lutte épuisante. Tantôt elle s'imaginait gagnant l'entrée, jetant un regard ferme sur le crapaud téléphonique soudain animé, décrochant l'écouteur en bakélite noire et répondant comme il convenait à quelqu'un de bien : « J'ai réfléchi. C'est non. Vous pouvez me licencier. » Tantôt, c'était un tableau effrayant : on venait l'arrêter. *Pour avoir refusé de coopérer avec les organes.*

Le tableau effrayant l'emporta. Mais, en fin de compte, il n'y eut pas de coup de fil.

Elle oublia progressivement cette sale histoire. D'autant que la directrice se taisait, faisant comme si la femme inconnue n'avait jamais existé. Les autres n'étaient tout bonnement pas au courant, y compris Natalia : même à elle, Anna n'en avait pas soufflé un traître mot. Mais elle refusa les leçons particulières. Catégoriquement.

Les tensions menaçant leur amitié surgissaient les rares fois où Natalia, dont on ne comptait plus les soupirants, tentait de lui présenter quelqu'un. Anna refusait, au motif qu'un sentiment comme l'amour n'avait pas besoin d'intermédiaires. En réponse, Natalia haussait les épaules : « Eh bien, attends ! Il viendra. Quand tu auras cinquante ans ! »

La corde avait beau se tendre terriblement, elle se brisa soudain sans raison particulière. Après une conversation où Natalia, qui venait de rompre avec un énième soupirant, déclara qu'elle se mariait.

Comme on le sut plus tard, son futur mari avait monté une coopérative (comme par hasard, un centre de soutien scolaire). Natalia travailla au collège jusqu'à la fin de l'année scolaire, puis partit enseigner là-bas. Anna ne fut pas tant frappée par ce départ – elle avait déjà entendu parler des sommes astronomiques que gagnaient les entrepreneurs – que par le fait que son amie ait attendu pour lui en parler que la directrice signe son certificat de travail, autrement dit, le dernier moment. Anna fut tellement secouée par la nouvelle que, pour la première fois de sa vie, elle osa un reproche.

Natalia interpréta ce reproche de travers et lui expliqua qu'on n'y recrutait que des répétiteurs chevronnés et que, par son refus inconsidéré, Anna avait laissé passer l'occasion de changer sa destinée. Philologue de formation, Natalia émaillait son discours d'expressions consacrées : *infini négatif, éternel retour, changement de destinée.* Anna était ensorcelée par ces expressions, mais n'osait pas demander pourquoi elles étaient consacrées. Natalia conclut sa diatribe par ces propos cruels : « Si tu cherches une coupable, accuse-toi toi-même. »

Concernant son nouvel élu, Natalia se répandait en louanges si généreuses qu'Anna soupçonna quelque chose de fâcheux : « Ou elle cherche à se convaincre, ou elle veut le couvrir. Par conséquent, elle ne l'aime pas... » Naturellement, elle s'exprima avec davantage de délicatesse :

– Ne va pas te précipiter quand même, réfléchis...

Une phrase de rien du tout, une bagatelle, qui ne demandait pas qu'on s'y attarde ! N'est-ce pas ?

Mais Natalia explosa – comme si une mouche l'avait piquée.

– Ça te va bien de faire la morale ! Tout le monde ne peut pas être une reine comme toi !

Plus tard, Anna comprit : ce n'était pas une réaction incontrôlée, Natalia avait accumulé les griefs au fil du temps. Mais sur le moment, elle se trouva désemparée.

– Moi, une reine ?...

– Qu'est-ce que tu crois ? C'est moi, peut-être, qui habite un palace ? Nous autres, pendant ce temps, on s'entasse à cinq dans un minable appartement de l'époque Khrouchtchev. Quand le voisin éternue de l'autre côté du mur, je ne te dis que ça !... Vous, c'est l'aristocratie, le sang bleu ! Rien à voir avec nous autres, simples mortels !

La rage de Natalia lui crachant ses rancœurs au visage l'effraya.

– Tu me prends pour une vraie quiche ou quoi ? J'ai pas d'yeux pour voir, peut-être ! Tiens, votre lampe… J'ai vu la même chez un antiquaire : elle vaut la moitié de notre appart. Tu nages dans le luxe et tu méprises les autres… Mais y a pas de raison de me mépriser ! Compris ?

Derrière ce flot de paroles, il y avait une accusation, méchante, et, surtout, injuste – comme si Anna avait été différente des autres.

Elle eut mal et honte. Pas de Natalia, d'elle : c'était vrai que leur maison débordait d'objets de valeur. Et cette maudite lampe à l'ange… « Mais de là à dire que je suis coupable ! Je ne l'ai quand même pas volée… »

Le soir, elle n'y tint plus.

– Petite maman, je… Toutes ces choses…

Elle voulait demander : « Elles viennent d'où ? », mais elle n'osa pas et ne réussit qu'à bafouiller : « Elles valent cher ? »

Ah ! On a bien raison de dire : Ne réveillez pas le chat qui dort.

Sa mère se métamorphosa en un animal déchaîné.

– Tu passes ton temps à attendre ma mort ? Ça te démange de vendre ?!

– Bien sûr que non, je… C'est seulement pour savoir… C'est l'héritage de qui, de toi ou… de papa ?

Et soudain, sa mère retrouva son calme, comme le jour où elle avait appris que Pavlik allait naître. Anna eut peur qu'elle se mette à pleurer, mais non, elle répondit avec une étonnante tranquillité :

– Que tu en saches plus ou moins ne change rien, c'est ton sang. Pas le mien.

De cette étrange conversation – « Qu'est-ce qu'elle veut dire avec cette histoire de sang ? » – Anna déduisit qu'il s'agissait de l'héritage de son père. Et elle relégua tout cela dans un lointain tiroir de sa mémoire.

D'autant qu'après avoir démissionné du collège, Natalia disparut pour quelque cinq ans.

Et puis, un beau jour, elle téléphona sans crier gare. Ça faisait une éternité qu'elles ne s'étaient vues et elle s'ennuyait d'Anna. Que dirait-elle si elle passait ?

Anna se réjouit de ce coup de fil, prépara une salade au crabe, acheta une bouteille de vin doux en cachette de sa mère. Mais Natalia refusa d'en boire : « Une autre fois. Aujourd'hui, je ne peux pas. Je conduis. »

Elle avait un visage jeune. Pas une ride. Des mains soignées, couvertes de bagues.

Anna se dit : si réconciliation il y a, va pour la réconciliation.

– Tu es splendide ! la complimenta-t-elle de tout cœur.

– Toi aussi.

Mais ses yeux disaient *le contraire.*

Elle avait apporté un jouet pour Pavlik, un hélicoptère. Cher. Dans une magnifique boîte aux couleurs vives.

Anna décida de ne pas poser de questions. Ni sur son mari ni, à plus forte raison, sur d'éventuels enfants.

Elles évoquèrent le collège. Natalia lui demanda de donner le bonjour à la directrice si, toutefois, celle-ci n'était pas partie en retraite.

– Je parie qu'elle est toujours là. Des postes comme ça – Natalia eut un petit rire –, on n'en part que les pieds devant. Rien qu'avec les travaux de rénovation, on peut se faire une sacrée pelote. Et vous... vous n'êtes pas pressés de refaire votre appartement, à ce que je vois. Vous n'envisageriez pas de vendre par hasard ?

Et, sans attendre la réponse, elle battit des mains.

– Ça fait un bon moment que je me tue à me demander ce qui peut bien manquer... C'est l'ange. Tu ne l'aurais pas vendu, des fois ?!

Quand, en lui disant adieu dans l'entrée, Natalia lui tendit un bout de papier avec son numéro de téléphone et lui dit : « Si tu te décides, appelle », Anna se sentit troublée, comme si on lui proposait quelque chose de mauvais.

Et pour couronner le tout, sa mère. Qui vint jeter de l'huile sur le feu :

– Alors, pourquoi elle a débarqué ?

– Pour rien.

– Pour rien, c'est ton genre. En revanche, des donzelles comme ta copine, ça se déplace pas pour rien.

Craignant de s'avouer à elle-même que cette rencontre n'était pas due à leur ancienne amitié, mais au désir d'acquérir, sinon l'appartement, du moins la lampe à l'ange (et une voix intérieure lui soufflait, à bon compte, pour une bouchée de pain), comme à l'ordinaire, Anna détourna ses flèches sur sa propre personne : « C'est moi qui devrais avoir honte. Sans Natalia, il ne me serait rien arrivé... »

Or, il était arrivé quelque chose. Cela avait commencé au café.

Il était assis à la table voisine.

– Oh, par exemple ! Mon ex !

Toute joyeuse, Natalia lui proposa d'aller s'asseoir à sa table.

– Je ne sais pas...

Anna avait le feu aux joues et se sentait abominablement gênée.

Et ensuite, elle ne leva pas les yeux de sa tasse, tandis que les deux autres bavardaient comme si de rien n'était. De connaissances communes : Untel avait monté une coopérative, Untel était parti à l'étranger, en Amérique ou en Israël.

Quand Natalia demanda : « Et toi, tu ne pars pas ? » et que, faisant un mouvement brusque de l'épaule et tournant sa petite cuillère dans sa tasse de café vide, il répondit : « Où ? Tout ce que j'ai est ici : la langue, l'histoire... » et qu'elle, dissimulant un petit ricanement, opina du chef : « Je comprends. La mère patrie », et que lui (sans la regarder, mais fixant, on ne sait pourquoi, Anna) demanda à son tour : « Comment ? Tu as dit comment ? La mère patrie ? Oui, si on veut », Anna, oubliant sa gêne (et ce qui, en réalité, se cache derrière le mot « ex »), éteignit ce mot brûlant qui flambait dans sa tête comme une allumette, et le vit autrement, d'un regard neuf, comme si ses yeux timides et effrayés savaient quelque chose que nul ne devinait encore. Même pas lui.

Mais s'il en allait ainsi, s'il ne devinait pas, alors, pourquoi – quand Natalia, son café terminé, partit en alléguant une affaire urgente –, pourquoi donc demanda-t-il :

– Vous aussi, vous êtes pressée ?

Et elle, détournant le regard, fit non de la tête. Peut-être avait-elle été décontenancée par l'inconcevable légèreté avec laquelle il avait posé la question – non, pas une question, un pont aérien jeté entre deux rives sur l'une desquelles (avec la même inconcevable légèreté) elle avait abandonné le lourd bagage amassé avec maman : les haillons des peurs usagées, les guenilles d'un désespoir secret – pour aller à sa rencontre, légère et les mains vides.

Qu'espérait-elle ? En tout cas pas que, resté en tête à tête avec elle, il demande : « Encore un café ? » et que, quand elle refuserait, il prenne ce refus comme un dû et son élan comme une raison de poursuivre la conversation interrompue par le ricanement de son ancienne maîtresse qui lui en avait préféré un autre : elle avait convoité ce que l'*intellectuel* qu'il était ne pouvait lui offrir. Dommage qu'il ne l'ait pas démasquée d'emblée, qu'il n'ait pas compris qu'elle, Natalia, était de la race des prédateurs, des fétichistes qui puisent leurs forces vitales dans les objets inanimés qu'ils réussissent à posséder.

Anna, bien sûr, ne discerna pas les courants sous-marins de ses pensées et c'est pourquoi elle ne comprit pas pourquoi il l'entretenait de héros antiques dont les destins, à la différence des affairistes, des usuriers, des marchands et autres personnages cupides et accapareurs, étaient restés dans les annales de l'histoire. Qu'avait-elle à faire de héros de la Grèce antique que leurs concitoyens reconnaissants vénéraient presque à l'égal de dieux ?...

Mais elle l'écoutait, stupéfaite de la quantité de dates, de noms et de villes qu'il puisait dans sa mémoire avec une facilité remarquable, comme s'il avait lu à haute voix une encyclopédie pour elle seule. Elle entrait dans l'immensité de ces connaissances comme dans une mer, se sentant pour la première fois de sa vie, non point une femme ordinaire, mais une quasi-incarnation de la vierge Europe – qui, sur le large dos du dieu taureau, avait traversé la mer Égée, qu'il avait évoquée en passant.

Auparavant, Anna savait seulement que le destin naît du caractère et des actions. Mais il se trouve que les Anciens étaient d'un autre avis : le destin s'incarnait dans un objet inanimé – l'homme appelait cela « fétichisme » – et si on détruisait ledit objet en le jetant, disons, dans un bûcher sacrificiel, comme l'avait fait la mère d'un héros grec, son propriétaire ne manquerait pas de périr. Anna était sur le point de demander : « Pourquoi ? Pourquoi a-t-elle fait ça ? », mais, pour une raison inconnue, elle se retint.

Lorsque, transfigurée par ses évolutions dans les eaux salées de l'histoire, Anna sortit dans la rue, elle fut transpercée par un froid inouï dont seul pouvait la sauver son nouvel ami au regard scintillant dans la lumière incertaine des réverbères.

Le lendemain, se proposant de nager de nouveau, elle se préparait à redevenir une vierge mythique, mais il ne l'entretint pas de l'épouse du dieu taureau, mais de l'Europe géographique, cette partie du monde sur laquelle, pour remplacer les Grecs et les Romains (qu'il désigna comme des païens créateurs de civilisations complexes), déferlèrent des hordes barbares venues d'Orient, ruinant et détruisant tout de fond en comble. À la suite de leur invasion, ce continent grandiose s'enfonça pour de longs siècles dans les ténèbres du Moyen Âge. Pour prendre conscience de l'ampleur de la catastrophe, il n'était que de comparer la sublime *Victoire de Samothrace* avec les fantasmagories maladives, disons, de Jérôme Bosch...

Une semaine plus tard, quand l'histoire de l'Europe en arriva à la Renaissance, Anna, armée de ses connaissances du lycée, attendait la Madone et son bébé grassouillet qu'un grand artiste européen avait peinte, non point d'après une icône médiévale, mais en prenant pour modèle une simple femme comme elle. Toutefois, déviant du droit chemin pour contourner la Renaissance par la lisière, il se mit à discourir sur le grand empereur russe qui avait jeté les bases de notre croissance et de notre grandeur futures, ennemies de la nature humaine.

Anna se dit : « Pourquoi ne me prend-il pas par la main ? » Ce jour-là, ils errèrent longuement dans les rues et elle se retrouva horriblement transie.

– On ne trompe pas la nature... Elle-même est capable de tromper qui elle veut...

Ils étaient à un carrefour devant un bâtiment surmonté d'une tour ; il lui proposa d'aller au cinéma, resta silencieux pendant qu'ils cherchaient une salle, puis il dit que lui *était venue* la clé de l'appartement d'un ami. Elle pensa encore : « Quand il veut quelque chose, il peut être très pratique », et, pour la première fois, elle vit en lui son futur mari qu'il faudrait tôt ou tard présenter à sa mère – comme un certificat de libération ou un accès à une vie nouvelle, plus exactement, à la vie tout court. Petite maman devrait faire de la place, réfréner ses revendications démesurées sur son corps ; le corps, il est facile à tromper, mais, l'âme, l'âme, non, elle-même est capable de tromper qui elle veut...

La pensée de l'inéluctable qui était sur le point d'advenir l'empêchait de se concentrer ; et puis petite maman, invisible, mais présente, n'abandonnait pas les positions conquises. D'abord, dans la queue pour la caisse, ensuite, dans la salle de spectacle, elle régnait sur les lèvres dures comme du bois d'Anna qui les tint obstinément closes pendant que le futur père de son fils les embrassait.

Elle avait un souvenir confus de tout ce qui avait suivi : après le film (quel film ?), ils avaient pris un taxi (sa mère était assise devant à côté du chauffeur), avaient gravi un escalier raide (sa mère, montée en ascenseur, les avait précédés), il semble qu'ils avaient bu une liqueur sucrée et visqueuse à l'odeur d'amande amère – sa mère ne cessait pas de faire du tapage : tantôt, entrée dans l'appartement voisin, elle cognait au mur, tantôt elle faisait irruption par la fenêtre, criaillait depuis la rue par des voix d'ivrognes, tantôt elle bouillonnait dans les conduites d'eau. Tous ces bruits (émanant, semblait-il à Anna, du plus profond des entrailles maternelles) poursuivaient un seul et unique but : ne pas permettre, ne pas laisser partir, retenir. En un mot, garder à ses côtés.

En tout cas, Anna accusait sa mère de tout : qui, de grâce, voudrait d'une femme aussi froide qu'un bloc de glace (on avait beau s'employer à la dégeler, rien n'y faisait) et qui, « au lit avec un homme normal, était une vraie bûche » ? C'était ce qu'avait dit Natalia quand Anna, n'y tenant plus, lui avait tout avoué, en taisant l'essentiel : à part de l'effroi et de la honte, elle n'avait absolument rien ressenti, ni douleur ni félicité. Or, c'est là-dessus qu'insistait, se dissimulant derrière des termes scientifiques, l'auteur d'une brochure fatiguée contenant des images impudentes qu'Anna avait lue, encore étudiante, avec un sentiment ambigu fait de curiosité aiguë et de perplexité dégoûtée.

Quand elle eut appris sa grossesse, Natalia lui apporta une coupure de journal avec l'adresse d'une coopérative (elle s'intitulait « clinique privée ») où l'on pratiquait des avortements, au demeurant, parfaitement légaux, moyennant finance ; ce n'était pas donné, mais, à la différence de l'hôpital public, les interventions avaient lieu sous anesthésie générale. « Un enfant… Je ne vois pas comment tu pourras t'en débrouiller. Seule. » À la timide protestation d'Anna « Pourquoi seule ? » Natalia répondit par un ricanement : « Ah ! c'est ça-a, on veut se ma-ri-er ! Le fiancé est au courant ? » et, Anna ne répondant ni oui ni non, elle lui posa une question qui lui parut étrange : « Tu l'as mené chez toi ou quoi ? »

Ce n'est que bien plus tard qu'Anna comprit le véritable sous-entendu de la question, quand son ancienne amie arriva, porteuse d'un cadeau pour Pavlik (où avait-elle seulement appris son nom ?) et d'allusions transparentes à son appartement, magnifique à tous les points de vue ; à cette époque, au début de l'hiver 1991, s'étant convaincue que Natalia avait, en fait, raison, elle se décida à avorter.

À une condition : avant l'opération, elle tenait à mettre au courant le père de l'enfant à venir – non pas qu'elle crût à une heureuse issue, mais… allez savoir pourquoi.

De son côté, Natalia approuva : « Tu as bien raison. Au moins, qu'il paie. » Mais en songeant à toute cette honte – elle le voyait déjà lui tendant une liasse de billets gras, passés au travers d'une multitude de mains, et elle l'empochant –, Anna recula devant l'argent : « Non, non. Pourquoi ? J'ai ce qu'il faut… » Elle pensait à la petite boîte de fer-blanc que sa mère dissimulait dans sa chambre, au fond de la gueule d'un des lions sculptés formant les pieds du bureau que le petit Pavlik appelait tantôt une isba sur pattes de poule, tantôt un poêle ; les économies familiales étaient là, dans une petite boîte, pas grand-chose, mais ça devait suffire.

Anna n'y aurait jamais touché dans aucune autre situation, mais, là, elle attendit le bon moment et s'y risqua.

L'infirmière posa des questions à Anna pour remplir sa fiche. Or, celle-ci était secouée de gros frissons. Ses mains et ses genoux tremblaient. Pas de peur de l'opération. À présent, elle ne voyait pas de différence entre avec ou sans anesthésie (la douleur étant le prix à payer pour avoir complètement perdu la tête en partageant l'intimité – une expression de maman – d'un inconnu ou presque). Il lui semblait que sa mère avait déjà découvert la disparition de l'argent et qu'à peine sa voleuse de fille revenue, elle allait la jeter à la rue comme un chien galeux. Incapable de surmonter sa peur panique

– « Seule… dehors, en hiver… » –, Anna déclara qu'elle avait changé d'avis, se fit rendre l'argent et partit.

Il se trouva que maman n'avait rien découvert. Ni ce jour-là ni une semaine plus tard. Mais Anna, qui avait caché sous son matelas le porte-monnaie contenant l'argent, fit encore preuve d'audace : la somme, importante pour l'époque, se ratatinait et se consumait de jour en jour – un mois plus tard, il n'en restait rien. Comme le fétiche sur le bûcher sacrificiel de son destin à venir. En attisant le feu où les tourments de sa mauvaise conscience devaient se transformer en cendres, Anna – dépensant tout l'argent dérobé – acheta deux kilos d'oranges (à peine avaient-ils jeté un coup d'œil sur l'étiquette que les passants faisaient un bond de côté), dévora en cachette de sa mère cette savoureuse friandise orange vif et s'apprêta à accoucher.

Quand sa mère, après une scène hideuse (doigts crispés autour du cou, lamentations furieuses : « Tu ne comprends pas ! Tu ne comprends ri-en de rien ! »), s'assit, se mit à pleurer, puis partit dans sa chambre sans même claquer la porte, Anna comprit que le pire était passé. Maman ne bougerait pas, se résignerait, reviendrait sur ses propos – ne serait-ce que parce qu'elle n'aurait pas assez de forces pour faire la queue. Pour détacher les coupons. Qu'elle appelait des cartes d'alimentation en mémoire du blocus, veillant sur elles plus jalousement qu'un cerbère. Dieu vous préserve de ne pas les utiliser toutes : une boîte de viande en conserve ou un morceau de savon noir – tout, sauf le vin et la vodka : « Pas de ça chez moi ! Quand je serai morte, bourre-toi la gueule si ça te chante, mais tant que je suis en vie, non. » Anna eut beau lui expliquer que la vodka aussi, c'était de l'argent et même plus, qu'on pouvait l'échanger contre ce qu'on voulait, viande, sucre ou lessive, la réponse était la même : « Arrache-la. Devant moi. Et déchire. »

Cependant, les récits historiques prirent fin. De nouvelles brises soufflaient désormais. Celui qu'Anna, par inexpérience, avait pris pour un puissant dieu païen se révéla être simplement un homme. Un dieu châtie ceux qui lui désobéissent ; il ne menace pas : « Votre temps est fini ! Maintenant, répondez de tout ! Du sang, de la Patrie, de Staline ! » Comprenant de quoi il parlait : bien sûr, les répressions de masse, les camps, les exécutions – ces derniers temps, à la télévision, ces sujets étaient omniprésents –, Anna plaignait les victimes innocentes, mais ne partageait pas ses rêves de châtiment irréversible. Ceux qu'il dénommait les « cocos » étaient morts depuis très longtemps, comme les fameux fantômes de sa mère, indifférents au verdict de leurs descendants.

En observant la façon dont celui qui aurait pu devenir son seigneur et maître parcourait le fleuve impétueux du temps en brasse, Anna prenait toujours plus clairement conscience de son erreur. Ses rêves de mariage avaient failli lui faire échanger une cage pour une autre, tomber de Charybde en Scylla. Et ce n'était pas la faute à la viande ou au fromage qui avaient disparu des magasins (s'il avait été différent, elle se serait volontiers contentée de pain et de lait), ni au fait que la vie d'avant volait en éclats à vue d'œil, qu'elle avait basculé. La vérité, c'est qu'elle se refusait à passer le reste de son existence au milieu de fantômes. Qui n'auraient plus été ceux de sa mère, mais les siens à lui et avec lesquels il se serait expliqué jusqu'à la fin de ses jours pour rattraper les occasions manquées.

En revanche, quand, six mois plus tard, elle tint dans ses bras sa « petite bûche » tiède et vivante (au début des années 1990, on emmaillotait encore les nouveaux-nés serré comme autrefois), Anna envisagea son histoire amère avec des yeux nouveaux et comprit que, contrairement à lui, elle avait déjà rattrapé le temps perdu.

Le souvenir de ces jours lointains l'enveloppa dans son sommeil – la brûla comme une couverture de laine rêche, que, au coucher, on a eu la paresse d'enfiler dans une housse. Elle se réveilla complètement fourbue, la tête lourde. Tels des fragments de rêve issus du plus profond de la nuit, refluaient des objets inanimés : le mouchoir blanc avec lequel *cette* femme effrayante s'était essuyé les mains d'un air dégoûté ; la petite cuillère que le père de son futur enfant avait fait tourner dans sa tasse vide ; l'hélicoptère dans sa boîte rangée en haut d'un placard ; l'ange aux ailes de bronze ; le filet à provisions plein d'oranges brillantes et juteuses. Derrière chaque objet il y avait quelque chose de spécial, d'important. Il lui sembla même que tout ce qui s'était regroupé dans son rêve s'organisait en une suite logique ; au réveil, la chaîne s'était disloquée. Courant du linge à repasser à la vaisselle sale de la veille, Anna tenta de se persuader que son rêve n'était pas un problème mathématique et qu'il était vain d'y chercher une logique.

Elle regagna sa chambre avec cette pensée de bon sens, attrapa les tickets de caisse de la veille dans la poche secrète de son sac, fut horrifiée en faisant l'addition et prit conscience des sables mouvants où l'avait entraînée son accès de « consumérisme ». Pourtant, ce n'était pas elle la fautive, mais ceux qui avaient imaginé ces cartes vicieuses exprès pour extorquer des pourcentages *exorbitants*. Ça allait bien pour les richards qui, de toute façon, jetaient l'argent par les fenêtres. Mais qui leur avait donné le droit de malmener de simples travailleurs qui, comme elle, vivaient de leur seul salaire ?... Ses pensées se confondaient, partaient en tous sens à la recherche d'une issue. Cependant, le temps d'aller au métro, elle réussit à y mettre de l'ordre : « Plutôt que de me casser la tête, je vais aller trouver Vassili... ou Viktoria Frantsevna. » Eux, ils sauraient à coup sûr sur quoi cette *folie furieuse* allait déboucher...

Armée de l'aspirateur et d'un chiffon mouillé, Anna approcha de la comptabilité, ouvrit la porte et comprit immédiatement qu'elle n'avait pas choisi le meilleur moment. On se disputait encore au service comptable. Elle se dit en soupirant : « Bon. Qu'ils finissent d'abord de s'engueuler. » Peu importait à propos de quoi... Des histoires de victimes et de bourreaux.

– Vous en pensez quoi, mon cher Vassili ? À votre avis, combien de générations faut-il pour que des blessures aussi mortelles cicatrisent ? Sans laisser ni traces ni séquelles, comme si rien ne s'était passé...

Tout en prêtant vaguement l'oreille, Anna essuyait les pots de fleurs avec son chiffon mouillé – si on ne le fait pas et qu'on ne les lave pas en dessous, ils laissent sur les rebords de fenêtre des taches jaunâtres, si rebelles qu'aucun chiffon ne peut en venir à bout...

– On sait, on sait ! C'est le refrain favori de vos coreligionnaires libéraux : quatre millions de dénonciations ! Eh bien, ils sont où, ces dénonciateurs mythiques ? En cent ans, ils sont redevenus poussière... – Vassili observa un instant de silence, comme s'il s'interrogeait. Vous parlez comme si l'ensemble du peuple soviétique se divisait en victimes et en bourreaux... OK. Vérifions... Tiens, vous, Anna Petrovna.

– Moi ?

Anna se retourna, effrayée.

– Oui, vous. Vous vous rangez au nombre des victimes ou, pardonnez ma grossièreté, des bourreaux ?

– Moi… de personne…

– Notez bien que ce n'est pas moi qui l'ai dit, mais elle, une simple femme russe. Au nom de qui on est allé chercher tout votre bordel. Mais oui ! Voyons, vous vouliez faire pour le mieux, comme disait l'autre[14] ! Peut-être que vous vouliez, mais le résultat, c'est quoi ? Vous avez démantelé un grand pays ! À propos, moi – et Vassili désigna sa poitrine d'un index éloquent –, d'après votre échelle de valeurs, je suis indubitablement une victime. D'une conception du monde tombée au fond du gouffre.

– Comment, Vassenka ? Dans les années 1990, vous alliez encore à l'école.

– Parfaitement ! Et je rêvais. De devenir quand je serais grand…

– Cosmonaute. (La secrétaire du directeur apparut dans l'encadrement de la porte.) Ou non, laissez-moi deviner. Grutier. Ben, quoi ? C'est pas un chouette boulot ? Mon grand-père y a trimé la moitié de sa vie.

– Riez, ne vous gênez pas, ravivez les vieilles blessures… Moi, sachez-le, je pensais entrer dans la construction navale.

– Superbe projet. Notre Vassia à la tête de petits bateaux !

La secrétaire déposa une liasse de documents sur le bureau de Viktoria Frantsevna.

– Anton Efimovitch demande de faire au plus vite – et elle s'éloigna sur ses talons aiguilles en ondulant des hanches.

Vassili se mit au garde-à-vous. Il fit un salut militaire incongru et partit, non sans se retourner vers elle en s'inclinant bien bas.

Donnant libre cours à son irritation, Anna pensa : « Qui lui a donné le droit de me traiter de simple femme, moi, professeure chevronnée ?… » Elle se réjouit déjà de ne pas avoir commis l'acte inconsidéré de lui demander conseil. « Un pitre. Un sale gosse. Avec ses conseils, je pourrais passer ma vie à creuser sans rien trouver… »

---

14. Phrase devenue célèbre de Viktor Tchernomyrdine : « On voulait faire pour le mieux, mais finalement on a fait comme d'habitude », à propos de la réforme financière de 1993.

Anna attendait la pause repas. Viktoria Frantsevna, la cheffe comptable, était encore là. Anna en profita pour venir lui poser sa question. En proie à la timidité. C'est qu'il ne s'agissait pas de son argent personnel, mais de celui de la banque, de l'État, qu'elle avait criminellement dilapidé – et maintenant, elle avait honte de l'avouer.

D'émotion, elle oublia de mentionner la carte ; à l'énoncé de la somme qu'Anna lui confia à mi-voix, les sourcils de la comptable en chef se froncèrent et grimpèrent sur son front.

– Vous avez… dit Viktoria Frantsevna d'un ton compatissant… des ennuis ? Quelqu'un de malade ? Votre mère ?

Anna fit oui de la tête. Non qu'elle espérait échapper à ses responsabilités, mais c'était vrai que maman n'allait pas bien du tout.

– Je comprends et je compatis sincèrement… Nous traversons tous ça, tôt ou tard. Les médicaments, les hôpitaux, les gardes-malades… Actuellement ce n'est pas l'idéal pour un secours financier, mais il va de soi que je vais essayer. J'en parlerai à Anton Efimovitch et je tâcherai de trouver un accord – Viktoria Frantsevna en prit note dans son carnet – mais, acceptera-t-il ou non, Dieu seul le sait.

– Dieu ?

L'espace d'un instant, Anna crut se trouver devant son vieux téléviseur soviétique.

Par chance, Viktoria Frantsevna la comprit à sa façon.

– Très juste. Aide-toi, le ciel t'aidera. Dans votre situation, il ne faut pas déprimer. Mais se prendre en main et tenir bon…

« Celle-là, elle sait tout – ce qu'il faut faire et ce qu'il ne faut pas faire. » Cette pensée irritée lui traversa l'esprit avant de disparaître comme d'autres, sans rapport avec le sujet.

2

De temps à autre, comme remontant de profondeurs virtuelles à la surface, il examinait sa mère débordée, sa vie fangeuse, dépourvue de sens, remplie à ras bord de soucis et de tâches quotidiennes. Prises ensemble, elles ne menaient ni à un résultat ni à un but conscient, quel qu'il soit. La pitoyable réalité d'une existence sans but, cette chose si épouvantable qu'il ne voulait surtout pas la reproduire à sa suite. Aux alentours de dix-huit ans, il en était venu à une conclusion définitive : une personne n'ayant pas la moindre idée de ce qu'était un ordinateur, se débrouillant plutôt mal d'un téléphone portable (ancien, un des premiers modèles avec des touches en relief), de quel esprit stratégique pouvait-elle être pourvue ! Bon ! Pavlik s'en tenait là. À présent qu'il était grand, il lui était reconnaissant de tout ce qu'elle avait fait pour lui. Ce qu'elle avait pu, elle l'avait fait. Si seulement elle l'avait laissé tranquille au lieu de venir se mêler de lui faire la leçon. Par chance pour elle, il avait l'intelligence de ne pas réagir, de la laisser causer sans y porter d'attention. S'il lui répondait, c'était de façon succincte. Ou il se taisait. Ce n'était quand même pas sa faute si sa mère n'avait aucun sens de l'humour ! Avec cette marotte de tout prendre au sérieux, en enseignante bornée qu'elle était. En cela, elle différait fondamentalement de mémé. Celle-là, quand elle disait quelque chose, on pouvait toujours s'accrocher pour comprendre ses propos. Les tourner et les retourner dans tous les sens. Tant ils étaient malins.

Sa mémé, il lui semblait toujours qu'elle avait un double, voire un triple fond. Depuis tout petit, quand ils restaient seuls tous les deux, il la surveillait comme un puissant adversaire qu'il fallait avoir à l'œil comme dans un jeu bien conçu où du côté de l'adversaire agissent des forces occultes, mais susceptibles de se manifester à n'importe quel moment ; la comparaison avec un jeu vidéo vint plus tard, quand, tout seul, sans que personne ne lui souffle rien, il comprit comment *cela* marchait : tes doigts courent sur les touches, tandis que tu surveilles attentivement les alentours. Et ceux qui surgissent pour te couper la route.

Quand mémé donnait un ordre : « On va se promener », même alors, on pouvait s'attendre à un coup fourré : combien de fois était-il déjà dans l'entrée en manteau et bottes de feutre, il ne lui restait qu'à mettre sa chapka et à nouer son écharpe en laine piquante, quand la promenade était annulée sans rime ni raison. Un nouvel ordre arrivait : « Déshabille-toi », et, le laissant ôter ses bottes raides en geignant et en marchant sur les talons, mémé regagnait sa chambre sans mot dire.

Avec sa mère, il n'y avait et ne pouvait y avoir rien de semblable. Sa mère était une simple image à deux dimensions : on pouvait la regarder tant qu'on voulait, elle n'était pas susceptible de changer – telle elle était, telle elle serait toujours. À sa façon, elle lui faisait pitié.

Et encore : le visage de mémé lui plaisait. Inflexible. Il l'avait compris avant de savoir que pareil mot existait – cela lui arrivait souvent avec mémé : il découvrait tout seul, avant même de leur trouver une expression adéquate, des éléments qui par la suite se révélaient importants. Ou plutôt : quand le terme juste surgissait inopinément, il était saisi d'un brusque tic de l'épaule et reconnaissait en lui quelque chose de familier, connu de longue date, mais qui se serait provisoirement dissimulé derrière un avatar. Parfois faible, dont il pouvait aisément venir à bout, en lui criant en réponse « Dégage toi-même, méchante marâtre ! » ; tantôt puissant, fort, et qui lui semblait impossible à surmonter. Comme le « Je te l'interdis ! » de mémé.

Quand il était enfant, ce puissant avatar gardait les frontières du parc de la Victoire dont l'entrée lui était interdite en dépit de ses trépignements rageurs (ensuite il se résigna et cessa de manifester sa fureur). Inutile de demander : « Et pourquoi ? » car, de toute façon, mémé n'aurait pas répondu. Il fallait faire profil bas, attendre, surveiller son visage. Comme si elle n'était pas une méchante vieille femme sans forces (elle souffrait de quelque chose, avait mal quelque part en permanence), mais un vase au long col rempli jusqu'à ras bord. Comme dans la fable du Renard et de la Cigogne. Son but était de devenir une cigogne. Mais pas la cigogne dont sa mère lui avait rebattu les oreilles en la comparant à une misérable mésange : mieux valait, disait-elle, tenir une mésange dans sa main que rêver de cigognes haut dans le ciel (il pensait : « Mieux vaut pour toi ! Tiens-la, ta mésange ! Moi, merci bien ! »). Une autre cigogne au long bec fin, qui ne volait dans aucun ciel, mais savait, en revanche, accéder au contenu du vase. (Le renard, naturellement, c'était sa mère : l'unique chose qu'elle savait faire, c'était laper tout le contenu de son assiette ; on pouvait lui mettre n'importe quoi dedans, elle le lapait jusqu'au bout.)

Cela dit, selon lui, ils étaient tous des renards : les professeurs du collège, ses camarades de classe, surtout ceux qui posaient des questions imbéciles dans l'espoir de pénétrer la fraternité numérique des cigognes dont, d'après sa profonde conviction, l'accès était interdit à ceux qui étaient dépourvus d'un long bec fin. Ces fieffés idiots n'avaient pas idée du prix à payer : interdiction catégorique de consommer les friandises les plus alléchantes et les plus savoureuses – disons, ce que tu vois derrière la grille en sortant de la maison : montagnes russes, balançoire, bac à sable où les autres enfants se bousculent et font des pâtés, tandis que toi, petite cigogne, tu chemines en direction du terrain vague derrière ta mémé.

Outre la capacité à *pénétrer* partout, son long bec présentait encore d'autres avantages ; il en prit conscience quand il entra en sixième. Avec le bec, on pouvait viser son offenseur en plein dans l'œil. Même s'il était plus grand et plus fort. Si on visait bien, l'autre comprenait tout sur-le-champ. Il eut maintes fois l'occasion de le constater. Même les plus obtus, les plus balourds, entourés de leur cour de lèche-bottes battaient en retraite. Faisant semblant de ne pas voir la cloison de verre qu'il avait érigée entre eux et lui. Ils se targuaient d'être vainqueurs. De toute façon, à quoi s'attendre de la part d'abrutis qui n'avaient pas de mémé ? De mémé comme la sienne, s'entend.

S'il y avait au monde quelqu'un qu'il aimait, c'était elle, sa mémé, et personne d'autre. Si elle avait été un homme, il aurait voulu lui ressembler.

Mais pas à son père, pour le coup. Dans sa petite enfance, il rêvait à lui quand il voyait les pères des autres, chacun avec son fils. Il passait son temps à se demander quel effet ça faisait de marcher dans la rue à côté de son père. Sa mère ne lui disait pas la vérité, bredouillait des bêtises. « Ton papa est actuellement loin, mon fils, mais il ne t'a pas oublié, n'en doute pas. » Et lui, l'idiot, il la croyait. Jusqu'au moment où il eut la bonne idée d'interroger sa grand-mère. La réponse ne se fit pas attendre : « Tu n'as pas de père. Mets-toi bien ça dans le crâne. Tu n'en as pas et ça ne risque pas de changer. »

C'est ce qu'il fit. Et, de ce jour, il cessa d'y penser. Fini, terminé.

Jusqu'à ce que son père lui téléphone. De son propre chef. Il proposa qu'ils se voient. Lui dit qu'il voulait l'entretenir de divers problèmes, mais que cela ne pouvait pas se faire au téléphone. S'il n'avait rien contre, il lui donnait rendez-vous le lendemain, près du métro, à côté du kiosque « La presse soviétique ».

– Et comment je... vous reconnaîtrai ?

Le « tu » ne sortait pas. (Ensuite, il s'en voulut terriblement. C'était trop bête, on se serait cru à la campagne – une fois, mémé avait laissé échapper qu'on y vouvoyait ses père et mère. D'un autre côté, comme père, il se posait là, il n'avait pas mis longtemps à se manifester, seulement vingt ans. Dix-huit, pour être précis.)

Le *Vous-père* répondit :

– Ne t'en fais pas, moi, je te reconnaîtrai.

Il fut étonné – comment le reconnaîtrait-il ? –, mais il décida de ne pas se fatiguer les méninges. Qu'est-ce que ça pouvait bien changer, après tout ?

Il arriva une dizaine de minutes à l'avance. Attentif à son propre état nerveux. Était-il ou non ému ? Il semblait que non. À tout hasard et pour éviter que l'autre ne se monte la tête

(« Un coup de sifflet et me voilà qui rapplique »), il décida d'attendre à l'écart.

Son père arriva dans une caisse incroyable qu'il laissa au coin de la rue puisqu'il était interdit de stationner près du métro. Pavlik fit mine de ne pas remarquer l'esbroufe paternelle. Qu'il n'aille surtout pas s'imaginer qu'il pouvait l'impressionner avec ce genre de choses. Son Vous-père dut comprendre, il avait l'air intimidé, faisait passer son porte-clés d'une main dans l'autre, piétinait sur place, rajustait les manches de sa veste de cuir ; il commença par se justifier longuement. Soi-disant, il n'avait pas la moindre idée de son existence.

– Si j'avais su que j'avais un grand fils…

Il écoutait, remuant son bec de cigogne et pensant : « S'il me propose de l'argent, je le prendrai », mais il se trouve que son Vous-père voulait le faire réformer, genre, un cadeau pour sa majorité. À ce propos, il n'était pas venu à l'esprit de sa mère de lever le petit doigt pour lui éviter l'armée.

Quant à lui, il ne redoutait pas le service militaire. Partout on avait besoin d'informaticiens au top. À plus forte raison, à l'armée… D'un autre côté, va savoir avec ces idiots de militaires qui se croient plus intelligents que tout le monde, des fois qu'ils t'expédient au diable vauvert dans quelque – il faisait la grimace – infanterie, après, va-t'en ramper dans la gadoue ; à moins que tu ne prennes par erreur une balle mortelle – ça aussi, ça arrive –, c'était le même bordel que dans la vie civile.

Mais quand on te donne quelque chose, c'est bête de refuser. Son père lui avait alors fait une promesse et figurez-vous qu'il l'avait tenue : il avait dû voir les gens qu'il fallait, refilé du fric à qui de droit en pareil cas. Toutefois, il ne lui était pas reconnaissant de l'avoir fait exempter, mais de lui avoir appris que, dans la vie, il y avait plein de choses qu'on n'obtenait pas directement, mais par des chemins détournés. Pourquoi diable aller taper du bec contre le mur quand on peut tout bêtement acheter ?… Par la suite, son père lui téléphona une ou deux fois, proposa d'aller au cinéma ou au concert. Ou encore – l'air bizarrement gêné – à un match de foot. Il lui répondit que le football ne l'intéressait pas et, pour tout dire…

Donc, sa mémé avait eu raison : il n'avait pas, ni n'aurait jamais de père.

Autant qu'il s'en souvienne, sa mémé – jamais renard, elle – avait toujours été vieille. Invariablement maigre et ridée – physiquement inhabile, faible, gauche, mais, dans le même temps, forte et concentrée –, pas au sens où l'entendait sa mère aplatie, non animée. En ce sens qu'elle était constituée de divers avatars et qu'elle pouvait passer de l'un à l'autre à sa guise, sans qu'il le remarque. Il ne percevait pas l'instant de sa métamorphose. Libre à elle de revêtir les traits d'une méchante sorcière ou d'une petite vieille qui trollait tout le monde ou – soudain – de la Reine des neiges, vieillie, bien entendu. Lui, naturellement, était Kay, mais pas celui du conte que sauve la sotte Gerda (cette ado du conte parlait avec la même voix inquiète que sa mère, étirait les syllabes comme elle, surtout quand elle récitait des vers bébêtes). En chaque gamine de son âge, il subodorait le désir secret de pénétrer dans ses palais de neige, de faire fondre la splendeur de glace du monde virtuel constitué de constructions binaires logiques et de chiffres froids et, de la sorte, de le priver de l'essentiel : de la vision fine, cristalline, à tout prix indispensable à un programmeur.

Quand une énième instit (où donc allait-on les chercher, ces sinistres bonnes femmes ?) mettait le disque rayé du devoir envers la Patrie – qui, à ce qu'elle disait, se souciait de vous, vous éduquait, vous instruisait, vous donnait une formation gratuite –, il restait perplexe ; perplexité qui dura longtemps, jusqu'en seconde : elle voulait dire quoi, ce moulin à prières ? Et ce « vous », c'était qui ? Personnellement, il ne se sentait pas la moindre obligation envers la Patrie. Si quelqu'un l'avait élevé, c'était sa mémé, et pas cette mère patrie adulée.

Sa rencontre avec elle, pitoyable, écrasée, détruite, proposant à la vente les restes et les éclats de sa splendeur d'antan, fit naître en lui une secrète émotion. Elle eut lieu un dimanche où sa mère l'emmena se promener selon l'habitude initiée par mémé. Mais au lieu de la promenade habituelle aux abords immédiats de la maison, ils firent le tour du parc de la Victoire et se dirigèrent vers l'Eskaka[15] ; un mot mystérieux qui ne lui disait rien, mais se transforma en quelque chose qui ressemblait à une ville immense, bruyante, autonome, dont les habitants

15. SKK : centre musical et sportif.

faisaient du commerce : les uns achetaient tandis que les autres vendaient.

Ce jour-là, l'air sentait le printemps ; les restes de l'hiver se pelotonnaient en taches gris foncé sur l'asphalte clair qui séchait à vue d'œil. Sa mère ne les remarquait pas : elle mettait les pieds n'importe où. Lui, en revanche, ces taches grises, comme gonflées d'humidité, lui apparaissaient divinement attrayantes et, trottant à un demi-pas derrière sa mère (la longueur du bras maternel), il décrivait une courbe complexe, en s'obligeant à fouler du pied chaque tache qui émergeait sur l'asphalte.

Chaque fois qu'il s'écartait de la trajectoire directe, il ressentait une légère saccade – sa mère le tirait comme pour le ramener sur le chemin de la vérité, et lui était écartelé (au sens propre) entre deux voies : celle de sa mère et la sienne. À l'inverse, sa mère fonçait tout droit, tendue vers un événement qu'elle avait reporté jusqu'à ce jour en dépit de l'importance qu'il revêtait pour elle. Bien des années plus tard, lorsqu'il se remémorait ces heures, il était incapable de se rappeler ce qu'elle recherchait aussi ardemment : voulait-elle s'offrir quelque vêtement ? Peut-être avait-elle même acheté une jupe ou un pull... Mais rien de semblable n'était demeuré dans le disque dur de sa mémoire : lorsqu'il ouvrait ce fichier à l'aide d'une combinaison spéciale de touches connue de lui seul, il ne trouvait ni visage ni voix, uniquement la doudoune chinoise verte et le bonnet tricoté informe qui lui semblait à jamais collé à la tête de sa mère.

Ils approchaient du SKK. « Mon petit, ça veut dire centre de concerts et de sport. Pour les concerts et diverses compétitions sportives. Autrefois, des compétitions entre sportifs se tenaient ici et des chanteurs populaires s'y produisaient. » À la différence de mémé, sa mère répondait à ses questions avec un luxe professoral de détails superflus. Mais pas plus compréhensibles pour autant. Son œil galopait, attentif, et découvrait d'étranges personnes : en majorité des vieux et des vieilles alignés en demi-cercle le long de la façade. Devant chacun, sur de la toile cirée étalée sur l'asphalte, étaient disposés des objets tout aussi étranges qu'eux, coupés de la vie qui suivait son cours, et par là même follement attirants. Incapable de résister à leur imprécis et silencieux appel, il se planta en travers de la route comme une mule.

Mémé le gratifiait en permanence de « une mule, une vraie mule » quand, trottinant derrière elle en direction du terrain vague, il s'arrêtait net pour, après qu'elle lui avait adressé un signe de tête consentant en pinçant les lèvres, ramasser par terre une boîte de ferraille cabossée agrémentée d'une étiquette froissée ; ou une branchette que quelqu'un avait coupée puis jetée ; ou encore, un bouton perdu, Dieu seul savait quand et par qui ; tant qu'il ne s'était pas plié en deux pour se l'approprier, il le gardait dans son champ de vision ou, selon son expression, « à sa portée ».

Mémé regardait de l'autre côté, faisant mine de ne rien voir, mais ensuite, quand ils approchaient de l'entrée principale de leur immeuble, elle désignait du doigt une urne et ordonnait : « Tout là-dedans. » Il haïssait mortellement cette urne, mais rien à faire : il fallait jeter, et il jetait. Pas « tout », cependant : il dissimulait des bricoles (dans sa manche, dans la tige de sa botte, au fin fond de sa poche), s'imaginant en prisonnier dans un camp de concentration fasciste, un jeu où mémé héritait de la fonction peu reluisante de kapo. Quel était le but du jeu ? Berner ses geôliers en introduisant dans le baraquement des objets dissimulés (comme « les nôtres » à la télévision pendant que ces imbéciles de fascistes bayaient aux corneilles). Si mémé oubliait de tâter ses poches, de fouiller la tige de ses bottes ou de regarder sous ses manches, la victoire lui appartenait. Ensuite, il lui fallait dissimuler ses trésors : les fourrer sous son matelas, ou dans la boîte des jouets, ou les cacher au fond du tiroir de l'immense bureau qui occupait près de la moitié de la pièce ; son plateau était tendu d'une étoffe râpeuse, verte, désagréable au toucher, que sa mère dénommait « feutrine ». Autrement dit, là où ils seraient en sécurité. Sa mémé ne faisait pas le ménage dans sa chambre, elle ne le faisait nulle part. Sauf dans sa chambre à elle : armée de chiffons secs, elle époussetait toutes les surfaces visibles, y compris les cadres lourds et épais qui bordaient les portraits anciens ; elle grimpait sur une chaise en geignant, se hissait jusqu'à eux et frottait.

Sa mère, il ne la craignait pas pour deux sous, depuis le fameux jour où, en changeant ses draps, elle avait glissé la main sous le matelas, était tombée sur la cachette aux boutons et qu'il lui avait hurlé dessus *comme un fou* : « Pas touche ! C'est à moi ! »

Sa collection récupérée par terre et composée de trésors échappés aux fouilles et aux vérifications de mémé, il l'admirait en secret, mettant à profit l'instant où elle plongeait dans le téléviseur, tandis que maman s'activait à la cuisine ou dans la salle de bains. Avec d'infinies précautions, surtout ne pas se trahir, ne rien heurter, ne rien faire craquer. Il laissait à dessein la porte entrouverte pour ne pas rater un éventuel bruit de pas. Ensuite, rassasié d'admiration, il les replaçait dans leurs cachettes : sous le matelas, puis dans une boîte, et la boîte dans les sombres profondeurs du bureau.

Ce n'est toutefois qu'en voyant les étranges objets disposés sur des toiles cirées déchirées qu'il prit conscience de la pitoyable indigence de ses trésors domestiques. Et qu'il comprit qu'avec son sévère « Tout là-dedans », mémé avait raison (elle avait toujours raison et en tout, la vieille sorcière).

Des objets rassemblés au pied du SKK, il émanait quelque chose d'inhabituellement fort. Comme une radiation. Comme si on les avait ramassés sur un immense terrain vague (l'analogie la plus juste qui lui viendrait à l'esprit bien plus tard était Tchernobyl), ou sur une lointaine planète déserte, transpercée d'une impitoyable énergie solaire et où les héroïques cosmonautes soviétiques, réels ou non, des récits de sa mère effectuaient des missions.

Sans encore se rendre compte des lumineuses perspectives cosmiques qui s'ouvraient ici, il ressentit un désir aigu de tout s'approprier. De devenir le possesseur de toutes ces choses, leur seigneur absolu. Le nom du jeu vint ensuite, mais, en attendant, il regardait le lieu où, en même temps que les boutons bien connus (ses yeux étaient éblouis par leur innombrable multitude), se pressaient les unes contre les autres des casseroles en émail blanc au fond noirci (il fallait s'approcher et jeter un œil dedans pour s'en rendre compte). On aurait dit que leurs anciens propriétaires n'avaient pas surveillé la bouillie enchantée du petit pot magique[16] et, au lieu de déborder, la voilà qui avait attaché ; il y avait aussi des monceaux de

16. Conte de Grimm. Le petit pot magique fait cuire de la bouillie tout seul.

bobines de diverses couleurs ; des statuettes de porcelaine de tailles différentes (il fut particulièrement subjugué par un petit garçon en chemise blanche, un chiffon rouge autour du cou qui, les joues gonflées, jouait de la flûte ; il s'avéra qu'il ne s'agissait pas d'un simple garçonnet, mais d'un jeune pionnier et que la flûte n'était pas une flûte, mais un clairon) ; pour une raison inconnue, les ours en peluche étaient tous roussâtres ; toutes les poupées qui avaient appartenu à des fillettes étaient décoiffées. Leurs chevelures feutrées faisaient peine à voir ; des assiettes, des soucoupes orphelines séparées de leurs amies les tasses, des fourchettes-cuillères-couteaux ; des étuis à lunettes en cuir – et, parmi eux, un exactement semblable à celui de mémé – ; des cadenas arrondis comme ceux de leur datcha avec leurs lourdes grappes de clés…

Sa mère le tirait par la main en direction des voûtes du bâtiment rond, mais lui ne voulait pas bouger, en tête de mule qu'il était. Jusqu'à ce qu'elle obtempère, découragée, et prête sa voix aux objets muets. Étirant les syllabes comme à son habitude, sa mère semblait lui lire à haute voix un conte soviétique : « Combien, ce chapeau de feutre ? Et ce cadenas Rigel ? Et le drap brodé pour le sommier ? » À la vue du brouillard humide qui recouvrait ses yeux, il comprenait qu'il ne s'agissait pas d'acheter, mais d'appeler ces choses par leurs noms justes et véritables (comme ils s'appelaient là-bas, sur la planète déserte disparue des millions d'années plus tôt et d'où toutes ces choses étaient arrivées sur la Terre) ; il retint leurs noms instantanément et à jamais, comme pour les faire siens.

Ce jour-là, il assimila bien des choses : un canif crénelé de rouille ; une lampe à pétrole avec une longue fêlure sur son mince col de verre décoré de traces de brûlé ; un pot de fonte bleu tout craquelé ; un pesant fer à repasser noir avec une guirlande imprimée en creux des deux côtés ; un porte-verre à thé en métal ouvragé, sans verre ; un fanion rouge orné d'un insigne de pionnier flamboyant comme un petit feu de camp ; une poupée culbuto équipée d'un mécanisme piaillant – d'enthousiasme, il s'accroupit même quand la vieille vendeuse la fit se balancer. Il mourait d'envie de réussir, lui aussi, à la mettre en mouvement !

Sa mère le tenait par la main, expliquant patiemment « comment cela fonctionnait », « pourquoi » et « dans quel but ».

D'ailleurs, cette expédition sur les traces de la grande Patrie ne se limita pas à une acquisition imaginaire. Il en récolta quelque chose. En réponse à ses geignements obstinés, sa mère lui offrit un jeu de société.

Les jeux étaient le domaine d'un vieillard vêtu d'une pelisse grise en mouton retourné largement ouverte sur la poitrine. À proprement parler, il y avait trois jeux. Le premier se dénommait « Rouges et Blancs ». Sur sa boîte de carton voltigeaient de joyeux petits avions aux ailes marquées d'une étoile rouge. En bas, à travers des barbelés, les ennemis, pas plus gros que des mouches, les tenaient en joue. Le deuxième, intitulé « La guerre chimique », l'effraya : l'immense silhouette d'un bonhomme se détachait sur le ciel. Il avait des trous à la place des yeux et un nez – à moins qu'il ne se soit agi de sa bouche – rond, fait de petits carreaux (en ce temps-là, il n'avait pas la moindre notion d'un quelconque masque à gaz).

Sur le troisième, « Donnons de la matière première aux usines » – c'est celui-là qu'ils finirent par acheter –, on voyait des jeunes pionniers de son âge récolter des déchets recyclables (encore un mot enthousiasmant dont sa mère lui expliqua la signification quand, le soir même, après avoir mangé, ils se mirent enfin à jouer). Que n'y trouvait-on pas ? Samovars et réchauds à gaz, montagnes de chiffons déchirés, morceaux de fer rouillés, lits de laiton, bouteilles, revues et journaux, en un mot, tout ce qu'on pouvait découvrir sur l'immense terrain vague de la vie inconnue où ses contemporains obscurs agissaient avec hardiesse, librement, sans se préoccuper de leurs mémés. Et encore moins de leurs mères.

Il jouait en regardant sa mère par en dessous, joyeux d'être délivré de la morne lecture quotidienne, mais cette joie passa rapidement : il en eut vite assez de faire tourner dans sa main puis de lancer un cube de papier, en outre collé de bric et de broc (quelle que soit la façon dont on le lançait, il retombait du même côté sur le « six »), et de déplacer des pionniers plats, en papier. En plus, rien ne dépendait de vous : vous n'aviez le droit de faire que le nombre de pas correspondant au chiffre du dé.

Quelque cinq ans plus tard, il découvrit au fond de l'étagère supérieure d'un placard une boîte plate (d'ordinaire, sa mère y grimpait elle-même, mais cette année, ayant attrapé la grippe la veille du Nouvel An, elle était couchée avec une forte fièvre). Il fouilla l'étagère à l'aveugle, confondit cette boîte avec celle où étaient rangées les décorations de l'arbre et la descendit sans plus réfléchir. Le lendemain sa mère se sentit mieux et se mit en devoir de décorer l'arbre, et c'est là que tout s'éclaircit : « Dis, mon petit, c'est ce vieux jeu, tu te souviens ! » Bien sûr qu'il se souvenait ! Il le prit donc et l'emporta dans sa chambre ; il avait eu l'intention de le garder au fond d'un placard, mais il finit quand même par ouvrir la boîte. Sans doute pour se souvenir de son enfance. Pas dans les grandes lignes, comme c'était le cas d'ordinaire, mais dans les plus infimes détails, soucieux de revenir au jour printanier si ancien où sa mère, sous prétexte de la promenade dominicale habituelle, l'avait entraîné au marché des choses. Au marché des choses *d'avant*.

Après les avoir disposées sur le plateau, il regardait les figurines d'un œil de *gamer* expérimenté ; il ne voyait pas de petites silhouettes plates de papier, mais l'essence cachée de l'histoire, à présent ancienne, sa configuration à deux niveaux. Le premier niveau : des fragments de sa Patrie passée, disposés sur des toiles cirées déchirées devant l'entrée du centre sportif ; le jeu que sa mère lui avait acheté faisait partie de ces fragments et de ces éclats. Son but consistait à les réunir.

Ayant pris conscience du fonctionnement de cette double construction, il ressentit une brûlure d'impatience dans les doigts. Et un bruit dans les oreilles, comme si quelqu'un lui faisait une puissante suggestion : voilà un système bien organisé sur la base duquel (le monde n'en avait pas encore vu de semblables !) il pouvait créer un nouveau jeu vidéo. Et si ça marchait, le vendre.

Le « si » n'était là que pour la forme. Comme de cracher par-dessus son épaule gauche[17]. En effet, là-bas, au-delà de l'horizon de l'idée, se profilaient de grosses sommes d'argent qui lui permettraient de se déployer pour de bon : de démontrer à tout le monde, et pas seulement à ses crétins de camarades de classe, de quoi sont capables les véritables cigognes.

Ensuite, quand sa toute première intuition fit flop, il comprit son erreur. Il n'aurait pas dû se hâter de donner à l'avance

17. En Russie, ce geste est censé éloigner le mauvais sort.

un nom au jeu : n'importe quel renard envierait une aussi somptueuse appellation. Et la rejetterait par jalousie. Foutrait en l'air un an et demi d'efforts.

D'ailleurs, les renards n'existent que pour ruser, inventer des milliers de raisons pour tout déprécier : OK, admettons, l'idée n'est pas mauvaise, *ça marche,* mais tout le reste sonne creux, une vague ébauche, on y cherche en vain une vision d'ensemble ou des correspondances mûrement pensées, logiques ; enfin, où est (qu'elle aille au diable !) la *jouabilité* ? Ce mot imbécile, hérissé, lui semblait-il, de râteaux rouillés apparentés à un mépris hautain et sur lesquels, dépourvu d'expérience pratique (de l'avis d'un jaloux d'expert), il avait marché, et qu'il s'était pris en pleine figure.

Ses doigts tambourinant sur la table, l'expert multipliait les questions. Les mécanismes fondamentaux du jeu ? Ah, vous n'y avez pas encore réfléchi. Toc-toc. Et la progression ? Quelles caractéristiques vont se développer, et comment, dans votre – parlons net – personnage hypothétique au fur et à mesure que le jeu avance ? J'espère – toc-toc – que vous comprenez que plus la progression est complexe et plus il y a de niveaux, plus le joueur passera de temps sur le jeu. À propos, le joueur. Que fera-t-il quand il aura fini de développer son personnage ? Et pour finir, après avoir rejeté tous les éléments du projet : « En ce qui concerne l'idée... que je sois damné si je comprends à qui tout ça est destiné. » Et avec un petit sourire : « À des ménagères de plus de cinquante ans et à personne d'autre ! Qui, à part ce genre de mémères, va s'intéresser à vos réchauds à gaz et à pétrole ?... »

En un mot, sarcasmes et brocards (sous couvert d'une profonde expérience du marché) qu'il dut puiser à pleines cuillerées, avaler et digérer. Mais en terminale, alors que les autres usaient leurs fonds de culotte à se préparer au baccalauréat et aux examens d'entrée dans le supérieur, loin d'attendre une issue aussi vile et injuste, il séjournait dans un empyrée aussi inaccessible à ses camarades que le ciel. Il décollait, chutait puis redécollait, éprouvant pour la première fois de sa vie un enthousiasme inexprimable : obtus comme un âne bâté devant un énième problème insoluble. Un jour, deux jours, une semaine et puis, soudain, précisément *soudain,* c'était là, venu de quelque part en haut, de nulle part ; une puissante main inconnue semblait ouvrir un portail d'où sortait l'unique, simple et évidente solution qui, lui semblait-il, pénétrait par son sinus frontal au plus profond de sa tête. Au début, sous l'influence d'un tas de séries débiles, il était allé jusqu'à croire sérieusement à l'absurde intrusion d'entités extraterrestres venues d'autres planètes.

Pour ces rares minutes d'enthousiasme cosmique, il avait renoncé à la perspective de poursuivre des études supérieures, décrété à sa mère qu'il ne se présenterait à aucun concours d'entrée, autrement dit, il avait mis tous ses œufs dans le même panier. Il faut dire que, dans son cas, il s'agissait d'œufs en or ; on pouvait les lancer contre un mur à bras raccourcis, putain, ils ne se cassaient pas !

Est-il besoin d'expliquer qu'aucun enthousiasme ne supplée un travail terrestre acharné, jour après jour, mois après mois ? On avance seul, à l'aventure, à tâtons, dans le brouillard de vagues conjectures, en se persuadant qu'on est tout près, à deux pas de l'horizon, et puis, patatras ! – on a l'impression de se cogner la caboche contre un mur : on a beau s'obstiner, seul, impossible de tout retourner à la bêche. Pour avancer et tenir peu ou prou les délais, il est nécessaire de recourir à des spécialistes. Au minimum, à un graphiste au fait du design sur ordinateur, et, mieux, à un deuxième programmeur susceptible de se voir confier au moins une partie du travail préparatoire de façon à ne pas se perdre dans des éléments accessoires et des détails insignifiants qui vous détournent de l'essentiel.

Pour réunir une équipe, on n'a pas besoin d'être un magicien. La seule et unique condition, c'est l'argent.

Il passa en revue toutes les possibilités : depuis les levées de fonds (outrageusement insignifiantes) par e-mail jusqu'à son père à la jeep hors de prix – imaginons qu'il se montre généreux, et qu'il me refile quelque chose. « Des clous ! Il est resté embusqué chez lui comme le crabe sous son rocher pendant que ma mère – elle me fait pitié – s'échinait à laver le sol derrière ces monstres qui avaient eu assez d'astuce pour se faire de belles situations et qui, maintenant, la méprisaient. Elle, et, par conséquent, moi… » Il avivait les plaies profondes, dégouttant d'un inutile désespoir, infligées à sa mère et à lui (mais pas à sa mémé – essayez un peu de vous attaquer à celle-là !).

Jusqu'à ce qu'un beau matin, il comprenne que c'était sa mémé qui avait de l'argent. Avec sa retraite de survivante du siège de Leningrad, elle était pétée de thunes. Mais pas question qu'elle lui en donne. Elle ne dépensait pas un sou, ni pour elle ni pour autrui. Peut-être économisait-elle en vue de son enterrement ? Il aurait fallu de sacrées funérailles pour liquider les sommes astronomiques qu'elle gardait sous clé dans son chiffonnier. Un jour il avait vu sa mémé à moitié aveugle recompter ses deniers. Les doigts mouillés de salive, elle en formait de petits tas enroulés dans un morceau de papier. Chacun faisait au moins cinq mille roubles, voire dix mille. À vue de nez, il y avait là un million...

Recourir à la photocopieuse... Mémé n'avait pas idée de son existence. Quoi qu'il en soit, la photocopieuse n'était que la première partie du projet ; la deuxième était incomparablement plus difficile : la surveiller, attendre le moment où elle voudrait recompter son pécule ; entrer sur la pointe des pieds, se dissimuler derrière une tenture, voir où elle cachait sa clé. La suite était affaire de technique. Choisir le moment adéquat, celui où maman s'enfermerait avec elle dans la salle de bains. Mémé ne supportait pas de se laver ; furieuse, elle vociférait qu'elle n'entrerait pas dans la baignoire ; maman essayait de la persuader par tous les moyens, genre, à force, tu vas avoir des escarres, et pour finir, l'autre acceptait. Et alors, sa mère la lavait sous toutes les coutures pendant une heure, voire plus.

Il songea aux moindres vétilles (entortiller les billets dans les papiers, salis et malaxés par les doigts de mémé ; y mettre le même nombre de coupures fraîchement sorties de la photocopieuse, ni plus ni moins) et, se jurant qu'il rendrait cet argent, il exécuta son projet comme à l'aide d'une partition, et le contenu de la cache diminua de moitié.

Cet argent lui suffit pour un an. L'entreprise avança plus vite qu'il ne l'escomptait. Mais, un an plus tard, elle se retrouva à nouveau bloquée, pire, elle tomba en morceaux. D'accord, il était prêt à admettre que c'était sa faute, si l'on peut dénommer ainsi des illuminations : quand (par exemple) les images des « ennemis » conventionnels (vieux et vieilles, autrefois « jeunes pionniers » – possesseurs de choses soviétiques à qui il fallait

« acheter » ces choses) t'apparaissent indubitables et bien que le programmeur enrage et grogne : « De quoi ? Des textes ? On n'est pas dans les années 1990, retiens bien ce que je vais te dire, ils ne liront pas, ils enverront tout ça se faire foutre » ; et toi, de répondre : « Allez, vas-y, ils ne feront pas ça. » Et l'autre : « Et tu vois ça comment, acheter ? Et payer avec quoi ? En argent soviétique ? J'y ai mis le nez, même le diable y perdrait son latin ! Des roubles d'avant-guerre, d'avant la réforme, d'après-guerre... » Et toi : « OK, inutile de payer. Il faut appeler les choses par leur vrai nom » ; et lui : « Qui se souvient aujourd'hui de tous ces réchauds à gaz et à pétrole... » C'était un moment de travail, on avançait, le graphiste proposait des images parfaitement adaptées. Mais une fois, il se réveilla en pleine nuit. Et comprit. Tout ce qui était resté dans le disque dur de sa mémoire : l'Eskaka, semblable à une bruyante fourmilière ; les foules de gens et, parmi eux, sa maman lessivée par la vie, avec pour rêve ultime une doudoune chinoise et un bonnet de tricot assorti ; les toiles cirées déchirées sur l'asphalte, le vieux, cou nu, sa veste en peau de mouton retourné souillée de peinture... Autrement dit, tout ce qui te semble personnellement cher et important, mais qui aux yeux des autres... Cas classique de mauvaise stratégie menant tout droit à une impasse. Et toutes ces énigmes à décrypter, ces pourparlers, ces discussions... Du point de vue du futur joueur inconnu, uniquement une perte de vitesse et, pour finir, de drive. Et tu te souviens à contrecœur du sourire torve de l'expert, de son conseil méprisant, lâché du bout des lèvres : essayer autrement, prendre par l'autre côté.

Une façon violente, comme dans les vulgaires jeux de tir, de s'approprier les choses... Dieu lui était témoin qu'il avait résisté jusqu'au bout, rejeté toute violence, mais, désormais, il était prêt à faire machine arrière, à se ranger à l'opinion de l'expert : une arme entre les mains d'un joueur, telle était l'unique voie constructive.

L'équipe comprenait tout, mais personne n'avait l'intention de bosser *pour des prunes.* Qui était ici le seigneur et maître, l'incarnation de Dieu ? Toi ? Parfait. Flûte, nous avons un problème. Résous-le.

Il demanda, essaya de convaincre : encore un tout petit peu, je promets, je jure, j'engage ma responsabilité, dès qu'on touchera quelque chose, je vous réglerai, rubis sur l'ongle. Il avait devant les yeux la vision ensorcelante de sommes énormes se déversant comme d'une corne d'abondance quand le jeu conquerrait le marché, le marché mondial, pas seulement le russe, pensait-il, des gains mensuels au minimum de trois cent mille, voire de cinq cent mille – à moins, il n'était pas d'accord –, tandis que l'argent volé fondait à vue d'œil. Le printemps venu, il n'en restait plus rien, il s'était dissipé dans l'air comme de la fumée.

Et il y avait encore sa mère. Plus exactement, il lui avait promis, Dieu sait ce qui lui avait pris, trente mille par mois, rien que ça. Si encore il lui avait dit cinq ! En hiver, quand des perspectives financières époustouflantes miroitaient devant ses yeux, cela lui avait semblé une misère, trois fois rien. OK. Ce n'était pas le cas. Et encore moins pour sa mère.

À présent qu'il était à sec, dans une orgueilleuse solitude, il s'en voulait d'avoir cédé aux sirènes de la sensiblerie, de s'être laissé aller à des humeurs de blanc-bec – il n'y avait pas d'autre mot : il avait pris pour base un jeu de pionniers où personne ne tirait sur personne. Qui donc savait que ce jeu pacifique, promettant d'atteindre à la grandeur, s'effondrerait de façon si vexante et aussi peu glorieuse comme, en son temps, le grand pays qu'était l'URSS ?

« C'est sur les ruines de ce pays, pensait-il, que je suis né, que j'ai grandi et que je me tiens comme le dernier des imbéciles. »

Cela étant, il ne regrettait pas le moins du monde ce pays maintenant démantelé. Il n'aurait plus manqué que ça ! Regretter la *Soviétie* où il n'y avait ni ordinateurs ni, plus généralement, de gadgets ; où, en plus, on ne sait quels abrutis trimaient au nom de l'enthousiasme à l'état pur. Comme la directrice qui lui avait dit un jour : « Allez, l'ami, organise-nous un cercle d'initiation à l'informatique, gratis pro deo, en bénévole. » Il pensait : « C'est ça, un nid pour béni-oui-oui ! C'est comme si c'était fait ! » Et pourtant, si quelque sorcier ou magicien noir lui avait proposé de retourner dans le passé, il aurait accepté. À une condition : un saut de puce, tout investiguer et retour immédiat.

Pourtant, dans le même temps, il regrettait. Pas ce pays qui n'existait pas – il se reprenait – mais ces personnes étranges qui consentaient à travailler *comme ça* : ces idiots, il aurait fallu les instruire, choisir les plus talentueux, former une équipe soudée de gens convaincus qu'une grande idée n'est pas uniquement prétexte à gagner davantage. Il y pensait jour et nuit. Jusqu'à ce qu'il comprenne qu'il n'était pas le seul.

Tous se languissaient de la grandeur – mais il était le seul qui soit capable de transmuer par son intelligence et son talent cette nostalgie sourde, aveugle et informe en une idée brillante et constructive. C'était d'autant plus vexant qu'à la veille de la voir s'incarner, il se trouvait contraint à une retraite bien peu glorieuse.

Battre en retraite ?... Et puis quoi encore ! Au contraire, se persuadait-il, il fallait se concentrer, rassembler ses forces comme si on visait un point en flammes loin devant soi : où trouver de l'argent ? – où trouver de l'argent, de l'argent, de l'argent ?... – et alors, tôt ou tard, comme cela lui était déjà arrivé plusieurs fois, il découvrirait une issue, une porte s'ouvrirait : « Je *serai* le maître du jeu, moi, le *game designer*, Dieu, le simulacre de Dieu, pour qui il n'y a rien d'impossible... »

Pouvait-il supposer que ce serait elle, sa mémé, et personne d'autre, qui lui ouvrirait cette porte de sa faible main (il semblait qu'une simple pression suffisait pour – crac ! – la briser), desséchée comme une brindille ramassée sur le terrain vague ?

Lorsque (moins de six mois plus tard), tout s'effondra, explosa, vola en un millier d'éclats, il se persuada qu'elle était coupable de tout, la méchante sorcière de son enfance. À sa mère qui n'y comprenait goutte, il avait lâché la première chose qui lui avait traversé l'esprit : qu'elle était patriote, roulait pour « les nôtres ». Oh ! Que non ! Mémé, elle n'était pas assez bête pour gober cette bouillie infecte sur les fascistes et leurs affidés pro-Bandera[18]. Elle simulait exprès la mort pour lui faire comprendre à lui, son malin petit-fils, sa copie conforme, que son plan perfide n'avait pas fonctionné : aveugle, oui, mais pas faible d'esprit au point de ne pas faire la différence entre des bouts de papier découpés et du bel et bon argent. Ne serait-ce qu'à l'odeur. Voilà !

---

18. Stepan Bandera (1909-1959) : Figure controversée en Ukraine, considérée par les uns comme un héros et par les autres comme un collaborateur de l'Allemagne nazie.

Tandis que mémé, heureuse de le voir floué, dégoisait un délire sénile sur un prétendu hôpital militaire où, soi-disant, on l'aurait conduite blessée, l'appelait « docteur », multipliait les allusions à une opération ratée (on sait laquelle !), il déchiffrait ses sous-entendus vipérins, reconnaissait sa énième victoire, maudissait sa propre sottise, sa radinerie, son ignorance des contrefaçons réussies : au lieu de photocopies il aurait dû préparer ce que les escrocs patentés – rien à voir avec lui – dénomment « poupées », avec, dedans, du papier découpé et, extérieurement – dessus et dessous –, de vrais billets qu'elle aurait pu renifler à loisir !

Observant sa mémé rigoler, toute joyeuse, faisant mine d'avoir complètement perdu les pédales, pété les plombs, flairant tout alentour de son nez pointu, lui, assis sur le canapé en face de son fauteuil, figé par une peur gluante, se demandait quand, rassasiée de sa victoire destructrice, elle cesserait de faire l'imbécile, s'extrairait de son siège, taperait du poing sur la table et déclarerait à la ronde qu'elle ne voulait pas d'un petit-fils voleur et escroc dont la prison se languissait. Sa mère, en larmes, se tordrait alors les mains, horrifiée : « Pacha, Pachenka... Comment as-tu pu ?... Ta grand-mère qui t'a élevé ! » et débiterait de moroses sottises, qui lui faisaient serrer les dents à l'avance. Mais ce n'était déjà plus de la peur, c'était du désespoir : il avait beau tenter d'expliquer, de se justifier, tout était vain.

Il avait déjà presque décidé de ne pas attendre davantage, pour tout reconnaître lui-même ; ensuite, advienne que pourra. C'est alors qu'il ressentit comme un coup de bec sur la tempe : où donc était-il allé chercher que mémé se plaindrait de lui ? Dans quel but ? Pour le boucler en prison ? Sa mère ferait n'importe quoi pour éviter ça, il était exclu qu'elle laisse faire, le cas échéant, elle la ferait enfermer, elle, dans une maison de fous. Et la vieille sorcière le comprenait.

Mais alors, que diable, pourquoi jouait-elle la comédie et posait-elle de stupides questions ? « Ah ! Comment vivre en étant aveugle ? » Agrippée à son bras comme une tique, elle promenait sa main sur ses joues ridées... Et après, elle lui faisait un clin d'œil...

Pourquoi ce clin d'œil ? Voilà pourquoi : pour le persuader, l'assurer qu'elle fermerait les yeux sur ce stupide loupage ;

qu'elle serait comme une tombe et attendrait le moment où son unique petit-fils, loin d'être un voleur, aurait regagné par son travail les milliers de roubles dérobés, en ferait de petits tas et les remettrait dans le chiffonnier, ça, pour commencer ; en second lieu, pour le placer sur la voie, lui suggérer comment on pouvait, on devait faire. Relier les choses entre elles, réunir ses racontars déments venus du siècle dernier aux reportages de la télé dans lesquels nos valeureux jeunes fraîchement émoulus flanquaient des raclées aux ukrofascistes et autres banderistes.

C'est précisément ce qu'il fit en faisant exploser l'Internet russe.

À dire vrai, il ne s'attendait pas lui-même à un pareil afflux d'internautes – depuis des trolls avérés jusqu'à des idiots utiles, multipliant les commentaires, envoyant liens et images. Une semaine plus tard, quand le nombre de visites dépassa, d'abord les cent, puis les trois cent mille, il comprit qu'en recourant aux suggestions astucieuses de mémé (non, la vieille sorcière ne l'avait pas blousé), il avait créé non pas un site banal, genre, sur un thème comme il y en a d'innombrables sur la Toile, mais un authentique portail. Désormais, il ne restait plus qu'à attendre la monétisation pour, ensuite, quand les revenus de la publicité jailliraient à torrents, revenir à l'œuvre de sa vie, son Grand Jeu, « Le Seigneur des choses ».

3

Quand, le matin, elle approche de l'immeuble de bureaux, Anna sent son cœur défaillir, mais, désormais, derrière le comptoir des gardiens, ce n'est plus Piotr qui l'accueille. Tantôt c'est Pal Palytch, toujours affairé, tantôt le poussif Ignati Maksimytch ; Anna meurt d'envie de demander où a bien pu passer Piotr, mais elle n'ose pas, voyant en eux une part de la force qui a le droit de demander n'importe quoi, mais n'est pas tenue de répondre à ses questions à elle.

Ils se verront, elle n'a pas le moindre doute là-dessus ; son sourire craquant en est le gage ; comme l'étoile du soir, il s'élève au-dessus du monde solitaire d'Anna quand, les travaux domestiques terminés, elle s'enferme à clé dans sa chambre et tient de longues conversations avec lui, lui raconte ce qui lui manque dans l'existence : un homme proche avec qui elle ferait les magasins, toucherait sans remords les choses exposées à la vente. Piotr la comprend mais il se tait, comme il convient à un austère gardien.

Pour qui tend l'oreille, ce silence est éloquent. Errer sans but dans les magasins est une occupation qui ne plaît guère aux hommes véritables. Eux, ils conçoivent la vie d'un point de vue pratique, or, quel sens cela a-t-il d'aller tripoter des choses que tu n'as pas l'intention d'acheter ?...

Ces conversations imaginaires et inaudibles font tourner la tête d'Anna. Essayant de calmer ce vertige, elle dispose sur la large tablette de sa coiffeuse les petits objets de diverses couleurs qu'elle a acquis grâce à Svetlana.

Dans sa jeunesse, il lui était arrivé d'avoir recours aux cosmétiques : poudre, crème hydratante, et même mascara, en cachette de sa mère. Mais c'est une chose de crachoter dans une petite boîte (en ces temps anciens le mascara se vendait dans des boîtes en carton, semblables à des boîtes d'allumettes, et ressemblait à un morceau de résine séchée qu'il fallait humidifier), de se maquiller légèrement les cils, et d'étaler un nuage de poudre à l'aide d'une douce houppette à l'odeur entêtante ; et c'est tout autre chose de comprendre le fonctionnement et la destination de ces petits tubes, de ces flacons pompe allongés et de ce poudrier en plastique plat, au couvercle hermétiquement clos ; pour l'ouvrir, il faut glisser l'ongle dans une rainure et soulever jusqu'à ce qu'un claquement se fasse entendre.

Anna avait plus ou moins appris à dévisser et à ouvrir. Mais il lui suffisait de se couvrir le visage de fond de teint, de souligner ses yeux d'un trait de crayon, de se mettre de l'ombre à paupières foncée et du rouge à joues pour que se produisent des choses incompréhensibles : de fins réseaux de rides transperçaient sa peau poudrée ; ses cils se hérissaient en touffes agglutinées ; ses paupières étaient gonflées ; jusqu'à son nez qui s'allongeait. Et voici qu'au lieu de la photo vieille de quinze ans (qu'Anna espère ressusciter du passé, à l'exemple de sa mère, à l'aide de ces produits nouveaux pour elle), dans le miroir, c'était l'incarnation de sa future vieillesse qui la contemplait. Elle ressemblait de façon stupéfiante à sa mère, comme si cette dernière, dont, pour la énième fois, Anna cherchait à fuir la surveillance, avait deviné ses intentions secrètes et recouru à un prétexte évident pour maintenir dans l'obéissance sa fille qui escompte Dieu sait quoi.

Reculant devant l'impitoyable miroir, sa godiche de fille se précipitait dans la salle de bains pour faire disparaître l'épaisse couche de maquillage, elle frottait ce visage qui la trahissait avec une serviette rêche au point que sa peau enflammée la brûle jusqu'au matin, comme si des braises douloureuses couvaient en dessous. Il s'en fallut de peu qu'Anna jette dans le vide-ordures ce maudit attirail, mais la pensée de l'argent dépensé en pure perte l'arrêta.

Quinze jours de tentatives aussi désespérées qu'infructueuses la persuadèrent que, seule, elle ne pourrait pas échapper à cet enfer ; le lundi venu, elle quitta la salle de bains les joues en feu, bien résolue à aller trouver la responsable de ce martyre quotidien. Elle devait tout de même se souvenir que c'était la tête d'Anna et de personne d'autre qui avait donné le coup d'envoi à son irrésistible carrière.

Par chance, Svetlana s'en souvenait.

Elles prirent rendez-vous pour le jeudi suivant.

Anna s'était préparée à la venue de la jeune femme qui allait la sauver. Le mercredi soir, au lieu de descendre au magasin le plus proche au pied de l'immeuble, elle avait pris le temps d'aller au *Piaterotchka*, éloigné, certes, mais où les pâtisseries étaient plus fraîches et le choix plus grand : elle prit le cheese-cake le plus frais, un paquet de biscuits au chocolat et ses gâteaux secs préférés (avec ses jeunes dents Svetlana n'aurait pas de mal à les croquer) ; elle fit exprès de dresser la table dans sa chambre plutôt que dans la cuisine, afin que Pavlik ne vienne pas les déranger par une apparition impromptue. Après mûre réflexion, elle prit dans le salon la lampe à l'ange pour dissimuler sous sa lumière tamisée la honte qu'elle ne manquerait pas de ressentir et, du même coup, le dégât des eaux dans l'angle. La coupable n'était autre que la Nina du dessus : elle avait eu la brillante idée de changer ses radiateurs, embauché des Ouzbeks ou des Tadjiks, autrement dit, des bons à rien. Petite maman lui avait crié dessus, exigé une compensation pour le préjudice subi, l'avait menacée du tribunal, mais ça ne lui avait fait ni chaud ni froid : « Vous voulez aller en justice, allez-y, on verra bien qui l'emportera » ; et maman : « On verra rien du tout, figure-toi que je suis une survivante du blocus, n'importe quel tribunal me donnera raison » ; et la Nina : « Le blocus, tu parles ! Y a eu de tout pendant le blocus – tiens, au numéro 6, y en avait une qui attirait les gens chez elle, et puis, boum ! Un bon coup de hache sur le crâne ! Elle vous les dépeçait et les mangeait. Heureusement que les voisins ont remarqué que tout le monde maigrissait sauf celle-là qui se faisait du lard. Ils font venir qui de droit, ils regardent et voilà-t-il pas qu'y trouvent chez elle un bras coupé. Dans la cuisine, entre les vitres des doubles fenêtres... » Et surtout, elle savait bien qu'elle racontait n'importe quoi, un tas de calomnies...

D'emblée, Svetlana déclara qu'il n'y avait pas assez de lumière. D'accord. Sans discuter, Anna alluma le lustre aux pendeloques de cristal du plafond, sortit de l'armoire l'assortiment de petites boîtes de diverses couleurs qu'elle devait aux bons offices de la jeune coiffeuse et s'attela à la tâche, s'attendant à ce que l'autre n'y tienne plus et se répande en railleries (« Retenez-moi ! Je n'en peux plus ! »), mais Svetlana n'en fit rien, se contentant de dire :

– À présent nous allons laver cette horreur et procéder comme il convient.

Avec tant de calme et d'assurance qu'Anna se calma sur-le-champ. Elle demanda :

– Et... ça va marcher ?

– Bien obligé, et puis quoi ? Rien ne se fait par l'opération du Saint-Esprit, mais avec de la ténacité on vient à bout de tout, regardez les potiers !

Sous ses mains douces, mais fermes (Svetlana n'utilisait pour travailler ni pinceaux ni éponges), Anna se sentit réellement un vase d'argile molle dans les mains expertes d'une potière. Elle admira son reflet qui, à chaque séance, rajeunissait de quinze ans. Elle regretta de ne pas avoir de fille. Il était inimaginable de parler avec un fils de choses aussi importantes pour une femme.

– Annetchka Petrovna, vos sourcils, il faut les épiler. Ce ne sont pas des sourcils que vous avez, mais, pardonnez-moi, des espèces de broussailles.

– Mais... ça doit faire mal ?

– Oui. Mais il faut souffrir pour être belle.

Pavlik ne les gênait pas du tout ; il était dans sa chambre et écoutait des marches militaires. Combien de fois lui avait-elle répété : « Si tu veux écouter de la musique, ferme la porte » ? Peine perdue, c'est comme si on pissait dans un violon.

Un jour, la sentant irritée, Svetlana dit :

– Vous avez des voisins bruyants.

– Des voisins ? Je n'ai pas de voisins.

– Alors, c'est pas... un appartement communautaire ?

Du même ton qu'elle avait demandé pour la robe : « Vous… l'avez volée ? » L'autre fois, pour prouver son innocence, Anna voulait produire le ticket de caisse ; à cet instant, à défaut de documents comptables, elle proposa :

– Si tu ne me crois pas, je peux te montrer.

Svetlana examina le salon, la cuisine et la salle de bains (Anna ne permit pas qu'elle jette un œil à la chambre de sa mère pour éviter de la déranger à mauvais escient) et poussa un sifflement d'enthousiasme.

– Waouh ! Mais vous êtes une richarde ! Et la lampe… Elle est sûrement ancienne, non ? Je peux faire une photo, hein ?

Anna fit signe que oui et ajouta sans trop savoir pourquoi :

– Elle vaut la moitié d'un appartement de l'époque de Khrouchtchev.

Et s'en repentit instantanément, en se rappelant que cette maudite lampe avait brisé son amitié avec Natalia.

Mais, cette fois, il n'arriva rien de fâcheux. Au contraire. De ce jour, entre elles s'instaurèrent des relations chaleureuses et, ce qui était particulièrement agréable, confiantes. Elles avaient même leur rituel : d'abord, le travail, ensuite, le thé, accompagné, tantôt d'un cheesecake, tantôt d'une tarte, tantôt de brioches à la cannelle. Un soir qu'elle s'était attardée, Svetlana avoua qu'elle n'avait pas envie de rentrer chez elle tant elle était excédée par les scènes familiales. Aveu qui rencontra un écho chez Anna qui, en retour, lui confia ses peines :

– Tu sais, à ton âge, je ne pouvais même pas songer à disparaître comme ça toute une soirée.

Et elle lui raconta comment sa mère la tenait en laisse, contrôlant chacun de ses pas.

– N-non, plutôt que vivre comme ça, vaut mieux crever tout de suite…

Repoussant sa tasse vide, Svetlana expliqua que, chez eux, c'était différent, personne ne contrôlait personne et ce n'était pas elle la cause des scènes, mais la Crimée. Sa maman se disputait avec sa grand-mère, mais, bien sûr, ce n'était pas la Crimée le problème, mais le fait que la grand-mère ait perdu la boule. En réalité, ça avait commencé plus tôt – Svetlana fit tournoyer son doigt sur sa tempe.

– Vous vous souvenez des explosions qui ont fait sauter des immeubles ?

Les explosions d'immeubles, Anna s'en souvenait confusément, c'était, semble-t-il, à Moscou...
– Elle disait, ça, non, c'est pas les Tchétchènes...
– Et qui, alors ?
– Vous ne devinez pas ?
– Ça serait quand même pas les Ukrainiens...
– Qu'est-ce que les Ukrainiens ont à voir là-dedans ? Ils existaient pas encore... Bon, c'est pas ce que je veux dire, ils existaient bien sûr... Il vaut mieux que je vous le souffle à l'oreille...
Et ce qu'elle lui chuchota laissa Anna bouche bée[19].
– Vous n'imaginez pas ce que maman a pu lui crier dessus. Et grand-mère : « Ce n'est pas moi qui ai perdu la boule, c'est vous. » Et en plus, elle nous menaçait du doigt : « Vous verrez ce qui va se passer !... » Et au printemps, quand il y a eu la Crimée, vous savez ce qu'elle a dit ? « Ça y est, préparez-vous. C'est parti. » « Maintenant, qu'elle a dit, ça va rouler tout seul. » Et elle s'est signée devant les icônes en murmurant : « Gloire à toi, Seigneur, dire que j'aurai encore vu ça... »
Qu'est-ce que ça veut dire, « tout seul » ? Anna n'avait pas compris. Elle dit en guise de consolation :
– Les vieux, avec tout ce qu'ils ont traversé, si tu prends rien que la guerre...
Et elle donna l'exemple de sa mère qui avait, elle aussi, le cerveau fêlé.
– Figure-toi qu'elle s'est mis en tête qu'on était en 1944 au lieu de 2014...
Elle aurait voulu parler des affabulations de maman, de l'hôpital, des détachements punitifs de fascistes qui avaient soi-disant pris son « Ukraine chérie », mais elle changea d'avis, mieux valait laisser la petite lâcher tout ce qu'elle avait sur le cœur : de toute évidence, ça débordait.
C'est ainsi qu'en dégustant sa part de tarte au fromage blanc, elle apprit que la grand-mère de Svetlana, âgée de quatre-vingt-dix ans, avait passé treize ans en détention, d'abord ici,

19. Ces explosions ont été attribuées officiellement aux Tchétchènes, mais la plupart des observateurs actuels considèrent qu'elles ont été commanditées par Vladimir Poutine, qui y a trouvé prétexte à déclencher la deuxième guerre de Tchétchénie et à asseoir son pouvoir personnel.

à Leningrad, puis dans un camp, quelque part dans le Nord. On l'avait arrêtée en décembre 1941, pendant l'hiver du blocus. Une chose effrayante vint à l'esprit d'Anna : le bras humain entre les fenêtres, enveloppé dans un torchon. Heureusement que Sveta dissipa cette vision d'horreur en expliquant que les ennuis étaient venus des biens des voisins.

– Grand-mère voulait les vendre, mais ce n'est pas pour ça qu'on l'a arrêtée. C'est à cause d'un tract.

– Quel tract ?

– Un tract ordinaire. Les fascistes les larguaient par avion pour persuader les Leningradois de se rendre. Ils promettaient de la nourriture pour tous. Du pain, du beurre, de la viande…

– Attends, attends – maintenant que la pire éventualité était écartée, Anna avait retrouvé la faculté de raisonner logiquement. Comme ça, elle a ramassé un tract. Et les affaires des voisins, alors ?

– Annetchka Petrovna, écoutez la suite. Elle n'a rien ramassé. Elle n'était pas folle ! Son père était sur le front. À la mort de leur mère, ils avaient tout vendu pour l'enterrer convenablement. Dans une tombe, et pas dans un fossé. Son manteau à col de fourrure, ses boucles d'oreilles, son alliance… En résumé, ils sont restés tous les trois. Les deux sœurs et leur frère. Elle était l'aînée. Son frère était tout petit. Déjà qu'avant, il supportait mal la faim, quand, en décembre, on a diminué les rations de pain… C'est à ce moment qu'elle s'est rappelé la clé. Les voisins la lui avaient laissée quand ils avaient été évacués. Ils étaient inquiets pour leurs affaires. « Si j'avais eu leur adresse, je leur aurais envoyé une lettre », elle dit. Ils avaient quand même vu grandir le petit Serioja… Elle a passé une semaine à se torturer. Le samedi soir, elle rêve de la voisine : « Sotte que tu es ! T'as plaint les choses et tu ne t'es pas souciée des enfants !… » Du coup, elle s'est décidée. « Je vais aller au marché aux puces, je chercherai un gars costaud qui ne souffre pas de la faim… » Elle n'eut pas à chercher longtemps. Elle en trouve un gros et gras, le teint frais et la bouche vermeille. Elle l'aborde, et ceci et cela, il y a de belles choses, anciennes, elle lui dit : « On se croirait dans un musée. » Il note son adresse. « Je viendrai, il dit, mais pas seul. Avec un copain que ça intéresse. Seulement, il dit, pas un mot à personne. »

Ils sont venus le soir. Ils ont tout examiné. Choisi. Des tableaux. Certains meubles… Ils ont dit qu'ils viendraient les prendre la nuit, avec une voiture. Et ils ont laissé des provisions séance tenante. Deux miches de pain. Près d'une livre de lard. Huit œufs. Durs, bizarrement… Son frère et sa sœur dormaient déjà. Grand-mère voulait les réveiller, mais elle s'est assise sur le canapé. « J'étais assise, elle dit, et je portais la miche de pain à mes narines. Cette odeur ! Je me serais crue au paradis… » Et elle s'est endormie sans s'en rendre compte. Au milieu de la nuit, on sonne à la porte. Elle se dit que c'est les acheteurs. Elle ouvre… Après, vous comprenez.

– Je… comprends quoi ?

– Annetchka Petrovna, vous sortez d'où ? – Svetlana eut un petit rire. Ils demandent : « Ces provisions, ça vient d'où ? » Grand-mère réfléchit : les objets des voisins n'avaient pas bougé, les acheteurs n'avaient pas réussi à les emporter. Et eux, personne ne les avait vus. Il n'y avait qu'elle et les enfants dans l'appartement. « J'ai fait un échange, elle répond. Après la mort de maman, il nous est resté une bague. Et des boucles d'oreilles… » Et le chef : « Des boucles ? On va noter ça… » Il s'assied, déploie des papiers. Et son collaborateur va à l'armoire. Il fouille dans le linge : « Et ça, il dit, c'est quoi, ça ? » Et grand-mère : « Je ne sais pas, ce n'est pas à moi » ; et le chef : « C'est clair que c'est pas à vous, les fascistes l'auront mis là pendant que vous faisiez de la spéculation au marché aux puces, que vous vous engraissiez sur notre malheur commun… »

– Donc, c'était… une bande qui opérait ou quoi ?

– Annetchka Petrovna, une bande ne vous colle pas des années de camp…

Après le départ de Svetlana, Anna lava les tasses, enfouit le reste de la tarte au fromage blanc dans la huche, s'assit et se mit à réfléchir. Mais plus elle réfléchissait, plus elle s'embrouillait. Si la grand-mère n'avait rien ramassé, d'où pouvait bien sortir ce tract ? Supposons que ce soit ce type, le collaborateur du chef, qui l'ait mis là. De toute façon, ça ne collait pas. Les acheteurs, personne ne les avait vus. Alors, ils seraient allés se dénoncer eux-mêmes ?…

C'est avec cette pensée angoissante qu'elle s'endormit.

Et elle se retrouve dans un train, arpentant le couloir à la recherche d'une place libre, mais tout est occupé. Et le plus désagréable, occupé par des objets : valises, balluchons, boîtes… Le contrôleur vient à sa rencontre : « Votre billet, ma petite citoyenne. » Anna ouvre son sac, cherche son billet dans la poche latérale tout en se disant : « Mais pourquoi m'appelle-t-il "ma petite citoyenne" ? Il faut lui expliquer que je suis une femme, une fille, une mère, et pas une petite citoyenne. » Le contrôleur la regarde et dit : « Vous êtes aveugle, ma petite citoyenne ? » Anna fait « oui » de la tête en pensant : « C'est bien qu'il m'ait prise pour une aveugle, maintenant il va m'aider, enlever ces objets et libérer une place pour moi. »

Mais au lieu de lui venir en aide, le contrôleur la prend par le bras, la fait sortir du wagon et la conduit dans le soufflet. Anna se dit en rêve : « Je dois porter plainte contre lui. Est-ce que c'est juste ? Un être humain debout dans le soufflet et les objets qui sont assis ? » Le contrôleur ricane : « Où êtes-vous allée chercher qu'il y avait des objets dans le wagon ? » Anna dit : « Comment ça, où je suis allée chercher ? Je les ai vus de mes yeux… » Et lui : « Vous n'avez rien vu. Vous êtes aveugle, ma petite citoyenne. » Il tire les deux battants. Lui tourne le visage vers la porte. Anna regarde à travers la vitre et voit que le contrôleur a finalement raison. Le wagon est plein de gens.

4

Cette année-là, les orages de mai se formèrent au-dessus de la ville plus tôt que ne le voulait le calendrier. Les spécialistes l'expliquèrent par une activité solaire exceptionnelle, la majorité des citadins se souciaient peu d'explications scientifiques ; en effet, connaître les causes ne changeait rien, le principal étant de ne pas oublier son parapluie chez soi. Il s'avéra toutefois qu'on avait tort de s'inquiéter pour les parapluies : non seulement aucun orage ne vint balayer l'épaisse gadoue de l'hiver, mais il n'y eut pas, non plus, de véritables pluies ; il fallut se contenter de bruine, et la poussière monta à l'assaut des trottoirs – ce fut d'ailleurs suffisant pour chasser de la courte mémoire des citadins les mornes tableaux d'un hiver qui venait tout juste de s'éloigner dans le passé.

Justement cet hiver s'était trouvé relativement doux et peu neigeux. Rien à voir avec les précédents, qui avaient vu le vent faire rage dès le mois de novembre et, en décembre, la neige dégringoler en abondance. La chancellerie céleste semblait avoir jeté derrière l'horizon un tamis de la taille du ciel pétersbourgeois, au travers duquel passaient de fins flocons semblables à de minuscules moustiques blancs ; elle avait aussi fait sortir d'un garage dissimulé derrière les nuées une file de camions afin qu'ils déversent sur la ville leurs caisses emplies à ras bord de neige. De ces masses neigeuses émergeaient des blocs de glace – dont ni les engins de nettoyage ni, a fortiori, les travailleurs immigrés qui exécutaient tous les travaux pénibles pour les citadins ramollis par la vie ne pouvaient venir à bout. Étroits sentiers tracés dans la neige, fils électriques pendant dangereusement et recouverts d'une croûte semblable à du verre ; les pendeloques de glace de deux mètres métamorphosaient n'importe quelle façade en grotte débordante de stalactites cristallines ; il n'est pas étonnant qu'autrefois la fonte printanière des neiges ressemblât davantage à un fléau né du déchaînement des éléments qu'à un phénomène naturel courant à Saint-Pétersbourg au printemps.

Le printemps actuel ne présageait aucun malheur – vers la mi-avril les citadins se persuadèrent définitivement que, cette fois-ci, il faudrait se contenter de la poussière et des bourrasques, auxquels nous, familiers des carrefours de notre cité, sommes accoutumés depuis des temps immémoriaux, ayant appris à inspirer peu et à expirer souvent.

Déjà, sur les appuis de fenêtre, on voyait partout verdoyer des plants de concombre et de tomate dans des verres en plastique ; déjà, dans le métro, au milieu des bonnets tricotés et des chapkas de fourrure, on distinguait des têtes nues ; la solution du problème financier d'Anna était encore différée. Jusqu'à une époque indéterminée.

Anton Efimovitch disparaissait en missions officielles. Un jour, il prenait l'avion pour se rendre à un forum en Extrême-Orient, un autre, il allait à Paris pour une rencontre d'affaires urgente.

Anna attendait patiemment, se persuadant qu'il ne disparaîtrait pas, qu'il rentrerait et signerait. Pour lui, cette malheureuse somme était une goutte d'eau dans la mer ; elle y pensait tous les matins quand elle époussetait sa table de bureau et, par la même occasion, la photographie où il figurait avec sa femme et sa fille devant leur maison de campagne. Quand elle regardait sa demeure de deux étages, en brique, entourée d'une haute clôture d'au moins deux mètres, Anna restait songeuse : à quoi bon cette énorme bâtisse ? Rien que le ménage… Si on s'y mettait le lundi, on pouvait remercier le ciel d'avoir fini pour le week-end…

Pour elle, bien sûr, ce n'était pas une goutte d'eau. Mais, se disait-elle, en lui procurant un secours matériel, cet homme avide qui, toute sa vie, n'avait fait que ruser, accumuler et amasser ce qu'on n'emporte pas avec soi (à l'église, le prêtre avait dit que les cercueils n'avaient pas de poches, que c'était avec les seules richesses réunies dans son âme que l'on descendrait sous terre), ferait enfin un acte désintéressé et, qui sait, la remercierait de sa requête plus que modeste ; il se souviendrait comment elle s'était tenue devant lui quand, dans l'espoir de la miséricorde divine, il se tiendrait à son tour devant l'entrée du Royaume des cieux. Étroite comme l'ouverture d'une porte entrebâillée.

La conscience de sa bienheureuse mission, d'abord timide, faisait croître en Anna ce que Svetlana dénommait l'« estime de soi » que tout homme et, a fortiori, toute femme doit cultiver.

Un jour qu'elle essayait sur Anna un nouveau *concealer* – un produit destiné à masquer les imperfections et les inégalités de la peau –, Svetlana mentionna des sites dédiés où les femmes qui ne voulaient pas végéter dans la solitude postaient leurs photos et données personnelles et que visitaient dans le même but des hommes seuls ; ce n'était absolument pas dangereux, au contraire : on pouvait trier les candidats en écartant les indésirables ; de plus, les rencontres n'engageaient à rien.

Elle lança l'idée sans insister le moins du monde, comme pour dire : à vous de décider.

– Si l'envie vous en prend, dites-le-moi. Si vous saviez comment je vous décrirais !

Et alors, par curiosité pure, Anna s'intéressa à la façon dont Svetlana allait bien la décrire : celle-ci expliqua volontiers que les qualités personnelles – bonté, goût de son intérieur, capacités culinaires, etc. – étaient sans conteste importantes, mais qu'il convenait surtout d'insister sur les conditions de logement.

– Vous n'imaginez pas l'énorme plus que cela représente par les temps qui courent !

Après la soirée où Svetlana lui avait confié son secret de famille, leur amitié était devenue si forte qu'Anna avait oublié tout ce qui avait pu la froisser précédemment : la question inappropriée sur la robe, l'enthousiasme suspect de Svetlana parcourant leur immense appartement ; mais devant une explication aussi sincère, pour ne pas dire cynique, la chétive pousse de curiosité s'étiola à peine sortie.

Là-dessus, sa mère y mit du sien : quand, le lendemain matin, avec les meilleures intentions du monde, Anna entreprit de changer le téléviseur de place, pour que maman n'ait pas à se lever pour rien et puisse le regarder, allongée, cette dernière croassa, irritée : « C'est pas tes oignons ! Pour regarder, je me mets comme je veux » – et Anna sentit cette pousse timide et à demi morte se tourner vers le soleil, pas le soleil artificiel qui illumine des sites douteux, mais le simple soleil humain ; et, à force de l'arroser d'une eau tirée du puits toujours plus profond de ses rancœurs, elle avait fait croître la fleur empoisonnée des doutes : peut-être, celui en qui elle avait vu son destin, le gardien Piotr Fiodorytch, avait-il oublié jusqu'à son existence. « Et moi ? Je me suis enfermée entre mes quatre murs comme la princesse des contes dans sa tour, et je reste là à attendre. »

Ainsi, réfléchissant à tout cela, jour après jour – il serait plus exact de dire, respirant cette odeur délétère –, Anna, en cachette de Svetlana, avait contracté une nouvelle habitude : son travail terminé, elle avait cessé de se précipiter chez elle ventre à terre ; à présent, elle flânait dans les rues printanières en tenant bien en évidence le sac cadeau bleu foncé, attentive à l'intérêt qu'elle lisait dans les yeux des passants qui croisaient son chemin.

Hélas ! De sa pêche quotidienne (à l'exception des dimanches et jours fériés) elle ne rapportait que des filets vides ; même pas l'oiseau le plus insignifiant dans le genre du petit bonhomme minable auquel elle s'était heurtée à la sortie du salon de coiffure ; il aurait quand même pu, pensait-elle, faire preuve de respect à son endroit, ne serait-ce qu'en lui tenant la porte.

Une fois, en passant devant le mémorable café où elle avait jadis fait la connaissance du père de Pavlik, perdue dans ses pensées, elle faillit heurter une femme vêtue d'une doudoune chinoise verte exactement semblable à la sienne. Et en la suivant des yeux, comme dans un miroir, elle comprit son erreur : il aurait fallu acheter un manteau plutôt qu'une robe. Ou, mieux, un imperméable. De demi-saison, avec une doublure ouatinée amovible, convenant à toutes les situations : pour sortir, mais aussi pour tous les jours.

Cette idée la transporta à tel point qu'elle décida de parler sérieusement avec son fils ; s'il en avait la possibilité, qu'il l'aide, il n'était plus un enfant pour vivre aux crochets de sa mère, sucer ses forces vives.

La conversation fut fâcheuse et, surtout, n'aboutit à rien. C'était la faute de Pavlik qui retourna les choses : soi-disant, elle l'étouffait, et ce, au moment précis où était en train de se décider quelque chose d'important, son destin, peut-être. « Oui, j'ai promis ! » Son fils faisait la grimace. « Et alors ? Il se trouve que je refuse ! » Et quand elle tenta de répliquer que les promesses ne nourrissaient pas leur homme, il sauta sur ses pieds et leva la main, pas sur elle, Dieu soit loué, mais sur l'ordinateur, auquel il asséna un de ces coups... Quelque chose fit jaillir sur l'écran une série de points noirs et blancs, ténus comme les frissons qu'Anna, ne s'attendant pas à une scène pareille, sentit courir sur sa peau ; elle claqua la porte avant de regagner ses pénates.

Cette conversation, désagréable au plus haut point, qui avait fait lever des tréfonds de son âme une sombre couche de vase, exigeait une sortie immédiate. Les mains pressées contre la poitrine, Anna errait d'un coin à l'autre, mesurant l'espace clos de sa chambre à pas nerveux : elle cherchait à faire quelque chose de difficile dans le seul but de se distraire, d'occuper ses mains tremblantes, d'oublier cette vilaine conversation, de la chasser de son esprit.

Elle passa en revue les recettes éprouvées : laver les draps ou récurer les poêles à l'aide d'un produit spécial destiné à décoller les petits morceaux de graisse incrustés, et les jugea insuffisants. En plus, ça faisait du bruit. À tous les coups, petite maman entendrait, l'appellerait et exigerait des explications : pourquoi diable empêchait-elle tout le monde de dormir en entrechoquant les assiettes et en faisant couler l'eau chaude en pleine nuit ?...

À force d'aller et de venir, elle finit par s'arrêter. Elle avait trouvé : trier, pour la première fois depuis des lustres, les vêtements entassés comme un poids mort dans l'armoire : jupes, corsages, foulards achetés à l'époque soviétique, quand il n'y avait pas de vêtements chinois à bas prix, ni a fortiori de ces magasins magiques où l'on entre sous une forme et d'où on ressort une autre femme.

Une fois entamée cette tâche difficile, elle s'y plongea à tel point qu'elle ne remarqua pas qu'il était plus de minuit, continuant à sortir des vêtements de l'armoire et à les étaler par terre, étonnée de la quantité d'habits de toutes sortes qu'elle avait accumulée – certains, jamais portés, avaient encore leurs étiquettes. Comme si, quand elle était jeune, au lieu de profiter de la vie, elle n'avait pas vécu, attendant le jour où, tel le vilain petit canard métamorphosé en cygne, elle deviendrait une femme intéressante, plus très jeune, certes, mais élégante *dans le style rétro,* comparable aux filles des journaux de mode qu'Adelaïda Ivanovna déposait sur une petite table afin qu'en attendant leur tour les clientes puissent les feuilleter.

Quinze jours plus tôt, profitant de ce qu'Adelaïda Ivanovna était sortie, Anna en avait ouvert un au hasard et avait découvert « le principe de combinatoire » que l'auteur de l'article (au vu de la photographie, à peine plus âgé que son Pavlik) dénommait « l'alfa et l'oméga, le fondement des fondements d'une garde-robe actuelle bien conçue », soulignant tout spécialement que « dans le domaine de la mode comme sur un champ de bataille, on l'emportait par le savoir-faire et pas par le nombre ».

Mais à présent, contemplant son armoire vide où seuls des cintres nus (maman les dénommait « étendoirs ») se balançaient sous la douce brise des changements imminents, du moins l'espérait-elle, Anna ne songeait pas aux principes. Elle se disait qu'elle n'était coupable de rien. C'était petite maman qui avait baissé d'un coup sec les stores sur sa vie, l'avait forcée à contempler l'existence à travers un trou de serrure. Pour Anna, comme pour ses semblables, même l'interstice d'une porte entrouverte était un espace.

À peine avait-elle eu le temps d'y songer, que sa mère reprit vie de l'autre côté de sa cloison et émit une sorte de cri inaudible. En d'autres circonstances, Anna se serait précipitée, mais là, elle ne réagit pas. Redoutant que la voix à laquelle elle était redevable des tourments de son âme ne l'entraîne dans un bosquet de sombres pensées, où elle s'égarerait comme un petit animal sauvage grandi en captivité si on le fait sortir de sa cage pour le lâcher dans la forêt.

Ayant rappelé son existence par ce cri indistinct – comprenez si vous pouvez, embrassez qui vous voulez –, la mère redevint silencieuse et n'intervint plus, comme si elle avait donné à sa fille le droit de vivre à sa guise, de commettre des fautes, même irréparables. Usant de ce droit, pour ramper par terre et mettre deux vêtements bout à bout, Anna réalisa quelques combinaisons hardies : une petite veste bleue avec une robe de velours lilas (était-ce elle qui l'avait achetée ? Elle n'en avait aucun souvenir) ; une blouse verte à gros pois avec une jupe violet foncé qui lui arrivait presque aux chevilles ou avec un imperméable jamais porté, acheté des sommes folles – justement, sur les instances de la fameuse Natalia qui ne tarissait pas d'éloges sur son élégance ; la vendeuse était venue les voir au collège, porteuse de divers articles en provenance de l'étranger qu'elle voulait vendre de la main à la main, comme on disait en ces années.

Tout le reste de la nuit, qui se transforma en un morne matin jaunâtre évocateur d'une huile de tournesol visqueuse échappée d'une bouteille, Anna ouvrit les yeux et sursauta en voyant se dissoudre dans la pénombre les images d'un heureux passé qu'à proprement parler, elle n'avait pas vécu.

Le matin venu, une fois les tâches domestiques expédiées, elle se décida à appeler Svetlana...

Arrivés là, remontons l'échelle des événements et commençons par sauter quelques marches : le choix d'une photo adéquate (bien sûr, celle où Anna resplendit d'une discrète beauté russe) ; la rédaction du texte ; enfin, le choix intermédiaire, étape que Svetlana qualifia d'essentielle : il s'agissait, selon son expression, de dégager ceux qui n'offraient aucune perspective car ils louchaient de façon par trop évidente sur l'appartement. Quand Anna proposa timidement : « Peut-être vaut-il mieux ne pas le mentionner ? », Svetlana l'interrompit en demandant : « Alors, tu veux qu'on parle de quoi ? », et le regard qu'elle lui lança lui ôta toute envie de répliquer.

Quant à l'organisation d'une série de rencontres préalables qu'Anna dénommait, quant à elle, « rendez-vous », ce fut Svetlana qui s'en chargea.

– Jusqu'à mon départ à la retraite j'ai été collaborateur au journal de l'usine.

L'homme d'un certain âge qui prétend à son cœur et à sa main est visiblement ému. Tout en se vantant de ses succès, il s'essuie le front avec un mouchoir qu'il froisse entre ses doigts.

Anna hoche la tête par politesse et le dévisage discrètement : vaguement chauve, le crâne légèrement carré, les tempes profondément dégarnies – elle a lu quelque part que l'on voit cela chez les hommes très intelligents.

Cependant, l'aspirant à son cœur se tait. Il se dit visiblement que le moment est venu de s'intéresser à sa vie à elle, de découvrir ce qui fait vivre et respirer sa future épouse, comme on dit.

– À ce que j'ai compris d'après votre annonce, vous êtes dans l'enseignement ? Vous jetez, pour ainsi dire, les semences du bon, du raisonnable, de l'éternel… J'espère qu'il ne s'agit pas de l'art de la guerre ?

Naturellement, il plaisante, mais son ironie met Anna dans une situation difficile. Elle hésite. Faut-il avouer qu'elle n'enseigne plus depuis longtemps ou se taire ? Et donc, commencer sa vie conjugale par un mensonge ?

Incapable de trouver une réponse adéquate, elle déplace la conversation sur le journal qu'il a mentionné.

– Vous avez parlé d'un journal…

– En effet.

Son interlocuteur avale une gorgée bruyamment, s'essuie le front et la regarde d'un air inquisiteur.

En d'autres circonstances moins éprouvantes, Anna aurait sans doute su quelles questions poser : le nom de ce journal ? La fréquence à laquelle il sortait : une fois par semaine ou plus souvent ? Le nombre de collaborateurs ? Les sujets abordés ? Locaux ou touchant l'ensemble de la Fédération de Russie ?… Pour formuler une question valable, il faut rassembler ses pensées, se concentrer. Elle est gênée par le mouchoir avec lequel son désagréable interlocuteur s'essuie le front à tout instant. En le regardant, Anna se dit : « Pourquoi, mais pourquoi est-il… si défraîchi ? »

Ce matin, quand Anna s'était fardée sous la surveillance de sa jeune amie, elle se disait que tout serait autre : elle allait pénétrer dans une mer immense, infinie, qui s'étendait au-delà et au-dessus de l'horizon. Et elle avait de nouveau le sentiment d'être la vierge Europe. Le vieux bonhomme avec qui elle tient une conversation fastidieuse ne ressemble guère au dieu taureau. Profondément déçue, Anna ne trouve rien de mieux que de demander :

– Et le journal… il occupe un grand bâtiment ?

Comme si ce n'était pas un mari qu'elle cherchait, mais plutôt un emploi de femme de ménage, puisque tel est désormais son métier. En l'occurrence, la taille du local joue un rôle important, pour ne pas dire décisif.

– Ça dépend comment on le voit... En tout cas, ce n'est pas petit...

Et tandis qu'entrant dans des détails inutiles, il raconte combien de pièces occupe la rédaction de son journal d'usine, Anna a l'impression d'avoir lavé de fond en comble les trois ou quatre pièces qu'il occupe, sans compter les fenêtres sur lesquelles s'est déposée la grasse pollution de la rue...

À la différence du premier, le fiancé numéro deux hante les hauteurs spirituelles. Il commande pour elle et pour lui le café américain le moins cher et, vrillant Anna de ses yeux étroits (« C'est un Mongol ou quoi ? »), il ratiocine sur les brusques tournants de l'histoire et Dieu sait quel monde russe :

– Nous sommes témoins d'une renaissance, nous vivons une époque difficile, mais heureuse, et, à quoi bon le cacher, que nous attendions de longue date. La Russie répond aux défis contemporains. Elle revient en arrière, retrouve ses anciennes positions abandonnées après l'effondrement de l'URSS...

Et que je cause et que je cause...

Anna entend distinctement ce bourdonnement et éprouve un sentiment étrange : comme si elle avait en face d'elle non pas un homme vivant, mais un miroir déformant, des profondeurs duquel la contemple le père de Pavlik, celui qui a failli être son mari.

Assise à l'écart, Svetlana observe attentivement la scène, ou plus exactement, fait signe qu'il est temps d'arrêter en tapant d'un doigt impatient sur le cadran de sa montre.

Le fiancé numéro deux ne le remarque pas. Oublieux de son café refroidi, il suit son idée : il espère vivre jusqu'au jour où l'on tiendra à nouveau compte des Russes, où l'on verra en eux une force terrible, indiscutable, un pôle de justice historique, le dernier espoir de l'humanité progressiste – espoir que l'humanité a failli perdre quand les simples Soviétiques que nous sommes n'ont pas su sauvegarder l'URSS.

Anna soupire tout en portant la tasse à sa bouche. Avale une petite gorgée et pince les lèvres – « Que c'est amer ! Que c'est mauvais ! » Elle cherche en vain un morceau de sucre sur la table… Il lui aura suffi de détourner son attention un instant pour que le miroir déformant se métamorphose en un écran de télévision d'où s'échappe un torrent de « fauves, fascistes, bourreaux, membres de la junte ukrainienne qui s'est emparée des postes de commande ».

Anna sursaute en se rappelant sa mère.

Impossible de supporter la perspective d'un redoublement de démence. Elle esquisse le geste de se lever et, désespérée, balbutie, au mépris de toutes les règles de politesse :

– Oui-oui. Je comprends… la junte… mais je crois que c'est le moment que vous partiez.

L'écran, piqué au vif, pince les lèvres. Tout en boutonnant son mantelet (oui, son mantelet, Anna ne peut pas trouver d'autre mot), il demande d'un ton irrité :

– Au fait, vous… savez cuisiner ?

Svetlana renifle bruyamment. Ses yeux rencontrent ceux d'Anna et, de ses bras croisés, elle dessine un X en l'air.

Le fiancé numéro trois est l'incarnation du sens pratique : un petit vieux au visage si expressif qu'on pourrait croire qu'il l'a taillé à la hache de ses propres mains dans une vieille souche éclatée. Il s'enquiert des sortes de pommes qui poussent sur son terrain et lui fait part de ses préférences concernant le cassis et les espèces tardives de fraises. Anna n'est pas contrariée le moins du monde à la vue de ses joues ridées et des lourdes poches qui se gonflent sous ses yeux. Au contraire, elle est saisie d'une gaieté incompréhensible : « Qu'est-ce que je peux bien avoir à faire d'un type pareil ? »

Pour l'heure, elle ne rêve que de se retrouver chez elle, sous la douche, et de faire couler l'eau à pleins tuyaux pour dissiper toute trace de cette journée stupide.

On dirait que sa jeune amie est, elle aussi, fatiguée. Elle a pris place à la table d'Anna et ne cache pas son soulagement : la liste des prétendants est épuisée pour aujourd'hui, mais, avec le temps, elle ne manquera pas de s'étoffer. En aucun cas on ne doit baisser les bras ; au contraire, il faut s'armer de patience et attendre.

Anna sourit : sa vie entière n'est qu'une longue patience, dont l'infinitude peut rivaliser avec n'importe quelle mer, même celle de la Grèce antique.

Svetlana lui sourit en réponse et propose :

– Et si on prenait un petit cocktail ? Hein ? Pour se détendre…

Anna se dit : « Pourquoi pas ! »

Il est temps de reconnaître que cette petite est plus qu'une amie. Plutôt une fille adoptive. Il y a deux jours elle s'est même emportée contre son fils qui l'avait regardée d'une façon inappropriée. Pas comme un frère sa sœur.

– Vous prenez un mojito ou un Long Island ?

Anna hausse les épaules : les noms étrangers ne lui disent rien.

Svetlana choisit à son goût, un vert pour Anna, un bleu vif pour elle. Svetlana dit :

– On rate toujours sa première crêpe. Ma petite Anna Petrovna, ne vous en faites surtout pas. L'été va arriver, tout nouveau, tout beau, et vous verrez les quantités de crêpes que nous ferons sauter ! Nous ne compterons plus les fiancés. Vous serez comme cette… vous savez, de la mythologie grecque. Ça m'est sorti de la tête. Ça commence par un P.

– Perséphone ?

Anna dit le premier nom qui lui vient à l'esprit.

– Non, pas Perséphone… Je vais la retrouver sur Google. Flûte, il est déchargé… – Svetlana repousse son téléphone. Vous ne connaissez qu'elle ! Elle tisse pendant la journée et, la nuit, elle défait son ouvrage. Et elle a bien raison. Le mariage, c'est du sérieux. L'essentiel, c'est de ne pas renoncer à ses exigences. Ce n'est pas comme si on achetait des chaussures.

Du coup, elle repense aux chaussures qu'elles ont achetées ensemble et lui dit de les faire en prenant son temps ; et d'en profiter pour s'habituer aux talons hauts. D'abord, dans l'appartement. Et quand les trottoirs seront secs, dehors.

– Dans l'appartement ?

Anna ne peut pas se le permettre : sa mère est aveugle, mais pas sourde. Le claquement des talons, on peut être sûr qu'elle l'entendra.

Pour ne pas se trahir – une chance que les trottoirs soient secs –, Anna décide la chose suivante : sortir les chaussures de leur boîte, les envelopper dans une serviette nid d'abeille, les mettre dans le sac cadeau bleu foncé. Et les emporter dans tous ses déplacements.

Maintenant, si le temps le permet, elle sort du métro une station plus tôt, change de chaussures derrière le kiosque « La presse soviétique » et marche jusqu'à la maison en talons hauts. En essayant de ne pas trébucher et d'avoir une jolie démarche égale. La souffrance nécessaire pour être belle prend fin à la porte de l'entrée principale quand, en se tenant d'une main à un tuyau métallique, elle ôte les souliers trop étroits et enfile ses chaussures usagées avec un soupir de soulagement.

Ce n'est que vers le 20 mai, quand les bourgeons eurent gonflé puis éclaté (en regardant par la fenêtre, on avait l'impression que le parc de la Victoire était recouvert d'un réseau verdâtre à moitié transparent où s'égaraient les minces rayons d'un soleil matinal tremblotant), qu'Anna devina que le gardien Piotr, absent de son lieu de travail depuis presque deux mois, n'était pas tombé malade, n'avait pas pris un énième congé (il y avait belle lurette que le plus long congé aurait pris fin), qu'il n'était pas parti pour raisons personnelles dans la région d'Orlov ou de Novgorod, mais qu'il avait rejoint le Donbass comme volontaire. Le Donbass où se déroulaient des événements inconcevables pour quelqu'un de normalement constitué. En effet, qui aurait pu imaginer que deux peuples frères, mieux, deux peuples qui n'en faisaient qu'un (sa mère était originaire d'Ukraine), en arriveraient à une horreur pareille, se tireraient dessus et s'entre-tueraient ?

Avec le temps, la supposition se transforma en certitude.

Depuis, chaque fois qu'elle surprenait dans les bureaux des bribes de conversation concernant les cercueils de soldats de la Fédération de Russie qui, disait-on, regagnaient leurs familles par train, bateau ou avion depuis le Donbass, Anna était effrayée. Ensuite, elle se prit en main. Quelles fadaises les gens mal renseignés ne débitent-ils pas… Prenez Vassili, il se gardait bien d'accorder le moindre crédit aux rumeurs. Même au cours de l'instruction, disait-il, il arrivait des accidents. Par exemple en maniant imprudemment des explosifs. Sans parler des banals accidents de la route.

– *Vos amis,* dit-il en louchant de façon significative sur Viktoria Frantsevna, pour peu qu'on leur en donne le loisir, ils gonflent tout. Ils sont à l'affût du sensationnel. Pas les journalistes : les ennemis, la cinquième colonne – Vassili fit un sourire torve. Tout pour faire monter la pression.

Mais, quoi qu'il en soit, elle avait le cœur chaviré en imaginant ces suppôts de Bandera, ces fascistes perdus de Dieu et des hommes, les manches relevées jusqu'au coude comme sur les documentaires de l'époque de la guerre... Elle les imaginait, mais pas tout à fait sérieusement : même une anxieuse comme elle comprenait parfaitement que les autres, ceux d'autrefois, étaient arrivés jusqu'à Leningrad. Tandis que ceux-ci, en dépit de tout, où était leur Hitler et son opération *Barbarossa* ?

Et puis, Dieu, espérait-elle, était miséricordieux. Elle alla à l'église. Acheta un cierge. Pas le plus gros, mais pas le plus petit non plus... Elle marcha à l'aventure, examinant les murs, égarée, perdue. Des visages sombres, mystérieux... Elle n'allait quand même pas demander à qui il fallait l'offrir ! Pour qu'il ne soit pas tué. Blessé, à la limite... Peut-être à celui-là, avec un glaive ? Ou à celui-ci, chauve lui aussi, un livre à la main ?... Dommage qu'il n'y ait pas une notice explicative à côté de chacun, comme au musée, où il suffit de les lire pour être renseigné. Il fut un temps où elle regrettait de ne pas être allée travailler dans un musée, où elle aurait été entourée de gens polis, éduqués, de gens qui n'auraient jamais contesté des choses insignifiantes, auraient fait leur travail, entretenu avec soin des objets de valeur dont les propriétaires étaient morts depuis bien longtemps, tandis que leurs objets vivaient, et servaient. Anna passa en revue les protecteurs célestes disposant d'un accès direct au niveau le plus élevé et arrêta son choix sur un personnage au front dégarni qui tenait des clés. Qu'ouvraient-elles ? À qui remettait-il ces clés magiques ? Elle aurait bien aimé le savoir...

Mais ce n'étaient là que des vétilles en comparaison du sentiment immense, inhabituel, dévorant, qu'elle éprouvait pour la première fois de sa vie. Avant, quand elle entrait dans une église, elle avait conscience d'être une enseignante, éloignée par conséquent de toute forme de croyance. Mais aujourd'hui, elle avait abjuré son passé professoral pour se sentir une simple femme croyante, ni pire ni meilleure que les autres, celles qui, justement, demandaient humblement de l'aide.

Emplie de ce nouveau sentiment, elle sortit de l'église et emprunta l'avenue Moskovski, aspirant à pleins poumons le printemps odorant qui fleurait déjà la proximité de l'été en dépit des gaz toxiques qui empoisonnent éternellement l'atmosphère de notre bonne ville ; arrivée au coin où, au début des années 1990, elle se rappelait avoir fait la queue pour acheter du thé, elle remarqua un groupe de gaillards d'aspect déplaisant, voire dangereux. Joyeux et rigolards, ils se prenaient en photo devant une longue banderole soutenue par des bâtons qu'ils tenaient à tour de rôle. Elle portait un slogan.

Approchant, Anna déchiffra les mots tracés à l'aide de lettres inégales plus tordues les unes que les autres : *Je suis allé faire un safari, chasser le porc ukrainien.*

Elle n'eut pas le temps de s'étonner : « Un safari ? Mais c'est... en Afrique ! » que, faisant gaillardement un créneau, une voiture de la milice rejoignit la bordure du trottoir (il fallait dire « une voiture de police », mais Anna ne s'était pas habituée à ce néologisme[20]). Elle était argentée et lisse comme un poisson des profondeurs. Deux hommes sortirent du ventre du poisson : l'un jeune, l'autre plus âgé ; tous deux avaient, comme par un fait exprès, des yeux bleus qui semblaient refléter le ciel paisible.

Les gardiens de l'ordre examinèrent le chambard de la rue et s'assombrirent (comme sur un ordre d'en haut, une lourde nuée d'orage obscurcit leurs prunelles bleu ciel) et pendant qu'ils réfléchissaient, échangeant des propos avec quelqu'un par talkie-walkie, Anna comprit enfin le sens de l'inscription. Vassili avait justement évoqué ce genre de voyous sans foi ni loi. Pas plus tard que la veille, des malfrats qui avaient fait une indigestion de biscuits en provenance du Département d'État[21] avaient brûlé des pneus !

Dans le cas présent, ils ne s'en étaient pas encore pris aux pneus, mais on n'allait quand même pas attendre qu'ils le fassent !

Le sentiment de plénitude qu'elle éprouvait en sortant de l'église avait disparu. Anna arborait désormais le sévère visage

---

20. Jusqu'en 2011 et pendant toute la période soviétique, « police » se disait *militsia* en russe ; ce terme a été remplacé par *politsia*, « police ».

21. Expression imagée pour désigner la collusion entre les partisans ukrainiens de l'Europe et les États-Unis. Lors des événements de l'Euromaïdan en 2013, des officiels américains avaient distribué des sandwichs aux insurgés.

professoral qui l'avait toujours fidèlement servie et, plongeant le regard dans les yeux effrontés des voyous, elle hocha la tête d'un air réprobateur. Son reproche muet ne resta pas sans réponse.

– Tu veux quoi, vieille peau ?

– Tire-toi, sinon tu peux numéroter tes abattis, allez, montre-nous comme tu boites bien...

– Et ça hoche la tête... Déconne pas, mémé, ou tu vas voir comme on te fera valser...

Anna n'entendit pas la suite, ou, si elle l'entendit, elle n'en crut pas ses oreilles : était-il pensable qu'une racaille pareille aille la menacer ouvertement de représailles, elle, une femme, une enseignante, et pour finir, une mère ? Et qui plus est, en plein jour, sur une avenue, en présence de deux policiers, pas dans un coin sombre ou sous une porte cochère. Et en termes orduriers qu'elle n'avait jamais entendus de sa vie. Même si elle en connaissait certains.

Mais ces quelques mots suffisaient pour lui faire prendre conscience du *niveau nullissime* – il n'y avait pas de mots adéquats – où était tombée l'éducation au collège : autrefois, il y avait des moyens de coercition ; on ne discutaillait pas avec ce genre d'élèves. Depuis tout petits. À la première infraction, ils se retrouvaient à la milice dans le bureau réservé aux enfants et on leur mettait le marché en main : si tu ne sais pas te conduire correctement, nous t'y obligerons, dans le cas contraire, c'est la maison de correction qui t'attend.

Une voix mesurée l'arracha à ses pensées de professeure indignée.

– Cir-rculez, cir-rculez, citoyenne ! Laissez passer les citoyens.

Ce policier, le plus vieux (son jeune collègue, à l'écart, se dandinait d'un pied sur l'autre en tripotant les menottes pendues à sa ceinture), roulait les consonnes vibrantes, veillant jalousement aux droits des passants qui, bien qu'invisibles, n'en étaient pas moins nombreux et pour lesquels Anna constituait désormais un obstacle insurmontable ; elle se rendait d'ailleurs compte toute seule que les gens se retournaient déjà sur elle, rouspétaient d'une voix sourde, hochaient la tête d'un air mécontent. Regarde donc, semblaient-ils dire, nous allons notre chemin en ignorant ces grossiers personnages. Tu n'as qu'à faire pareil.

La condamnation générale des passants sur les droits desquels elle avait empiété ébranla l'âme d'Anna, une âme débordante des meilleures intentions du monde, la menaçant d'un irréparable dommage. En quittant le théâtre des événements, Anna se rendait vaguement compte qu'il s'était produit quelque chose d'épouvantable, d'irrémédiable. Mais quoi ? Si seulement elle avait pu le comprendre !

À peine avait-elle essayé de se concentrer, de regagner son douillet espace mental où à chaque « pourquoi » correspondait un simple et clair « parce que », qu'elle comprit que quelque chose la gênait... Sa chaussure droite. Elle collait au sol, comme quand, par un mois d'août brûlant, le revêtement extérieur de votre soulier fond au soleil et qu'en marchant vous humez une odeur de pneu brûlé. « Comment ça, de pneu ? se reprit Anna. De semelles. »

D'un autre côté, cela n'existait pas dans la nature : soit les deux semelles adhèrent au sol, soit aucune. Il y avait donc autre chose. Anna retourna donc le pied, examina sa semelle et y découvrit un chewing-gum collé ; il fallait le gratter au plus vite tant qu'il n'avait pas pénétré complètement. À la pensée qu'il allait falloir racler *ça* à mains nues, sans gants, Anna fit une grimace de dégoût.

– Berk !

– Je vous comprends parfaitement. On peut dire qu'on a touché le fond !

Anna se retourna et vit une femme à l'air civilisé. Vêtue d'un imperméable gris foncé, un foulard soigneusement noué autour du cou. Autrement dit, une Leningradoise, pas jeune, à peu près de son âge. Anna n'avait pas remarqué d'où elle venait. Mais quand on vous parle avec compassion, il n'est pas poli de se taire.

– Ce n'est rien de le dire ! Ils ont tout sali.

– Exactement – la femme acquiesçait avec complaisance. À notre époque, d'accord, on voyait de tout, mais des choses pareilles...

En tirant sur son bas qui avait glissé, Anna remarqua un trou au talon, chose fâcheuse, car le matin elle avait mis une paire neuve.

– Déjà qu'avant c'était pas terrible du côté des méninges... Mais maintenant – la femme baissa la voix, chuchotant presque –, après la Crimée... c'est la catastrophe.

Anna ne comprit pas ce que la Crimée venait faire là, quel rapport elle pouvait bien entretenir avec le chewing-gum collé ; par ailleurs, la Crimée était un événement d'une telle importance que toute conduite indigne paraissait d'autant plus inconvenante. Même l'histoire du chewing-gum aurait pu passer pour insignifiante. Comme si c'était difficile d'aller jusqu'à la poubelle !

– Vous n'auriez pas par hasard, excusez-moi, une petite cigarette ?

Heureuse de la compréhension mutuelle qui semblait s'esquisser, son interlocutrice parlait désormais à haute et intelligible voix.

Anna resta songeuse un quart de seconde.

– Navrée, je ne fume pas.

– En principe, moi non plus. Il y a deux ans que j'ai arrêté... Mais quand on voit des choses pareilles... – la femme loucha en direction des voyous. C'est affreux. Une horreur. Ça donne envie de crier comme une louve... De toute façon, un grand merci ! Ça fait plaisir, vous savez, de rencontrer une inconnue qui vous comprend à demi-mot.

– Je vous souhaite, moi aussi, le meilleur.

Anna avait parlé avec sincérité. C'était agréable de voir qu'il y avait encore des gens éduqués prêts à compatir et, le cas échéant, à aider. Elle avait même regretté de ne pas fumer ! Comme ç'aurait été bien d'offrir une cigarette à une femme à tous égards si sympathique. De rendre le bien pour le bien.

Même l'air semblait purifié grâce à la simple bonté humaine ; à tout le moins, ça ne puait plus le chewing-gum. Il restait, toutefois, un arrière-goût, comme si on lui avait enfoncé dans la bouche un chewing-gum mâchouillé par quelqu'un d'autre. Arrivée chez elle, Anna commença par se laver soigneusement les dents et se rincer la bouche avec le liquide à la menthe qu'utilisait sa mère.

Sa jeune amie rendit une paix relative à son âme troublée. Svetlana écouta l'histoire débile du « safari » (Anna n'avait pas pu s'empêcher de lui téléphoner en fin de journée), sans lui accorder spécialement d'importance. Elle dit que sur Internet on trouvait des tas de saloperies dans ce genre. En lisant ce que ces monstres écrivaient, on restait sans voix, sidéré.

5

Il mit longtemps à comprendre que sa mémé avait perdu les pédales. Pendant un certain temps, il eut l'impression que c'était un jeu ; plus exactement, qu'elle surjouait. Elle riait, pleurait, agitait ses doigts desséchés comme des brindilles. Il observait cette pantomime, le front plissé : « Tu parles d'une actrice ! Dans un théâtre incendié ! »

Ensuite, il comprit : pour son affaire, dont l'importance croissait à vue d'œil, c'était mieux. Même lui qui, semblait-il, savait à quoi s'en tenir, avait senti ses poils se hérisser quand, au beau milieu d'un récit sur sa sœur inconnue, Tonietchka, mémé avait brusquement changé de visage et, fixant la télé qui invectivait les fascistes et leurs affidés (elle était incapable de faire la différence), elle avait laissé échapper un cri ininterrompu et failli se mettre les joues en sang en les griffant avec ses ongles tout en évoquant Dieu sait quels individus qui jetaient les uns dans des baraquements, les autres dans des ravins pour les brûler vifs ou les fusiller. Et pas des inconnus, ou des étrangers, mais ses propres parents à elle et son petit frère Mikolka. Il se disait : « Tu as un pied dans la tombe et tu viens parler de tes parents et, en plus, comme de personnes vivantes, genre qu'on peut brûler ou fusiller… »

Il pensait et se taisait. Son truc, c'était d'enregistrer et de mettre en ligne sans tarder. Plus exactement de superposer les racontars délirants de mémé aux faits réels qui se déroulaient à l'est de l'Ukraine. Sur le fond des cris hystériques poussés par mémé, ils semblaient particulièrement distrayants. Et, à quoi bon le cacher ? d'une drôlerie homérique.

Résultat des courses : en gros, près d'un million de visites en une semaine... Si ça continuait comme ça...

Voir des trolls participer activement au développement de son portail l'ennuyait, mais pas trop. Qu'est-ce qu'ils sont agités ! se disait-il. Utilisateur chevronné, il reconnaissait d'emblée leurs aboiements furieux, mais, somme toute, assez plaintifs ; et quelle foutue différence cela pouvait bien faire si chaque incursion sponsorisée conduisait à un accroissement du nombre de visiteurs ? Dans les premiers temps, il essayait encore de saisir le sens de la polémique, jusqu'au moment où il se persuada qu'ils étaient tous des salauds. Les uns fonçaient sur les fascistes ukrainiens et leurs Amerloques de copains ; les autres, genre libéraux, étaient contre tout. Avec un ricanement de mépris, il les encourageait tous de la même façon : « Allez-y, les gars, affûtez vos plumes infatigables » (les plumes, c'était comme ça, pour la beauté du mot : toutes les plumes, les acérées comme les indigentes, étaient restées en URSS) –, et subrepticement, sur la Toile, il likait à droite et à gauche, ne redoutant rien sauf une baisse d'activité.

Son vrai souci : il en était presque à un million de visiteurs mais ça ne montait pas plus haut, allez savoir pourquoi. S'il avait eu la possibilité, il aurait fait trafiquer le compteur. Mais sans argent, inutile de songer à approcher les boîtes qui se livraient à ce genre de facéties. En résumé, on butait une fois de plus sur ce foutu fric. Marre que tout soit à vendre.

Concernant les événements eux-mêmes, il ne s'emmerdait pas à savoir qui avait commencé et qui avait continué, des formations ukrainiennes régulières derrière lesquelles se profilaient des oligarques locaux et leur grosse galette, ou des vaillants habitants des provinces rebelles (en l'occurrence, il n'était pas difficile de comprendre qui se profilait derrière eux) avec tous leurs attributs, y compris les armes achetées dans le surplus militaire le plus proche où, tenez-vous bien, se vendaient les modèles les plus récents ; se mordant la lèvre de rire, il pensait : « Des échantillons qui, avant, étaient en vitrine. »

Les trolls les qualifiaient d'« insurgés ». Les libéraux d'Internet de « tractoristes mineurs », parfois avec un hashtag, mais, le plus souvent, entre guillemets ironiques. En deux mots, cette pacotille verbale, tout comme les rubans, de Saint-Georges ou de la Garde[22] (que les gens alentour arboraient comme des malades), ne suscitait pas en lui la moindre émotion. Il s'y refusait par principe, abhorrant tout signe de communautarisme ou de grégarisme – que les moutons s'en donnent à cœur joie, des esprits bornés qui, chacun pris séparément, ne représentaient rien. En tout cas il ne se sentait pas « l'héritier de la Grande Victoire, reconnaissant à son aïeul » : ils avaient vaincu, bravo. Mais ce *nouspouvonslerefaire*, merde, refaites-le si vous pouvez, mais, moi, futur Seigneur des choses, qu'est-ce que j'en ai à fiche ?

Un jour, juste par curiosité, il avait demandé, genre, s'était intéressé : « Et grand-père, lui, il a fait quoi pendant cette guerre ? » Il aurait mieux valu qu'il se taise. Tout juste si mémé ne s'était pas jetée hors de son fauteuil. Elle hurlait à pleins poumons : « C'est quoi, ce grand-père ? J'en connais pas, de grand-père, moi, on était seules, ma sœur Tonietchka et moi. » Heureusement que sa mère n'avait pas entendu, elle en serait tombée raide.

Le chef rentra de Moscou morose et les mains vides. Pas de gâteau à déguster ensemble, pas de ces bricoles bon marché qu'il distribuait solennellement à ses collaborateurs pour fêter une négociation réussie depuis qu'au début des années 1990, assimilant les nouvelles relations de marché, il avait lu dans un manuel de business américain que même de petites attentions, si elles viennent du cœur, instaurent à l'intérieur d'un collectif de travail une atmosphère de confiance mutuelle et de bonté productive. Il convenait de manifester son enthousiasme en recevant ces dons emplis d'amour ; même si, un mois ou deux plus tard, toutes ces aimables babioles, comme il disait – objets de porcelaine, coupe-papier, collections de cartes postales ou blocs de papier à lettres –, après une brève vie sur les bureaux, disparaissaient, couvertes de poussière, dans les tiroirs inférieurs. Toutefois, cette entorse à la tradition apparut aux yeux de tous comme une vague menace.

22. Symboles d'approbation des actions menées par la Russie en Ukraine.

Un prophète de malheur alla jusqu'à dire qu'on devait s'attendre à des licenciements dans les plus brefs délais. Il suffit qu'une petite rumeur, pas plus grosse qu'un moustique citadin, plante son dard dans sa première victime afin de se repaître de sang frais pour qu'en débarque tout un régiment. Les rumeurs mauvaises allaient donc se multipliant, zonzonnant, se gonflant de détails. Il y aurait déjà eu, attendant son heure, une pile de « dossiers personnels » que le chef feuilletait. Restait à deviner qui serait sacrifié dans un bref avenir. Ou, selon la sinistre plaisanterie du DRH, à qui l'on mettrait en premier le couteau sous la gorge. En un mot, la situation devint inquiétante.

Si Anna n'avait pas été une néophyte dont la connaissance de l'orthodoxie se limitait au contenu d'une mince brochure achetée à l'église, qui présentait en quelques lignes générales les saints sacrements et, de façon détaillée, les services religieux qu'il convenait de commander dans les diverses situations de la vie ainsi que pour la santé de ses proches ou le repos de leur âme, elle se serait peut-être souvenue du petit Isaac destiné à être sacrifié à un Dieu le Père invisible, mais audible, sauvé in extremis par l'apparition miraculeuse d'un ange. Et elle se serait posé une question non dépourvue de sens : que serait-il advenu du garçonnet si l'ange n'était pas arrivé à temps ? Par chance, elle ne se plongeait pas dans les dédales bibliques, considérant à raison que, sans femme de ménage, un bureau n'en était pas un. Même si on licenciait la moitié du staff, la saleté continuerait à s'accumuler et il faudrait faire le ménage.

Était-ce pour cette raison, ou pour que Dieu n'imagine pas qu'elle mettait sa propre stabilité financière au-dessus de la vie humaine (en l'occurrence, celle du gardien Piotr, pour la santé de qui elle avait fait un sacrifice sans verser de sang en achetant un cierge, pas le plus gros, mais pas le plus petit non plus), qu'Anna ne le dérangeait pas pour l'implorer de la sauver du licenciement, assurée que, dans la vie, les questions pratiques se résolvaient d'elles-mêmes. Par le cours des choses.

Les plus anxieux étaient ceux qui avaient des crédits. Viktoria Frantsevna, la cheffe comptable (il y avait quelque temps, en faisant le ménage dans son bureau, Anna avait remarqué que, plongée dans ses pensées, elle se tordait les mains sous la table), bien que proche de la retraite, avait un comportement remarquable. Tout au plus s'efforçait-elle de ne pas déranger le directeur à mauvais escient, évitant de faire irruption dans son bureau avec des demandes intempestives. Quant à son adjoint, Vassili, il roulait des mécaniques en public : « Advienne que pourra ! », « Des gens comme nous avec, qui plus est, une expérience de comptable, on se les arrache ! », mais tout montrait qu'il était décontenancé. Il avait même perdu ses joues, comme on dit.

Désormais, quand il rompait des lances avec Viktoria Frantsevna, c'était surtout par habitude. La fougue d'autrefois avait disparu.

La veille, après avoir rangé l'aspirateur dans le placard et suspendu les chiffons, Anna avait jeté un œil dans les toilettes pour hommes afin de vérifier s'il ne fallait pas changer la cartouche de déodorant. En effet, depuis une semaine, il s'en dégageait par instants des effluves suspects rappelant ceux des cabinets nauséabonds de la datcha. Et voici qu'elle entendit une étrange conversation. Ce n'étaient pas les mots qui étaient étranges : « J'ai bien dit que je lui parlerais… Oui, je m'en souviens, oui… Tout de suite, dès que… », mais le fait que Vassili ne téléphone pas de son bureau. Ni même du couloir. Qu'il lui ait fallu se claquemurer dans les W.-C., loin des oreilles indiscrètes.

Ces événements étaient sans rapport les uns avec les autres. Toutefois, mis bout à bout, ils avaient fait lever du tréfonds de l'âme d'Anna les prémices des pires appréhensions. Elle aurait aimé partager ses inquiétudes, en discuter, s'exprimer, tout, plutôt que de garder ses angoisses par-devers elle. Hélas, Svetlana, son unique interlocutrice attentionnée et attentive, espaçait toujours plus ses visites pour la simple raison qu'elle passait tout son temps libre auprès de sa grand-mère : la fondatrice de la dynastie familiale de coiffeuses s'affaiblissait de jour en jour et, selon toute vraisemblance, était en fin de vie.

Svetlana n'avait aucune difficulté à jouer les infirmières, au contraire, elle prenait plaisir à écouter les prophéties délirantes de sa grand-mère et les répétait volontiers en riant.

– Vous savez ce qu'elle a dit ? Que l'URSS allait revenir. Mais pas pour longtemps – Svetlana roula des yeux terrifiés et mit ses bras en croix. Et après, fini !

À la question épouvantée d'Anna : « Comme dans les années 1990 ? », Svetlana répondit qu'elle n'en savait rien. Allez comprendre les propos de sa grand-mère !

Après cette conversation, Svetlana disparut complètement, laissant Anna en pleine confusion.

Et encore une coïncidence : le vendredi, Anna courait à son travail quand elle faillit heurter une bonne femme qui distribuait des journaux gratuits à l'entrée du métro. Elle s'excusa et, se précipitant à l'intérieur, voulut plonger dans la foule compacte des voyageurs en proie à la morosité matinale, mais la femme, sanglée dans un tablier d'uniforme, la héla et lui tendit le journal en disant d'un ton important : « Tenez. Vous ne regretterez pas. Il y a l'horoscope de la semaine prochaine… »

À dire le vrai, Anna ne perçut dans ses paroles aucune inten tion spéciale. Elle prit le journal par politesse. Pourquoi ne pas aider quelqu'un qui passait toute sa matinée en plein vent, et pour travailler, encore ? Elle le fourra dans son sac et ne s'en souvint que sur le chemin du retour quand un garçon, un Ouzbek ou un Tadjik, en un mot, un de « *ces gens-là* », se leva pour lui céder sa place : elle pouvait donc s'asseoir et lire tranquillement au lieu de se cramponner à la barre.

Anna ne croyait pas spécialement aux horoscopes. En plus, elle avait souvent entendu dire qu'il s'agissait de galimatias concoctés par des journalistes de la rédaction et pas par de vrais astrologues. Sornettes et compagnie… Toutefois, elle lut que la semaine à venir n'apporterait aucun succès financier aux natifs de son signe, mais qu'en revanche, ils feraient une connaissance inattendue : les Vierges qui, attentifs aux mouvements de leur cœur, s'efforceraient de suivre leur intuition au lieu de se régler sur l'opinion d'autrui feraient une rencontre prometteuse. Soudain, elle se dit : quels que soient ceux qui ont écrit ce texte, ces braves gens ont raison. Plutôt que de rester cent sept ans à faire le pied de grue, il était temps de se lever et de prendre de la vie ce que chaque femme était en droit d'en attendre, pour peu qu'elle soit prête à assumer la responsabilité de son destin.

Le lundi, Pavlik passa sa journée à traîner et rentra tard. Le mardi, petite maman décréta sans raison apparente qu'il fallait la laver et changer ses draps. Anna passa le mercredi soir dans la cuisine : comme par un fait exprès, la soupe aux choux avait tourné ; naturellement, maman avait senti l'odeur et elle dut préparer un nouveau potage ainsi qu'un plat principal. Le jeudi soir, elle eut une migraine épouvantable qui tombait particulièrement mal. Le vendredi, Anna entreprit un grand repassage car, pendant la semaine, le linge s'était accumulé, surtout des draps. Le samedi, petite maman se sentait plutôt mal. Le dimanche, il fallut cuisiner à nouveau car maman avait catégoriquement refusé le bouillon de poulet et exigé un *rassolnik* aux rognons et aux concombres salés, surtout sans orge perlé, suivi d'un sauté de porc en plat principal. Anna servit tout le monde, fit la vaisselle, s'assit à la table débarrassée, nettoyée, frottée et essuyée. Et se rendit compte que la semaine se terminait. C'était sa dernière soirée. La ligne fatale au-delà de laquelle les volets claqueraient de nouveau sur sa vie. En d'autres termes, c'était maintenant ou jamais.

Avant de se redonner l'aspect de sa jeunesse enfuie, elle prévint son fils qu'elle s'apprêtait à faire un tour. Pour prendre l'air.

Pavlik marmonna sans s'arrêter :

– Vas-y. On se débrouillera.

Là-dessus, il entra dans la chambre de sa grand-mère et ferma la porte.

En consultant l'horloge (elle avait l'impression que ce soir-là, même les horloges tictaquaient plus vite), Anna comprit qu'il ne lui restait plus du tout le temps de véritablement se préparer au sens où l'entendait Svetlana. Mais Svetlana n'était pas à ses côtés. Elle décida de ne pas vraiment se farder et se passa la main dans les cheveux. Elle souligna ses yeux d'un rapide trait de crayon. Se souvint des zones fragiles et les dissimula sous un anticerne correcteur de façon à lisser et à effacer un peu les poches qui gonflaient sous ses yeux. Elle se changea en toute hâte et revêtit des vêtements « de sortie ». Elle hésita un instant avant de mettre un chapeau romantique orné d'une voilette menaçant de se métamorphoser, quelque deux heures plus tard, non point en citrouille, mais en une toile d'araignée des plus ordinaires, comme celle des toilettes de la datcha. Elle sortit de la maison. S'armant de courage, elle fit un ou deux tours dans les rues désertes qui lui semblaient dormir d'un sommeil enchanté et finit par franchir la grille du parc de la

Victoire pour se retrouver comme dans un espace magique où se produisaient des miracles incompréhensibles.

Anna suivait une allée mystérieuse enveloppée de ténèbres (contrairement à une opinion répandue, les nuits blanches de Saint-Pétersbourg sont parfois obscures) ; elle souffla sur sa voilette qui lui collait aux lèvres, observant par en dessous l'effet qu'elle était intimement persuadée de devoir produire sur les hommes de rencontre qui flânaient, solitaires.

Le malheur, c'est qu'elle n'en croisait pas. Pas le moindre mouvement.

Le parc était vide, si l'on excepte des jeunes gens d'allure louche regroupés près d'un banc jouxtant une poubelle qu'ils avaient prise pour cible de leurs crachats ; ils accompagnaient chaque « réussite » d'un hennissement ; ils ne levèrent pas les yeux sur Anna, la prenant de toute évidence pour un être venu d'un autre monde où tous sans exception « respiraient brumes et parfums[23] » et où les aborigènes locaux ne pouvaient pénétrer, même en état d'ébriété.

Du reste, Anna avait beau se placer très haut en comparaison de cette racaille, elle passa avec une sorte de méfiance devant ce groupe – allez donc savoir ce que sont capables d'imaginer des crapules pétersbourgeoises. Même dans ce quartier plus que convenable où se pressaient les Nouveaux Russes avec leurs enfants assurés d'un avenir radieux, que dire de ces malfrats à l'air menaçant ? Si elle n'avait pas eu l'apparence de la Belle Dame[24], elle les aurait pris en pitié, comme toute créature vivante.

Il lui suffit de penser à une créature vivante pour que de dessous un réverbère évoquant une barrière automatique à la fois baissée et levée (cette étrange illusion d'optique était due à la longueur de son ombre qui s'étendait en travers de la route) se détache une silhouette sombre qui la suivit, tout en demeurant à une distance d'environ trois mètres. Avant que l'acteur d'une nouvelle affaire criminelle se soit approché d'elle, Anna fut saisie d'un accès de panique incontrôlable : « Un bandit, un voleur... Le voilà qui avance à pas de loup pour me frapper... »

---

23. Citation du célèbre poème d'Alexandre Blok, « L'Inconnue ».
24. Personnification de l'Éternel féminin, de l'Âme du monde, de la Sophia qui donne son titre à un des premiers recueils de Blok (1901-1902).

Recroquevillée, la tête dans les épaules, elle ne distinguait pas les paroles que lui adressait ce personnage aussi redoutable qu'étrange, qui, en plus, parlait avec un accent du Sud. Il faisait, à coup sûr, partie de « ces gens-là » qui portent des bonnets de tricot enfoncés jusqu'aux sourcils et des vestes imitation cuir. De l'avis des Leningradois de souche, il convenait de s'en méfier, à tout le moins, d'éviter d'entrer en contact avec eux.

Cependant, le comportement du dangereux inconnu (à première vue, elle lui aurait donné une quarantaine d'années) était respectueux : sans franchir la ligne de démarcation matérialisée par l'ombre du réverbère, il expliquait confusément qu'il travaillait dans les parages, sa brigade rénovait un appartement vétuste (il dit « un appartement tué ») ; en changeant des fenêtres en bois pour d'autres en matière plastique, ils avaient trouvé sous deux appuis des monnaies anciennes. Sur Internet, on disait qu'elles valaient cher, peut-être cinq mille ; cinq, bien sûr, c'était trop, mais, au moins, mille. Tout gêné, il avoua qu'il cherchait quelqu'un ; il tendit le bras et ouvrit la main.

En dépit de ses efforts, Anna n'arrivait pas à comprendre ce qu'il pouvait bien lui vouloir. Mais quand les éclairs de peur retombèrent, se tassèrent, elle remarqua deux détails : d'abord, il avait beau parler avec un accent méridional, son langage était châtié. Ensuite, il avait des manières policées, ce qui, dans le contexte, n'était pas si évident. Plus d'un Leningradois n'aurait pas réussi à rester dans le cadre de la politesse tout en avouant qu'il désirait faire sa connaissance...

Anna mit une chose en rapport avec l'autre, tout en y adjoignant ses propres attentes secrètes et, au lieu de se fâcher comme n'importe quelle autre femme l'aurait fait à sa place, elle ressentit la petite morsure froide de la curiosité ; en outre, le temps restant jusqu'à la ligne fatale fondait comme un glaçon, le liquide encore gelé lui glissait entre les doigts. Et quoi après ? Du sable sec dont elle ne pourrait jamais s'extirper... Fermant les yeux sur toutes les conséquences possibles, Anna allongea la main. Prudemment, elle prit la pièce dans la paume de l'inconnu, entre deux doigts tremblants, confirmant par ce geste qu'elle était prête à tout ce qui pouvait suivre...

Il restait à décider : où ?

S'il n'avait pas fait partie de « ces gens-là », la réponse aurait été évidente ; mais en s'imaginant dans un appartement « *de caoutchouc*» (elle avait entendu parler de ces pièces pleines à craquer où les migrants s'entassaient comme harengs en caque), Anna eut un sursaut involontaire et retint sa respiration, de crainte d'inspirer l'odeur âcre d'oreillers et de couvertures sales ; de glandes sébacées et d'yeux grivois, qui la suivaient depuis tous les recoins d'un local on ne peut plus négligé ; à l'odeur âcre du logis d'autrui se mêlait l'aigre-doux d'une nourriture étrangère.

Anna expira bruyamment, dégoûtée d'elle-même, plus encore que de l'odeur lourde : quelles saletés lui venaient à l'esprit alors qu'il s'agissait de quelque chose d'aussi simple et innocent qu'un rendez-vous ! Et se dit : « Tout ce qu'on veut pourvu que ce ne soit pas chez lui », bien consciente que ce « tout ce qu'on veut » n'avait pas de sens ; en réalité, il n'y avait que son appartement, plus exactement, sa chambre, où, avec un peu de chance, ils pourraient entrer sans se faire remarquer. « Sinon, je dirai que c'est un collègue de travail. J'ai bien le droit de l'inviter à prendre le thé, non ? » Et, prenant le bras de l'homme (par ce seul geste, elle brûlait ses vaisseaux), elle l'entraîna à la sortie du parc, qui avait tout de même rempli son rôle magique.

Cette fois-ci, les malfrats l'avaient remarquée. En passant devant le banc qu'ils occupaient, Anna sentit sur sa peau les regards malveillants qui la fouillaient. Leur inspection se termina par un sifflement et un hennissement gaillards ; occupée de ses pensées, elle n'y prêta pas attention, qu'ils sifflent autant qu'ils veulent ; et ce n'est qu'après, une fois sortie du parc, qu'elle se souvint qu'elle ignorait jusqu'à son nom. Cela valait mieux : comme si tout cela ne se passait pas dans la réalité, mais dans un espace enchanté où il n'y avait ni noms ni interdictions maternelles, rien qu'une liberté sans limites. N'était-ce pas de cette liberté que parlait le père de Pavlik, son mari manqué ?

Plongée dans ces réflexions complexes, Anna n'avait pas remarqué ou, plus exactement, avait perdu de vue que son compagnon anonyme se conduisait, à tout le moins, étrangement : tantôt il pressait le pas, tantôt il s'efforçait d'aller plus lentement, comme s'il cherchait un motif pour s'échapper.

Cependant, ils étaient arrivés devant l'entrée principale.

– S'il vous plaît... Attendez un peu. Je monte d'abord...

Anna n'eut pas le temps de dire : « ...et je reviens vous chercher. »

Le bras que l'inconnu arrondissait maladroitement se tendit ; soudain, ses sourcils se froncèrent, il marmonna des propos incompréhensibles : une pièce de monnaie de prix, elle l'avait mise dans sa poche.

– J'attendais... Je dois la vendre. J'avais peur qu'on dise que je l'avais volée. Je ne dois pas me retrouver à la police – il libéra soigneusement son bras, s'écarta d'Anna. Quand je vous ai vue, j'ai pensé, une femme bien. Elle ne me trompera pas, me règlera honnêtement. Depuis tout petit on m'a enseigné qu'une vieille femme, c'était comme une mère...

Le premier mouvement de l'âme d'Anna fut de mourir. Le second, de tuer.

Empêtrée dans cette insoluble contradiction, Anna fouilla au fond de sa poche, y trouva la maudite pièce et, brandissant pitoyablement le bras, la jeta à la tête de l'offenseur.

Ce dernier fit instantanément un saut de côté, bondit et s'enfuit en courant, tout en trébuchant et en jetant continuellement des coups d'œil en arrière, comme s'il s'attendait pour le moins à se faire tirer dans le dos.

Anna était debout sous l'auvent métallique de la porte d'entrée, ses bras affaiblis retombant sans volonté ; elle ressentait quelque chose d'inconnu à ce jour, d'immense, d'étrange, d'infini, d'illimité. Qu'était en comparaison leur liberté tant vantée ?

Le vide.

6

Le plus probable est qu'il avait obéi à l'habitude enfantine, qui lui avait valu de se faire traiter de mule par sa mémé : arpentant le terrain vague sur les talons de sa grand-mère, il tenait les yeux rivés au sol dans l'espoir d'y découvrir ce qui deviendrait l'un de ses trésors, récipient métallique, branchette cassée par le vent, ou encore boutons ; la plupart du temps, ils étaient noirs, à croire que tous ceux que le hasard avait conduits là n'avaient eu le choix qu'entre deux options : ou le grand deuil, ou un strict costume noir réservé aux grandes occasions.

Lorsque, ensuite, il eut étudié la question et découvert le véritable prix du marché, il ressentit un petit froid sous les côtes : voilà ce que c'est de semer une habitude – à moins qu'il n'existât réellement quelqu'un, vous savez, *celui-là*, Dieu. Bien que, qu'est-ce que Dieu avait à y voir ! C'était lui qui, en marchant, avait remarqué la pièce de monnaie et s'était baissé : plutôt que de la laisser traîner sans profit pour personne, je la prends pour moi.

Mais ça, c'était après ; ce soir-là, enfermé à double tour dans sa chambre, il avait paresseusement vogué de site en site, découvrant à chaque instant des termes et des concepts nouveaux : les revers, les avers, la frappe ; le nombre d'exemplaires répertoriés, la mise en circulation ; quelle maison d'enchères vendait quoi. Il regrettait que sa trouvaille ne fût pas une pièce d'or de dix roubles à l'effigie du « Semeur » (le paysan costaud dominant des cheminées d'usine représenté sur le revers lui rappelait vaguement quelqu'un : ah oui, bien sûr ! Le moujik en masque à gaz qui exterminait ses ennemis comme des insectes sur le couvercle du jeu que sa mère et lui ne s'étaient pas décidés à acheter au vieillard régnant sur les derniers trésors soviétiques). Pareille monnaie frappée dans un alliage inusable qui ne connaît ni rayures ni coups, ça s'écoule comme des petits pains, à un prix en rapport, aucune comparaison avec le rouble d'argent bon marché qu'il venait de ramasser devant l'entrée principale : en rentrant chez lui, il s'était baissé et l'avait ramassé.

Frappé en 1921. Qu'en dire ? Beau. Agréable à tenir en main.

Tout en caressant du gras du doigt les reliefs de sa pièce, il l'examinait attentivement. La tournant sur le revers où l'on pouvait voir une étoile à cinq branches entourée d'une couronne de feuilles de laurier et de chêne, liées par un plaisant ruban féminin, puis le retournant sur l'avers d'une beauté et d'une force irréfutables, indiscutables : le soleil émergeait des ténèbres de l'injustice millénaire et, sur ce fond, se détachaient, augustes, la faucille et le marteau. À leur vue, même le roi des idiots n'aurait pas dit : *Que tu moissonnes ou que tu forges*[25]...

Dommage que, six mois plus tôt, il n'ait pas tenu bon, qu'il ait cédé aux sacs de fric, aux envieux qui ne cherchaient qu'à tout gâcher, à tout souiller, à réduire « Le Seigneur des choses » à un vulgaire échange de coups de feu. Pan-pan ! Comment tous ces roubles-kopecks, toutes ces pièces de cinq, les plus ordinaires du marché socialiste, qu'à chaque réforme monétaire on envoyait à la refonte auraient-ils pu embellir son noble jeu ? Pour finir, seuls les plus malins avaient survécu, ceux qui avaient eu la bonne idée de se dissimuler à temps, de rouler sous une lame de plancher, de traînasser dans un vieux porte-monnaie, de se terrer dans une doublure, de rester cois sous les pieds d'une table ou d'une armoire (au fait, il

25. Expression vulgaire, qui détourne une expression soviétique et signifie : « Que tu moissonnes ou que tu forges / Rien de bon n'en sortira. »

ferait bien de vérifier : autant qu'il s'en souvienne, on n'avait jamais déplacé les meubles de sa mémé ; un jour, le diable sait quand, on les avait alignés et ils n'avaient pas bougé) – ils avaient survécu et maintenant, ils récoltaient les fruits de leur longue patience, plus exactement, de leur prévoyance, comme en témoignait le catalogue détaillé qui mentionnait le prix de chaque article.

Prix parfois invraisemblable (comme la pièce de cinquante kopecks de 1929 estimée dix millions : un paysan au volant d'un tracteur, la première monnaie en cuivre et nickel frappée à un unique exemplaire en qualité d'essai). Certes, un prix aussi délirant était rare. En règle générale, les prix élevés concernaient des exemplaires qui avaient fait l'objet d'une erreur lors de la frappe, d'où des monnaies-monstres, ne ressemblant à aucune autre.

Par exemple, celle qu'il tenait en main aurait pu, pensait-il, s'avérer *réellement* précieuse (où donc ? Aux enchères, tiens !). Monter jusqu'à des trois cent cinquante mille si, sur le revers, entre les lettres *s* et *u* (la dernière lettre du mot « pays » et la première de « unissez-vous »), il y avait eu une virgule de forme arrondie, disposée symétriquement.

Il regarda mieux : elle avait l'air arrondie... mais non, cela ne se pouvait pas... Mais sentant déjà que cela se pouvait, oui, oui, cela se pouvait – *si ce n'était pas de la symétrie*, alors, c'était quoi, la symétrie ? D'où ce petit froid sous les côtes (il s'était figé, craignant de toucher le clavier) ; le pas étouffé d'une divinité inconnue s'approchant de sa destinée...

Par la suite, il ne ressentit jamais (même en regardant par l'objectif d'une caméra professionnelle) rien d'approchant ; jamais, il ne crut avec la même plénitude inspirée, éperdue, à l'existence d'un autre monde, d'un monde surnaturel dans lequel ce ne sont pas les habitudes qui définissent la destinée d'un homme. Ni le caractère. Mais *les forces* qui jouent de ton côté.

Quelque deux jours plus tard, renseignements pris, il entra en contact avec des numismates qui confirmèrent qu'il s'agissait probablement d'une pièce de valeur susceptible d'être vendue un bon prix ; pas sur-le-champ, mais quand et, surtout, *s'il se trouvait* un acheteur. Et de se proposer à l'envi comme intermédiaires. Moyennant finance.

Ce n'était pas cela qui l'ennuyait – vingt pour cent du prix –, mais de les voir gesticuler et faire assaut de roueries, voyant en lui un jobard qu'il était bien naturel de truander en lui refilant une imitation. Aussi lambinait-il, prétendant qu'il devait peser le pour et le contre, réfléchir ; en un mot, il repoussait poliment leurs avances ; mais les bouledogues du marché de la numismatique n'étaient pas non plus tombés de la dernière pluie, ils lui collaient aux basques tant qu'ils pouvaient ; pour cette raison, il ressentait une certitude croissante, regardait la situation comme un « buff » – décuplant temporairement la force ou les compétences du joueur. Quant à la nature de l'incantation, il s'en fichait comme de l'an quarante. L'essentiel, c'était que ça marche. Peu importaient le pourquoi et le comment.

Tandis que sa cervelle se liquéfiait sous l'influence de ces pensées tantôt inspirées, tantôt méfiantes, il ne suivait pratiquement pas les actions militaires sur le « front ukrainien ». D'ailleurs, on n'y découvrait rien de notablement nouveau : les mêmes impitoyables expéditions punitives prenaient pour cible de leurs bombes les demeures paisibles des habitants de Lougansk et de Donetsk ; les mêmes valeureux tractoristes leur répondaient par les tirs de lance-roquettes de longue portée BM-21 Grad achetés (où, où ? dans un magasin d'articles militaires) ; la plaisanterie n'avait que trop duré. Il haussait les épaules, songeant : « Ce n'est pas drôle. »

En résumé, il avait failli laisser passer un moment important : les visiteurs du portail discutaient les détails des opérations militaires en mentionnant des personnes. Les publications et les commentaires citaient les noms des nouveaux commandants du champ de bataille.

Parmi eux s'en détachait un, au premier abord inconnu. N'eût été le petit mot de « reconstructeur » qui l'escortait, il était douteux qu'il se soit souvenu du type qu'il avait croisé par hasard deux ans plus tôt, à l'étape de la préparation préalable – « Le Seigneur des choses » en était à ses contours généraux, que même lui ne comprenait pas complètement : il avait une vision plus ou moins claire des objets du quotidien soviétique (réchauds à pétrole, à gaz, et autres chauffages au kérosène), mais il prit soudainement conscience que, pour que le tableau soit complet, il manquait des armes à son jeu.

Non pas pour les utiliser. Mais parce que cette grande époque enfuie dans le passé était incomplète si on lui retirait les armes.

La première chose qui lui vint à l'esprit dans ce domaine fut la mitraillette Maxim qui s'était illustrée pendant la guerre civile. Il n'avait pas besoin de l'avoir en vrai. Une photo suffisait. Mais à cette époque, il s'en tenait encore à sa conception initiale : la chose modifie son propriétaire, pas par la violence, mais par consentement mutuel et, partant de ce principe, il veillait soigneusement à ce qu'à chaque objet introduit dans l'espace de jeu, soit attribué un prix plus ou moins réel.

C'est donc dans le but de connaître le prix réel qu'il se livra à ses propres investigations et découvrit avec stupéfaction que Hiram Maxim, qui avait modifié le cours de l'histoire militaire du XXe siècle, avait fait sa découverte à l'âge de vingt-six ans. Double coïncidence : premièrement, ils avaient presque le même âge, deuxièmement, c'était un autodidacte qui avait couvert de honte une nuée d'experts de la sainte farce – il ricana. Cette idée lui réchauffait particulièrement le cœur, le poussait à prendre ses distances avec l'aspect purement technique de la tâche en cours.

En approfondissant la question, il fit encore un certain nombre de découvertes. Comme lui, ce jeune gars avait rencontré divers obstacles sur le chemin de la gloire mondiale. Il y vit une troisième coïncidence. Une bonne étoile le guidait, il en était désormais certain.

Ayant de la sorte résolu le blocage surgi sur la route d'une gloire immortelle, il consulta le forum des reconstructeurs et découvrit qu'il n'était pas seul à s'intéresser au sujet. Il se révéla à cette occasion qu'il ne s'agissait pas de mitrailleuses de combat, mais de maquettes tirant à blanc – néanmoins susceptibles de créer un sacré effet sonore. Toutefois, ce n'étaient pas elles les plus recherchées, mais des pièces de bronze sorties avant même la révolution ; elles valaient des sommes inimaginables (jusqu'à cent mille roubles l'unité), tout cela pour rapprocher l'image du Maxim habituel, tel que le présentaient les films soviétiques, du « modèle tsariste », comme on disait dans ce milieu.

Lui, l'époque tsariste ne lui faisait ni chaud ni froid – la soviétique était bien plus excitante ! Il n'était pas revenu à ce thème jusqu'à ce jour ; il était tombé sur un type qui se prétendait l'unique dirigeant des insurgés et s'était souvenu que, fanatique de l'upgrade « tsariste », il se montrait actif dans le chat, distribuant ses conseils aux nouveaux.

Ayant reconnu le visage du Reconstructeur, il suivit plus attentivement les actions militaires. Du coup, un problème personnel, secret, se trouvait résolu en douceur : dans une telle configuration, certes, schématique, le Reconstructeur devenait son avatar et il pouvait utiliser s'il le désirait sa folle bravoure et, fait remarquable, sans le moindre risque pour lui-même.

En d'autres termes, sa propre timidité naturelle que jusqu'à ce jour il craignait de reconnaître (il avait toutefois appris à la masquer en toisant ses offenseurs d'un regard glacial) était surmontée par l'évidente et indomptable bravoure avec laquelle son avatar contournait les règles de combat, sans s'incliner devant les balles ou les obus, se bornant à plisser les yeux en cas d'explosions comme s'il s'était agi d'une rafale de vent. Il était particulièrement impressionné par l'esprit de décision avec lequel son double de la Toile donnait des ordres à ses subordonnés sans paroles superflues, avec la même inébranlable dignité que celle qu'auparavant, reconstructeur ordinaire, il manifestait en conseillant les débutants.

Son enthousiasme fut à son apogée à l'instant, en vérité inoubliable, où son avatar (accompagné de ses compagnons d'armes de la suite de l'état-major, tous en uniforme de camouflage couleur kaki) sortit d'une « zone verte » et, traversant une clairière d'un pas mesuré, atteignit un hélicoptère de combat. Il observait de loin, mais il lui suffit d'un seul regard pour extraire de sa mémoire la boîte contenant un hélicoptère découverte sous les combles une veille de Nouvel An. Il ne s'était pas servi de ce jouet. Il était d'autant plus agréable de penser : « À présent, en toute justice, cet authentique hélicoptère est à moi. »

Ainsi, subrepticement, pas à pas, s'appropriant le destin du Reconstructeur (contrairement à l'insupportable logique maternelle : d'abord une action, ensuite un caractère et, seulement après, un destin), il suivait les petits tableaux vivants comme un participant direct des actions militaires en Petite Russie (tout ce temps, son propre Grand Jeu – bon, d'accord, pas un jeu, mais pour l'instant, des esquisses et des scénarios – végétait, s'enfonçait dans la procrastination). Auparavant, la

Petite Russie était un vide, une abstraction des cours de littérature, de Gogol, semblait-il – désormais elle était devenue « un champ de bataille » où on pouvait non seulement périr, mais aussi ressusciter. Ce à quoi il s'adonnait directement. Une fois, deux fois et même plus au cours de la journée.

Un mois plus tard, début juillet, s'accumula toute une série de décorations militaires dans une cachette imaginaire, de celles que l'on décerne aux troupes. Naturellement, pas à tout le monde. Seulement aux combattants qui s'étaient distingués. À cette occasion, les configurations les plus variées, mais toutes plus exaltantes les unes que les autres, se dessinèrent à ses yeux : tantôt il était blessé au ventre et on l'emmenait sur une civière, tantôt il s'arrachait à un hôpital de campagne, tout seul, sans aide et, gardant l'équilibre avec difficulté, il rejoignait sa formation en s'appuyant sur des béquilles ; ou, une autre fois, il avançait gaillardement, son bras droit cassé par un éclat d'obus pendait, bandé, plâtré, il devait même rendre les honneurs du gauche. Ou bien encore : une balle venue des *ukrudités* (leurs snipers se concentrent sur « nos » positions) l'avait touché. Commandant de sous-division, il était grièvement blessé, il avait la tête bandée (comme on le lui a enseigné aux cours militaires du collège, un bandeau croisé passant sous le menton) – exactement un casque d'aviateur.

C'est précisément le casque qui lui donna l'idée suivante : au cours de ces quelques semaines (sans se faire remarquer, en faisant toujours attention à son double de campagne), il avait réussi à tâter de toutes les spécialités militaires – un jour, simple conducteur, il apportait des caisses de munitions en « comment c'était déjà, en première ligne » ; un autre, on le retrouvait impavide commandant de tank puis artilleur affecté à des armes mystérieuses, manifestant chaque fois des miracles, non seulement de bravoure insensée, mais, plus important encore, d'intelligence et de sens pratique ; dans ce domaine il dépassait de loin ses compagnons d'armes : à la différence de lui, ils étaient stupides.

Emporté par tous ces événements exaltants, il avait plus ou moins perdu de vue mémé.

Pas de doute, elle s'affaiblissait à vue d'œil. Il était maintenant difficile de lui tirer un mot. Et pas parce qu'elle faisait exprès de parler en termes brumeux pour lui cacher des choses ; il voyait bien comme elle essayait de se concentrer, de rassembler ses idées qui, tels des cafards, s'égaillaient de tous les côtés de sa pauvre tête.

Pas étonnant qu'elle se répète, rejouant encore et encore le même disque usé : tantôt les partisans soviétiques, tantôt les détachements punitifs fascistes. Ils se mélangeaient dans sa tête et commettaient les mêmes horreurs : ils fusillaient de simples villageois qui ne leur voulaient aucun mal, brûlaient maisons et dépendances. Parfois il avait le sentiment que sa mémé qu'il n'avait, c'est à souligner, jamais cessé d'aimer et de respecter ne déraillait pas, mais confondait seulement le passé et le présent. Comme le jour et la nuit.

Quoi qu'il en soit, la monotonie de ses récits (il les avait notés et mis en ligne en mai-juin) avait forcément une incidence sur la popularité de son portail. D'ailleurs, son propre intérêt pour ce qui lui était d'abord apparu comme une chouette invention avait baissé. Et puis ce n'était pas à son goût, lui qui participait à des actions guerrières, de miser sur des bataillons d'abrutis ne cherchant qu'à pondre des tas de merde ; quand ses yeux parcouraient leur bordel, il ricanait : « Armées de divan. »

Toutefois, mémé n'aurait pas été mémé si elle avait fait preuve d'humilité. *Ça, jamais !* Même maintenant, entre la vie et la mort. Assise dans son fauteuil, les yeux plantés sur l'écran de la télévision – sa petite tête aux cheveux presque ras menaçant de s'effondrer sur sa poitrine –, mémé sursautait, s'accrochait aux accoudoirs, clignait ses yeux aveugles d'un air terrorisé. Observant ces contorsions, il en vint à soupçonner que mémé faisait traîner le temps tout exprès. Attendait quelque chose.

La deuxième semaine de juillet, le théâtre des opérations manifesta de jour en jour une activité croissante. Le groupe ukrainien rassembla ses forces dispersées et passa à l'offensive – les volontaires contenaient la menace venue du ciel par des tirs massifs, sinon efficaces. Fixant le viseur d'une batterie de missiles sol-air, le doigt sur un bouton imaginaire (ou une détente, il semble que cela se dénommait ainsi), il se rappela, ou plutôt il vit distinctement le tableau qui s'était fiché dans sa mémoire bien des années auparavant : un couvercle de carton sur lequel voletaient telles des mouches de petits avions aux ailes marquées d'étoiles rouges – et, embusqués derrière des barbelés, leurs ennemis aussi minuscules que des insectes qui les arrosaient de tirs de mitrailleuses…

À cette époque difficile pour les insurgés, mémé avait presque cessé de dormir.

Elle ne se mettait plus au lit. Mais avait toujours sa conscience et sa voix. En réponse aux supplications d'Anna, elle sifflait : « J'aurai bien le temps de dormir mon soûl dans l'autre monde » ou bien « Toi, en quoi ça te regarde ? Si je ne veux pas me coucher, je ne me couche pas ! »

Bien qu'elle ne refusât pas la nourriture : elle prenait son petit déjeuner, son déjeuner et son dîner à l'heure, tout en se plaignant (pas à lui, à sa mère) de son manque d'appétit, et elle ne laissait rien dans son assiette.

En voyant la force inimaginable avec laquelle mémé tenait celle-ci, il n'arrivait pas à comprendre pourquoi diable, après avoir mangé (et même parfois, léché son plat), elle ouvrait les mains. Aimait-elle le bruit d'une assiette vide se fracassant sur le sol ? À présent, cela arrivait régulièrement. Pour peu que sa mère ou lui oublie de la surveiller.

Lui ne la surveillait pas particulièrement : qu'elle pulvérise la vaisselle si ça lui faisait plaisir ; sa mère, au contraire, se mettait dans tous ses états. Ensuite, elle se calmait, ne blâmait pas mémé, se contentant de balayer en silence et de réunir les morceaux de faïence dans une pelle.

Un de ces mauvais jours (justement la veille de l'histoire après laquelle mémé avait complètement pété un câble), sa mère avait perdu patience et servi la soupe dans un bol de métal émaillé. Et reculé d'un pas avant de rester figée sur place. Comme si elle s'était attendue à ce que sa mère ne lui pardonne pas cette initiative. Éclate comme d'habitude en cris de fureur : « Tu me prends pour un chat ou quoi ?! » Puis, après avoir bien crié, lui lance le bol plein à la tête.

Pressentant qu'il allait y avoir de la rigolade, il appuya sur le bouton « enregistrer » de sa tablette, mais il n'y eut rien à enregistrer : soit mémé, totalement affaiblie, n'avait pas remarqué le changement, soit elle avait fait mine de l'ignorer. Mais le plus drôle, ce fut quand mémé, qui n'avait pas encore fini son bortch, essuya sa bouche édentée et dit :

– Tonietchka, pour l'amour du Christ, donne-moi du pain.

Sa mère se mit en peine : « Comment veux-tu, genre, le tenir quand tu as ta cuillère dans une main et ton assiette dans l'autre ? » Et mémé, têtue comme une mule, qui n'en démordait pas : « Donne-moi un morceau de pain, un point c'est tout. »

Sa mère finit par céder. Mémé prit le pain, posa sa cuillère sur ses genoux et mâchouilla longuement cette malheureuse petite tranche en psalmodiant sur tous les tons des lamentations : « On nous a flouées, trompées sur le poids, la boulangère déteste les gens comme nous, elle peut pas nous sentir. Soi-disant qu'on vient manger leur pain, aux Leningradois : "S'il n'y avait pas dans la ville toutes ces flopées d'étrangers sortis on ne sait d'où, on aurait tout le pain qu'on veut, mais, maintenant, va-t'en partager avec vous autres…" » Tant mieux, au moins il n'avait pas éteint sa tablette, il avait pu enregistrer tous ces délires boulangers.

Il enregistra sans mettre en ligne. Il n'avait pas trouvé où caser ça.

Le lendemain, quand fut diffusé ce fameux scoop sur une femme de Slaviansk, une réfugiée, semble-t-il, il était chez lui, fouillant son ordinateur, à la recherche de quelque chose qui s'y prête (et surtout d'actuel, comme les secours humanitaires : livraison et distribution) – et il entendit un cri. Étouffé, mais en même temps perçant, aigu. Comme celui d'un oiseau. Il se redressa : « C'est elle. Elle est tombée de son fauteuil… » Il bondit à son secours. Dieu soit loué, rien de tel.

Mémé était assise dans son fauteuil. Les bras tendus devant elle. Penchée vers le téléviseur. Il eut du mal à comprendre ce qu'elle disait : elle appelait Mikolka, ce petit frère soi-disant crucifié par les fascistes.

Ensuite, en écoutant mieux, il comprit : en fait, elle n'avait rien inventé. On parlait d'un gamin, fils d'un membre de la milice populaire (mémé ne criait plus, elle marmonnait des choses sur Jésus crucifié) que les détachements punitifs de Bandera avaient cloué à un panneau publicitaire ; et, tandis qu'il agonisait, ils tenaient sa mère, cette femme de Slaviansk, pour qu'elle voie son petit vêtu d'une culotte et d'un maillot se vider de son sang innocent.

Il avait beau savoir de source sûre comment on fabriquait ce genre de choses, il éprouva tout de même un sentiment d'horreur : brrr !

Puis il réfléchit : si, après tout ça, la femme était dans le coaltar (à la télé, on avait dit que c'était le cas), on se demande comment ils avaient fait pour la faire courir sur la place, attachée à un tank.

Il se retourna vers sa mémé, il voulait lui dire : « Écoute pas, c'est mensonges et compagnie… » Mais, elle, comme qui dirait, fichue ! Probable que le cœur n'avait pas tenu… Les salauds, non mais quels salauds !

Il voulut crier, appeler sa mère, mais l'air lui manqua. La gorge pour ainsi dire bloquée. Comme un robinet.

Ou non : comme s'il était encore petit et que mémé jouait à lui faire peur. Pour qu'il sache ce qu'il ressentirait quand la vieille sorcière qu'elle était crèverait. Enfant, il n'avait pas redouté ça un seul instant : mémé était immortelle. Mais à présent qu'il s'était approché d'elle sur la pointe des pieds, qu'il avait entrevu son visage émacié tordu d'un côté, il s'était senti les jambes en coton. Il glissa à terre comme si le sol s'était dérobé sous lui, comme si on avait arraché du plus profond de son corps le pivot sur lequel tout reposait. Il se pressa contre les genoux décharnés de mémé qui sentaient l'urine et une autre chose encore, à l'odeur douceâtre, conscient à présent d'être véritablement seul et sans défense.

Sa mère entra et se mit à la tirer, à la secouer par les épaules (la tête aux cheveux ras retombait sur la poitrine quand elle ne valsait pas de droite et de gauche). Foudroyé par une horreur surgie de son enfance, il l'oublia presque, éprouvant pour la première fois de sa vie un chagrin inconsolable et une honte brûlante. Pas de lui avoir tout volé sans avoir pu gagner de quoi restituer son larcin. Mais parce que mémé ne saurait jamais combien sa mule de petit-fils l'aimait.

Quand, poussant un gémissement imperceptible, elle lui posa sur la tête une main aussi sèche qu'un rameau brisé, il eut l'impression que ce n'était pas elle, sa mémé, qui lui avait touché les cheveux, mais qu'ils avaient bougé tout seuls avant de se dresser sur son crâne.

À peine eut-il senti la chaleur de sa main desséchée, que, comme émergeant d'un état second, il fut submergé par un bonheur sauvage, sans pareil : « Vivante… »

Il se décolla des hardes rancies de mémé et aperçut sa mère. Debout derrière le fauteuil. Qui le regardait.

Il sauta sur ses pieds d'un bond fantastique, hurla : « Toi, reste avec elle ! » et fonça dans sa chambre où il s'enferma à clé. Tout seul.

Mais la honte mêlée de peur ne disparaissait pas, elle cédait la place à une jubilation mauvaise mâtinée d'enthousiasme : c'était quelque chose, la vieille sorcière ! Elle calanchait et puis, tenez-vous bien, deux minutes après, elle ressuscitait ! Fallait le faire…

Ce n'est pas l'évanouissement qui frappa le plus Anna. D'autant qu'il avait suffi de prendre sa mère aux épaules et de la secouer énergiquement pour qu'elle revienne à elle. Pas plus que de voir son fils agenouillé devant sa grand-mère, geignant et se frottant à elle comme un chiot ; rien d'étonnant, il avait pris peur. Le pire, c'est qu'elle n'avait pas ressenti, même de loin, l'horreur absolue qui l'avait envahie la fois où, figée à la porte, elle avait fixé alternativement la nuque de sa mère et ses doigts écartés comme pour choisir entre les deux, faire sienne et dissimuler dans les profondeurs de sa mémoire une image de la mort destinée à se représenter éternellement à ses yeux pour lui rappeler qu'elle était coupable devant sa petite maman. De quoi ? Mystère.

Ne ressentant désormais rien de semblable, elle réchauffa machinalement les macaronis de la veille, picora dans son assiette sans le moindre appétit ; se souvint qu'elle avait oublié d'appeler Pavlik – elle faillit frapper au mur de sa chambre – avant de changer d'avis, et de mettre un couvercle sur la poêle. S'il avait faim, il n'aurait qu'à réchauffer… Elle se retira dans sa chambre où elle fit les cent pas, se demandant à quoi elle pourrait bien s'occuper. Elle se souvint alors de l'article qu'elle avait lu en rentrant du travail. Un article d'information bizarre, paru dans un petit journal gratuit distribué à l'entrée du métro.

On y disait que les gens, ou plutôt leurs nuques, différaient. Chez les uns, au sommet du crâne, les cheveux partaient dans le sens des aiguilles d'une montre, chez les autres, en sens inverse. Quelle différence ? dira-t-on. Une immense différence. Si les premiers – la majorité – n'étaient capables d'appréhender que les vibrations terrestres à l'exclusion de toutes les autres, les seconds pouvaient, selon l'article, entrer en résonance avec les couches cosmiques supérieures.

Anna s'approcha du miroir, tâta sa nuque et se persuada que son crâne était construit comme il fallait. Elle se dit : « Pour maman, avec ses trois malheureux cheveux, impossible de vérifier… Et Pavlik ? Je serais curieuse de savoir ! » Et elle sortit dans le couloir avec la ferme intention d'aller se rendre compte de visu. La porte de son fils était fermée à clé. Anna ne frappa pas, de toute façon, il n'aurait pas ouvert.

Comme il l'avait pensé, le jeune « Jésus » était un fake. Maudits journalistes, maudite télé ! Inventer un truc pareil, il fallait le faire !… En comparaison, son portail était de l'amateurisme à l'état pur, un cercle genre « Les rois du bricolage ».

Mais mémé avait pris un sacré coup dans l'aile. On aurait dit qu'elle avait été attaquée par les « joyeux mécaniciens » du dessin animé de Nossov[26]. À présent, elle passait son temps à gémir pour avoir à manger. Alors qu'elle repoussait les assiettes de nourriture normale, soupe ou boulettes, elle se délectait de pain sec, arrachant la mie d'un air extasié, et pétrissant les croûtes entre ses gencives édentées. Il avait remarqué qu'elle les préférait sèches ; elle dissimulait les fraîches. Dans sa poche ou dans les recoins de son fauteuil. Ensuite, elle fouillait, allait les y pêcher, regardant tout autour d'elle comme si quelqu'un pouvait venir la surprendre en douce et les lui enlever. Tout cela sans un mot.

Un jour, mémé dit : « Comme c'est bon » ; il en sursauta, sous le coup de la surprise. Puis il ne put détacher les yeux de ses lèvres. Pas pincées comme celles qu'il avait l'habitude de voir, au contraire, douces, entrouvertes en un sourire éperdu, comme si mémé avait attendu n'importe quoi sauf une nourriture savoureuse. Il la regardait en se disant qu'il lui rendrait tout ; du moins la plus grande partie. Dès qu'il trouverait un acheteur satisfaisant qui ne rechignerait pas à lui donner une belle somme en échange de sa pièce. Il rendrait aussi le reste. Plus tard.

26. *Vintik et Chpountik, les joyeux mécaniciens* est un dessin animé de Nikolaï Nossov de 1960.

À présent, oublieux de son Grand Jeu, il passait des heures assis auprès de mémé. Et il songeait au temps ; à des choses liées au temps.

Par exemple : il est assis sur le même petit banc où il se tenait, enfant, bien qu'il soit grand depuis longtemps (mémé, elle, n'avait pas changé, telle elle était, telle elle était restée, elle avait seulement perdu la vue), et il attend. Mémé le regarde et dit : « *Souviens-toi.* Quoi qu'il arrive, *toi*, tu ne dois pas tuer. » Et comme quand il était petit, il demande à son tour : « Qui ? » – et elle : « Personne. »

Il essuyait la bouche affaissée avec des serviettes en papier. Si mémé laissait échapper du pain mâchouillé, il le ramassait soigneusement, honteux de lui-même. Non d'être dégoûté, mais d'éprouver une pareille émotion, comme s'il était le seul à avoir une vieille mémé qui avait failli mourir.

« Maintenant qu'elle a ressuscité, pensa-t-il, elle ne mourra plus jamais. »

Un jour, il y a bien longtemps, ils longeaient le parc de la Victoire, et soudain, mémé avait dit : « *Souviens-toi.* L'ange de la mort vient chercher ceux qui l'attendent. »

En ce temps-là, il n'avait aucune notion d'un quelconque « ange de la mort ». Il ne connaissait que l'ange de leur salon. Leur ange domestique, familier, on pouvait s'en approcher et l'allumer.

Le temps que mémé n'employait pas à suçoter son pain, elle le passait à dormir. Scrutant son visage maigre, usé, parcouru de lambeaux de pensées autrefois cohérentes, il était transi d'une nouvelle crainte, comme si son portail (pas celui où tournoyaient les êtres unicellulaires de la Toile, mais l'autre, le mystérieux, celui qu'il était seul à connaître) se résumait à mémé et à ses délires insensés venus d'un autre siècle. Et si son portail magique où on ne pénétrait qu'en s'élevant dans l'empyrée pour trouver l'unique solution juste ne s'ouvrait plus jamais ? Jadis, quand il était au lycée, y entrer était simple et facile, mais, à présent, d'année en année, cela devenait plus difficile.

La nuit, devant son ordinateur, il perçut une étrange vibration venue d'en haut, du plafond. Comme si quelqu'un allait et venait d'un coin à l'autre, lui faisant perdre le fil de ses pensées, l'empêchant de se concentrer.

Il prêta l'oreille et se souvint : il y avait déjà longtemps de cela, au printemps, ses nouveaux écouteurs avaient rendu l'âme. Et le plus vexant, pas dans la journée, quand tout est ouvert, non, le soir, juste avant la fermeture. Ils avaient bien choisi leur moment ! Mais la boîte était là avec le ticket de caisse, il suffisait de courir jusqu'au magasin. En mettant ses sneakers, il emmêla ses lacets comme par un fait exprès – quand on se dépêche, c'est toujours la même histoire ; et il entendit sa mère qui faisait manger sa grand-mère ; celle-ci refusait quelque chose, sa mère essayait de la convaincre. Puis il y eut un bref silence et elle dit : « Tiens, j'ai oublié de te dire, la Nina, celle du dessus, elle est partie, elle a vendu son appartement et elle est partie. » Et mémé : « Elle est partie, bon débarras ! Et bon vent ! »

Les pas parvenaient de l'appartement qui avait été celui de la Nina. Ces pas réguliers (il avait enfin compris ce qu'ils lui évoquaient : un balancier) faisaient lever un soupçon comme un site inconnu, quand on n'a pas encore cliqué dessus, mais qu'on sent de tout son être qu'il est douteux et que, si on clique quand même, notre impression sera confirmée. Lorsque ça lui arrivait, il était fier de lui, de son aptitude à percevoir le danger.

La méfiance qu'il ressentait pour ce qui allait et venait au-dessus de sa tête était d'un tout autre ordre. Cependant, quelque chose lui soufflait : laisse tomber. Mais, si effrontément, qu'il était impossible de comprendre ce qui l'irritait le plus : ces idiots de pas ou ce chuchotis intarissable.

« Suffit, s'intima-t-il à lui-même. Assez de suppositions en l'air. Allons voir. »

Debout devant la porte blindée, le doigt sur la sonnette, il atermoyait, ne se décidant pas à appuyer : c'était quand même la nuit, bientôt une heure du matin. La porte de Nina était ordinaire, en bois. Mais à peine entrés dans les lieux, les nouveaux venus s'étaient barricadés.

Sans qu'il appuie sur le bouton – telle fut, du moins, son impression –, la porte s'ouvrit, pour ainsi dire, toute seule.

Celui qui apparut dans l'encadrement de la porte ne demanda même pas qui il était. De toute évidence, quand quelqu'un approchait de chez lui sur la pointe des pieds, il le savait. Une aptitude.

Un garçon de haute taille, maigre, en jeans, pieds nus. Resté dans le noir, il le regardait avec des yeux étranges ; plus exactement, des yeux ordinaires, juste, comment dire, *concentrés.* Pas au sens d'attentifs. Des yeux qui en recelaient plusieurs autres : les uns, calmes et indifférents, le regardaient, tandis que d'autres, rapides et méfiants, balayaient le palier. Les troisièmes... Il n'eut pas le temps de trouver ce qu'ils faisaient. Le garçon lui adressa un signe de tête.

– Ah oui... C'est toi.

Comme s'ils se connaissaient depuis toujours. Et il recula dans les profondeurs de la pièce.

Il entra par curiosité ; bien que non : il y avait chez ce garçon quelque chose qui *l'obligea* à entrer.

En parcourant le couloir, il se disait : « Un appartement comme le nôtre, sauf qu'il est vide. » Rien sur les murs, pas de toile cirée sur la table de cuisine, dans le salon, un matelas par terre. En voyant ça, il fit la grimace : « C'est pas une maison, c'est un campement de bohémiens... Ils se sont payé un immeuble stalinien, ils auraient quand même pu s'acheter un lit... »

Le garçon marchait devant lui, et il le suivait, examinant les lieux en catimini. En longeant la pièce qui surmontait la chambre de sa grand-mère, il ne put s'empêcher de jeter un coup d'œil par la porte entrouverte. Du sol au plafond la pièce était emplie de vide et semblait d'autant plus immense.

Des traces de meubles soulignaient ce vide incommensurable et lui permirent de reconstituer l'ancien décor, évanoui dans une bienheureuse absence. En travers de la pièce, un canapé. Là, un chiffonnier ressemblant comme deux gouttes d'eau à celui de mémé : le meuble massif qui occupait la moitié du mur avait laissé un rectangle sombre pareil à une ombre épaisse. Il remplit mentalement les vides béants et découvrit, étonné, qu'il avait vraiment devant lui la chambre de mémé telle qu'elle aurait pu être sans les meubles et les tableaux, et, surtout, sans mémé et son fauteuil compissé et maculé de taches de graisse...

Il regardait sans pouvoir détacher les yeux des marques sur le vide. Jusqu'à ce qu'il comprenne ce qui manquait : le bureau pansu sur ses pattes de lion, avec sa large porte centrale – quand il était petit, il croyait que c'était un poêle.

Il faillit demander : « Dis donc, le bureau, il est où ? »

Et se heurta à un regard – distrait et en même temps ironique, comme si l'autre avait su à l'avance la question qu'il allait lui poser et se gaussait de lui. De le voir déboussolé.

Il s'y heurta et l'envia involontairement : « C'est le regard qu'il faudrait que j'apprenne à avoir. » Pas un regard froid avec des yeux comme des glaçons – ça, merci mémé, il connaissait depuis tout petit : un jour, il avait regardé *ainsi* un escogriffe de 3e B. L'autre avait tout de suite compris et décanillé sans demander son reste ; quand il repensait à cette histoire de collège, il était fier de l'avoir maté, mais en cet instant, face à ce regard distrait et ironique, il en ressentait une vague honte. Une sourde haine. Pas d'autrui, de lui-même.

Ce sentiment d'envie lui revint en tête à quelques jours de là. Le garçon et lui étaient devenus copains ; il voulait lui demander quelque chose, quand il buta sur ce même regard tel un mur invisible : ce regard, son nouveau copain en usait avec une inimitable perfection. Comme s'il était véritablement un être aux yeux multiples issu du cosmos, genre, d'une autre planète. Réalisant l'absurdité de cette comparaison, il se dit : « Je deviens taré ou quoi ?… C'est à force de rester avec mémé… »

Il s'avéra que son prénom, Gavriil, était lui aussi étrange ; invraisemblable, rocambolesque, drôle. Ses parents devaient être de sacrés numéros pour avoir choisi un prénom pareil à leur fils ; mais ce n'étaient peut-être pas ses parents. Lui, qui sait ? Pour créer un faux profil sur Facebook.

Dans l'espoir de vérifier, il demanda :

– Et… ton nom de famille ?

– Qu'est-ce que ça peut te faire ? Moi, je me fiche du tien.

Comme s'il avait déchiffré ses intentions secrètes, Gavriil eut un petit rire bref.

– Ne te fatigue pas. J'y suis pas.

– Où ?

Il s'efforça d'adopter la même expression de distraite ironie. Sans succès : celui qu'il espérait démasquer ignora sa sournoise petite question piège. Une tactique que Gavriil utilisait à toute occasion avec une sincérité impressionnante. Il s'était mis – vengeance facile – à l'appeler Gavrila, simplifiant de la sorte un prénom trop pompeux et faisant ainsi redescendre son propriétaire des cieux sur la terre.

Pendant quelque temps, ne voulant surtout pas reconnaître qu'il était pris dans les filets d'une dépendance inégale, où l'un avait tous les droits et l'autre aucun, il fit encore des encoches dans son esprit, pour s'en souvenir. Mais il ne tarda pas à se rendre, faisant mine que cette dépendance n'existait pas. S'il était transparent pour Gavrila qui lisait en lui comme dans un livre ouvert, c'était parce qu'entre eux s'était instauré un lien solide, qui sait, infrangible.

Cette riposte tactique donna des fruits somptueux. Tout d'abord elle permettait d'évacuer suppositions et élucubrations nulles et non avenues. Il n'était pas sur Facebook, et après ? D'autant que, par ailleurs, pour tout ce qui touchait aux subtilités de la Toile, son nouvel ami était au top. Dans ce domaine, entre eux, régnait l'équité, ils se comprenaient à demi-mot. À telle enseigne qu'au bout de deux jours, il se demanda si, en choisissant son moment, il n'allait pas lui confier son brillant projet – l'associer à son futur Grand Jeu (peut-être même en qualité de compagnon d'armes, de partenaire effectif), mais, à la pensée que son nouvel ami allait déprécier ses projets mirobolants, il ressentait un insurmontable blocage et se retrouvait la langue collée au palais.

Il n'y avait pas que la maîtrise des yeux. Au cours des deux derniers jours, il avait tant bien que mal réussi à se faire à ce regard en continuel changement. Il était sidéré de la virtuosité avec laquelle Gavrila excellait à détourner le cours de la conversation.

Une chose l'irritait tout particulièrement : Gavrila commençait toujours ses incursions *transversales* de la même façon, littéralement par les mêmes mots : « Et il ne te vient pas à l'esprit que ?... » Et son visage étroit, quelque peu asymétrique, se déformait ; son nez très légèrement busqué se plissait ; après quoi, sa voix ironique proférait des choses à tomber par terre de stupéfaction. Que faire ? direz-vous. Changer docilement de conversation ? Ou, au contraire, ne pas dévier de son sujet et rester droit dans ses bottes ?...

Hier, par exemple. Ils étaient convenus de faire un tour, une balade. L'idée lui avait plu : montrer les environs immédiats de la maison en tant qu'aborigène, natif de ces lieux. Y compris le terrain vague où il allait se promener avec mémé.

S'étant déconnecté (il fut un temps où l'on disait « ayant raccroché »), il se souvint qu'un jour lointain – il allait encore au lycée – il revenait avec sa mère d'un magasin d'informatique et que, sans rime ni raison, celle-ci avait entrepris de lui faire un lavage de cerveau. À propos de l'amitié. Il fallait, disait-elle, se faire des amis dans sa classe. Il répondit qu'il ne voyait pas pourquoi se limiter à un ensemble, en fait, fortuit, au lieu de chercher dans l'espace réellement illimité de la Toile.

Aujourd'hui, descendant l'escalier derrière Gavrila, il avait compris qu'il avait eu tort.

Ils sortirent par la grande porte. Gavrila s'arrêta et se mit à fouiller dans ses poches d'un air préoccupé, comme s'il avait semé quelque chose d'important : clés ou téléphone. « Et si, par hasard... » Il se souvint de la pièce qu'il avait justement trouvée à cet endroit précis et se dit qu'il valait mieux tout raconter. Des fois qu'il ait passé des jours à la chercher...

Il raconta. Voilà l'histoire. J'allais mon chemin et, tout d'un coup, je la vois par terre. Ce ne serait pas toi qui l'aurais perdue, par hasard ? Il suffisait de répondre par oui ou par non, et le sujet aurait été épuisé...

Mais ç'aurait été trop simple. Gavrila ne se borna pas à faire la sourde oreille à son aveu (oui, à son aveu précisément ; et oui, en le dépréciant : il avait incidemment rapporté que ce n'était pas une monnaie ordinaire, elle était ancienne, mais qu'il comprenne qu'il n'avait pas besoin du bien d'autrui : « S'il me dit qu'elle est à lui, je la lui rends. »). Non, Gavrila utilisa habilement cet aveu pour souligner, s'il en était besoin, sa supériorité sur lui. Regardez un peu à quelles hauteurs nous volons ! Genre, pas de ce monde, vos pièces de monnaie, nous, on n'en a rien à faire ! Après quoi il plissa son nez busqué et lui sortit abruptement :

– Et il ne te vient pas à l'esprit que les gens enclins à la violence ont le sang empoisonné ?

Allez comprendre sa logique ! Quelqu'un peut-il expliquer le lien entre une vieille pièce de monnaie de l'époque soviétique et le sang ?

Pris pour la énième fois dans les rets de questions ineptes, il battait en retraite, se cachait comme un mollusque derrière les valves de sa coquille, mais il ne restait pas longtemps vexé : les valves s'écartaient d'elles-mêmes pour, bientôt, se refermer avec un claquement sec, puis se rouvrir. Cette amitié (inattendue et, dans son cas, unique) lui était chère en dépit de tout ; il admettait toutefois que, en la voyant de l'extérieur, on puisse la dire douloureuse, à tout le moins, riche en plis et en aspérités, mais lui n'était pas à l'extérieur, il la vivait ; en outre, les plis s'estompaient progressivement, les aspérités s'effaçaient. À d'autres, pensait-il, cela aurait pris des mois sinon des années, alors qu'eux avaient fait ce chemin en moins de quatre jours.

Le troisième jour, Gavrila téléphona. « J'attends en bas. Dieu veuille que tu ne sois pas occupé ! Descends. » Tels furent ses propres termes ! Et d'une voix sépulcrale, comme s'il y avait quelque chose de très pressant, d'urgentissime. En fait, rien de rien. Et lui, l'imbécile, qui s'était précipité en bas, dévalant les marches quatre à quatre sans attendre l'ascenseur. Et tout ça pour quoi ? L'autre était debout, appuyé contre un muret, une jambe repliée, comme un héron. En guise de bec, son nez busqué qu'il promenait en tous sens, comme s'il était occupé à flairer quelque chose.

– Eh bien, me voilà.

Il pensait que son ami allait lui proposer de faire un tour bien qu'ils n'en aient pas parlé.

– Si on allait au terrain vague ?

Cette fois, ils tournèrent avant d'y arriver. Pourtant, il lui avait dit qu'on y était bien...

Silence. On dirait qu'il est sourd. Puis il se retourne et dit :

– Et il ne t'est pas venu à l'esprit que ?...

Et c'est parti ! Ce coup-ci, c'est le crématorium ! Qui a, dit-il, fonctionné ici pendant toute la guerre, et il désigne le parc de la Victoire ; on faisait venir ici de pleins camions de cadavres qu'on brûlait : nous marchons, genre, sur des cendres.

Tu parles ! Il découvre l'Amérique, ce Gavrila. Comme s'il ne savait pas ! Un peu qu'il savait ! Depuis tout petit. Mémé l'avait bassiné : « Surtout ne va pas là-bas ! Il y a des gens couchés dans la terre. On les a brûlés et on a dispersé leurs cendres. »

N-non, bon... Fou furieux, qu'il me rend. Comme spécialiste de l'histoire du quartier, il se pose là !

– Quand on va mourir, on se dépouille, expliquait à une paroissienne la petite vieille desséchée qui vendait des cierges.

Cette conversation qu'Anna surprit involontairement lui apprit que ce mot avait diverses significations : il ne voulait pas seulement dire ruiner de fond en comble, plumer, dévaliser, détrousser, mais aussi promener ses mains sur sa poitrine et sa couverture comme pour attraper de petits insectes invisibles à l'œil nu.

– Quand il se mettra à se dépouiller, tenez-vous prêts. Il en a pour trois jours.

Trois, quelle précision ! Ni deux ni quatre. Quoi qu'il en soit, Anna crut ce que disait la vieille femme : à l'église, ils étaient bien renseignés. Et elle attendait à présent les insectes importuns, ne redoutant plus, désormais, que la mort de sa mère la prenne au dépourvu.

S'efforçant de conserver une tranquillité active, elle pensait à la mort comme à une chose difficile qu'elle et maman devraient inévitablement affronter.

Les funérailles causaient bien des soucis, comme le lui avait confié Viktoria Frantsevna qui avait enterré son père deux ans plus tôt.

Et pourtant, tout semblait bien pensé et organisé. Rue Dostoïevski, il y avait une agence funéraire. Mais on s'y perdait. Et, en plus, leurs employés qui vous harcelaient. « On n'a pas le temps de mourir, qu'on les a sur le dos. » Et Vassili : « C'est leur travail qui veut ça. Prendre les gens au dépourvu. Égarés par l'émotion. Pour leur piquer de l'argent. Votre cher capitalisme. »

De cette conversation Anna retint l'essentiel : les pompes funèbres de la rue Dostoïevski. Maintenant que le moment difficile approchait, elle décida d'aller y faire un tour à l'avance pour se mettre au courant de tout.

L'employée s'étonna : d'ordinaire, c'étaient les parents et les proches de défunts qui venaient les voir. Anna répondit qu'elle avait des problèmes d'argent. L'autre entra dans ses raisons et expliqua que la famille avait le choix entre l'inhumation et la crémation.

– La vieille dame est croyante ?

Voyant que la future cliente ne savait trop que répondre, elle donna son avis : d'un point de vue hygiénique, la crémation était préférable. De plus, entre nous soit dit, elle coûtait moins cher. Pour étayer ses dires, l'employée lui présenta deux devis et, pour la réconforter, ajouta que les défunts desséchés ne mettaient que peu de temps à brûler (tout en répertoriant le prix des cercueils, Anna avait dit en passant que sa mère était toute desséchée). Pour finir, elle fit savoir à Anna qu'il n'y avait pas lieu de se mettre martel en tête pour l'argent : une partie des fonds lui serait rendue après les obsèques ; l'important était de ne surtout pas perdre les justificatifs.

Anna rentra, en proie à de pénibles réflexions : petite maman n'allait pas à l'église et n'avait jamais mentionné aucun dieu, à part Dieu le Père. « Comment savoir si elle préfère être incinérée ou inhumée ? » Par ailleurs, il y avait plus important : les tourments par lesquels doit passer, en quittant cette terre pécheresse, toute âme qui vient se présenter à Dieu.

À présent, elle se remémorait les paroles du prêtre : « Au seuil de la vie éternelle, il convient d'abandonner ses mauvaises pensées. Pardonnez non seulement à ceux qui vous ont offensés, mais aussi à vos ennemis. » Anna se sentait dans une totale solitude face à une immense force qui la dépassait elle-même. Et cette force, il fallait faire en sorte d'être à son niveau, éviter de commettre des fautes irréparables qui entraîneraient pour sa mère d'effroyables souffrances dans cette autre vie, la vie éternelle.

Inviter un prêtre chez elle ? Il suffit à Anna d'en imaginer un, revêtu de l'habit sacerdotal, poussant la porte et saluant pour comprendre que cette démarche ne pouvait que mal finir. Dans le meilleur des cas, ce serait un concert de hurlements : « Tu veux ma mort ! Tu t'y prépares ! » Quant à ce qui pouvait arriver de pire, mieux valait ne pas y penser. De quelles injures ne serait-elle pas allée l'abreuver !

En outre, connaissant la nature de sa mère (elle était bien placée pour cela), il lui était impossible d'imaginer que maman, passant du courroux à la grâce, aille se repentir d'on ne sait quels péchés, soulager son âme devant un étranger, un inconnu dont on ne savait ni d'où il venait ni où il irait en sortant, emportant avec lui toutes les péripéties de sa longue et difficile existence, péripéties que même elle, sa fille, ne pouvait que deviner ; plus exactement, dont elle ne pouvait rien dire.

Sur quoi se fondait cette rancœur indéfectible, Anna l'ignorait ; en revanche, elle savait parfaitement que le pardon était exclu. Il en découlait que la mort n'épuiserait pas l'existence terrestre de maman. Au contraire, elle était grosse de conséquences menaçantes. On ne pouvait, en effet, exclure que ses fantômes, comme disait Anna, profitent de l'instant favorable où l'âme de sa mère se retrouverait sans défense pour l'empêcher de traverser les tourments.

Elle se souvint encore d'une chose terrible : il n'était pas rare que les péchés que les parents n'avaient pas expiés se transmettent à leurs enfants. Et, soudain, elle pensa : et à leurs petits-enfants aussi ? Obnubilée par cette effrayante perspective, elle décida d'agir. Pas tant comme fille que comme mère.

C'est alors que lui fondit dessus une heureuse pensée : tante Tonia. Bien des années auparavant, les sœurs s'étaient chamaillées pour une raison inconnue. Petite maman portait cette querelle enclose en elle ; jamais elle ne mentionnait sa sœur Tonietchka. Jusqu'au printemps dernier, où la cécité lui avait fait prendre sa propre fille pour sa sœur cadette.

Pour Anna, cette confusion n'était pas difficile à interpréter. Certes, il y avait la maladie des yeux qui progressait, mais aussi le désir de se réconcilier, de laisser les anciennes offenses dans le passé. Elle se dit que ce désir souterrain, inavoué, ne pouvait que l'aider. Et, ragaillardie, joyeuse d'avoir trouvé un embryon de solution, elle oublia complètement qu'elle ignorait l'adresse de tante Tonia comme son nom actuel et, bien évidemment, sa date de naissance, sans laquelle il était inutile de songer à se renseigner officiellement.

Mais ce même soir, alors qu'Anna, songeuse, venait de sortir de la cuisine et longeait le couloir, son regard tomba sur un tableau. Avant, elle ne s'était jamais dit qu'Adam et Dieu le Père étaient de très proches parents et que le geste même du père et du fils se tendant la main ne signifiait pas forcément qu'ils faisaient connaissance. Peut-être s'agissait-il tout simplement de réconciliation. Après de longs siècles de furieuses querelles et d'éternelles offenses réciproques.

Obéissant à une vague intuition, elle se revit distinctement, enfant, l'œil collé à la fente de la porte, regardant sa mère effacer les numéros du mur. Au matin, ils avaient disparu, recouverts par le tableau que maman avait déplacé pour le suspendre plus bas.

Voyant là une suggestion d'en haut, Anna s'empressa d'arracher du mur les vieilles punaises rouillées et, parmi une multitude d'antiques numéros à six chiffres à moitié effacés, qui commençaient tous par une lettre, elle découvrit le seul à sept chiffres, si net qu'elle n'eut ni à le regarder de près ni à le relire.

À l'autre bout du fil, une voix masculine lui répondit que les gens qu'elle cherchait avaient bien habité là, mais qu'ils étaient partis après leur avoir vendu l'appartement qu'ils occupaient actuellement. « Partis... Excusez-moi, où ? » La voix répondit d'un ton mal assuré : « Je ne sais plus. Moscou, je crois... » Mais il promit de vérifier.

Il tint sa promesse.

Le lendemain, en fin de journée, Anna reçut le numéro convoité que les anciens propriétaires avaient laissé à tout hasard. En effet, c'était Moscou. Anna voulut remercier, voire expliquer pourquoi c'était si important pour elle, mais la voix, soudain sombre et déplaisante, l'interrompit : « Je vous demande pardon. Je suis occupé. J'ai du monde. »

Là-dessus, il raccrocha, laissant Anna quelque peu désorientée.

Autant que faire se pouvait, il suivait les actions militaires des volontaires qui publiaient des données – de son point de vue, douteuses – sur les avions de transport abattus au-dessus des territoires qu'ils contrôlaient et grâce auxquels l'ennemi entendait lancer des hommes aux abords de l'aéroport pour, selon ces mêmes communiqués, encercler les forces de la république populaire de Louhansk et de la république populaire de Donetsk. Dans les commentaires revenaient en permanence les termes de « *Blitzkrieg* » et d'« opération *Barbarossa* ». En les lisant, il ricanait.

Ce même jour, les volontaires abattirent un avion d'assaut. Désormais, « notre » camp exultait et menaçait d'une suite rapide : un engin de défense antiaérienne d'une puissance inouïe qui, s'ils en étaient dotés, briserait l'échine de l'adversaire et mettrait un énorme point final à cette guerre civile, comme on s'entêtait à l'appeler. Tout en laissant supposer que les choses ne se borneraient vraisemblablement pas à un point, fût-il énorme. Que de ce point naîtrait une flèche à la pointe dirigée sur Kiev ; et peut-être plus loin.

« Ouais. S'ils l'ont, vous n'avez qu'à bien vous tenir ! » grommela-t-il, furieux, regrettant d'avoir su trop tard pour l'avion abattu : il aurait été génial de saisir le moment où le Su-25 avait perdu l'équilibre et, dessinant une spirale de fumée, piqué du nez en direction de la terre. On communiquait que le pilote avait réussi à s'éjecter, qu'il était vivant et aux mains des volontaires, renseignements dont il ne se serait pas porté garant, étant persuadé que les deux parties mentaient comme des arracheurs de dents.

Du reste, il ne s'intéressait absolument pas à ces bobards.

S'étant connecté à un jeu de défense antiaérienne, il suivait son double-avatar, se distrayait en s'imaginant observateur d'artillerie expérimenté : il plissait l'œil gauche, collait le droit à la fente (tout en sachant que dans la guerre contemporaine, on n'observe pas de visu – l'observateur voit un point de feu sur l'écran ; mais l'imaginer l'ennuyait, il était plus intéressant de regarder par la fente) – pour, après avoir guetté l'apparition d'une cible volant vers « notre » frontière, crier à ses camarades de combat : « Feu ! » et, en un clin d'œil, se transformer d'observateur d'artillerie en tireur et presser la détente.

Inimaginable ! Il avait vu juste ! Figurez-vous, une minute littéralement avant que son avatar mette sur la Toile un message concernant, cette fois, non pas un avion de combat, mais un avion de transport abattu par les volontaires (« un "oiseau" est tombé derrière un terril, pas de civils touchés »), il eut le temps de le « voir ». De crier : « Feu » et d'appuyer.

Satisfait de son succès, il s'étira, remua les muscles de ses épaules pour en relâcher la tension et se souvint qu'en partant, sa mère avait laissé un récipient de fonte contenant de la bouillie liquide. Dans l'espoir que mémé reviendrait au bon sens et en mangerait un peu.

Encore débordant d'une excitation de chien de chasse, il approcha de mémé. Debout derrière son fauteuil, il se balançait d'avant en arrière, se demandant s'il fallait la réveiller ou la laisser dormir.

Mémé avait dû flairer quelque chose, elle se retourna, ouvrit ses yeux larmoyants, tendus de pellicules blanchâtres. Il voulut dire : « Est-ce que tu veux de la bouillie ? » mais mémé fut plus rapide.

Elle le regarda et demanda avec force, d'une voix de stentor :

– Qui est là ?

– Mais c'est moi, moi, répond-il d'une voix tout aussi tonitruante et grincheuse. Tu m'as pas reconnu ou quoi ?

– Je… t'ai reconnu…

La gorge de mémé fut parcourue d'une convulsion. Il prit peur. Et si elle s'est étranglée avec une croûte de pain ? Il voulut la secouer ou lui taper dans le dos. Mais non, elle s'était débrouillée toute seule, elle respirait. Il tendit la main, genre, pour lui caresser la joue, la calmer.

Mais emplissant d'air ses poumons desséchés, elle l'arrêta d'une voix éraillée, méconnaissable :

– Toi tu es. Un assassin. D'êtres humains.

Il en resta figé, le bras tendu. Roulant des yeux, il s'efforçait de deviner ce qui lui avait pris. Avec qui le confondait-elle ?

Était-elle au courant pour l'avion de transport abattu ? « Fallait le faire ! Ça, c'est du travail ! À peine est-ce arrivé, qu'on en parle aux informations… »

Mais lui, qu'est-ce qu'il venait faire ici ? Lui, un assassin ? Il fallait lui expliquer que c'était un jeu, un jeu imbécile, d'accord…

Toutefois, mémé semblait s'être déjà calmée. Elle mâchait de sa bouche édentée, comme chaque fois qu'elle voulait cracher. Il se dit qu'il fallait un torchon. Fouilla dans les recoins du fauteuil : ni chiffons ni serviettes. Que des croûtes sèches…

– Attends, ne crache pas, je reviens… Le temps d'aller jusqu'à la salle de bains…

À peine était-il arrivé à la porte, qu'il entendit un bruit. Étrange, semblable à un gargouillis… Il se retourna et vit, stupéfait, mémé qui, appuyée aux accoudoirs, tentait de se lever.

Il fit un bond en arrière ; il n'aurait plus manqué que ça ; qu'elle aille tomber et se fracasser les os – et il la retint au dernier moment, la main gauche sur son épaule, la droite sous son menton : si elle voulait cracher, qu'elle crache dans sa main. Sinon, après, ce serait toute une histoire, il faudrait lui changer ses vêtements…

C'est alors seulement que, debout derrière son dos (et son fauteuil souillé qui en avait vu des vertes et des pas mûres), il remarqua que le téléviseur était éteint.

« Donc, c'est quelque chose d'autre… pas l'avion… Pas celui de transport… »

Comme en réponse à cette phrase désemparée qui retentissait dans sa tête comme s'il s'était agi d'un téléviseur, le gargouillis se tut.

Le silence se fit et il entendit quelque chose craquer dans la gorge de mémé ; il eut le temps de se dire : c'est comme quand on marche sur une branche dans un bois… et il sentit sur sa paume quelque chose d'humide et de tiède…

Des années avaient passé, tout était fini et presque oublié ; quand il ressuscitait ce jour dans sa mémoire, il ne voyait pas le téléviseur muet ; pas les gens tombant des cieux sur la terre ; pas les photographies des corps ; pas les sacs de plastique noir dans lesquels on rassemblait leurs restes (et comme d'un pays éloigné lui parvenait la voix de mémé : « Surtout ne va pas là-bas ! Il y a des gens couchés dans la terre. On les a brûlés et on a dispersé leurs cendres ») ; pas les affaires d'enfants et d'adultes, dispersées çà et là ; pas le mensonge qui allait se multipliant d'heure en heure ; pas les données des boîtes noires, pas même le Reconstructeur-avatar avec lequel, tous les deux (il le savait bien, lui ! Il ne se faisait pas d'illusions !), ils avaient joué à un jeu qui était grand dans son absurde et impitoyable malfaisance, non, c'était la bouche édentée de mémé : nid d'oiseau d'où lui était tombé directement dans la paume un oisillon encore mouillé, sans défense, à peine éclos (peut-être même son âme, bien qu'il ne croie à aucun dieu).

Debout, comme une mule, une véritable mule, il contemplait sa main : sale, impuissante, souillée du sang de mémé.

7

Elle trouva son fils près de la porte. Son petit, assis par terre. Il leva sur elle des yeux gris comme des pierres. Et aussi pesants. Si pesants, qu'Anna comprit que les questions étaient inutiles. Mais elle demanda quand même « Tout va bien ? » dans l'espoir insensé de tromper le destin.

Son fils lui lança un bref « non », se leva et partit. La laissant seule. Les doigts en coton, Anna décrocha le téléphone, appela les premiers secours et, sans jeter un coup d'œil à sa mère, se pelotonna dans l'entrée pour attendre : que ce ne soit pas elle, mais quelqu'un d'autre, un étranger qui y aille.

Le docteur, un homme âgé, qualifia la mort de maman de douce (tout en lui tâtant le pouls non pas au poignet, mais au cou, là où se gonflait une veine semblable à une vieille cicatrice, et en louchant d'un œil sur les bronzes et les tableaux). Anna, craignant de s'approcher, restait debout, dévastée, dans l'encadrement de la porte. Rassérénée par ses bonnes paroles, elle rassembla ses idées et demanda les causes de la mort.

Le docteur repoussa sa chaise. Le bruit du bois égratigné fit sursauter Anna autant que si elle avait entendu le crissement d'un objet métallique sur du verre. Il s'assit et étala des papiers sur la table.

– De quoi, disiez-vous… De vieillesse.

Considérant les tableaux anciens, il ajouta :

– Ou d'un effort inconsidéré. Elle aura voulu soulever quelque chose de lourd.

Anna savait parfaitement qu'elle n'avait rien pu tenir de plus lourd qu'une croûte de pain car, les derniers temps, elle ne se levait pas de son fauteuil, toutefois, elle inclina la tête avec soulagement : on fait des études de médecine pour savoir – en toute authenticité – pourquoi le sang nous coule de la gorge, pauvres ignorants que nous sommes.

Dans le cas de maman, il n'avait pas coulé, il avait jailli – et pendant que le docteur, en ayant terminé avec les papiers, téléphonait à la police, Anna se disait qu'il aurait fallu lui mettre d'autres vêtements, tout au moins lui ôter sa robe de chambre constellée de taches marronnasses, solidifiées comme des gouttes de lait brûlant tombées sur une plaque chauffante ; elle avait toutefois peur de la toucher du doigt, comme si, derrière tout cela, elle avait deviné des actes de violence après lesquels n'importe quoi (et, au premier chef, une robe de chambre couverte de taches) pouvait constituer un indice.

Cela dit, le jeune policier venu à la suite du coup de téléphone ne découvrit rien de susceptible d'éveiller sa méfiance. Il ne fit même pas attention à l'expression qui avait tant frappé Anna : les yeux exorbités qui semblaient jaillir du crâne, comme si, au moment de mourir, petite maman avait vu *une chose* horrifique se dresser devant elle. Elle ne s'y était toutefois pas résignée, comme en témoignaient les lèvres pincées en un rictus. Tout à la fois mauvais et méprisant.

À présent qu'elle avait refermé la porte sur lui, Anna se demanda à qui s'adressait ce rictus. À elle ou à Pavlik ?... « Et si, se dit-elle, c'était Pavlik, le coupable... » Naturellement pas d'avoir étouffé sa grand-mère sous un oreiller (à cette pensée elle tressaillit et son épaule fut agitée d'un tic), d'autant qu'il n'y avait pas la moindre trace d'étouffement ; mais il avait pu l'effrayer...

Pourquoi était-il assis *comme ça* ? Près de la porte, comme un chiot en laisse...

Anna fouilla les tiroirs de sa mémoire convulsée de suppositions absurdes et trouva le terme qui convenait : « le stress ». C'est de ce terme scientifique qu'elle recouvrit comme d'un pansement la plaie qui la taraudait et qu'elle enserra pour faire vrai sous un bandage de mots stériles, convenus : « Un bon petit. Il aime sa grand-mère… Il l'aimait. »

De plus, on ne savait pas s'il était à la maison quand c'était arrivé. Aussi bien, il l'avait découverte en rentrant.

Elle sentit une douleur. Un poids dans la cage thoracique. Et encore, des élancements, des coups de couteau dans le crâne, comme si on la traînait par les cheveux… Elle se pencha pour introduire les pieds enflés dans ses pantoufles avachies et entendit des voix. Des voix étouffées qui parvenaient de dehors, du palier.

Anna regarda par l'œilleton. Et vit un homme et une femme vêtus de noir.

Elle se figea, de crainte de trahir sa présence par un mouvement maladroit. Mais ils ne partaient pas, ils restaient debout auprès de la porte comme ces fantômes insignifiants que petite maman avait coutume de mâcher et de remâcher avec la même application que son pain. À travers le minuscule judas incrusté dans le revêtement de la porte, on voyait leurs yeux : proéminents, rougeâtres, couverts d'un réseau de capillaires. À Anna qui avait grandi sous le regard de tableaux anciens, cela rappelait des craquelures.

Elle se dit : « Il faut les chasser. »

Elle ouvrit la porte d'un geste brusque.

Naturellement, ce n'étaient pas des fantômes, mais les fameux agents dont avait parlé Viktoria Frantsevna : des gens ordinaires, bien vivants, venus proposer leur aide. Ils commencèrent par exprimer à Anna la compassion que leur inspirait la perte irréparable qu'elle venait de subir, puis lui tendirent leur carte de visite. Anna voulut expliquer qu'elle n'avait nul besoin de leurs services, qu'elle était déjà allée rue Dostoïevski et avait choisi tout le nécessaire. Il ne lui restait plus qu'à payer…

Une vague de solitude vint la cingler de plein fouet, haute, plus haute que le ciel, rien ni personne ne pouvait la sauver. Même pas Dieu. Elle se retint à grand-peine de fondre en larmes. Poussa un sanglot – et ferma la porte.

Quand on vint chercher petite maman et qu'on l'emmena, Anna eut l'impression qu'elle allait tomber. Il n'y avait pas que la douleur de la perte, sa faiblesse actuelle avait une autre facette : il est effrayant de tomber, victime de la clairvoyance de petite maman même morte. Si maman voulait, elle saurait pénétrer les pensées de sa fille. Même les plus intimes.

Anna revint sur ses pas en chancelant. Pour expliquer, se décharger du poids de la responsabilité. Quel que soit le lieu où elle se trouvait, que petite maman essaie de comprendre !

À la place de sa mère, il y avait un fauteuil vide, mais il y avait beau temps qu'Anna avait l'habitude du vide qui entourait sa mère. Petite maman, c'est ce qu'il y avait à l'intérieur d'elle.

D'autre part, « petite maman », ce n'était qu'un mot qui lui collait à la langue. Si elle, sa fille adulte, trouvait en elle les forces de les libérer toutes deux de ce mot synonyme de violence, sa mère lui pardonnerait et l'aimerait. Lui pardonnerait quoi ? Anna ne comprenait pas. Et cette absence d'amour. Pourquoi ? se dit-elle.

Autant de questions sans réponse.

Anna fouilla les recoins du fauteuil : pour entamer une difficile conversation, il lui fallait s'occuper les mains. Un croûton sec gardait l'empreinte d'une gencive édentée, la marque de lèvres gercées sans repos.

– Ma-man…

Anna appela avec des lèvres engourdies qui ne semblaient pas lui appartenir ; elle s'étonna du mot étrange, inhabituel ; comme si ce n'était pas elle, mais une vieille poupée de l'époque soviétique. Enfant, elle rêvait d'une poupée. Comme celle des autres petites filles – qui piaille « maman ». La dernière fois qu'elle en avait vu de semblables, c'était au pied du SKK. Sales, échevelées – leurs cheveux feutrés faisaient peine à voir. Si elle avait eu une fille au lieu d'un fils, elle lui aurait acheté une poupée. Son fils avait voulu un jeu. Il s'en amusa quelque temps puis l'oublia.

– Tiens, ma-man… – elle avala ce mot de « poupée ». Elle prit dans son sac les devis qu'on lui avait remis aux pompes funèbres. Regarde, tout est énuméré : un coussinet, une couverture… J'ai choisi pas cher, mais très joli. Pour la robe, nous prendrons la vieille, la bleue à petites fleurs. À moins que tu préfères une jupe. Ils ont dit qu'il en fallait une longue. Jusqu'aux chevilles… J'ai oublié, tu en as une comme ça ?

Elle commençait la conversation de loin, par des choses simples et évidentes ; il fallait les réunir et les tenir prêtes pour le voyage ; chaque chose est un pas qui rapproche de l'essentiel.

Sa mère écoutait sans l'interrompre par les répliques humiliantes, offensantes qui faisaient toujours baisser les épaules à sa fille. Cette inhabituelle bienveillance enhardit Anna :

– Tu ne crains pas le feu, dis ? Tu te souviens quand tu avais éteint le rideau ? Je sais que tu as peur de l'eau – Anna réfréna l'envie de demander pourquoi. De toute façon, elle ne répondrait pas ; elle dirait : « Devine toute seule » ou, pire, elle la chasserait. Nous sommes en été, il y a des averses. Au cimetière, il fait probablement humide…

À force de multiplier les arguments raisonnables, Anna se pénétra elle-même de la certitude que le choix qu'elle avait fait à son corps défendant ne s'expliquait pas par les moyens limités qui la condamnaient à une économie forcée, non, c'était ce que voulait maman. Et elle, sa fille adulte, avait deviné son secret désir.

La preuve en était que le visage de sa mère redevint *normal*. Les yeux qui avaient terrorisé Anna rentrèrent dans leurs orbites ; la grimace sarcastique s'apaisa ; même les lèvres s'adoucirent progressivement. Il n'y avait pas de honte à reposer dans son cercueil avec un tel visage…

Durant toute la difficile conversation, Anna avait oublié le temps. Ce ne fut qu'ensuite, quand elle fut, pour ainsi dire, terminée, qu'elle remarqua qu'il faisait sombre. La pièce semblait incommensurablement immense et vide, comme si celle qu'on venait d'emmener remplissait son espace clos par les innombrables détails de sa vie tout aussi close et où, elle, sa sotte de fille, n'avait pas accès. Mais cette fille n'était pas coupable, elle. La coupable, c'était l'obscurité qui avait dévoré les frontières de la vie, délimitées par des murs, qui avait jeté dehors ce que sa mère conservait par-devers elle, gardait dans cette pièce comme sous le boisseau.

Anna fut prise de peur. Elle se dit qu'il fallait allumer, tout remettre en place ; comme c'était. Et se figea, transpercée d'une interrogation : et si ce n'était pas *cela* que voulait sa mère ? Et si elle voulait reposer à côté de son père ?

Anna fut stupéfaite et abattue : elle n'avait aucune idée de l'endroit où son Dieu-le-père était enterré. Sa mère ne le lui avait jamais dit et ne se rendait pas sur sa tombe… Elle tenta de se rassurer : « Les gens ne disparaissent pas sans laisser de traces. Ce n'est pas la guerre. Il reste des factures, des papiers officiels… »

Repensant aux propos du docteur, elle se dit : « Et si ma mère avait voulu les trouver ? » Elle dessina mentalement le tableau suivant : sa mère (maman, maman, pas petite maman !) se lève en traînant ses savates rapetassées, va au chiffonnier, introduit la clé dans la serrure (Anna s'en souvient parfaitement : petite, au bout d'une longue ficelle malpropre ; avant, en quittant la maison, elle la suspendait autour de son cou), la tourne et tire la porte vers elle, effort inconsidéré qui lui a coûté la vie…

Anna s'accroupit et promena ses doigts aveugles sur le sol. Le médecin urgentiste s'était trompé : pas de clé. Ni clé. Ni papiers.

Plus exactement, il y avait des papiers – mais là-bas, dans le chiffonnier. Elle revint au fauteuil. Naturellement, il était sombre et vide, mais Anna n'avait pas besoin de lumière pour regarder sa mère en plein visage. Il était si bien un instant plus tôt, il y a littéralement cinq minutes…

Mais maintenant que la conversation n'avait rien donné, il était à nouveau mauvais : yeux qui bondissaient hors de leurs orbites ; méchante grimace sarcastique, lèvres tordues. Devant elle, dans le profond fauteuil, ce n'était pas sa mère, pas maman, c'était *petite maman* qui, même morte, voulait affirmer son pouvoir sur elle.

Cachant ses yeux secs, entêtés, Anna, la fille insoumise, alla au chiffonnier.

Avant d'effleurer les battants, elle regarda alentour : devant ses yeux c'était l'obscurité – épaisse, informe, qui engloutit toutes choses, visibles comme invisibles : la longue vie de petite maman, les tableaux anciens, le canapé de cuir couvert de fines entailles ; la table, les chaises, le téléviseur ; le bureau sur ses pattes de lion. Tout sauf le chiffonnier…

La douleur lancinante semblable à une amère déception s'effaçait. Elle était presque passée.

Anna caressa le battant clos de ses doigts invisibles dans l'obscurité : tout ce qu'on lui avait caché était là.

Il le comprenait clairement : « après » ne signifiait pas « par suite de ». Il y avait eu une coïncidence. Une série d'événements que rien ne reliait entre eux. Ce fichu avion était tombé non par suite de la pression de son doigt sur la détente, mais après. Mémé l'avait traité d'assassin non suite à, mais après. Après que des gens étaient morts. Mais *si* on réunissait les faits, *si* on les intégrait à une chaîne logique où chaque nouveau maillon provenait du précédent, il se pouvait qu'on obtienne un tableau erroné.

Pavel se répétait : « Mémé, qu'est-ce qu'on pouvait bien en tirer ? Même avant, elle s'embrouillait dans le temps » – mais plus cela allait, plus il ressentait un désarroi croissant. Comme s'il avait commencé un jeu dangereux. Pendant un bon moment, les choses avaient marché à merveille. Jusqu'à ce que, passé au niveau suivant, il tombe dans la trappe mise en place par un *game designer* inconnu. Pas une seule « bonne » solution ; toutes, sans exception, étaient des impasses…

Il était assis devant la porte, recroquevillé sur lui-même. S'efforçant de ne pas penser à sa personne, mais à la mort : prenant progressivement conscience que la mort n'était pas un jeu. Elle était authentique ; exactement comme le crachat de mémé qu'il avait dû soigneusement laver sous un jet d'eau et frotter à l'aide d'une brosse pour qu'il n'en reste pas trace.

Sa mère enfin rentrée, il put se décharger sur elle de la responsabilité, se leva et monta raconter à Gavrila cette terrible injustice, en discuter. Pas pour se repentir. Et de quoi, d'ailleurs, aurait-il dû se repentir ? Il aimait sa grand-mère, s'en occupait, écoutait ses affabulations démentes. Non, il nourrissait l'espoir de retrouver ce regard à la fois distrait et narquois sous lequel toutes ses arguties se dissoudraient comme du sucre dans l'eau bouillante, s'évaporeraient en fumée.

Tandis qu'il piétinait dans l'entrée, se demandant s'il devait ôter ses sneakers (ça irait comme ça, il ne venait pas de dehors), Gavrila disparut dans la cuisine.

Assis sur le rebord de la fenêtre, il balançait une jambe, tel un mécanisme de balancier, tel un inexorable élément du jeu où les avait précipités mémé. Ce balancement régulier, ensorcelant, l'empêchait de se concentrer, de disposer les événements du jour finissant dans l'unique succession juste ; plus exactement, pas dans la succession, mais comme cela se présentait à son esprit.

Tout en exposant les faits nus, il s'efforçait de ne pas déraper, de ne pas se trahir par une voix soudain blanche, mais, chaque fois qu'il réussissait à détourner les yeux, à se distraire de l'implacable, inflexible, impassible balancier, Gavrila se tournait de côté, préférant fixer le mur ou la fenêtre plutôt que lui.

Enfin, désespérant d'apercevoir le petit sourire distrait porteur de salut, il arracha des profondeurs de son être :

– Qu'est-ce que tu en penses ? Elle m'a maudit ?

Et il tenta de sourire pour effacer, désamorcer cette supposition idiote, d'une suprême absurdité. Mémé l'aimait, l'avait élevé, éduqué, elle se promenait avec lui sur le terrain vague. Tout ça pour quoi ? Pour finir par le maudire ?!

Et maintenant il attendait que le balancier de la justice suprême (incarnée pour une raison incompréhensible en Gavrila) penche de son côté pour que tout ce qu'il avait fabulé disparaisse ; s'effondre comme une clôture pourrie ; un jour, à la datcha, il s'était réveillé, était sorti sur le perron, pas de clôture, rien que la forêt, le silence, le monde clair du matin dans lequel, après avoir versé quelques larmes sur mémé, il pouvait revenir à l'essentiel, ce qu'il voulait exposer depuis longtemps sans jamais pouvoir s'y décider, le Seigneur des choses.

« Allez, vas-y, vas-y, le pressait-il, inonde-moi de ton mépris comme tu sais si bien le faire. Fais ta grimace, fronce le nez. Dis : *Et il ne te vient pas à l'esprit que ?...* Après, cause autant que tu veux, du parc où il y a eu un crématorium – ou non. Ou de ce, comment déjà ?... Sang empoisonné... »

Cependant, de l'intérieur, des profondeurs de sa personne, se levait une vague de rage, elle affluait à sa gorge : « Le salopard, qu'est-ce qu'il attend ! Tu parles d'un gugusse qui se prend pour le centre du monde... Je vais filer pour ne plus revenir. Reste à balancer la jambe. Seul comme un rat ! » Mais il ne partait pas. Comme cloué sur place.

– Ho ! Tu m'entends ?

– Oui.

Appuyé sur ses deux mains, Gavrila prit son élan pour sauter du rebord de la fenêtre.

– Des calembredaines. Dignes d'un enfant de six ans : j'ai dit, elle a dit... Il ne t'est pas venu à l'esprit qu'on pouvait demander ?

– Comment… demander à qui ? – il était suffoqué. Je te dis qu'elle est morte…

Gavrila prit une tasse, la remplit d'eau du robinet.

– Tu en veux ?

Il la lui tendit sans tourner la tête.

– Sans filtre ? – il hésita. Ça craint. Ça fait une éternité que les canalisations sont rouillées.

Gavrila haussa les épaules et avala d'un coup le contenu de la tasse. Il essuya ses lèvres pâles.

– Pas à elle. À ta mère.

– Ma mère ? Elle a rien à y voir.

De stupéfaction il en était à deux doigts de perdre la face.

– Que si… Les parents, ils en savent lonnnng. Faut les interroger…

Gavrila repoussa sa tasse et lui lança son *fameux* regard. Long. Assez pour lui donner le temps d'imaginer sa mère. Aussi distinctement que si elle n'avait pas été à l'endroit où il l'avait laissée, mais là, à ses côtés. Dans sa robe d'intérieur imprégnée de l'odeur de mémé : un relent sec et douceâtre mêlé d'urine, comme si sa mère était un renard enfermé dans une cage puante. Qu'aurait-elle bien pu savoir ?

Il se détourna car il venait soudain de comprendre ce qu'il avait cherché à savoir depuis tout petit : la vieille sorcière détenait un secret qu'elle ne pouvait (et ne voulait) révéler à sa bêtasse de mère ; mais à lui, à lui, son unique petit-fils, elle le pouvait ! Ouvrir la porte en grand : tiens, admire ! Mais elle ne l'avait pas fait, elle avait tourné autour du pot, se défaussant à l'aide de sous-entendus astucieux dont elle gardait la clé par-devers elle. Comptait-elle sur sa perspicacité ? Savait-elle qu'il s'entêterait comme une mule, réunirait les débris épars et comprendrait tout ?

Il fallait reconnaître que de cette tardive découverte il était redevable à Gavrila. Sans les paroles de ce dernier : « Et il ne te vient pas à l'esprit qu'on peut demander ? », il n'aurait probablement pas pigé tout seul ; à tout le moins, pas à ce moment-là…

Et donc, par reconnaissance, comme si, quelque part à l'intérieur de lui, des écluses s'étaient ouvertes, livrant passage à une eau vive, pas celle du robinet. Comme s'il n'y avait aucun balancier, rien qu'eux deux, deux navires prêts à se lancer dans une navigation autour du monde, à côté l'un de l'autre, se balançant en cadence ; et, poussant un soupir, il se mit à parler de ce qu'il avait de plus important, de plus cher. Qui était en quelque sorte lié au secret hermétiquement cadenassé de mémé.

Il commença de très loin. De ce jour où sa mère, fortuitement, sans y penser le moins du monde, lui avait découvert leur grand passé commun, traîné dans la boue, éparpillé sur des toiles cirées déchirées en face de l'entrée de l'énorme bâtiment dépourvu, lui, de toute grandeur et répondant au nom imbécile d'Eskaka.

Naturellement, il n'alla pas présenter les choses ainsi, de crainte que Gavrila ne le tourne en dérision. Il parla simplement du vieillard à la veste largement ouverte sur la poitrine qui régnait sur les jeux d'avant-guerre d'où, avec le temps, faillit-il lâcher, « avait éclos », mais il se rappela la bouche desséchée de mémé, semblable à un nid d'oiseau, et dit « était venu » son Grand Jeu. Pour ne pas se dévoiler devant son futur – on ne sait jamais – associé, il garda son nom secret. Ce serait pour plus tard. Il décida de commencer par délimiter les frontières de son projet, débordant de règles sévères, bien pensées : ici, comme ça, on peut et là, non ; ceci est permis et cela est interdit ; nous sommes libres d'aller de ce côté, mais là, attention – exposant, ce faisant, la liste des choses et des objets (pas entière, impossible de tout embrasser d'un seul coup) qui passerait de main en main. Sur toute l'étendue du jeu.

Là, dans la cuisine vide de Gavrila où il n'était pas distrait par les tasses-et-cuillères et les assiettes-et-casseroles maternelles, sa future tâche lui apparaissait plus claire et plus simple : même ce résumé plus ou moins schématique qui omettait une multitude de détails soulignait la maîtrise qu'il avait atteinte.

Fouillant sa tablette pour y trouver des images particulièrement pittoresques, il observa sans raison quelques instants de silence. Et reprit son envol, déployant ses ailes de cigogne, planant dans les empyrées et perdant de vue son interlocuteur. Au lieu de le surveiller.

Une voix narquoise, caustique, le fit dégringoler des hauteurs où il avait élu domicile en toute bonne conscience :

– Tu penses que *tout ça*, c'est pour des babioles ?

Non, bien sûr, il admettait qu'à mesure qu'il approfondissait le sujet, Gavrila pouvait avoir des questions, genre : « Et tu es persuadé que ton jeu est grand ? » Ou, dans sa sotte manière transversale : « Attends, attends, et ce centre sportif, il est où ? »

Mais que, comme ça, il vienne le rabaisser, le titiller malignement, ôter toute valeur aux fondements des fondements ; métamorphoser son grandiose édifice en une pitoyable ruine, sorte de hangar ou de grenier débordant de rebuts et de vieilleries. « Le Seigneur des babioles » ? Pas un instant il ne se serait attendu à une perfidie aussi éhontée.

Trop désemparé pour trouver que répondre, il balbutia :

– Quoi, *tout* ? – voulant croire que Gavrila ne l'avait tout simplement pas compris.

Sans doute était-ce sa faute : tout à sa passion, il avait mal expliqué, s'était attaché à des détails, oubliant qu'il n'était pas en présence d'un *game designer* expérimenté à qui une allusion suffisait pour capter l'essentiel, mais d'un novice, d'un dilettante.

– Bon. J'y vais, fit-il d'un ton conciliant.

Il ne voulait pas de dispute.

– Attends un peu. J'ai quelque chose à te montrer.

Gavrila leva les yeux sur lui, ses fameux yeux à triple fond. Il se rappela les lunettes que mémé utilisait avant de devenir complètement aveugle : des lunettes bifocales composées de deux lentilles ; la vieille sorcière faisait glisser la monture sur le bout de son nez et regardait loin devant elle à travers les lentilles supérieures ; à travers les inférieures elle fixait obstinément le chas d'une aiguille dans lequel elle tentait de faire passer un fil têtu et capricieux à l'extrémité mouillée de salive ; désespérant d'arriver à ses fins, elle l'appelait au secours en criant, tandis que lui dédaignait de répondre.

De ses yeux impassibles, Gavrila regardait sa tablette ; des autres, avides, il fixait un point situé derrière son dos à lui : il mourait d'envie de se retourner, de regarder par-dessus son épaule – et si quelqu'un était là, debout ?

Ce fut Gavrila lui-même qui l'arracha à sa posture incommode – bras et jambes figés (il l'y avait mis lui-même, et lui-même l'en délivra) : il prit sa tablette (que l'autre donna sans murmurer), fouilla dedans et tourna vers lui l'écran avec, dessus, la photo décolorée d'un type mafflu, d'un certain âge, en uniforme militaire gris.

– Vingt-cinq mille sur son compte personnel. Imagine un peu. Et de choses, combien ? Y aura jamais assez de place…

Il voulait dire : tout dépend de quel argent on parle. Si on prend le nôtre, l'actuel, ça fait pas lourd, à peine de quoi se payer une tablette correcte. Mais autre chose était son rouble échappé à la refonte avec, sur l'avers, le soleil, sur le revers, une étoile encadrée de branches de chêne et de laurier, symboles de fermeté exemplaire et d'honneur suprême. Dans cette monnaie, d'avant-guerre, il y avait là de belles sommes.

– Et celui-là, dix. Au bas mot.

Il regarda l'écran avec un autre type. Un binoclard, caissier ou, peut-être, comptable, il ne lui manquait que des manchettes.

Gavrila trouva encore une photographie de groupe. Comme un tableau d'honneur. Avec les noms et les prénoms. Il avait envie de dire : « Stop. Fiche-moi la paix avec tes bonshommes. Ces stakhanovistes, j'en ai rien à foutre ! »

Mais il fit un signe de tête :

– Ouais, c'est intéressant.

– Je veux tout reconstituer. Toute leur foutue chaîne. Depuis ceux qui signaient. Jusqu'à ces…

Là, Gavrila se tut, il semblait métamorphosé en morceau de bois. Puis, comme sorti d'un rêve, il dit :

– Je le jure sur mon grand-père – je trouverai.

Il se sentit gêné. Comme si celui qu'il avait pris pour un être d'une essence supérieure s'était consumé, trahi, avait chu au rang des personnages simplistes, unicellulaires de la Toile : grand-père-merci-pour-la-victoire.

Au moins, réfréner cette vague de déception – « Et moi, je me suis emballé comme un idiot » –, et il demanda :

– Et ton grand-père… il a combattu où ?

– Où ?

Gavrila agita les doigts comme s'il faisait des boulettes de pain. Et ensuite, pensif, d'un ton traînant :

– Sur les fronts de la guerre civile.

« Ah oui, pensa-t-il. Seulement, de quel côté ? Des blancs ou des rouges ?… En voyant son petit-fils, impossible de dire… » Une pensée étrange venue *de nulle part*.

Gavrila ne l'entendait pas et c'était tant mieux. Il regardait par la fenêtre au loin, par-dessus les nuages verts dont l'ensemble s'appelle parc de la Victoire. Comme s'il marchait sur ces bosquets de nuages, les foulait de ses pieds nus. Sans pantoufles.

Gêné de sa sotte pensée, il se dit : « Et si je lui offrais des pantoufles ? »

Pendant qu'il pensait aux pantoufles, Gavrila se mit à raconter. Son grand-père, paternel, semblait-il, qu'on était venu arrêter et qui avait disparu. Et sa grand-mère envoyée en Algérie (profitant de ce que Gavrila ne le regardait pas, il fit la grimace : « Qu'est-ce que c'est encore, cette Algérie ? Pourquoi pas le Zimbabwe, tant qu'il y est ! ») ; ses parents, rudes et entêtés – ils pourraient prendre du bon temps, voyager, courir les pays étrangers, non, voyez-vous, ils ont acheté cet appartement, pas pour eux, eux, ils n'envisagent pas de déménager.

– Ma mère – Gavrila se retourna –, j'ai l'impression qu'elle a envie de revenir à Leningrad. C'est mon père qui répète : je suis né en Sibérie, c'est là que je veux mourir. Et ma mère est d'accord. Elle est toujours d'accord... Mon père, il y a longtemps qu'il a décidé. De restaurer la justice. De récupérer ce qu'on lui a volé. Un appartement près de l'arc de triomphe de Moscou où ses ancêtres ont habité avant la révolution. Il se trouve que cette maison n'existe plus, elle a été rasée avant la guerre et on en a construit une nouvelle...

Il pensa, amer : « Construit, pas construit. C'est pas les ruines qui manquaient. Comme si j'étais venu le voir pour ça ? C'est pas sa grand-mère qui est morte, c'est la mienne. Il pourrait me plaindre, compatir. Mais il s'en fiche... Puisque c'est ainsi, moi non plus, j'en ai rien à faire. »

En tout cas, rien à faire de ces drôles de types des photographies, de ces stakhanovistes héroïques dont Gavrila parlait le front plissé par une tension de tout son être. Ils avaient amassé un fric dingue sur leurs comptes personnels. L'un cinq mille, l'autre dix, et un troisième, même vingt. Bon, et le grand-père de Gavrila, qu'est-ce qu'il avait à y voir ? Qu'est-ce que ça pouvait faire, ce que les gens gagnent ? Prenons son cher papa, il ne devait pas être pauvre s'il avait gagné de quoi s'offrir cet appartement.

« Allez, ça suffit, il faut partir, vérifier ce qu'elle fait là-bas. Toute seule avec mémé. »

Mais l'insistance de la voix était telle qu'on ne risquait pas de partir.

Tantôt il s'asseyait sur un tabouret (avec le sentiment d'aller d'un mur à l'autre, d'un coin à l'autre, au lieu d'être assis), tantôt il se relevait pour dégourdir ses jambes qui lui donnaient l'impression d'être en bois, pour faire quelques pas (et au lieu de marcher, il lui semblait être figé sur sa chaise, le souffle coupé).

Le déluge de mots arbitraires déversé sur lui par Gavrila suscita en retour un déluge comparable : comme si ça n'était pas assez de mémé qui avait confondu les rives, prends-toi en pleine figure cet insaisissable vengeur, descendant d'un grand-père inconnu ; Chingachgook, le Grand Serpent, chef d'une tribu en route sur le sentier de la guerre.

Mémé, et puis quoi, mémé ? En dépit de toute sa ruse, elle était limitée, pas futée, alors que celui-ci, pensait-il, allait creuser comme une taupe jusqu'à ce qu'il ait tout mis au jour. Il y avait là un jeu complexe où Gavrila l'avait entraîné par tromperie, où il n'était ni Dieu ni seigneur, mais une petite silhouette dessinée, une image sur un moniteur, un objet virtuel que l'on dirige à l'aide d'un joystick, en pressant un bouton comme dans le cas présent : rentré chez lui, au lieu d'aller voir dans quel état était sa mère, il avait posé sa tablette devant lui et l'avait ouverte.

Là-haut, il était persuadé *qu'il s'agissait d'argent.* Maintenant, après avoir cliqué sur le lien, il lut de ses yeux : cinq mille, dix mille, vingt…

« Eh bien, putain ! » Il voulut fermer, mais pas question : le joystick optique veillait au grain. Il le poussa et arriva dans un espace clos où ses yeux étaient envahis par toutes sortes (il fit une moue de dégoût) de choses et d'objets : l'eau de Cologne dont ces – comme on disait ici – « exécuteurs » s'aspergeaient jusqu'à la ceinture, mais l'odeur demeurait quand même (il porta à son nez la main dont il venait, littéralement une heure plus tôt, de nettoyer le crachat sanglant, et respira une odeur de fleur entêtante, celle du savon de sa mère) ; l'uniforme de travail : des gants épais, une casquette, un long tablier de cuir descendant au-dessous des genoux pour éviter les éclaboussures afin que la femme (mais oui, la femme du type aux lunettes rondes) n'ait pas à faire la lessive tous les jours ; il fit un effort pour lire la suite : une valise de pistolets automatiques allemands Walther – les pistolets faiblards ne supportent pas qu'on tire sans discontinuer, ils chauffent et on doit en changer souvent.

Enfin les principaux objets inanimés. Non, pas de l'argent. Des corps ou des cadavres.

« Qu'est-ce qui pue comme ça ?… » Il tourna la tête à droite et à gauche, narines à l'affût, tentant de localiser l'origine de cette désagréable odeur : ça venait de la cuisine ou de l'entrée ? Il fallait ouvrir la fenêtre – en bas, c'était le vert des arbres-nuages sur lesquels pouvait marcher son nouvel ami qui avait sous ses ordres toutes les choses énumérées plus haut. « Et moi ? pensa-t-il. Si j'avais un joystick semblable, je pourrais marcher sur eux ? »

Il eut envie de sortir sur le balcon pour vérifier ; naturellement, de façon abstraite, mais avec des sensations aussi vives que ce désir surgi tout seul et qu'il s'appliqua à étouffer en lui-même, de crainte que Gavrila n'aille en profiter. Pour lui ordonner : « Allez, n'aie pas peur, marche. »

Comme s'il avait déjà reçu l'ordre, il se leva et fit un pas – mais en direction de la porte, pas de la fenêtre ; il sortit de sa chambre, ses pieds ne foulaient pas de stupides nuages mais un parquet rassurant constitué de lames qu'il connaissait sur le bout des doigts et dont aucune ne saurait lui jouer un mauvais tour ; sans attendre l'ascenseur, il descendit par l'escalier, serrant sa tablette sur sa poitrine, se demandant si c'était par sa propre volonté ou sur ordre de l'omniprésent Gavrila. Furieux : « Espèce d'abruti ! Suffit ! Si ça continue, je te tue ! » Pas sérieusement, en colère, déjà résigné à ce que Gavrila ait réussi à l'entraîner dans son jeu où on ne joue pas tout seul.

« Ben, quoi ? se dit-il, un jeu comme un autre. »

Il traversa la portion de route réservée aux véhicules motorisés qui séparait la maison du parc de la Victoire, s'assit sur l'asphalte. Tout contre la grille, le visage tourné vers les fenêtres brûlantes. Le métal auquel il était appuyé conservait la chaleur du jour – il la sentait dans la nuque.

Avant de donner son accord définitif, le novice qu'il était avait le droit d'exiger un avantage, un privilège – au moins dans la répartition des rôles.

Maintenant qu'il avait grosso modo compris les règles de cet étrange jeu, il était même intéressé par la façon dont l'avatar de son partenaire allait se comporter au dernier moment, quand il sentirait sur sa nuque le froid du Walther.

S'il était terrifié et implorait qu'on l'épargne, on pouvait changer le jeu. D'un bout à l'autre, depuis la froide cellule jusqu'à la petite pièce sombre, la dernière du couloir qu'ils emprunteraient ; plus exactement, pas eux, leurs doubles, leurs avatars sans noms ni prénoms ; la condition nécessaire sur laquelle il allait insister.

Gavrila, devant, nu-pieds, en caleçon et chemise flottante ; lui, derrière, une casquette de cuir enfoncée sur son front, un long tablier lui descendant au-dessous des genoux.

Et après, en conformité avec les règles : le Walther, la détente, les éclaboussures. Écœurants détails – ses yeux les parcourent sans se fixer sur rien.

Dans sa tête court quelque chose à tout le moins étrange : *Je tire – il n'existe pas de justice...* Cela sortait d'où ? Il pensa : c'est bien simple, sa mère, les vers révolutionnaires qu'elle lui déclamait d'une voix exaltée. Il la méprisait pour cela.

Enfin, le finale. Pour lequel, à proprement parler, tout a été conçu.

Ce qui (dans le réel, pas le jeu) aurait pu devenir un objet inanimé, un matériau fini dont il fallait se débarrasser : emporter le plus loin possible, brûler ou enterrer dans la terre, se lève du sol maculé de rouge (pas de sang, naturellement !) ; se débarrasse des copeaux de sciure (ces copeaux gonflés, imbibés du même rouge, soi-disant sanglants, il les voyait aussi nettement qu'un instant plus tôt les affiches authentiques de cette époque collées au mur, pas ici, dans la *dernière* pièce, mais là-bas, dans le couloir ; il ignorait leur destination, mais l'article qu'il venait de lire mentionnait leur présence).

Retombé un instant dans le réel, il serra fortement les paupières – et dériva dans l'espace virtuel où son partenaire de jeu se lève, s'habille sans hâte ; se balançant tantôt sur l'une, tantôt sur l'autre jambe, il remonte son caleçon de soldat puis enfile sa chemise par la tête. Il le suit dans une petite pièce contiguë où la table est déjà mise pour les joueurs à égalité de droits qu'ils sont. De la vodka, un buffet sans prétention.

« Comment ça, sans prétention, se dit-il ! Bien au contraire ! Digne de nos intelligences de cigognes ! »

Il descend son verre et demande : eh bien ?

Gavrila aspire goulûment l'air renfermé, puant. Pour être honnête, pas tant que ça pour l'instant. Première chose, Gavrila replie le doigt, tu as oublié de me lier les mains. Et ta casquette ! Pensez donc, un couvre-chef en cuir ! Et encore, ma tête, qu'est-ce qu'elle t'a fait, ma tête ? Combien de fois faut-il te répéter de tirer dans le cou ! Et le canon, tiens-le en biais : comme ça, il est probable que la balle ressortira par la bouche ou par l'œil. Si on tire dans la nuque, ça fait des éclaboussures.

La maîtrise est affaire de temps. Ils reparlent de tout, pour recommencer le lendemain, le surlendemain, le jour d'après, tant qu'ils n'en auront pas assez, tous les deux. Quoi qu'il en soit, il est sincèrement reconnaissant à son partenaire de lui avoir dévoilé ce nouvel aspect inconnu d'une vie depuis longtemps enfuie. Qui conférera un sens supplémentaire à son futur Grand Jeu…

Il était resté trop longtemps assis sur l'asphalte : son cou était endolori. Il se leva en faisant craquer ses articulations et en se tenant des deux mains à la grille. Sentiment étrange, comme si, le temps du jeu, il s'était transformé en vieillard ; comme si ce n'était pas un jeu, mais une tranche de vie, énorme, qui ne saurait se comparer à ce qu'il a vécu. Ce n'était pas difficile à deviner : « Ce sont les facéties de l'avatar », le comptable, le binoclard sans manchettes ; non, ce n'était pas de l'argent qu'ils avaient sur leur compte, mais ce sur quoi portait l'accusation mensongère que mémé lui avait lancée à la tête en inspirant l'air de ses poumons desséchés. Elle n'avait pas dit, elle avait craché : « Tu es un assassin. D'êtres humains. »

Il tourna et retourna la tête. Au bout de quelques rotations, la circulation se rétablit. Un torrent de sang brûlant effacera son homonyme à lunettes qui compte dix mille personnes exécutées de sa main.

« Eh oui, se dit-il, j'ai un nom répandu. Pas Ivanov-Petrov-Sidorov, mais, même dans ma classe, on était deux. Le temps que la prof s'habitue, elle n'arrêtait pas de nous confondre : elle appelait l'un et on était deux à se lever. »

Tandis qu'il y pensait, une voiture s'approcha de la maison, directement de l'entrée principale, une voiture blanche qui ressemblait à un taxi collectif. Deux personnes en sortirent. Le troisième, le conducteur, resta dans la cabine. Les deux autres entrèrent en tenant quelque chose de long et de plat. Le conducteur effectua un demi-tour, se mit en marche arrière.

À présent, la voiture était tournée vers lui. Ses yeux – phares brûlants – se dirigeaient droit dans sa direction. Le conducteur sortit, ouvrit les portières arrière. Depuis l'endroit où il se tenait, elles ressemblaient à des oreilles décollées. Il s'écarta. De là, il voyait bien : ils sortirent une civière par la grande porte.

Il se retint pour ne pas se jeter en travers et crier : « Laissez-la ! Je vous l'interdis ! Ce n'est pas à vous, c'est à moi ! »

Mémé avait dit : « Tu as tué. » Il pensa : « La vieille sorcière, elle ne m'a laissé ni m'expliquer ni me justifier. »

Le lourd claquement des portières le ramena à la réalité. Ses yeux suivirent la voiture qui s'éloignait et revinrent se poser sur les fenêtres de Gavrila. Vides, nues, sans rideaux. Maintenant que mémé n'était plus, il était persuadé que cela signifiait quelque chose. Ce n'était pas le résultat du laisser-aller propre à leur étrange famille, non, la vérité, c'était que Gavrila le surveillait. « Et puis, que le diable l'emporte ! lança-t-il étourdiment. Il me surveille – eh bien, qu'il me surveille ! »

Il se dirigea vers l'entrée principale en faisant mine que tout allait bien. Comme pour dire, c'est le jeu qui veut qu'on le surveille en tant qu'adversaire redoutable.

L'auvent de la porte le déroba aux yeux attentifs plantés sur lui d'en haut. Debout à l'abri de l'auvent, il pensa (naturellement, pour rire – dans le jeu, pas dans la réalité) : « À la limite, on peut le tuer. »

L'odeur n'était pas forte, mais lourde, comme si petite maman avait laissé derrière elle un bouquet d'odeurs des plus dissemblables. Quand les ambulanciers, habiles et compétents, l'avaient préparée pour la route (ils lui avaient lié les mains sur la poitrine, l'avaient enveloppée dans une vieille couverture de laine par-dessus le drap), Anna n'avait rien senti, comme si son odorat lui avait échappé. Maintenant elle errait dans l'appartement vide qui conservait le bruit des pas traînants et aveugles de sa mère ; elle s'efforçait de décomposer ce bouquet surgi post mortem en ses diverses composantes afin de pouvoir le reconstituer : elle regroupait les odeurs semblables. Comme elle l'aurait fait pour des fleurs.

La fatigue mortelle de maman ; son incompréhensible attachement à son petit-fils – après tant d'années d'éloignement ; son dégoût de la nourriture – de toute nourriture – à l'exception du pain desséché ; son inépuisable rancœur, son irritation exacerbée… L'unique chose qui n'avait pas d'odeur, c'était une clé. Une petite clé suspendue à un cordon tout sale, la clé du chiffonnier où, en plus de ses vêtements, elle conservait des tickets de caisse, des perles dépareillées, des chiffons, des bouts de papier pliés, prêts à tomber en poussière. Et l'argent amassé. Vu le montant de sa pension de survivante du siège, qu'elle ne partageait pas avec eux, il devait y avoir une coquette somme. Assez pour les funérailles et tout le reste…

Anna, effrayée, se reprit : et si petite maman l'entendait ?

Elle fut saisie de gêne : si petite maman l'entendait, qu'elle se manifeste, marque les limites de sa présence, prouve qu'elle existe encore. Et si elle était déjà partie ?…

Anna avait du mal à le croire. Elle était accoutumée à ce que sa mère soit un témoin omniprésent : on ne saurait se cacher d'elle ni lui dissimuler quoi que ce soit. Sauf, se dit-elle, en s'attelant à tout ce qu'il fallait faire sur l'heure. Première chose : voiler les miroirs, fermer l'interstice par lequel les défunts sans repos tentent de revenir ; deuxièmement : laver le sol de tout l'immense appartement et pas seulement celui de la chambre ; Anna avait entendu quelque part que quand la mort revient chercher une nouvelle victime, elle emprunte les traces fraîches qui ont gardé l'odeur du précédent défunt.

Les membranes blanchâtres qui aveuglaient les miroirs poussèrent Anna à agir avec plus d'audace. Elle se rendit à la salle de bains et versa de l'eau dans un seau. Une fois le récipient rempli, l'eau déborda. Le temps de s'en rendre compte, la moitié de la baignoire était pleine. Anna pensa : « C'est ma faute, j'ai fermé l'évacuation. » Elle attrapa le seau par l'anse, le souleva, mais au lieu de partir, elle resta à regarder : l'eau s'écoulait sans bruit par la canalisation en tourbillonnant dans le sens inverse des aiguilles d'une montre.

Enfin revenue à son état normal, Anna regagna la chambre de maman. Elle chancelait comme dans un demi-sommeil, sans remarquer qu'elle renversait de l'eau.

Le sentiment qu'elle allait s'adonner à son travail habituel allégeait la tension de son âme. Elle mit des gants, déplaça le fauteuil. Le produit pour laver le sol couvrit les effluves entêtés de chair vieillie conjugués à une tenace odeur d'urine. Passant un chiffon mouillé sur les lames du parquet, Anna ramassa toute une colline de croûtes de pain en même temps que des restes de la vie de sa mère dont on ne pouvait que deviner la destination : un petit couvercle transparent qui semblait venir d'un pot de crème fraîche ; un élastique noir comme ceux qui fermaient autrefois les sacs de pommes de terre ; un lambeau de torchon portant les traces d'aliments mâchés ; un bouchon de dentifrice rond. Elle s'approcha pas à pas du canapé de cuir noir qui plongeait de puissantes racines au travers du sol, de tous les étages, jusqu'à la cave. Maintenant, impossible de le déplacer. D'ailleurs Anna n'y pensa même pas.

Elle s'accroupit, ôta ses gants de caoutchouc. Ses doigts couraient sur le bois, rencontrèrent un objet métallique, ovale ; du gras des doigts, elle sentit des chiffres ou des lettres gravées sur le métal. Anna alla plus profond, tapa sur le plancher, cherchant ce qui se cachait sous ce meuble.

À son immense désappointement, il ne s'agissait pas de la clé, mais des lunettes à double foyer qu'utilisait maman avant d'avoir une double cataracte.

Chose rare, maman ne cachait pas sa joie, sa fierté d'être à l'unisson de son temps, énième occasion de se confronter à sa fille toujours *à la traîne*. Alors que cette dernière, jouissant, à la différence de sa mère, d'une vue excellente, n'avait nul besoin de lunettes. Pour tenter d'évacuer la rancœur qui persistait dans sa mémoire, Anna recourut à un moyen éprouvé ; elle déplaça les aiguilles de sa mémoire d'offense à étonnement. Incroyable ! Quand on pense que juste le jour où maman s'apprêtait à les essayer, elle avait mis son émission favorite, « Le monde des animaux », et appris un fait des plus curieux : l'humanité était redevable de ce miracle d'optique à un petit poisson d'eau douce. En Amérique du Sud on l'appelle le quatre-yeux. Les autochtones sont persuadés que ce petit poisson a quatre yeux : les uns regardent vers le haut, les autres vers le bas. Impression naturellement erronée. Comme tous les poissons, le quatre-yeux a deux yeux séparés par une petite bande de peau – cet étrange zigzag de l'évolution, unique en son genre, lui permet, en nageant à la surface, de surveiller le ciel où volent des rapaces, sans pour autant perdre de vue la nourriture qu'il cherche sous l'eau.

Anna retint son souffle. Elle regarda la monture poussiéreuse couverte de moutons en se demandant s'il fallait la garder ou la jeter. Difficile de mettre à la poubelle un objet auquel maman accordait une telle importance.

À la pensée de la poubelle, elle ressentit une légère nausée. Anna fourra l'inutile monture dans la poche de sa blouse. Elle rinça le chiffon, en entoura le balai-brosse et récura selon les règles, en cadence, sans oublier une seule lame, un seul pouce de parquet. Comme s'il ne s'agissait pas de parquet, mais de sa terre natale.

L'idée de terre évoquait les funérailles. Demain, elle irait à l'agence des pompes funèbres. Et paierait tout ce qu'il faut.

Arrivée au chiffonnier, elle rebroussa chemin pour rejoindre le fauteuil en contournant les obstacles qui surgissaient sur son chemin : que petite maman ne pense pas que c'était une question d'argent. Plus largement, il ne s'agissait pas de considérations matérielles.

Qui sait si elle n'avait pas envie que petite maman, rompant le silence consécutif à la mort, lui pose une question directe et honnête. À laquelle elle répondrait avec la même droiture et la même honnêteté. Comme à confesse. Pour enfin s'expliquer et repartir de zéro, d'une page blanche où la vie n'aurait laissé ni pâtés, ni taches, ni ratures…

À peine entrevu, l'espoir fugace de voir l'issue d'années et d'années de tourments se transforma en désir passionné. Par bonheur, Anna avait assez d'expérience pour le repousser, le déraciner comme une mauvaise herbe, s'en débarrasser comme d'une monstruosité évidente.

Le désir dompté ressortit sous la forme de la bouffée de rage avec laquelle Anna traîna le fauteuil maternel. L'effort démesuré lui valut une douleur aiguë dans les reins : impossible de souffler ou de se redresser ! Sa main droite appuyait sur le foyer douloureux, tandis que la gauche fouillait l'air à la recherche d'un appui.

La bouffée de douleur passa comme, un instant plus tôt, était passée celle de rage. De sa main libre – l'autre tenait le balai-brosse –, Anna tira la housse vers elle comme pour arracher les dernières couches de la vie de sa mère. Debout, elle serra sur sa poitrine une boule d'étoffe sans comprendre à quoi elle était à proprement parler occupée, quelles traces elle effaçait si soigneusement. Celles de la mort ou celles d'une vie dans laquelle sa mère l'avait continuellement torturée ?

Dépouillé de sa housse, dépourvu de son revêtement habituel, le fauteuil semblait nu, tel un visage sans fard. En l'occurrence, celui de sa mère, pas le sien. La liste des services basiques de l'agence des pompes funèbres incluait la toilette et l'habillage ; le maquillage était une option pour laquelle il fallait payer un supplément. Naturellement, Anna paierait, elle ne profiterait pas de l'occasion pour se venger, ni de ses craintes enfantines ni (« Oui, figure-toi, petite maman ! ») de sa vie gâchée.

À présent que les couches de mutisme étaient arrachées, Anna ne redoutait pas les questions qui pourraient venir ; si sa mère lui demandait : « Eh bien, en quoi je l'ai gâchée ? », elle tenait une réponse toute prête, le reflet de celles de maman : « Réfléchis. Devine toute seule. »

Si sa mère ne voulait pas reconnaître sa faute, la fille avait assez de fermeté pour plier ce chiffon puant et le jeter comme un chien galeux.

Anna ouvrit la main. Restée un instant immobile, la housse tomba à terre – sans forces, mais pas sans bruit. Dans sa chute docile on entendit le bruit d'autre chose. Anna se pencha, fouilla les plis de l'étoffe. Sa main tâta une chose plate enveloppée dans un sachet de cellophane.

Il ne lui était absolument pas nécessaire de le défaire. Elle savait ce qu'il y avait dedans.

La douleur qui ne le lâchait pas tandis que, sa tablette serrée sous le bras, il montait l'escalier, explosa en un coup de feu tiré à bout portant dans sa tête. Il s'arrêta, le visage convulsé, inspirant bruyamment ; ignorant comment en venir à bout, il se frotta la nuque. La douleur, qui ne s'attendait pas à un rejet aussi énergique, desserra son emprise pour se transformer en une sorte de tige fichée profondément dans sa boîte crânienne ; il souffla profondément : c'était vivable.

Le malheur, c'est qu'il n'avait pas la moindre envie de vivre. Pendant le dîner, à table, sa mère allait sûrement se mettre à l'asticoter, à le harceler de questions : « Tu étais où, tu es rentré quand ? Tu as surpris ta grand-mère ? Elle n'a rien dit ? »

Il en voulait par avance à sa mère : « C'est pas possible d'être comme ça, il faudrait tout lui raconter par le menu. »

Sa mère passa en heurtant la porte de sa chambre avec son seau ; son balai frottait le sol à grand bruit ; elle ouvrait et fermait les robinets ; tout en prêtant l'oreille au bruit de l'eau qui coulait, il se demandait si elle avait ou non ouvert l'énorme armoire à battants où mémé gardait son argent. Chaque fois que sa mère passait à proximité, il avait une impression de froid, comme s'il était affamé.

Il avait terriblement envie de manger. N'importe quoi, pourvu que ce soit bien chaud : des boulettes de viande juste sorties de la poêle, des pommes de terre dégoulinantes de beurre brûlant encore grésillant.

Il alla à la porte sans bruit, sur la pointe des pieds, passa la tête dans le couloir, espérant que sa mère se rappellerait son existence, le prendrait en pitié ; dirait : « Allons manger. »

Pas de dîner à l'horizon.

Remuant le couteau dans la plaie, il se disait : « Quand mémé était vivante, on peut être sûr qu'elle aurait tout lâché, faut voir comment mémé lui aurait crié dessus ! » En ce moment, quand il pensait à mémé, il ne la revoyait pas faible, malade, sans forces. Non, elle était la seule à le défendre, à empêcher sa mère de le laisser crever de faim. Il avait clairement conscience de ce que sa mort lui avait fait perdre : elle était son refuge et sa forteresse.

« Qu'est-ce qu'elle fiche là-bas, la vieille sorcière ! » En sortant de sa chambre, il fit claquer la porte tout exprès, se persuadant au même instant que le titre réservé à mémé ne collait pas à sa mère. « Qu'elle aille se faire voir ! Je vais les faire cuire à l'eau tout seul. Ou mieux, revenir. Les spaghettis à la poêle sont meilleurs. »

Il fouilla dans le placard de la cuisine, trouva un paquet non entamé où était indiqué le temps de cuisson : dix minutes dans l'eau bouillante. Et à la poêle ? Sans doute, un peu plus longtemps.

Il mit la poêle sur le feu, y jeta de l'huile de tournesol, coupa les pâtes en petits morceaux (sinon elles ne seraient pas entrées dans la poêle), ajouta une pincée de sel. Armé d'une spatule en bois, il s'apprêtait à mélanger.

Cependant il se passait un fâcheux phénomène. Au lieu de se ramollir et de gonfler, les macaronis prenaient, au contraire, une teinte brune. Il se dit que ce n'était pas la bonne température ; le feu était trop fort, il fallait le baisser. Il tourna le bouton et se remit à remuer et à mélanger, tâchant d'ignorer l'odeur de brûlé qui envahissait la cuisine.

Se chevauchant, les tronçons bruns émettaient des bruits secs, craquants – ils seraient immangeables. Il saisit la bouteille, rajouta de l'huile (les pâtes finiraient de cuire dans l'huile bouillante) et augmenta le feu. Contrairement à ses attentes, le déplorable craquement ne fit que croître ; il résolut de verser de l'eau. Bouillie, pas du robinet. Prise dans la bouilloire. Il souleva la bouilloire par l'anse, l'inclina au-dessus de la poêle… Quelque chose flamboya, dansa, s'égailla dans l'air en éclats de feu. Il eut le temps de crier : « Maman ! » et de faire un bond en arrière.

Mais, même ainsi, derrière ses paupières plissées il vit un nuage de feu ; il gagnait en hauteur et en largeur, lorgnait déjà un rideau sans défense qu'il aurait sûrement dévoré si sa mère n'était pas arrivée.

En la voyant jeter à main nue la poêle démente dans l'évier avec habileté et fermeté, il fut fier d'elle. Mais pas longtemps. Elle gâcha tout par son caquet :

– Mon Dieu, mais qu'est-ce que tu… mais comment tu…

Il lâcha : « C'est bon » et partit dans sa chambre, la laissant se débrouiller des conséquences de son échec, dont, à bien y regarder, il n'était nullement coupable. La coupable, c'était elle : elle n'avait pas fait à manger.

À présent, la première terreur passée, il sentait ses joues le brûler : « Bon, elle va se mettre à geindre, à me reprocher sa poêle fichue ; comme si une poêle valait plus qu'un être humain… » – sans vouloir s'avouer que ce n'était pas la poêle qui le préoccupait, mais l'argent volé à mémé et qu'il avait remplacé par du papier découpé.

Ça continuait à brûler. En plus des joues, le front ; il se tâta le visage dans l'espoir de déterminer l'ampleur des dégâts, il allait sûrement rester des marques, comme des cicatrices de boutons d'acné. Ce qu'il avait pu en souffrir ! Des années, ça avait mis à passer ! Et tout ça parce qu'il les pressait et les grattait !

« Surtout, ne pas se gratter » – un ordre plus facile à donner qu'à exécuter. À tout hasard, il se mit les mains derrière le dos.

Il demeurait immobile, comme dans une forteresse, il sentait même les voûtes de pierre. Basses. Elles lui pesaient sur le crâne. La douleur sourde revint, comme si on lui avait encore flanqué un coup sur la nuque. Il existait un moyen éprouvé. Il se déshabilla à la hâte, se glissa sous la couverture et donna libre cours à ses mains.

Les vagues déferlaient l'une après l'autre, investissaient son rivage solitaire, effaçant les contours de la forteresse que sa honte et sa peur avaient érigée à partir de sable brûlant, docile ; la forteresse trembla et s'effondra. Il nageait à brèves avancées énergiques, sans quitter des yeux le phare, qui flamboyait quelque part au loin. Retardant la fulgurance brutale, qu'il sentait déjà approcher ; alors, les murs de la forteresse s'effondreraient… Avant cet instant, il demeura pâmé un quart de seconde, se retourna, regarda vers la rive et vit un visage de femme. C'était d'autant plus étonnant que tout à l'heure, en partant pour la haute mer, il avait vu des corps de femmes sous tous les angles possibles et imaginables, tout sauf leurs visages.

Une année plus tard, après un premier déferlement de tourments, il se persuada que c'était en cet instant précis qu'il avait distingué pour la première fois et avec une clarté confondante le visage de sa future femme.

Pendant les trois jours que sa mère, devenue une chose inanimée, passa entre les mains des thanatopracteurs, Anna réussit à faire tout le nécessaire, comme il se devait. Elle régla tous les papiers officiels ; dans l'attente du remboursement promis, ils étaient rangés dans un classeur transparent à côté des tickets de caisse. Elle éclaircit la question de la sépulture :

en l'absence de caveau de famille, l'urne contenant les cendres pouvait être placée dans un columbarium. L'employée lui expliqua tout : « Vous paierez quand vous viendrez chercher l'urne. On la garde gratuitement pendant quarante jours. » Puis la femme ajouta en soupirant : « Naturellement, ceci ne vous concerne pas, mais vous n'imaginez pas tout ce que j'ai pu voir avec les familles. Il y en a qui font incinérer la grand-mère. Et après, on peut toujours courir. Évaporés.

– Seigneur Dieu ! fit Anna, estomaquée. Et alors ?... – Les cendres ? N'ayez crainte, on ne les disperse pas n'importe où. Au bout d'un an on les enregistre comme non réclamées et on les enterre dans une fosse commune. Il y a un endroit spécial pour ça. Il s'appelle "Le jardin du souvenir". »

Anna manifesta sa condamnation de ces familles immorales en hochant la tête d'un air de reproche. Elle sortit de l'agence des pompes funèbres et se rendit au marché aux habits pour acheter une robe neuve ; la femme de l'église, dont, ces derniers jours, Anna écoutait attentivement l'avis, avait instamment conseillé de revêtir ceux qui venaient de se présenter devant Dieu de vêtements neufs. Conseil on ne peut plus approprié car, à l'exception d'une robe de chambre et de deux chemises de nuit, toutes les affaires de maman étaient enfermées dans l'armoire.

Tout en errant entre les magasins du marché Apraxine[27], Anna fut stupéfaite de voir que rien n'y avait changé au cours des vingt dernières années : les mêmes filles sur des affiches en couleur ; les mêmes inscriptions racoleuses qui annoncent des soldes ; le même asphalte, plein de trous ; les mêmes acheteurs. Comme si elle avait ouvert une porte invisible donnant sur son passé anxiogène. Mais il semblait à présent confortable, sans danger. Ici, elle et ses pensées étaient *à propos* : elle examinait des robes en synthétique, les tournant et retournant pour deviner la taille, elle cherchait quelque chose d'habillé, « pour sortir », mais ne voulait pas non plus un vêtement de marque ; le meilleur choix lui parut être une étoffe à petites fleurs, que maman, où qu'elle soit, pourrait porter « tous les jours ».

---

27. Il s'agit d'un vaste ensemble commercial situé en plein cœur de Saint-Pétersbourg. Il date des XVIIIe et XIXe siècles.

Tout en donnant le paquet à l'employé, Anna convint avec lui des services complémentaires, qui ne coûtaient presque rien. Si elle n'avait pas attendu la venue de parents, elle se serait demandé si c'était ou non la peine ; mais bien sûr que ça l'était : allez savoir, avec cette parentèle encore inconnue ; supposons qu'ils ne disent rien à voix haute, mais critiquent, condamnent dans leur for intérieur...

Elle rentra. Agréable pensée : elle avait tout bien fait, comme il se doit. Aussi bien que les autres.

Maintenant, c'était le moment de téléphoner. De crainte d'essuyer une grossièreté, Anna l'avait repoussé autant que possible. Non sans avoir préparé une phrase commode : « La date des funérailles vous sera communiquée ultérieurement », qui pouvait servir à clore la conversation si quelque chose n'allait pas. Et naturellement, elle ne rappellerait pas !

Pour en finir avec les choses désagréables dont dépendaient tous les préparatifs ultérieurs : le nombre de couchages à prévoir ; le repas funéraire – s'ils avaient été seuls, Pavlik et elle, c'était une chose ; avec les Moscovites, c'en était une autre, ils avaient certainement l'habitude de vivre sur un grand pied. Un repas simple ne suffirait pas. Qu'on le veuille ou non, il faudrait se ruiner en saucisson fumé, voire en caviar. Anna décrocha, forma le numéro moscovite : le huit suivi du code de la ville...

La voici assurée que l'aimable Moscovite auquel elle avait demandé secours n'avait rien confondu. Au bout du fil, ce n'étaient pas des étrangers, mais la nièce de maman dont Anna ne soupçonnait pas l'existence jusqu'à ce jour ; elle exposa rapidement la situation. Et ajouta à tout hasard qu'elle ne téléphonait pas de sa propre initiative, mais pour accomplir la volonté de la défunte. Puis elle se tut dans l'attente de la réaction.

Réaction la plus empathique qui soit. Sa cousine (qui d'ailleurs portait le même prénom que sa défunte mère) assura Anna qu'elle ne manquerait pas de venir. Du reste, il y avait longtemps qu'elle le voulait. Pour faire enfin connaissance, dommage que ce soit en une aussi douloureuse occasion ; sa mère, la propre tante d'Anna, morte l'hiver passé, lui avait raconté bien des choses, c'était même difficile de croire que tout cela avait existé ; avait existé et disparu dans le Léthé ; et elle était contente, heureuse, tout simplement que sa cousine de Leningrad se soit manifestée, qu'elle ait téléphoné…

Pendant toute la longue conversation Anna consultait sa montre en catimini en pensant avec angoisse à la facture qu'elle allait recevoir. Et, pour finir, elle resta désemparée, car elle n'avait pas réussi à savoir si sa cousine viendrait seule ou, par exemple, avec son mari ; de cela dépendaient les couchages, mais aussi la quantité de boissons alcoolisées à acheter.

Quoi qu'il en soit, à la fin du jour suivant, tout était prêt. Il restait quelques bricoles à faire, comme les salades. Elle préparerait les légumes la veille et les assaisonnerait le jour même.

Dans l'attente de ces parents surgis de l'inconnu, Anna parcourut l'appartement armée d'un chiffon pour essuyer une poussière inexistante. Comme si la propreté qui les accueillerait devait rendre plus faciles leur rencontre tardive et tout ce qui s'ensuivrait ; Anna chassa ces pensées angoissantes, tenta de se persuader que le pire était passé, depuis longtemps, avant sa naissance. C'est bien de cela que parlait sa cousine ? Ou plutôt la femme inconnue qui se faisait appeler sa cousine.

Plus le jour des funérailles approchait, plus l'angoisse grandissait. À présent, quand elle allait chercher quelque chose dans l'entrée, Anna regardait le crapaud téléphonique en ébonite lisse et il lui semblait qu'en téléphonant à Moscou, elle avait commis une faute irréparable. Il était encore temps de refaire le numéro à sept chiffres et d'inventer quelque chose. N'importe quoi, pour tout annuler.

Et Anna avait beau comprendre tout aussi bien que le crapaud aux yeux exorbités qu'il était impossible de rien annuler, comme quelqu'un en train de se noyer se cramponne à un fétu de paille, elle s'accrocha à l'idée que les parents moscovites ignoraient l'adresse de Leningrad : dans la conversation, elle avait omis ce point important, oublié de la dicter.

Cette pensée salvatrice s'était si bien enracinée en elle que le jour des funérailles, réveillée par un coup de sonnette prolongé, alors qu'elle cherchait à enfiler ses pantoufles dans l'obscurité, il ne lui vint pas à l'esprit qu'il s'agissait de son invitée moscovite, mais bien plutôt de sa bavarde voisine d'en face qui sonnait dès potron-minet pour venir fourrer son nez curieux dans les affaires d'autrui sous prétexte de manifester sa sympathie.

Elle se dit : « Et si je n'ouvrais pas... Au bout d'un moment, elle partira. » Mais, connaissant sa grosse voisine, elle n'y croyait guère : « Jamais elle ne s'en ira, elle va continuer de sonner. Et en plus, elle va réveiller Pavlik, déjà qu'il ne dort pas son content, le pauvre... »

Et ce n'est que quand la femme inconnue, poussant un profond sanglot, lui ouvrit les bras qu'Anna comprit qu'elle n'avait pas devant elle la voisine importune, mais sa cousine. Elles s'embrassèrent maladroitement, sur le seuil, s'effleurant de leurs joues brûlantes. Elle sentit la glace de la méfiance fondre dans son âme tourmentée.

Soulagée comme si un sac pesant venait de tomber de ses épaules, elle se mit en devoir de proposer à sa chère invitée une chose puis l'autre : du thé, du café, faire un brin de toilette après le voyage, ou plutôt non, prendre une douche. L'autre refusa tout et lui demanda de la conduire dans sa chambre.

Anna n'avait pas encore décidé comment s'adresser à sa cousine : par son prénom et patronyme ou, moins cérémonieusement, par son seul prénom ; fallait-il lui dire « tu » ou « vous » ? Anna choisit la forme impersonnelle : « Par ici, par ici... Ici, ce sera commode, je crois. » Elle passa devant pour montrer le chemin. À moitié tournée vers sa cousine afin d'éviter toute gêne. Son œil gauche, dirigé vers l'arrivante, souriait d'un air hospitalier, tandis que le droit se gonflait de soupçons. Anna réussit à saisir sous les sourcils de sa cousine moscovite un regard attentif qui, telle la pointe d'un crayon bien affûté, parcourait les murs du couloir, puis du salon, après s'être quelque peu attardé à la porte.

Décrivant un demi-cercle invisible, le regard s'arrêta sur l'ange ; battant des mains, l'invitée s'exclama, joyeuse :

– Mon Dieu ! C'est à n'y pas croire ! Pas possible, il est entier...

Étonnée du tour que prenaient les événements, Anna hocha la tête, désemparée, sans comprendre les raisons de cette joie. N'y aurait-il pas là un secret désir de s'emparer d'un objet de prix, de se l'approprier ? En tant que plus proche parente.

Pour couper définitivement court à semblables velléités – et sentant la pellicule de glace qui avait commencé à fondre se reformer –, elle lâcha d'une voix sèche :

– Installez-vous. Il y a une serviette propre dans la salle de bains.

On aurait pu croire qu'il s'agissait d'une phrase fugitive, sans la moindre importance, de celles qu'on oublie à peine prononcées, comme ces orages matinaux dont les citadins, requis par des affaires urgentissimes, ne se souviennent déjà plus à midi ! Mais l'angoisse, loin de disparaître, se concentra en épais flocons et se précipita au fond de son âme tel du lait caillé.

L'invitée devait, elle aussi, avoir senti quelque chose. En tout cas, les conversations qu'elles tinrent durant ces premières heures passées ensemble n'eurent trait à aucun sujet important. Elles tournèrent autour de démarches urgentes et imminentes : la cousine demanda si la maison était loin de la morgue et du crématorium ; comment s'y rendre, en taxi ou par les transports publics ? Si l'on prenait un taxi, ne fallait-il pas téléphoner à l'avance, dès maintenant ?

Anna n'avait pas l'intention d'engager des dépenses superflues de cet ordre, mais quand sa cousine dit qu'elle paierait le taxi, elle haussa les épaules en signe d'acquiescement et changea de sujet. Elle s'intéressa au temps qu'ils avaient à Moscou.

Pendant que sa cousine répondait longuement et de façon circonstanciée, Anna, faisant mine de l'écouter attentivement, attendait qu'elle sorte de table ; elle rajoutait de l'eau bouillante dans son thé ou regardait par la fenêtre – comparant, pour sûr, le temps pétersbourgeois à celui de Moscou – pour examiner, stupéfaite, son sarouel dont les larges plis « à la zouave » lui retombaient presque jusqu'aux genoux. Non, Anna ne condamnait pas, bien que, entre nous soit dit, des femmes de leur âge ne devraient pas arborer de tenues aussi vulgaires. Mais quand la cousine s'excusa et se rendit à la salle de bains, Anna ne manqua pas d'en profiter pour courir chercher le sac cadeau à l'élégante dorure, qu'elle mit sous le porte-manteau comme modèle de son propre goût irréprochable.

Les angoisses qui tenaillaient Anna furent encore confortées par la conduite de son fils. Dès que Pavlik entra dans la cuisine, entre lui et sa tante s'instaura, sinon une attraction immédiate, du moins une muette compréhension mutuelle.

Anna remarqua les brefs coups d'œil qu'ils échangeaient. On aurait dit qu'ils synchronisaient leurs horloges internes.

Quand, une heure plus tard, tous trois sortirent enfin pour attendre devant l'entrée principale le taxi qui était en retard pour une raison inconnue (la veille encore, Anna aurait houspillé Pavlik pour qu'il appelle la compagnie de taxis – quant à elle, elle en redoutait les gestionnaires), sa cousine, voyant son regard inquiet, lui dit : « Ne t'en fais pas, il va forcément arriver », d'un ton si assuré qu'Anna se calma immédiatement. Ensuite – quand ils étaient déjà dans la voiture –, au lieu de penser à sa mère, en se demandant avec anxiété si elle ferait bonne figure dans son cercueil, elle louchait sur sa cousine, l'imaginant en train de remettre à sa place le gestionnaire. La fermeté qu'elle sentait chez sa cousine lui donnait des forces et, semblait-il, à Pavlik aussi ; naturellement, Anna s'inquiétait de l'état psychique de son fils, mais déjà moins que la veille, où elle était seule.

Contrairement à ses craintes, à la morgue tout se déroula sans anicroches. Pendant qu'Anna, de peur d'éclater inopportunément en sanglots et de tout gâcher, se tenait un peu à l'écart, sa cousine prit les choses en main (ainsi que le dossier avec les papiers), et échangea brièvement quelques mots avec le thanatopracteur. Remarquant que le regard de ce dernier changeait – de sévère, il était devenu serviable –, Anna se dit soudain qu'en plus de porter le même nom, petite maman et sa nièce avaient une certaine communauté d'habitudes et de caractère qui devait fatalement influencer leur destin.

Cette découverte la frappa et fit naître en elle une tempête d'émotions des plus contradictoires : depuis l'amertume et la douleur filiales – « c'est elle qui devrait être sa fille, et pas moi » – jusqu'au soupçon traversant rapidement l'extrême périphérie de sa conscience que rien ne se terminerait avec la crémation.

Cela dit, la tempête qui s'était levée dans l'âme d'Anna retomba bientôt. Le discours tout à la fois retenu et solennel que, consultant un papier, l'ordonnatrice de la cérémonie, vêtue d'un tailleur de deuil noir, adressa à l'assistance n'y fut pas pour rien. Elle évoqua les multiples difficultés qui avaient été le lot de la génération précédente, la guerre et le blocus, soulignant particulièrement que celle à qui nous disions adieu en ce jour avait vécu son long itinéraire terrestre avec dignité. Anna écoutait en pensant que cela aurait plu à maman.

L'ordonnatrice termina son discours en disant : « À présent, la famille et les proches peuvent approcher pour faire leurs adieux. »

Quand Anna, sans trembler intérieurement, regarda sa mère en plein visage avec une étonnante tranquillité, celle-ci lui répondit par une tranquillité semblable. Ses yeux étaient clos. L'épaisse couche de maquillage avait adouci ses traits, effacé tout ce qu'Anna y avait lu quand, défaillant de chagrin et d'effroi, elle s'était retrouvée seule devant son fauteuil, incapable d'allonger le bras pour, de sa main de fille, fermer ces yeux écarquillés, jaillis de leurs orbites. Comme si, après ce qu'ils avaient vu, on ne devait pas, on ne pouvait pas continuer à vivre. Mais seulement mourir. Un petit sourire de mépris aux lèvres.

Le rouge à lèvres sombre masquait ce sourire ; en regardant les lèvres maternelles, Anna se rappela celles de la doctoresse de la consultation de gynécologie qui lui avait annoncé sa grossesse. Les siennes ressemblaient à de petites chenilles mobiles, tandis que celles-ci reposaient, paisibles.

À travers le rideau de larmes qui affluaient à ses yeux, elle regarda et vit : sa mère (revêtue d'une chair, pas la sienne, haïe et familière, mais d'une chair étrangère, peinte, embellie, le visage semblable au masque de vieillarde qu'Anna avait vu dans le miroir quand elle s'était fardée d'une main timide et maladroite) reposait, les mains croisées sur la poitrine, comme résignée à tout ce à quoi sa fille, désormais orpheline, ne se résignerait pas jusqu'à la fin de sa vie. Et en cela, petite maman la soutiendrait volontiers – elle la prendrait en otage : comme dans son enfance, quand elle emplissait son existence de détails brumeux, d'échos de vies fantomatiques ayant appartenu on ne sait à qui…

Plongée dans de pénibles pensées, Anna ne remarqua pas qu'on avait déjà fermé le cercueil et qu'elle était séparée de celle en qui elle s'était accoutumée à voir une persécutrice. Mais en cet instant, elle avait l'impression que ce n'était pas petite maman, mais elle qui était restée là, dans cette boîte, dans les profondes ténèbres de la solitude ; que c'était sur elle que se refermait le couvercle glacé formant une surface lisse, vide comme une clairière dans la forêt...

Sa cousine la prit par le bras et l'entraîna hors de la salle de cérémonie.

Anna obtempéra et sortit dans un monde orphelin. Ce ne fut que là, regardant autour d'elle de ses yeux qui n'y voyaient pas, aveuglés par les larmes qu'elle n'avait pas versées, qu'elle prit définitivement, irréversiblement conscience que celle qu'elle appelait petite maman n'était plus.

Cette conscience la pénétra tout entière, bloqua sa respiration, la sépara de son fils : à présent, Anna ne voyait pas en lui une pousse nouvelle, mais de l'ivraie qui déparait la pureté du champ où s'enracinait la souche, la lignée à laquelle la mère et la fille seules appartenaient.

L'irritation la cingla. Une irritation d'une sauvagerie telle qu'elle prit peur. Faisant mine d'être en proie à une quinte de toux, elle se hâta de l'expulser d'elle-même, de l'expectorer comme un crachat – de l'expectorer et de l'avaler.

Le mécanisme de la respiration reprit : inspiration-expiration, inspiration-expiration – l'ordre habituel des choses se rétablit. L'habitude était là pour ça.

La double déchirure (sa mère, son fils) avait beau continuer à saigner tout autant, Anna espérait la couvrir d'un pansement solide, éprouvé – la multitude de choses que personne n'irait faire à sa place : laver tous les verres petits et grands, assaisonner les salades. Hier, en pensant au repas funéraire, elle avait songé à la façon dont Pavlik et elle allaient prendre place à la table de la cuisine. L'arrivée de sa cousine mit à mal ce projet : en l'honneur de l'invitée moscovite, il allait falloir dresser la table de réception dans la grande pièce...

En prenant place à l'arrière du taxi, Anna pensa, entêtée : « Pas de changements. Je ferai comme prévu. Je mettrai le couvert dans la cuisine. »

Pourtant, c'était bien que la cousine soit venue. Aujourd'hui, il lui aurait été difficile de rester en tête à tête avec son fils.

Le matin, encore endormi, il entendit des voix – surgies entre rêve et réalité, elles parvenaient de la cuisine : l'une appartenait à sa mère... l'autre – lui sembla-t-il dans son sommeil – était celle de mémé ; il se figea, inondé d'une joie venue on ne sait d'où. La vieille sorcière était vivante… Avant de s'arracher complètement au sommeil, il bougea le doigt, pour *sélectionner* les derniers fichiers coincés dans sa mémoire opérationnelle : le tableau d'honneur avec les photographies de *ces* stakhanovistes, au nombre desquels son homonyme, l'expert-comptable aux lunettes rondes ; et juste à la suite, comme si une chose découlait de l'autre, le visage de mémé, tordu, les yeux exorbités, la bouche affaissée dans un accès de rage impuissante – une grimace de colère. À présent qu'il s'avérait que tout n'était que rêve et imagination, il était simple et facile de les détruire. De les supprimer d'une pression du doigt.

Il ouvrit les yeux et comprit qu'il n'arriverait pas à les effacer par suite d'une défaillance de la mémoire vive du processeur. Il repoussa sa lourde couverture humide de sueur. S'assit d'un bond. Pieds nus, car il avait oublié d'enfiler ses pantoufles, il fit un pas dans le jour qui s'annonçait et dont chaque heure allait incarner les sinistres craintes qui l'avaient tenaillé la veille.

Se grattant et se contorsionnant, tout en marchant – tout son corps le démangeait, en particulier sous les bras –, il se traîna jusqu'à la salle de bains ; arrivé à la porte de la cuisine, il se pencha pour se gratter la plante du pied, pensa : « Avec qui peut-elle bien être ? » Et il entra sans attendre.

La lumière du jour tombant de la fenêtre enveloppait d'un contour imprécis la silhouette d'une inconnue, assise en face de sa mère, à moitié tournée vers les vitres ; elle la soulignait et l'estompait tout à la fois, on aurait dit qu'elle jetait sur le visage de la femme un morceau d'ombre semblable à un chiffon déchiré.

Sa mère dit :

– Fais connaissance. C'est tante Nastia, ma cousine.

Il frotta son talon contre sa cheville et tira sur son tee-shirt : peu lui importait l'identité de la femme puisque ce n'était pas mémé. Il marmonna :

– B-jour – et jeta un regard impatient sur sa mère.

La veille, après le honteux épisode des macaronis, il était parti dans sa chambre sans manger. Et maintenant, il attendait que sa mère reprenne enfin ses esprits et lui serve un petit déjeuner chaud. Une assiette de gruau de sarrasin ou, au moins, un œuf.

Sa mère se leva, sortit de table. Mais au lieu de mettre une casserole sur le feu, elle alla à la fenêtre. Il la suivit d'un regard impatient, affamé, et vit le ciel vide, tendu d'une brume gris pâle à moitié transparente.

Sa mère regardait en biais par-dessus son épaule et ajouta d'un ton significatif :

– Tante Nastia est la nièce de grand-mère. La fille de Tonietchka, sa sœur.

Il remonta son pantalon de pyjama. Tout en frottant son talon contre sa cheville, il marmonna intérieurement : « Ça va, j'ai compris. » Bien qu'en réalité, il soit en pleine confusion. Qui est la sœur de qui ? La nièce de qui ?...

Clignant les yeux comme en plein soleil, bien qu'il n'y ait pas le moindre rayon, loin de là, sa mère tira le rideau. Le morceau d'ombre qui dérobait sa tante aux regards s'éloigna. Il regardait, estomaqué. Il ferma les paupières, les rouvrit, mais *il* était toujours là. Le visage vivant de mémé. Tel qu'il était dans son enfance, quand ils restaient seuls tous les deux, sans sa mère, et que mémé, assise à cette table de cuisine, racontait. Que ne racontait-elle pas ! La famine qui les avait fait se retrouver à Leningrad, sa sœur et elle, toutes seules, sans personne ; elles étaient tombées de Charybde en Scylla, disait-elle ; bombardements et tirs de mortier ; un jour, il lui demanda : « Et tu avais peur ? » Mémé avait répondu : « De qui ? – De ces bombardements », avait-il dit. Mémé avait réfléchi, puis dit : « Bien sûr, mais au début seulement, après – non. » Alors, il redemanda : « Parce que les murs étaient épais ?... »

Il était certain que mémé lui avait répondu ; elle répondait toujours – parfois de façon incompréhensible. Détachant le regard du visage de sa tante, il prêta l'oreille à lui-même : « Curieux. Jusque-là, je me souviens. Après, non. »

Quand, désespérant de se souvenir, il revint dans ce matin adulte, mémé n'était plus là. La vieille sorcière. Une brève apparition et elle avait disparu. La tante inconnue disait quelque chose. Il n'écoutait pas. En piétinant, il avalait une salive amère. « Elle est venue et repartie. Alors, elle est venue pour quoi ? Elle voulait me pardonner ? Elle est revenue, a appris que j'étais un voleur – et m'a rejeté... »

Bien des années plus tard, se souvenant de ces heures matinales – du matin des funérailles –, stupéfait de la force et de la profondeur de ses sentiments d'alors, tentant d'imaginer un scénario alternatif d'où une main toute-puissante aurait écarté tous les acteurs sauf sa mère et lui ; bon, pas tous, mais, à tout le moins, cette tante fraîchement débarquée (sa mère avait dit : « Fais connaissance. C'est tante Nastia, ma cousine »), il éprouvait à nouveau, certes, sous une forme affaiblie, adoucie, un colossal sentiment de rejet, un sentiment auquel nul autre n'aurait pu se comparer. Pour décrire ce sentiment sous-jacent qui pénétrait chaque cellule de son être, les critiques de cinéma qui analysaient ses œuvres recouraient aux expressions les plus élevées : tragique intérieur, inexhaustible solitude, capacité à repousser les limites de son propre ego, autrement dit, ils tournaient en rond au lieu de le nommer de la façon dont, lui, le voyait : le sentiment d'être étranger à l'histoire de sa propre lignée, de sa famille, de son pays.

Chaque fois qu'il terminait un énième grand projet, réfugié en lui-même, comme d'aucuns dans une longue crise d'ivresse, il remerciait le destin impitoyable : s'il n'y avait pas eu ce jour de funérailles qui avait tranché ses racines vivantes pour l'immobiliser dans l'espace vide des significations perdues, jamais il ne serait devenu celui qu'il était aujourd'hui. Purifiant sa mémoire des vétilles qui y affluaient comme dans un sous-bois à la végétation d'une densité incroyable, de l'entrelacs chaotique des choses, constitutif, à proprement parler, de toute vie, lui (petit-fils d'un grand-père maudit de Dieu et des hommes, mais, d'autre part, de sa mémé chérie, fière, inapaisée), il avait enfin pris conscience, compris, deviné qu'il puisait à cette source, empoisonnée et en même temps curative, comme la vie russe, où beaucoup, que dis-je, tout ! dépend de la quantité de ce poison contenue dans le sang.

Oisillon tombé du nid de l'histoire – et pour s'exprimer avec ses mots personnels, secrets, petit caillot de sang que mémé lui avait craché dans la main –, il connaissait comme nul autre la nature de ce poison qui soigne et mutile. C'est pourquoi, passant d'un pays à l'autre sans jamais pouvoir trouver de refuge sûr, chaque fois qu'il découvrait une énième nouvelle chambre, il commençait par mettre sur son bureau la « phot » de sa mémé jeune, faite avant la guerre (un mot emprunté à sa première et unique femme, hélas, morte trop tôt) ; naturellement, elle était imaginaire ; et en même temps – peut-être pour équilibrer –, il ne se séparait pas d'une vieille pièce de monnaie soviétique, un rouble d'argent de 1921, qu'il portait au cou au bout d'un long lien de cuir. Comme d'autres leur croix de baptême.

Parfois – à présent, il est vrai, de plus en plus rarement –, il l'ôtait pour l'examiner. Comme s'il voulait évaluer sa valeur actuelle aux enchères.

Pour finir, il ne prit pas de petit déjeuner. La faim aiguisa son odorat. Dans le taxi qui les conduisait au crématorium, il s'efforçait de ne pas regarder sa tante (il s'attendait de sa part à quelque mauvais coup et quand ses yeux méfiants rencontraient les siens, il les détournait), essayant, pour se distraire, de décomposer l'odeur qui régnait dans la voiture en ses éléments constitutifs. Le conducteur, solide gaillard d'une cinquantaine d'années, répandait de lourds effluves d'eau de Cologne pour hommes ; la tante exhalait un parfum douceâtre ; sa mère – il tendit le cou pour mieux la flairer – ne sentait rien du tout. Comme si elle n'avait pas existé.

Quand ils pénétrèrent dans la salle de cérémonie, il aspira des deux narines l'air renfermé, se souvint des mains pâles, comme plongées dans une solution chimique, du thanatopracteur (à qui la tante remit quelque chose enveloppé dans un papier) ; à la morgue, il ne s'était pas approché du cercueil, se contentant de le contempler de loin. À présent, il était obligé d'y plonger le regard, qu'il le veuille ou non.

Il approcha, s'attendant à découvrir la grimace de colère imprimée par un entêtement plus fort que la mort, mais il vit un visage étranger, pas celui de mémé. En dévisageant le masque maquillé, il ne ressentit ni repentir ni lien de parenté. Fouillant intensément dans sa mémoire, il trouva le qualificatif qui convenait à ce masque : *moyennement vieux*, dépersonnalisé, réduit au dénominateur commun de l'après-mort.

À peine cette pensée l'eut-elle effleuré, que de sous le masque maquillé émergèrent les traits connus. Le nez curieux – de son vivant, mémé avait coutume de promener partout son nez pointu, passant son temps à flairer quelque chose – s'était encore aiguisé et ressemblait à un bec. Son visage évoquait un oiseau aussi à cause des sourcils d'une épaisseur incongrue à son âge ; les coins légèrement relevés, ils évoquaient de petites ailes, comme si sa grand-mère n'avait attendu que le moment où tout le monde serait parti pour agiter les sourcils et s'envoler.

Tandis qu'une bavarde du crématorium, vêtue de noir, dégoisait, il observait le visage de mémé, ignorant ces mornes absurdités, et attendait : et si elle lui faisait un signe ? Un signe compréhensible de lui seul ; peu importait lequel : entrouvrir un œil, le cligner… Genre, je suis bien là, bien sûr que je ne t'ai pas quitté, et il faillit pleurer, accablé de ces vaines attentes, conscient que personne ne clignerait de l'œil à personne, ni mémé ni lui, personne ; tout disparaîtrait, brûlerait, se répandrait en cendres brûlantes (sans ce feu auquel il s'efforçait de ne pas penser, mais pensait quand même, on aurait pu dire que mémé, rusée comme elle était, avait mis les voiles).

Quand le couvercle du cercueil retomba, il leva pour la première fois les yeux sur sa mère et surprit sur son visage une expression de fausseté (elle différait en cela de mémé). Il pensa, comme s'il s'agissait d'une étrangère : elle fait seulement semblant d'avoir du chagrin, on peut être sûr qu'elle se réjouit d'être débarrassée d'un boulet ; et plus tard, assis à ses côtés à l'arrière du taxi, il ressentit un afflux de hargne proche de la rage.

Il employa toutes les heures qui suivirent les funérailles à édifier la frontière le séparant de sa mère : par chaque geste, chaque mot marmonné, il lui donnait à comprendre qu'il n'oublierait pas cette fausseté. Quand sa mère (déjà dans le taxi) se plaignit du cœur, il se détourna démonstrativement, pour signifier qu'il ne se sentait pas concerné. Sa tante, elle, tout émue, fouilla dans son sac ; dit : « Surtout, n'avale pas, suce. » Sa mère fit « oui » de la tête, mais avala quand même. D'où il déduisit qu'elle n'avait pas si mal que ça.

Plus tard, de retour à la maison, il lui reprocha et la table richement garnie – elle pleurniche qu'elle est sans le sou et il a suffi que mémé meure pour que Madame, voyez-vous, aille acheter du caviar – et le zèle qu'elle mettait à suivre des rituels absurdes comme le verre de vodka recouvert d'une petite tranche de pain. Il ne trouva rien de mieux à faire que de chercher sur Google et de déclarer d'un ton vengeur qu'en plus du verre, il fallait une photographie. Qu'est-ce que ça veut dire, « il n'y en a pas » ? Trouves-en une.

Sa mère le toisa d'un regard vide, aveugle. Sans le rouge qui lui monta aux joues et qu'elle tenta de dissimuler avec son tablier, il n'aurait jamais deviné qu'il avait mis en plein dans le mille. Mais à présent qu'il avait décelé une faiblesse dans sa défense muette, il prenait prétexte de tout pour la faire sortir de ses gonds. Tantôt, il picorait dédaigneusement dans son assiette (mémé, elle, n'aurait pas manqué de s'indigner : « Qu'est-ce que tu as à chipoter ? Tu cherches des cafards ? »). Tantôt, il poussait du coude l'assiette vide de mémé, comme pour faire croire que ce n'était pas exprès.

Quand ils se mirent à table, il refusa tout net le vin et se versa un grand verre de vodka. Désireux de faire comme un adulte, il l'avala et se mit à tousser. Dans l'espoir de sauver la situation, il bafouilla : « J'ai dû faire une fausse route. » En réalité, *elle n'était pas fausse.* Cette brûlure qui lui rongeait l'œsophage le déglinguait à tel point – « Diable ! Un mot de mémé » – qu'il craignit même de ne pas tenir. De dégobiller.

Le plus rageant, c'était sa mère qui ne daigna pas lui accorder un regard.

Elle était assise, le menton dans la main. Regardant sa tante, et pas lui, elle écoutait son baratin : et que tout s'était passé dignement et que, Dieu en était témoin, feu tante Nastia l'avait bien mérité par toute sa vie et sa destinée – que Dieu nous préserve d'en connaître une semblable ; et que, sans tante Nastia, les deux sœurs auraient péri pendant le blocus, sa mère le lui avait dit peu avant sa mort...

Luttant contre la nausée qui montait, il ressemblait à un oiseau blessé, réfugié sur une perche et gonflant ses plumes. Et il pensa : « Je serais curieux de le connaître, ce fameux destin ! Elle a vécu sa vie comme tout le monde... » Il réchauffait à petit feu la hargne qui couvait sous la braise, essayant de mettre bout à bout ses embryons de pensées et les non-dits roublards de mémé, devinant déjà que sa mère n'y était pour rien, que tout venait d'elle, de mémé : elle jouait les petites vieilles innocentes, mais elle s'était bien moquée de lui avec toute cette bouillie de sottises invraisemblables d'où, quand bien même on affinerait son bec de cigogne, on ne saurait retirer un seul grain de vérité. Et à présent, quoi ? Attendre que ça germe tout seul ?

Il fit la grimace : ras le bol de ce destin dont elles font tout un fromage ; il recula sa chaise, croisa les jambes l'une sur l'autre d'un air de défi – tout juste s'il ne sifflotait pas, le regard fixé sur la fenêtre, sur le ciel hivernal gris, vide comme l'écran d'une vieille tablette hors d'usage depuis une éternité… Il attendit que sa nouvelle parente la ferme. À tout le moins, qu'elle change de disque.

– Tu sais ce que dit mon fils ? Que toute tentative de fuir son destin mène tout droit à son accomplissement…

Il sursauta comme s'il avait mal ; il se retourna et surprit un regard inquiet. Sa mère se hâta de détourner les yeux, demanda :

– Tu as un fils ? Pourquoi vous n'êtes pas venus tous les deux ?

La tante dit :

– Il habite loin. À Milan.

Le regard inquiet se voila. Sa mère resta silencieuse ; reposa sa fourchette.

Il répétait in petto : « Toute tentative mène à l'accomplissement… », se retourna à nouveau, regarda par la fenêtre. Sous son regard tendu, l'écran du ciel prit vie : à l'extérieur une lave épaisse, chauffée à blanc, dégoulinait sur les vitres ; la chaleur pénétrait dans la cuisine, agitait le rideau.

Sa tante dit dans son dos :

– C'est fou ce qu'il peut être fort, le soleil de votre Piter.

Il regarda le rideau et se dit : « C'est maintenant, en ce satané instant, que le corps de mémé achève de brûler, se contorsionne dans son cercueil. »

Sa mère dit :

– Finissez vos assiettes. Je vais servir le plat chaud.

Au mot « chaud », il sentit la nausée le reprendre. Il étendit le bras par-dessus la table. En direction de l'assiette pleine de canapés hors de prix. Sa mère avait fait exprès de les mettre à bonne distance. Tout près de sa tante. Il en attrapa un. Retomba lourdement sur sa chaise, mordit dedans et eut un bruyant hoquet. N'importe quoi pour faire passer cet écœurant goût de poisson (le caviar, c'est des œufs de poisson) – et il avala une grande rasade de vodka.

Sa mère lui tendit une serviette en papier en répétant, on ne sait pourquoi :

– Je réchauffe et je sers. Je vais juste changer les assiettes.

La tante :

– C'est pas la peine. Laisse celles-ci.

Sa mère insistait :

– Je les enlève et j'en mets des propres.

Leur discussion fut interrompue par un coup de sonnette.
Sa mère dit :
– Va ouvrir.
Il grommela :
– Vas-y toi-même.
Sa mère se leva. Se rassit. Une teinte écarlate flamboya sur ses joues. Elle s'essuya les mains au bas de son tablier.
Son épaule fut agitée d'un tic, il se leva – le corps en biais, comme s'il descendait d'une perche.
Il alla dans l'entrée, ouvrit la lourde porte et vit l'imposante bonne femme de l'appartement d'en face.
– Voilà. Je suis venue lui dire adieu. À la russe. En voisine…
Il recula, gêné. Regarda la bouteille emplie d'un liquide trouble et fermée d'un bouchon à vis. Il pivota sur les talons, porta ses deux mains réunies à sa bouche. Et, à toutes jambes, craignant de ne pas arriver à temps, il fonça aux toilettes.

En voyant la visiteuse inopinément surgie dans l'encadrement de la porte, Anna regretta de ne pas l'avoir ouverte elle-même. Même maintenant, alors qu'elle s'était levée de table pour accueillir Galina, elle fit une faible tentative de la repousser dans l'entrée. Mais l'autre ne céda pas ses positions, mieux, faisant mine de ne pas remarquer ces timides bien qu'éloquentes tentatives, elle se dirigea vers la table ; avec un pesant soupir, comme si elle l'arrachait de son cœur, plus exactement de sa poitrine gigantesque sanglée dans un corsage de jersey rendu presque transparent par la tension, elle y planta la bouteille au liquide trouble. Faisant osciller d'un côté à l'autre ses chairs rebondies, hypertrophiées par l'inaction, elle contourna la cousine d'Anna avant de s'affaler sur un tabouret libre. Le visage tourné vers la porte, dos à la fenêtre.
Anna se consola d'une agréable pensée : « On dirait une oie qu'on aurait gavée. »
Cependant, ayant conquis la cuisine de haute lutte, Galina prit ses aises. Elle tira sur les manches trop courtes de son corsage de jersey ; d'un geste coutumier, elle se passa les mains sous les seins pour rajuster le soutien-gorge qui lui entrait dans la chair. Et de se présenter solennellement comme une vieille amie d'Anna.

La cousine d'Anna répondit brièvement en se contentant de mentionner son prénom. Sans préciser leur degré de parenté. Anna la regarda avec reconnaissance et un certain soulagement, comme si cette délicatesse lui avait évité les commentaires déplaisants que n'aurait pas manqué de faire la grosse si elle avait su qu'elle était en présence d'une proche parente d'Anna et non d'une étrangère.

La voisine fit un rapide signe de tête. Et ayant visiblement décidé que les formalités étaient terminées et qu'il était temps de passer aux choses sérieuses, elle ordonna :

– Sers !

Avec un sentiment mêlé de dépit et de soulagement (le premier prévalant visiblement), Anna alla chercher un verre et une assiette propres ; elle ouvrit le tiroir où elle gardait les couverts « pour quand il y a du monde », pas ceux « pour tous les jours », donna le nécessaire à la visiteuse impromptue et tendit la main en direction de la bouteille de vin.

Galina l'arrêta en s'exclamant à haute voix :

– De quoi ? Tu veux nous faire boire du permanganate !

Anna dévisse docilement le bouchon et, s'efforçant de ne pas inspirer la violente odeur de tord-boyaux, en versa tout d'abord à la voisine, puis, la cousine refusant catégoriquement, se servit par politesse.

Galina prit son élan, fit un large signe de croix et déclara :

– Bon ! À la mémoire de l'esclave de Dieu Anastassia. Que la terre lui soit légère !

Elle expira l'air à grand bruit, avec une sorte de craquement : « Ha ! » et vida son verre d'un trait.

Anna y trempa précautionneusement les lèvres et fit la grimace.

La chose n'échappa pas à l'invitée inopinée.

– T'en fais des manières ! C'est du pur, du naturel.

– Ça m'a l'air un peu trouble…

– C'est toi qui es trouble !

Satisfaite de sa bonne blague, Galina tendit son verre vide à Anna.

– Eh bien ! On va rester comme ça longtemps ? On attend quelqu'un ?

Anna tressaillit. Elle se tourna vers la porte – et se souvint avec une force renouvelée que petite maman n'était plus et ne reviendrait pas. Elle était partie à jamais.

La cousine se leva et s'éloigna, elle aussi, sous prétexte d'un coup de fil urgent.

Voyant qu'il n'y avait rien à tirer d'Anna, Galina prit les choses en main.

– Allez. Une dernière. Aux morts, ce qui est mort, et aux vivants, à nous, on va dire, ce qui est vivant…

À la vue de cette bonne femme massive et balbutiante, Anna ressentit du dégoût. Un dégoût tout à la fois furieux et désarmé.

Galina remplit son verre et porta un toast :

– À eux tous. À nos parents. Dans cette vie, il n'y a que nos parents pour se soucier de nous. Je le dis à mes fils : « De tout au monde vous êtes redevables à votre grand-père. » Et eux : « Ça veut dire quoi, de tout ? » Ils sont couverts de crédits. Et ils ne comprennent pas que ces crédits, ça n'apporte que du malheur. Tu te retrouves empêtré et c'est la fin. Vingt ans de vie que tu dois rendre… Et ça construit ! Et comment qu'on construit maintenant ? On prend des bandes de types aux yeux bridés avec un petit pois dans la tête. Et leur profession, c'est quoi ? Courir après les moutons. Avant (Galina plissa les yeux d'un air rêveur), on construisait pour des siècles. Mon pauvre mari, quand il était en vie, n'arrêtait pas de s'étonner. « Il y a un homme dans la maison, disait-il, et rien à bricoler. » Des parquets en chêne, un évier en fonte. Émaillée… La cuvette des W.-C. en faïence (Galina replia un doigt après l'autre), le réservoir en hauteur, une cuisinière avec quatre brûleurs…

Anna regardait les doigts dodus à la peau lisse comme celle d'un bébé et acquiesçait distraitement ; elle rapprocha l'assiette de salade russe : quand elle aurait mangé, peut-être qu'elle partirait.

Peine perdue ! Galina reprit de plus belle :

– Avant la guerre, c'était la belle vie ! Qu'est-ce que ma mère ne m'a pas raconté !… Tiens, je suis sûre que tu n'as jamais entendu parler des wagons Pullman. Mais eux, ils les prenaient pour voyager. Dedans, elle disait, tout était tendu de velours, vert pour le salon, rouge pour la chambre. Les employés te cuisinaient tout ce que tu voulais… Et les produits d'alimentation alors ! Naturels, frais… Le fromage, c'était du fromage, le beurre, c'était du beurre. On leur livrait tout à domicile. Longtemps après, ma mère s'en souvenait encore.

Tu ouvrais ton paquet de jambon, disait-elle avec une petite larme, et il était tout humide…

Anna n'avait rien à faire des wagons en velours (elle n'était jamais allée plus loin que la banlieue) ni des produits frais et naturels qu'on mangeait avant-guerre. Mais elle écoutait docilement, sa tête déjà lourde appuyée dans sa paume.

– Et elle avait son atelier de couture. Des spécialistes dignes de tous les éloges, surtout les tailleurs. Avait-on du ventre ou un gros derrière ? Ils savaient où rajouter de l'étoffe et où resserrer… C'est pourquoi l'ordre régnait (sa voix à qui le tord-boyaux semblait avoir donné de la force gagna en fermeté). Ceux à qui ça revenait de droit avaient tout, conformément à leurs mérites. Tu l'as mérité, tiens ! Mais si tu ne l'as pas mérité…

Soudain, Galina se tut, comme si elle prêtait l'oreille à quelque chose de lointain…

Anna aussi prêta l'oreille… et entendit le murmure du vent qui rôdait tout en haut de la cime des arbres. Elle, elle est en bas. Un panier à la main, elle marche sur une route forestière sèche en évitant les racines nues qui pointent de sous la terre ; elle cherche des yeux le sentier qui conduit à un petit bois de pins où, les bonnes années, il y a plein de bolets au chapeau de velours brun, collés les uns aux autres, mais, apercevant à une dizaine de mètres une vieille souche tordue, elle cède à la tentation de faire un détour pour aller vérifier ; se frayant un passage au milieu des herbes hautes et des buissons de bruyère qui se sont multipliés, elle dessine en pensée une famille de jeunes armillaires aux joyeux chapeaux couverts de taches de rousseur et de petites marques, savourant par avance le moment où elle les coupera presque au ras du sol…

Elle s'arrête à deux pas de la souche. Et voit un serpent.

Enroulé sur ses anneaux brun-vert, il se prélasse sur la souche, se chauffe dans les torrents de soleil matinal. Anna reste figée de peur et de dégoût, retient sa respiration, comme si elle attendait quelque chose ; et sent une odeur de moisissure, de pourriture douceâtre, comme si là, sous la souche, sous ses racines retournées en l'air se dissimulait quelque chose d'horrible, qui sait, une fosse pleine d'animaux crevés, contagion mortelle qui n'épargne ni hommes ni bêtes. Cette pensée suffit à la faire trembler. Elle retourne précipitamment à la route et ce n'est qu'en sentant le sol ferme sous ses pieds qu'elle se rend compte qu'elle a laissé son panier près de la souche. Mais aucune force au monde ne pourrait l'obliger à y retourner. En arrière, près de la souche au serpent.

Soupirant comme une condamnée, elle revient les mains vides et, en approchant de la maison, se promet de ne pas dire un mot de la fosse aux bêtes mortes ; le serpent lui suffira à se justifier...

Un bruit métallique perçant vient interrompre le cours de ses pensées. Celles-ci s'échappent et s'envolent tel un essaim de mouches.

Anna tourne la tête à droite et à gauche, essayant de comprendre ce qui est tombé et où... Sans doute dans la rue. Elle remarque alors que la débauche de soleil a pris fin, laissant la place à un crépuscule indistinct. Comme il arrive dans la deuxième quinzaine de juillet, quand les nuits blanches inondant la ville d'une clarté douteuse cèdent la place aux ténèbres pétersbourgeoises qui approchent furtivement, à pas de loup. En septembre, elles se conduisent comme de timides parasites ; quand survient novembre, elles ont eu le temps de s'affirmer, d'investir tous les coins et recoins de notre vie brouillonne ; ni les lustres soviétiques à cinq branches ni les plus anciens, ornés de pendeloques de cristal, ne nous défendront contre elles. Les ténèbres, dont on célèbre ici la fête, souffleront dessus et les éteindront comme des bougies.

Non, ce ne sont pas les ténèbres qui effraient Anna. Mais avec la mort de petite maman, c'en est fini de l'alternance coutumière de la lumière et des ténèbres : elle ne peut pas imaginer comment elle se débrouillera seule, sans la sévère surveillance maternelle. Cela dit, la désespérance hivernale est encore loin. Elle a le temps de tout envisager, de se consoler en puisant à la source de l'antique sagesse populaire : on en a vu d'autres, on survivra aussi à ça ; on tiendra le coup jusqu'au printemps, et, après, sans qu'on s'en aperçoive, jusqu'à l'été...

Cependant, l'invitée inattendue avait fini sa salade.

– Dans le temps, dit-elle, avant la guerre, on ne faisait pas la cuisine soi-même. On avait des domestiques. Seulement, on les appelait autrement. Le mot « domestique » était mal vu. Tabou, en quelque sorte, un mot d'ancien régime. Un jour, ma mère a gaffé devant des invités... Faut voir le savon que mon père lui a passé : « Tiens ta langue, qu'il lui a dit, sinon, tu causeras ta perte et la nôtre à tous par la même occasion… »

Elle avait réussi à exciter la curiosité d'Anna qui ne put se retenir de demander :

– Et alors, on disait comment ?

Galina reposa sa fourchette et la regarda, incrédule.

– Comme si tu ne savais pas ? Alors que ta mère…

La cousine entra dans la cuisine. Elle tenait un sac, le fameux sac bleu foncé et doré qu'Anna avait exposé dans l'entrée afin de faire étalage de son niveau de vie.

En voyant une étrangère, Galina s'interrompit et s'essuya la bouche avec la tranche dodue de sa main.

Tenant le sac du bout des doigts, la cousine s'adressa à Anna :

– J'ai mal à la tête. C'est à jeter ? Je vais faire un tour, je peux te le descendre.

Quoi qu'il en soit, Galina était contente d'elle. Elle avait dit adieu à la défunte comme il convenait, à la russe. En plus, elle en avait profité pour causer comme elle ne l'avait pas fait depuis des lustres : pas un « b'jour-au r'voir » devant l'ascenseur, mais en voisines. À cœur ouvert.

Elle entra dans son appartement. Avant de fermer la porte, elle tendit l'oreille. Pas un bruit. On se croirait dans une tombe. Elle clopina en chancelant jusqu'à son fauteuil. Avec une grimace, elle envoya promener ses chaussures trop dures (ses pieds, c'est une catastrophe : dès qu'elle boit un verre, ils enflent). D'un geste habituel elle fit déguerpir le chat qui dormait ; celui-ci sauta paresseusement, libéra ses pattes de devant, s'étira langoureusement, balança le derrière d'un air méprisant et partit. En direction, pour sûr, de son écuelle. Galina le suivit des yeux et marmonna :

– Un gouffre. Quand il dort pas, il bouffe.

Elle se laissa tomber dans son fauteuil tiédi par l'insolent organisme du chat et s'étira avec béatitude. Le tord-boyaux si fort qu'il emportait la bouche agissait – il ne fallait surtout pas le distiller à partir de saloperies additionnées de levure, mais avec du blé de premier ordre dont les grains se détachent. Son fils aîné – il faut lui rendre justice – n'économisait pas sur les ingrédients de base. Il n'avait que dédain pour la pomme de terre. Ou les pommes tombées par terre. Il disait : « Ceux qui font ça, on dirait qu'ils n'ont pas l'intention de le boire. »

Tant qu'elle était en visite, elle ne le sentait pas. Maintenant, ça l'avait rattrapée. Peut-être aurait-il fallu éviter de bavasser, de remuer le passé. Sa défunte mère le lui avait dit et répété jusqu'à son dernier souffle : « Ne va pas déballer tout ce que tu as en tête. Aujourd'hui, c'est une chose, et demain une autre. Va voir comment ça peut tourner. Des fois, ça part dans la direction opposée. »

À présent que les vapeurs d'alcool faisaient leur plein effet, elle vit le récent festin sous un tout autre jour. Elle était venue avec des sentiments humains, l'âme ouverte. Mais Anka, non. Anka, elle, était rusée, allez savoir ce qu'elle pensait. On ne disait pas « domestique » ? Comment alors ? Comme si elle ne savait pas. Elle savait tout, elle faisait exprès de provoquer. Juste pour vous faire parler, vous tirer les vers du nez, voir si les voisins étaient au courant.

Comment ignorer ? Toute la maison savait. La maman d'Anka – que Dieu l'ait en sa sainte garde – était la domestique de son papa. Quant à savoir quand ils s'étaient mis ensemble, on n'avait pas tenu la chandelle ; même si ça n'avait rien d'étonnant : la fille était jeune, fraîche et rose, elle s'était retrouvée sans personne, pour un homme c'était mieux comme ça, elle lui serait éternellement reconnaissante. Prête à lécher la trace de ses pas. Ensuite, la guerre finie, ils avaient officialisé. C'était maintenant qu'on vivait à la colle, à peine s'était-on rencontrés qu'on se mettait en ménage, mais, en ces années-là, c'était sévère : prière d'inscrire votre partenaire, de l'enregistrer comme occupant sa part de surface habitable. Sa défunte mère disait : « Rien à dire, il s'est bien comporté, un autre, à sa place, aurait couché avec elle et l'aurait larguée ; après la guerre, des filles seules et jeunes, il y en avait en veux-tu en voilà. » À la limite il aurait pu lui trouver une chambre. En guise de remerciement, pour ainsi dire. Après le siège, il y avait plein d'appartements vides. Comme il était un travailleur de valeur, on lui en aurait trouvé une sans problème… Mais, peut-être qu'il avait envie de se marier. Seulement, la fille, la maman d'Anka, s'était révélée maligne. Ni une ni deux, elle était tombée enceinte… Bien que non. Sa mère disait qu'ils s'étaient mariés en 1946. Et Anka, elle était née quand ? En 1956 ou 1957 ?...

Galina remua dans son fauteuil en essayant de se souvenir ; mal à l'aise dans son corps gonflé, elle se renversa sur les coussins. La mémoire, c'est comme un robinet dans la tête : tu le tournes et ça coule, d'abord doucement, puis ça ruisselle.

Et ce papa d'Anka, qu'est-ce qu'il avait de spécial, au fait ? Elle avait posé la question une fois. Deux. Sa mère noyait le poisson. Évitait de répondre. Un jour, dans les années 1990, tout s'était déjà effondré, elles regardaient ensemble la télévision et voilà qu'on parle de champs de tir. Ici, près de Leningrad. D'abord, elle n'avait pas voulu y croire : « Est-il possible qu'il y ait eu des choses pareilles ? » Sa mère : « Et comment ! Tiens, le mari d'Anastassia, il fusillait les condamnés de sa propre main. Seulement on ne disait pas "fusillait", mais "exécutait". » Ensuite, elle a dit dans un petit rire : « Il puait. Quand on s'est installés ici, on accusait les rats. Peut-être qu'il y en a un de crevé dans le vide-ordures... On a appelé une entreprise spécialisée. Ils sont venus, ont tout nettoyé de fond en comble, mis du poison. Un jour ou deux passent – encore. Après, on a deviné : les rats ne prennent pas l'ascenseur. Mais celui-là, pas possible de monter après lui. Ou en se bouchant le nez. Mais y avait pas que les gens, les chiens aussi faisaient un écart. Jora, le collègue de ton père, il avait un berger allemand. Eh bien, du plus loin qu'il le voyait, son poil se dressait sur son dos et il hurlait. »

Ce berger allemand était mort il y avait bien longtemps, et elle l'entendait hurler comme s'il était vivant... Elle avait bien raison de craindre les chiens. Elle les détestait depuis toute petite. Un jour qu'ils étaient tous les deux, son père et elle, voilà ce collègue qui vient à leur rencontre. Le chien était en laisse, mais sans muselière. Un museau épouvantable, des pattes comme celles d'un tigre. S'il vous avait sauté dessus, il vous aurait déchiré à coups de dents. Elle voulait se cacher derrière son père. Mais lui l'avait prise par le col comme un chiot. « Les chiens, lui dit-il, ne sont pas des ennemis. Ce ne sont pas les chiens qu'il faut craindre, mais les hommes. C'est un chien policier, dressé, intelligent, il ne fera aucun mal à ses proches. Allez – il la poussa –, va lui mettre les bras autour du cou. Dis-lui, bon chien, chien fidèle. »

Elle voyait ses dents jaunes qui étincelaient. Elle ne savait plus comment elle avait fait pour l'enlacer ; mais maintenant, elle se souvenait que son jogging était mouillé. Son père en avait longtemps ri : « Tu t'es fait pipi dessus de frousse. Voilà ce que c'est que d'être une fille, et pas un gars... »

Précisément. Un gars. Venu de l'appartement qu'avait occupé la Nina. Il était cause de tout. Sans lui, elle ne se serait jamais souvenue. Deux jours plus tôt, elle descendait par l'escalier quand elle l'avait croisé. Comme ça, on aurait dit un gars ordinaire. À part ses cheveux longs comme ceux d'une fille. Et en plus attachés sur la nuque avec un élastique. Il était donc là avec sa queue de cheval et il regardait. Avec des yeux bizarres. Peut-être qu'il louchait ? On avait l'impression qu'il vous regardait sans vous regarder.

Il s'était arrêté. Lui avait dit bonjour. « Je suis historien », lui avait-il précisé. Dans un premier temps, elle ne l'avait pas cru. Sacrément jeune pour un historien. Un cou mince, tout mince. En un mot, un écrivaillon... Il lui avait dit qu'il écrivait l'histoire de leur maison depuis le tout début jusqu'à présent. Il avait étudié les registres, les actes de propriété. Galina s'était étonnée : il s'agissait de documents officiels qu'on ne montrait pas au premier venu. À quoi il avait répondu qu'il avait un papier spécial, elle ne se souvenait pas exactement quoi, une autorisation ou une attestation stipulant que les fonctionnaires des archives devaient lui prêter main-forte ; mais les registres, disait-il, ce n'étaient que des registres, alors que l'histoire exigeait des témoins vivants. À vrai dire, elle s'était retrouvée désemparée : quel témoin était-elle ? Surtout concernant la période d'avant-guerre, puisqu'elle était née dans les années 1950.

Mais lui l'avait fixée de ses drôles d'yeux et avait dit que notre mémoire fonctionnait de façon spéciale. Il lui suffisait de s'accrocher à quelque chose, photographie ou bribe de conversation, pour que ça continue tout seul. Que ça coule comme d'un robinet ouvert...

Galina poussa une exclamation. Ce gars avait un don de clairvoyance. Ça ruisselait. Si elle ne fermait pas le robinet, toute la maison allait être inondée. Elle arracha les pieds du sol, regarda alentour, ce n'était pas de l'eau. Quelque chose de gluant, de sombre, de marécageux. Le temps de jeter un coup d'œil, on se retrouvait englué comme dans des sables mouvants.

Un état second, il n'y avait pas d'autre mot ! Et ce gars, il avait quelque chose de pas net, ça oui ! Et s'il avait été un genre de magicien ? Toutes les chaînes de télévision racontaient sur eux des histoires à tomber par terre. Monsieur jouait les historiens. Il allait poser des questions. Ben voyons ! Il pouvait bien tirer la langue... Elle ne se laisserait pas faire.

Galina tendit toutes ses forces pour tourner le maudit robinet. Plus une goutte ne coulait. Elle se souleva de son fauteuil. Sans faire de bruit, comme un chat, elle avança sur le sol sec en direction de la porte pour vérifier la serrure, à tout hasard. Et si elle n'avait pas fermé à clé ? Elle mit le crochet de fonte, c'était plus sûr. « Historien, que tu dis ? Puisque tu es historien, viens. Sonne jusqu'au Jugement dernier si ça t'amuse. » Et elle ricana intérieurement : « Remue ta queue devant la porte... »

Et son cœur qui battait. Tout juste s'il ne faisait pas des bonds dans sa poitrine. Dommage qu'elle ait laissé à Anka la bouteille entamée. C'était le moment ou jamais de se verser un petit verre.

Le plus étonnant, c'est que ça avait marché. Petite maman lui avait tourné le dos, irritée : « Ne va pas inventer. Qu'est-ce que c'est encore, cette histoire de vipère ! » Heureusement qu'elle n'avait pas demandé où était le panier ; Anna se hâta de regagner sa chambre, pour échapper à la surveillance. En montant au grenier, elle fut saisie de doutes : c'était vrai qu'il n'y avait jamais eu de vipères dans notre forêt.

Le lendemain, réveillée plus tôt que de coutume, elle entendit des coups étranges. Sourds, frappés avec un objet en bois. Elle regarda par la fenêtre et vit sa mère chaussée de bottes en caoutchouc, tenant à la main un bâton ressemblant au manche d'une pelle cassée. Elle longeait la palissade faite de planches verticales espacées, et à l'aide de son bâton remuait par les interstices les herbes hautes qui avaient envahi l'espace de l'autre côté... Ce même jour elles repartirent pour la ville et allèrent désormais séparément à la datcha.

À présent, débarrassée de la grosse femme importune, Anna s'était arrêtée devant le miroir recouvert d'un drap blanc. Sans doute était-ce dû aux fantaisies de la mémoire : il lui sembla,

Dieu sait pourquoi, que petite maman n'était pas morte, mais qu'elle était partie à la datcha. Et encore, qu'il ne s'agissait pas d'un drap, mais d'un vieux rideau de la datcha, décoloré par le soleil.

Anna se dit qu'en le tirant, on pouvait tout voir.

Voir maman, son bâton à la main, debout à l'extrémité du terrain, à côté du vieux puits dont personne ne se sert plus depuis l'époque lointaine où l'on a raccordé l'eau au réseau du bourg. Sur un crochet fixé à une traverse – un treuil en forme de cylindre – est suspendu un seau métallique qui se balance. Le vent qui musarde dans le bourg ébranle la chaîne recouverte de rouille rousse ; les maillons frottent les uns contre les autres, produisant des bruits sourds et inarticulés. Au cours des années passées, les parois du puits faites de tronçons de rondins se sont affaissées et considérablement déformées. Depuis les bords jusque vers le milieu, l'eau stagnante est tendue d'arabesques troubles.

Songeuse, Anna tira le rideau, chuchota :

– Pourquoi, pourquoi elle ne m'aimait pas ?

À cette question, tante Tonia aurait pu répondre si elle avait vécu. Vécu jusqu'à ce jour où, après avoir livré au feu le corps desséché, Anna avait enfin le droit de poser les questions auxquelles sa maman ne répondait pas.

Anna baissa les yeux, et vit au fond du puits son reflet trouble aux contours imprécis.

8

Il lui fallut des efforts mentaux et de nombreuses années de vie pour prendre conscience de ce que cherchait à lui présenter sa mémoire, pour séparer l'important du fortuit. Nettoyer de sa coque et extraire le noyau. D'où pourrait naître plus tard un arbre aux branches porteuses de multiples significations où l'illusoire le disputait à l'indicible. À l'innommable.

À proprement parler, ce sont les fruits de cet arbre qui le nourrissent quand, ayant accumulé des forces pour une énième œuvre à venir, il se tient à ses pieds, comme un grimpeur solitaire qui vérifie pour la centième fois son équipement. Contemplant en pensée les étapes de l'ascension ; évaluant par habitude combien de jours de tournage seront consacrés à ceci ou à cela ; et comment il va convaincre son producteur qu'il lui est indispensable de faire des pauses dans son travail ; et qu'il ne faut pas, qu'il ne faut surtout pas presser « ce Russe dément », appelez-le comme il vous plaira, fou dangereux ou mule, en tout cas, laissez-moi tranquille, résignez-vous à ce que la mule n'avance pas, quels que soient les coups de fouet financier que vous lui asséniez.

Du reste, son producteur, rusé renard, n'insiste pas spécialement. Il rentrera dans ses frais. Tôt ou tard, il récupérera ses fonds, léchera ce qu'il y a de plus savoureux, de plus sucré dans les assiettes des festivals internationaux ; le pressentiment de ce régal s'accumule dans ses sillons nasogéniens ; donnant un consentement forcé, son Rothschild personnel s'essuie le visage avec des serviettes en papier.

Sans quitter des yeux la dernière serviette en papier, il fait un signe de tête et se dirige vers la sortie du pavillon : ces jours-là, la meilleure solution est de rester seul. Le chauffeur le sait ; il a saisi la vague de tension et lui tend les clés. Il le remercie d'un signe de tête et se met au volant.

Tandis qu'il s'affaire à tourner la clé de contact, son désarroi se fraye un chemin par la portière mal fermée, s'installe sur la banquette arrière. Il fait signe au chauffeur de fermer la portière. Le désarroi est son fidèle compagnon ; le soir venu, ils ouvriront une bouteille de chablis. De chablis Grand Cru. Juste avant la tombée de la nuit, quand les vapeurs de l'alcool embrumeront son esprit, il montera au premier et sortira sur le balcon ; il restera debout, environné de l'obscurité, de ses senteurs et de ses bruits, se persuadant que le portail va s'ouvrir sur l'heure et qu'il retrouvera la faculté d'entendre les gémissements silencieux de l'arbre qui l'accompagne dans toute son existence. Tant qu'il sera en vie, on ne coupera pas cet arbre.

C'est tout aussi impossible que d'effacer de sa mémoire la conversation qu'il avait surprise sans l'avoir prémédité, sans le vouloir, debout dans les ténèbres, enfermé dans un espace réduit encombré de vieilleries de toutes sortes, de choses qui avaient fait leur temps et ne méritaient que la poubelle.

Sa mère les entassait scrupuleusement pour, quelque jour (à l'occasion, disait-elle), déménager le tout à la datcha. Autant qu'il s'en souvienne, pareil cas ne s'était pas présenté. Le balcon était un point de transit. De l'avis de sa mère, entre la ville et la datcha. Du sien, entre ce qui avait été et ce qui était.

Il tira trois fois la chasse, sortit des toilettes et partit dans sa chambre sans entrer dans la cuisine. On aurait pu croire que, s'étant retourné de fond en comble, il ressentait une légèreté originelle, mais il n'éprouvait que vide et fatigue, sans avoir la force de les combattre. Il s'écroula lourdement sur son lit et s'endormit instantanément. Plongea dans le sommeil. Un sommeil toutefois sans couleurs, mais, comme lui, vide, noir et blanc, fastidieux, peuplé de visions sales.

Il ouvrit les yeux sans comprendre si c'était le matin ou le soir. La faible lumière tombant de la fenêtre pouvait aussi bien être celle du crépuscule que de l'aube. Pour en avoir le cœur net il se leva, ouvrit la porte du balcon et sortit ; dans l'espace entouré d'une grille métallique où, bébé, il se

« promenait » dans sa poussette, si étroitement emmailloté qu'il avait l'air d'une petite bûche. Jusqu'à ce qu'il apprenne, d'abord à s'asseoir, puis à se lever. Quand il fut grand, sa mère lui raconta. Un jour, en rentrant du travail, elle marchait le long du parc, en face de la maison ; en levant les yeux, elle l'avait vu debout qui se tenait à la grille. Et son petit pied levé pour l'enjamber. Elle ne se souvenait plus comment elle avait grimpé l'escalier mais, grâce à Dieu, elle était arrivée à temps, au dernier moment. Genre, elle l'avait sauvé.

À peine sorti sur le balcon, il heurta douloureusement une boîte en bois remplie de vieilleries. Il poussa un juron, frotta l'os contusionné, fit tourner sa cheville. Ça avait l'air de passer, rien de grave. Il saisit la boîte à deux mains : où la mettre ? Il n'y avait de place nulle part.

En s'extrayant de ce fouillis de choses d'où le diable lui-même aurait émergé boiteux, il remarqua son cartable d'écolier couvert d'autocollants déteints. Et de vieilles chaussures dont les extrémités bizarres pointaient le nez de sous le cartable, comme si elles flairaient quelque chose. Il voulut les remettre dans la boîte, tendit la main et tomba sur les lunettes de mémé. Tièdes, presque brûlantes, comme chauffées par le soleil qui plongeait de côté, derrière les bâtiments avoisinants.

Pour finir, avant de disparaître derrière l'horizon et de céder la place à la pénombre, l'intranquille soleil de juillet, sans faire de différence entre objets animés et inanimés, palpait toutes choses ; les extrémités aveugles de ses rayons chatouillaient sa peau. Ne trouvant rien de mieux pour protéger ses yeux, il ajusta sur son nez la monture de mémé, fixa les branches métalliques derrière ses oreilles et ouvrit largement en direction du soleil couchant ses yeux armés de verres bifocaux.

Le tableau n'était pas devenu flou, il ne s'était pas non plus dédoublé, comme on aurait pu s'y attendre : non, le truc, c'était que *tout* s'était retourné, absolument tout. Comme si ce n'était pas lui qui regardait de bas en haut le soleil expirant, mais le disque de feu qui le contemplait en écarquillant ses yeux aveugles.

Ce changement de perspective brusque, radical, sorte de voltige de la création, lui inspira une étrange pensée.

Plus tard, a posteriori, cette idée ne semblait plus étrange. Au contraire, assez évidente : concernant l'essence de certaines choses. Avec le temps, leur liste grandit et se précisa ; mais la toute première place resta aux lunettes de mémé grâce auxquelles il avait acquis une technique indispensable au cinéaste qu'il était devenu ; un brusque changement de perspective signifiait le passage de la pensée à un niveau plus complexe où les choses ne faisaient pas que désunir les hommes, mais, parfois, les réunissaient. Devenant pour les uns causes premières, pour les autres, conséquences logiques. Heureusement, n'importe quelle chose n'est pas douée d'un destin aussi grandiose. Imaginez un peu la confusion qui régnerait si chaque bâton de ski ou chaque cartable d'écolier (les autocollants imbéciles n'y avaient pas laissé un seul coin de libre), sans parler des chaussures bizarres désireuses de sortir de leur boîte, se croyait digne d'être réincarné.

La deuxième place (pas chronologiquement, mais de par sa nature) appartenait au jeu qu'ils avaient acheté, avec sa mère, au vieillard à la pelisse en mouton retourné ; étant donné son caractère immortel, toute preuve était superflue. En troisième lieu venait la lampe de bronze à l'ange ; quant à son rôle, il avait le très amer regret d'être certain de le connaître. Et même si ni lui ni Svetlana ne disposaient de preuves directes, ils en avaient suffisamment d'indirectes pour, après en avoir un jour discuté, l'entourer de doubles murs de silence, dans l'espoir que ce silence immuable leur permettrait de sortir d'une impasse sourde et noire.

Naturellement, ils ne s'étaient pas spécialement concertés, mais il s'était trouvé que les serviettes et tout le linge de lit dont ils usaient quotidiennement étaient exclusivement blancs ; jusqu'à présent et bien qu'il n'ait pas de maison, au nombre des conditions matérielles (relativement modestes) qu'exigent ses agents figure un point particulier : il lui faut du linge blanc fraîchement bouilli. Un jour, il lui vint à l'esprit que cette blancheur désespérément recherchée n'était qu'une protestation muette contre les noires impasses de leur mémoire commune unie par l'ange de bronze, la réincarnation des draps blancs dont sa mère avait lâchement recouvert les miroirs pour se prémunir du passé : ce n'est pas pour rien qu'elle les avait lavés à la main et fait bouillir avec un produit blanchissant nauséabond, emplissant l'immense appartement d'une insupportable puanteur de chlore.

Lorsque le soleil, méduse aveugle, rétracta ses tentacules en lui-même et se coucha, bienheureux, il mit à profit cette apparente accalmie pour essayer de savoir si Gavrila était chez lui et monter le voir sans tarder. Qu'il lui réponde franchement, sans détour ni mots à double sens : qui était pour lui ce maudit binoclard ?...

Il empoigna la grille à deux mains, projeta tout le buste en avant, étirant et tordant le cou pour tenter de distinguer d'éventuels signes de vie au-dessus ; disons, des pas silencieux qui seraient allés du mur à la porte du balcon et retour, puisqu'il était impossible de voir si la lumière était allumée.

Les bruits de la rue le gênaient : claquement des talons de femmes sur l'asphalte, exclamations indistinctes montées des profondeurs du parc où la chaleur allait retombant. Hurlements mal contenus, vaguement menaçants, des moteurs. Au fur et à mesure de la montée inflexible du crépuscule, ils se faisaient plus bruyants et énervants.

Au moment où le crépuscule acquit des contours définis – sculptés et figés dans la chair nocturne –, ces bruits d'en bas perdirent toute retenue : à présent, ils grimpaient à l'assaut de l'escalier de secours (presque contigu aux balcons), sans jamais arriver à leur but ; derrière eux s'allongeait la queue des odeurs de la rue, les plus prégnantes, les plus agiles : depuis celle des fleurs au parfum douceâtre montant des massifs disposés le long de la grille du parc jusqu'à celle, également douceâtre, de l'essence, que les voitures exhalaient consciencieusement. Et toutes tellement expressives. Il en venait même à regretter qu'à la différence des sons, les odeurs ne puissent pas être numérisées.

Il rentra la tête dans les épaules, se dissimula sur le balcon, ôta les lunettes de mémé et les fourra dans sa poche arrière. Les contours du monde visible reprirent immédiatement leur place, évinçant du même coup les odeurs tenaces. Il regarda alentour, cherchant où placer sa jambe. À cet instant précis, la porte du balcon donnant sur la cuisine s'entrouvrit et il aperçut fugitivement un bras déposant quelque chose de sombre qui ressemblait à un sac. Reconnaissant le bras de sa mère, il eut un petit rire : « Tiens, bienvenue au club de la datcha », et ressentit un afflux de curiosité : « Qu'est-ce qu'elle peut bien avoir mis dans ce sac ? »

S'appliquant à ne pas faire de bruit, il approcha de la porte sur la pointe des pieds, mais la vague de curiosité avait déjà reflué. Aussi vite qu'elle avait enflé. Il réussit toutefois à la retenir aussi longtemps qu'il le fallait pour que le destin mette un terme à ses tentatives de se détourner, pour se persuader que sa compétition avec Gavrila n'était qu'un jeu : si ça se passait mal, on pourrait toujours arrêter.

L'erreur qu'il avait commise, aiguillonné par une curiosité brûlante, ne concernait pas le sac en tant que tel. Ce sac aux longues anses en lui-même absolument innocent était bon à mettre à la poubelle ; mais il avait joué le rôle de piège idéal. En d'autres termes, il l'avait attiré à la fenêtre de la cuisine. Et juste à l'instant où il s'apprêtait à reculer, la lumière avait jailli dans la pièce, le transformant en une petite silhouette comme découpée dans du carton : un faux mouvement, et il se faisait attraper. Trahissait sa présence.

En toute hâte, tant que sa mère ne l'avait pas remarqué, il s'accroupit sur les talons et se recroquevilla ; cette habitude remontait à sa plus tendre enfance : quand il admirait ses trésors de contrebande, il prêtait l'oreille dans une tension de tout l'être, s'efforçant d'éviter le moindre choc, le moindre craquement. Il laissait exprès la porte entrouverte pour ne pas rater, entendre, des bruits de pas éventuels (en l'occurrence, les pas étaient remplacés par des voix). L'os meurtri le faisait souffrir, il s'appliquait à reconstituer le tableau à partir des paroles surprises, tel un chasseur en embuscade ; ou, plus exactement, comme un joueur expérimenté qui, ayant remarqué une situation risquée, un rapport de forces gros de dangers, rêve de le tourner à son avantage. À ses risques et périls.

Par la suite, il devait utiliser cette pratique secrète, sorte de code d'accès, quand, évaluant une scène déjà prête et sonorisée où il sentait une incongruité invisible à l'œil nu, il s'asseyait, seul, devant le moniteur. Et, les yeux fermés, les oreilles protégées par d'épais écouteurs ne laissant filtrer aucun bruit superflu, il achevait de construire le tableau, comme s'il l'essayait à l'oreille. Sachant par avance qu'il débusquerait tout ce qui allait de travers.

Mais il faisait cela de façon rarissime, dans les cas critiques, comme un médecin qui prescrit un remède dangereux aux conséquences éventuellement funestes, quand il est certain que rien de ce qu'il a ordonné précédemment ne peut apporter d'amélioration. À ceci près qu'à la différence d'un médecin, il sait fort exactement ce qui, en ces minutes de solitude absolue, lui pèse sur les épaules, lui souffle dans le crâne et, scrupuleusement, comme s'il tenait un chronomètre, il compte ces minutes extraites du cours général du temps. Vérification faite, ces minutes se transforment en heures ; cette force à laquelle il recourt en tant qu'éternel vassal a ses comptes et ses calculs propres. Qui le concernent.

Sa proximité mortifère, il la sentit pour la première fois dans toute sa mesure précisément quand il attendait le moment favorable pour déguerpir sans demander son reste, accroupi et recroquevillé, plongé dans les dédales de cette conversation ; sa conscience s'éclaira soudain à un détour de l'entretien, et toutes les incongruités contre lesquelles sa raison déréglée achoppait se résolurent en une seule et unique chose. De la même façon qu'un électricien reconstitue la gaine de fils électriques dénudés.

Mortifère, ô combien ! Mais cela, sur le revers. Sur l'avers, vivifiante, ouvrant non seulement les yeux, mais également ce qui dépend de la complicité de cette force supérieure, de cette libre respiration que les critiques désignent par l'expression triviale d'« élan créateur ».

Si seulement ils savaient de quel abîme, comme d'un ventre, sort, dans le sang et l'écume, comme venant chaque fois au monde, son âme, innocente de tout, mais marquée d'un sceau ineffaçable.

Qu'on retrouve sur le plan corporel : lui, petit-fils de son grand-père maudit de Dieu et des hommes, porte la marque de ce sceau sur la cheville. L'hiver où inflammation et prurit s'étaient manifestés pour la première fois, ils tournaient aux environs de Madrid. Une petite tache de la taille d'une pièce de monnaie. Couverte de croûtes sèches. Le médecin moustachu auquel il s'était adressé sur les instances de sa femme avait vu dans ces plaques desquamées une névrodermite. Il était impossible de la guérir définitivement, mais on pouvait en prévenir la progression.

En reconduisant son célèbre patient, le docteur espagnol avait ardemment invoqué Dieu. Sa mauvaise connaissance de l'espagnol l'avait empêché de bien comprendre. Haussant les épaules en pensée, il avait attribué cette ardeur excessive à une fougueuse ferveur catholique. Mais depuis, chaque fois qu'il commandait un tube de l'onguent prescrit par l'Espagnol, il se demandait ce qu'aurait dit en voyant sa tache, disons, un docteur allemand, protestant et aux cheveux ras.

Un côté de son corps était ankylosé. Il transféra son poids de l'autre côté. Et entendit distinctement les voix.

Les voix cheminaient doucement. Tantôt elles disparaissaient, tantôt elles revenaient comme des fantômes qui auraient rêvé de s'arracher à la dimension tendue de draps blancs de mémé et s'étaient retrouvés immobilisés à mi-chemin. S'étaient égarés dans les trois autres dimensions comme des oiseaux dans des fils électriques. C'étaient les bruits alentour qui jouaient le rôle des fils : craquement d'une chaise sur le plancher, tintement ténu de la vaisselle, vrombissement têtu de l'eau coulant du robinet. Ses oreilles aiguisées reconnaissaient le grincement d'une éponge métallique récurant un fond de casserole.

C'est sans aucun doute par respect pour leurs confrères de la cuisine que les bruits volubiles de la rue suspendus aux échelons de l'escalier de secours telles des grappes de raisin s'étaient tus. Comme vibrants, figés dans le torrent de lumière lunaire qui, tel le rayon d'une vedette de surveillance, perçait le rideau uni des ténèbres.

À présent que le silence régnait, les voix se conduisirent plus hardiment. L'une, celle de sa mère, posait des questions ; l'autre (il la reconnut à son accent moscovite presque imperceptible) répondait.

– Après la famine, beaucoup en rêvaient. Elle, c'était l'aînée. On l'a donc envoyée la première. Comment elle a réussi à rejoindre Leningrad, c'est toute une histoire.

– Attends, attends, son voyage, après. Pourquoi domestique ?

– Qu'est-ce que ça a de spécial ? Leur bourg n'était pas grand. C'était une fille simple, une campagnarde, si tu veux. Et ils avaient des parents éloignés à Leningrad. Soi-disant qu'ils l'auraient fait venir. Pour aider dans la maison. Ils avaient une grande famille. Des enfants. Trois ou quatre... Le premier patron de tante Nastia était un oiseau de haut vol. Un dirigeant du parti. Ces gens disparaissaient rapidement. N'oublie pas l'époque que c'était. Et elle... J'ignore si elle a compris toute seule et a réussi à se cacher ou si c'est après qu'on les a tous emmenés et qu'on a mis les scellés sur la porte... Tante Nastia n'en parlait pas. Elle disait qu'elle avait causé avec une femme. De la maison voisine. Et celle-ci l'avait recommandée. À ton futur père. Bien que... je ne sais pas. Il y a quelque chose de bizarre dans tout ça...

– Quoi ?

– Ton père, il travaillait où ? C'est ça l'histoire – la voix de la cousine se fit moqueuse. Une administration très spéciale. Et elle, c'était qui ? Une fille de la rue. Ils auraient dû vérifier. Tous les tenants et aboutissants, jusqu'à la troisième génération.
– Peut-être qu'ils l'ont fait ?
– Pas sûr. Ma maman disait que ton père jouissait d'une immunité totale. Il avait ce qu'on appelle un statut spécial...

À force de rester accroupi sur ses talons, il ne sentait plus les articulations de ses genoux. Il se redressa à moitié, précautionneusement, en s'accrochant à l'appui extérieur de la fenêtre : elles étaient assises à la table. Sa mère à sa place habituelle tournant le dos à la cuisinière. Sa tante en face.

– Les premiers temps, elle envoyait des lettres enthousiastes à ses parents. Elle avait une sacrée chance. Son nouveau patron était poli et il n'y avait pas grand-chose à faire dans la maison. Il était seul, sans famille. Éternellement au travail. Un travail d'équipe. Tantôt du matin jusqu'au soir, tantôt du soir jusqu'au matin. Il rentrait affamé. Il se changeait, ôtait ses vêtements de travail et se mettait immédiatement à table. Il mangeait avidement, mais n'était pas difficile. Elle adorait l'appartement. Surtout la décoration. « Vous n'avez jamais rien vu de pareil », elle disait.
– Et les lettres se sont conservées ?
– Tout a brûlé. D'ailleurs, il y en avait combien, de ces lettres... Dans la dernière, maman se souvenait qu'elle se plaignait. Elle était fatiguée. Il y avait davantage de choses à faire. Surtout de la lessive. D'abord dans l'eau froide, le temps que ça dégorge, puis dans l'eau brûlante. Ses mains pelaient, on aurait dit que la peau se détachait...

Il se retint : « Toutes les femmes font la lessive. Quand ma mère sortait ses bassines, impossible de mettre un pied dans la salle de bains. »

– Un jour, elle avait un peu laissé brûler la viande. Naturellement elle avait aéré, mais il restait quand même une odeur. Elle décida d'avouer sur-le-champ avant que son patron ne lui pose de questions. Il fronça le nez. « Je ne sens pas les odeurs, dit-il. J'ai été blessé pendant la guerre civile. » Il se mit à table. « Tu as jeté la viande ? demanda-t-il. Apporte, je vais la manger... » Et encore, la poussière ! C'était une vraie marotte. Il exigeait que le ménage soit fait tous les jours. Et surtout pas avec un chiffon mouillé. Le soir, s'il n'était pas au travail, il vérifiait, examinait tout dans la maison. Il explorait chaque recoin, chaque interstice. Pas avec les doigts. Avec un chiffon sec. Elle, pendant ce temps, attendait dans sa chambre que ses pas s'éloignent.

– Tante Tonia... elle travaillait à l'hôpital ?

– Ça aussi, c'est toute une histoire. Maman en avait très envie. Avant la guerre, elle avait obtenu son diplôme d'infirmière à l'école de médecine.

– Ici, à Leningrad ?

– Non, quand elle était encore en Ukraine. Elle disait qu'elle ne voulait pas faire servante. Quand elle arriva, elles en discutèrent avec tante Nastia, mais elles ne se décidèrent pas à demander à ton père. Déjà qu'il avait aidé pour le logement, téléphoné à qui il fallait. Pour finir, on lui avait donné une chambre.

– Elles se sont disputées à cause de ça ?

– Elles ne se sont pas fâchées. Je ne sais pas comment dire... Il y a eu un incident. C'était déjà la guerre. En hiver. En novembre, je crois. Ou en décembre. Autrement dit, au moment où les gens tombaient comme des mouches. Maman arrive et ton père avait un invité. Bon, l'invité, ça ne la concernait pas. Elle discutait avec sa sœur. De leurs parents, de Mikolka, leur plus jeune frère, comment faisaient-ils là-bas, sous le joug des Allemands... Pas la moindre nouvelle, tu comprends. Tante Nastia avait préparé un sac de nourriture : du pain, une miche entière, un morceau de cent grammes de lard, trois œufs durs. Maman s'en est souvenue toute sa vie, de ces œufs. Elles sortent et lui, il est dans l'entrée. Furieux, rouge comme un coq. Pour sûr, il avait bu avec l'invité ; il jette un coup d'œil d'abord sur elle, puis sur le sac. Ma maman a pris peur. Pas pour elle, pour le sac. « Et s'il allait me le reprendre », se dit-elle. Et lui, il donne un coup de poing sur le mur : « Allez, fiche-moi le camp d'ici ! Je ne veux pas voir d'étrangers à la maison ! Si je te trouve ici encore une fois, je vous chasse toutes les deux... »

Il ne remarqua pas qu'il avait décollé les doigts de l'appui de la fenêtre. Il se leva. Debout, sans plus se cacher, dans le rayon de lune, comme un capitaine sur sa dunette : le fantôme d'un capitaine observant le navire de sa vie aller à sa perte, directement, à toute vitesse. Il veut rejoindre la rive, avec l'aide de la main tiède, sèche comme un rameau coupé. Il en est persuadé, la main de mémé le sauvera, l'extraira du tourbillon impitoyable qui gonfle ses faibles voiles : encore un instant, et elles se déchireront avec un craquement. Presser le front, se dissimuler, s'enfouir dans les genoux de mémé. Jusqu'à ce qu'elle dise, la vieille sorcière : « N'aie pas peur, ne va pas imaginer des choses, ça ne s'est pas passé comme ça. »

– Avant la guerre, ton père aimait organiser de grandes tablées. Il invitait ses collègues avec leurs femmes. On buvait, on riait. On causait. De qui avait épousé qui. Ou divorcé. Des enfants. Mais, dans l'ensemble, des affaires en cours. Elle ne prêtait pas l'oreille à ces conversations. Son patron l'avait prévenue avec la dernière sévérité : « Ton travail, c'est d'apporter les plats et de servir ; ce que tu entends, oublie-le. S'il me revient que tu n'as pas tenu ta langue, je n'irai pas par quatre chemins. » Et il fit une plaisanterie : « Si tu ne sais pas la fermer, couds-toi la bouche. » Et elle était bien renseignée. Elle se rappelait ses anciens patrons et ce qui était arrivé à leurs familles… Et après, elle se mit à remarquer qu'il y avait de moins en moins d'invités. Elle commença par se dire : « Après tout ils sont en service, ils vont là où leur chef leur dit. Ce n'est pas pour eux, c'est pour moi que je dois m'inquiéter. Tout peut arriver, lui aussi, on peut le déplacer. » Et elle ? Elle retournerait à la rue ? Un jour, elle profita d'un moment où il n'avait pas bu. D'abord, il ne comprit pas. Où allait-on le déplacer ? Et elle : « On déplace bien les autres. » Là, il eut un petit rire. « Je suis un travailleur de valeur, il dit. On n'en trouve pas des comme moi à tous les coins de rue. Et toi, au lieu de débiter des sottises, retiens bien ceci : chacun répond de ses péchés. » Il avala un premier verre, se renversa sur le dossier de sa chaise. « À ton avis, quel est le plus grand péché dans notre vie ? C'est d'être un imbécile. Celui qui est né idiot, rien ne peut l'aider. Un imbécile bavard creuse lui-même sa propre tombe ; il s'y couchera tout seul. J'en ai vu des comme ça et pas qu'un peu. L'imbécile, il espère jusqu'au dernier instant. Il a déjà le pistolet sur la nuque. Il s'étouffe dans son sang, mais il continue à croire que quelqu'un va venir, tirer les choses au clair. »

Ce n'est pas une tête, c'est un nid de guêpes. Il ferme les yeux dans l'espoir que les guêpes vont s'envoler et les tourbillons se calmer d'eux-mêmes. Mais non. Son cerveau excité par les tourbillons fonctionne à plein régime : si ce n'est pas de l'argent – et ce n'en est pas ! –, quelle différence entre vingt mille ou dix mille ? Ou même cinq !

Des fantômes fugitifs qui se prenaient pour des membres de son équipe s'étaient regroupés sur le pont inférieur. Ils n'y tenaient plus et, tête levée, attendaient qu'il joue les lâches. Qu'il s'enfuie, s'enferme dans sa chambre ; ait recours à un moyen éprouvé : se lance en pleine mer, les yeux fixés sur un phare et, à courtes avancées, livre ce diable de navire aux caprices du sort.

Il était debout, incapable de cesser de regarder en bas, comme s'il n'y avait pas eu là une bande d'asphalte érodé, mais une mer véritablement déchaînée où les marins expérimentés jettent le ballast. Il lui semblait qu'il aurait tout donné pour jeter, effacer, couper, détruire tout cela, comme un virus étranger masqué sous un fichier du système ; crier dans le dos de la vieille sorcière : « C'est ton secret, débrouille-toi avec lui ! Ce type, ce monstre aux lunettes de comptable, ce n'est pas mon grand-père ! »

Si elle avait été vivante, c'est ce qu'il lui aurait crié, mais elle n'était plus.

Telle une pierre à son cou, le secret insupportable le tirait vers le bas, il sanglotait, sachant d'avance ce qu'il fallait faire de *tout cela* : enjamber la grille sur l'heure, oui, sur l'heure, fermer les paupières et se fracasser sur le sol. Extirper de soi-même ce secret trois fois maudit comme un sang empoisonné.

Ce balcon qui le torture depuis des années vient à lui en rêve. En bas, là où il regarde, s'étend un parc ; en rêve, il sait : ce qui se dénomme « parc de la Victoire » est analogue à une fête antique. Il voit le récipient empli jusqu'au bord de viande de mouton bouillie ; les mains expertes des cuisiniers attrapent des morceaux fraîchement bouillis. Ayant reçu leur part, les gens réunis pour la fête les portent avidement à leur bouche. Mais soudain ils se figent, l'oreille tendue, tournant leurs regards effrayés du côté du SKK. De derrière les hauts murs semblables à ceux d'une forteresse médiévale parvient un bêlement désespéré, entrecoupé de cris gutturaux et du sifflement régulier de fouets...

Bouleversé par cette multitude de bruits, il se réveille, baigné de sueur froide, et, se tordant les pieds, se traîne jusqu'à la salle de bains, disparaît sous les jets d'eau, debout, nu, dans les nuages de vapeur brûlante ; il donnerait beaucoup pour se laver de ce qui ne partira jamais ; et autant pour ne pas se laver.

Se décidant, il a un mouvement convulsif des épaules, comme quand on manœuvre la culasse d'un Walther ; il est tout à la fois la victime et l'exécuteur. De ses mains en sueur, il empoigne la grille, supputant la façon la plus habile de l'enjamber...

– Hé ! Tu fais quoi ?

– Moi ? – il remet la jambe à sa place. Rien. Et toi ?

Penché de tout son torse, de tout son corps étique sur la grille en fonte du balcon, Gavrila le regarde d'en haut, depuis son balcon vide.

– Voilà, j'ai fait tomber une clé USB... – Gavrila sourit. Tu ne pourrais pas aller me la chercher ?

Il pense : « Chercher qui ? Ah oui, la clé USB... »

La veille encore, il aurait jugé cette demande humiliante, outrepassant les fondements et les limites de leur amitié : il me prend pour son garçon de courses ou quoi ? Mais il est actuellement trop fatigué pour penser à cela. Aussi, il acquiesce :

– D'accord.

Lorsqu'il racontera lui-même cette histoire à la fois claire et pas totalement éclaircie, il s'étonnera de ce que peut faire une douce voix humaine : devenir une cloche de bronze capable de sonner sans l'aide de sonneurs. Et que cette même voix faible, dénuée d'autoritarisme, s'arme de tant de force qu'elle sera suffisante pour lui faire descendre l'escalier, sortir par l'entrée principale et rencontrer la source de la force qui lui semblera inépuisable aussi longtemps qu'elle, sa future femme, sera en vie.

Alors, dès l'instant où elle l'interpella, sa vie devint supportable, à condition que sa voix ne disparaisse pas.

C'est ainsi qu'il comprend l'amour. Désormais, plus rien ne changera ce sentiment. Et surtout pas son récit désordonné.

D'abord, pourquoi elle s'était retrouvée ici, dans son entrée, à cette heure indue. Deux heures plus tôt, sa grand-mère était morte. (Il ne s'étonna pas le moins du monde d'une pareille coïncidence.) Les derniers jours, sa grand-mère ne reconnaissait personne, ce n'est que juste avant sa mort qu'elle émergea de cet état d'inconscience. Elle dit : « Tu sais, dans ma jeunesse, je croyais en Dieu ; et ensuite, au camp, je priais pour les enfants. Quand j'ai été libérée, j'ai appris que tous les deux, mon frère et ma sœur, étaient morts pendant le siège. » Il demanda pourquoi on l'avait arrêtée. « C'est une longue histoire. – Ça ne fait rien. Raconte. » Et elle raconta. Les voisins partis en évacuation ; les choses qu'ils avaient laissées ; les acheteurs sérieux. L'odeur exquise, paradisiaque ; comment sa grand-mère s'était assise sur le canapé et endormie. Le coup de sonnette nocturne. Le tract fasciste glissé dans l'armoire. Qu'on ne leur avait pas permis de se dire adieu. Tout en roulant dans leur voiture noire, elle se réjouissait à la pensée qu'on ne laisserait pas les enfants seuls, on viendrait les chercher, on les ferait manger.

Il écoute docilement sans se mêler à la conversation, sans tenter de l'interrompre, sans poser de questions superflues. Comme s'il savait : on ne fait pas taire la voix du destin. Et à présent, il n'est pas important de savoir pourquoi diable elle avait montré les photos à sa grand-mère. Elle dit qu'elle avait voulu la distraire, lui montrer quelque chose de joli, pour qu'en mourant sa grand-mère ne pense à rien de mal et, à part l'ange, elle n'avait rien sous la main – « Mais ça ne prouve rien, ta mère a dit qu'on trouvait exactement les mêmes chez les antiquaires, quelqu'un le lui avait dit, oui, je me souviens maintenant, une ancienne amie, elle avait même donné le prix. »

Stupéfait de ce nouveau tournant – en vérité, son destin n'est pas avare de rebondissements –, il scrute son visage aux traits tirés. Jusqu'à aujourd'hui, cette jeune fille lui semblait d'une platitude comparable à celle de sa mère et même quelque peu vulgaire. Comme n'importe quelle fille. De quoi rêvaient-elles toutes ? (C'est ce qu'il pensait avant.) De jouer avec ses désirs charnels les plus bas. De mettre la main sur lui.

À présent, il ne pense plus ainsi. À présent, tout a changé : d'abord, en lui et, principalement, en elle. Comme si, sortant à sa rencontre, elle s'était permis une audace incommensurable : dans cet étrange, cruel jeu du destin, revêtir l'avatar de mémé. Tout aussi puissant, pense-t-il, mais qui ne maudit pas, qui l'aime et sait pardonner.

La pensée même que Svetlana ne cherchait pas à le démasquer, ne s'enorgueillissait pas, ne faisait pas d'esclandre, ne pensait pas à mal (à tout le moins elle n'insistait sur rien : par exemple, elle ne disait pas que la lampe était celle-là même qui appartenait aux voisins de sa grand-mère partis en évacuation pendant le siège), cette étrange pensée le persuada mieux que toutes les accusations que toute tentative de fuir son destin, de faire des manœuvres dilatoires, mènerait tout droit à son accomplissement. Sous l'influence de cette pensée lente comme une meule et du terrible silence qui lui serrait le cœur, qui avalait tout sauf la voix de Svetlana, il comprenait comme tout cela était agencé : leurs deux grands-mères avaient dû se rejoindre, s'attendre mutuellement dans la mort (l'une était l'écusson de la serrure, l'autre, la clé).

Fier de sa perspicacité masculine, il pensait : *tout* est réuni, rassemblé comme dans l'œil d'une tornade idéale, d'un cyclone où chaque fétu de vie (sans parler de la lampe à l'ange) grandit aux dimensions d'un tronc d'arbre.

Dans cet œil du cyclone, ils étaient seuls. Plus exactement seuls à deux. Et rien, à l'exception de ce fait nu, n'avait d'importance.

Comme se souvenant du rôle d'un troisième dans cette configuration à multiples couches, à multiples figures, à multiples étages, il leva la tête, regarda le balcon vide de Gavrila.

– Il n'est nul besoin de preuves. Je les ai.

– Tu as demandé pourquoi elles s'étaient fâchées… Elles ne se sont pas fâchées. Elles ont simplement cessé de se voir. Tante Nastia en avait une peur bleue. « Il part au travail, racontait-elle et moi, je vais et je viens dans l'appartement, j'essuie la poussière… » – sa cousine tendit la main et la passa rapidement sur les barreaux de sa chaise, comme pour essuyer une poussière invisible. Et elle, elle avait des espèces de convulsions dans les mains. Même s'il n'était pas là, elle avait l'impression qu'il la regardait. Qu'il surveillait chacun de ses pas.

Anna voulait répliquer : « Elle ne craignait personne, je la connais, ma petite maman. »

– Et après cet incident… continua sa cousine, songeuse.

– Alors, elles ne se sont plus vues ?

– Si. Elles se voyaient. Ma maman approchait de l'entrée. Tante Nastia lui apportait de la nourriture, le temps de lui mettre un sac entre les mains, et elle repartait… Et maman, tu as demandé : elle travaillait dans une teinturerie. Pendant toute la guerre, elle a lavé le linge des militaires. Tuniques, chemises, caleçons. Et encore, les bandes ; on manquait de bandes, aussi, on ne les jetait pas. Oh, c'était un travail dur ! Il n'y avait pas de machines à laver. D'abord, disait-elle, faire dégorger le sang, puis le faire partir ; les doigts plongés dans l'eau brûlante, presque bouillante… Et après… J'ignore en quels termes ta maman expliqua qu'elles ne devaient plus se voir. La mienne lui a dit et ceci et cela : que la boulangère trompait les gens comme elle, tantôt il manquait un morceau, tantôt elle la trompait sur le poids. Et il ne fallait pas dire un mot de trop. C'étaient des hurlements : « Ça nous arrive on ne sait pas d'où et ça fait des manières ; sans vous, qu'elle disait, nous, les Leningradois, on aurait tout le pain qu'il nous faut, mais maintenant, on doit partager avec vous… » Elle la supplia au nom du Christ, tout juste si elle ne tomba pas à genoux : « Je n'ai besoin ni d'œufs ni de beurre, donne-moi juste du pain… » Alors, il lui avait semblé que tante Nastia avait agi cruellement avec elle. Et tu sais ce qu'elle a dit après ?

Anna secoua la tête : non.

Que par cette décision injuste, sa sœur l'avait sauvée. De ce qui est pire que la faim…

Pendant la nuit, elle était trop fatiguée et affaiblie pour demander : « Que peut-il y avoir de plus terrible que la faim ? » À présent que, réveillée avant tout le monde, Anna entre dans la cuisine, elle répond : « Ri-en. »

Pour elle, ce n'est même pas une réponse, c'est une vérité qui n'exige pas de preuves. Elle est garantie par sa vie entre la cuisine et la chambre de sa mère, par leurs conversations difficiles, parfois cruellement difficiles, qui ont toujours tourné autour de la nourriture : soupes surmontées d'une fine couche de graisse fondue, garnies de choux, de pommes de terre ou même de haricots blancs extraits de boîtes de conserve métalliques aux bords déchiquetés par l'ouvre-boîte. Avec les boulettes et les croquettes qu'Anna a façonnées de ses mains, on peut faire une montagne. Anna se tient au pied, tête levée : qui est-elle en regard de cette montagne ? Une fourmi.

Du haut jusqu'en bas, semblables à des torrents de lave, descendent en vagues épaisses diverses garnitures. Brûlantes, fraîchement préparées, surtout pas de la veille au soir, Dieu nous en préserve. Il y a là des purées de légumes pressées sans grumeaux, pas à la cuillère, mais avec un fouet à l'efficacité vérifiée. Des pâtes cuites et recuites (de sa bouche édentée sa mère exigeait qu'on les fasse bouillir trente minutes au moins). Fins spaghettis à la section ronde et d'autres, pareils, mais plats, semblables à des nouilles ; vermicelles aussi modestes que l'âme d'Anna ; et, pour faire diversion, des pâtes aux formes originales : rubans, étoiles, spirales et, enfin, les « nids d'oiseaux », les plus chères et les plus nourrissantes.

Anna – elle n'est plus une professeure, mais une élève négligente – feuillette fiévreusement le manuel. Un problème agrémenté d'une petite étoile en macaroni pose la question : combien d'heures-hommes (l'homme, c'est elle ; les heures, c'est le temps de sa vie unique, irremplaçable) ont été consacrées à touiller d'un geste égal avec une cuillère en bois la nourriture dans une casserole jaunie par le temps ? Pour que, Dieu nous en préserve, ça n'attache pas, ça ne colle pas au fond émaillé.

Sa mère – que Dieu la garde ! – rejetait les casseroles métalliques : il suffisait d'y faire allusion pour qu'elle se mette à crier : « Il te tarde que je sois morte ! – Mais qu'est-ce que tu vas chercher, maman… – Tu peux être sûre que je sais ! Les Grecs en avaient des comme ça. Et ils sont tous morts jusqu'au dernier. » (Anna se rappelle une émission télévisée où des savants sérieux en costume cravate dissertaient sur les causes de la disparition des civilisations antiques.) « Premièrement, pas tous. Et pas les Grecs, maman, les Romains. Ils utilisaient des casseroles en plomb. – Suffit ! Cesse de me faire tourner en bourrique ! Des casseroles en plomb ! Et puis quoi encore ? »

Il fut un temps où Anna avalait ça, soumise. Maintenant, elle perd patience : « Et que veux-tu que ce soit, sinon des casseroles ?! »

Avant de partir derrière les draps blancs, sa mère déverse son mépris sur sa sotte de fille si dure à la comprenette. Un mépris aussi épais que les feuilles de thé restées la veille au fond de la théière à moitié vide.

Une fois avalé un petit déjeuner rapide (elle doit se dépêcher de prendre son train), sa cousine prend son porte-monnaie dans son sac.

– De la part de moi et de maman. Pour tante Nastia. Pour les obsèques.

Bien sûr qu'elle a besoin d'argent. Des quelque cent mille roubles enveloppés dans un sachet de cellophane qu'Anna a trouvé dissimulé dans un recoin du fauteuil de maman, il ne reste rien. Ça a à peine suffi à régler l'agence funéraire…

La cousine insiste, elle dit :

– Allez, prends ! On n'est pas des étrangers… C'est la tradition, ce n'est pas nous qui l'avons inventée et ce n'est pas à nous de la supprimer…

Anna cache sa main dans sa poche : dans les derniers mots elle croit entendre une allusion. Peut-être sa cousine songe-t-elle à l'ancienne coutume qui veut qu'on offre aux proches et aux parents quelque chose ayant appartenu au défunt ? Anna n'en est pas certaine, mais, regardant les billets crissants, elle se réjouit de ne pas avoir perdu contenance. Depuis la veille elle était sur ses gardes. Concernant la collection, l'héritage de son père, pour la conserver entière et en bon état. « Maman l'a conservée et je ferai pareil. »

Elle a envie de dire : « Je n'ai pas besoin d'argent », ce qui est vrai ; Anna pense : « L'essentiel de l'argent sur lequel je suis en droit de compter est enfermé dans le chiffonnier. Tôt ou tard, je l'ouvrirai et je le trouverai », mais elle dit :

– Tu as déjà beaucoup dépensé comme ça. Le Sapsan[28], c'est rudement cher.

La cousine fait crisser les billets rosâtres et les met dans sa poche. Elle hausse les épaules et répond sèchement :

28. Train à grande vitesse qui relie Moscou à Saint-Pétersbourg.

– C'est cher. Mais commode.

Il n'est jamais venu à l'esprit d'Anna d'apprécier ses actions à l'aune de son propre bien-être. Elle a toujours mis au premier plan son fils et sa mère. Le champ des habitudes d'Anna regorge de leur confort à eux. Jusqu'à aujourd'hui, elle en était fière. Mais à présent, elle entend une condamnation dans les propos de sa cousine. En la regardant de biais, Anna se dit : « Pourquoi m'a-t-elle parlé comme ça ? » Est-ce qu'elle sous-entendait qu'Anna était une mauvaise fille ? Ou une mère dénaturée ? Étrange d'entendre ces propos d'une femme dont le fils vit à Milan... Non, Anna ne le condamne pas, à chacun son chemin, mais, à la place de sa cousine, elle ne serait pas fière d'avoir un fils émigré qui a trahi sa mère patrie.

La cousine sort de la pièce. Anna la suit des yeux et hausse les épaules : que peut-il se passer dans la tête d'une femme qui porte un pantalon *pareil* si, au lieu de rester, ne serait-ce que deux jours et visiter les lieux de culture (l'Ermitage ou le Musée russe. Anna se serait fait une joie de l'y accompagner ; par la même occasion, elle aussi aurait profité des trésors célèbres dans le monde entier, qu'elle n'a pas revus depuis si longtemps ; peut-être depuis ses années de lycée), voyez-vous, elle se dépêche de prendre le train ?

D'ailleurs, Anna n'est pas de ceux qui ferment leur porte à la famille.

– Maintenant que tu connais le chemin, tu peux venir n'importe quand, si l'envie t'en prend. Pour Pavlik et moi, ce sera une vraie joie. Nous nous promènerons dans la ville. On ira au musée.

Anna insiste sur la dernière phrase. Comme si elle faisait un cadeau généreux : elle lui offre le droit de se racheter. Il suffit que la cousine dise : « La prochaine fois, sans faute. » Autrement dit : « Je regrette, moi aussi, que les choses se soient passées ainsi. » Qu'elle invoque des circonstances insurmontables.

Le généreux cadeau d'Anna est refusé : la cousine fait « oui » de la tête, mais plus machinalement qu'autre chose.

– Tu me raccompagnes ?

– Bien sûr, avec plaisir... – Anna détourne les yeux et tâte la poche de son peignoir. Je ne comprends pas, où ai-je bien pu mettre les clés ?...

Le trousseau de clés est sur le petit meuble. Surveillé par le crapaud téléphonique. Anna les voit, la cousine, non.

– Mais Pavlik... Il est là, lui.

Anna va à la porte en silence ; fait mine de s'évertuer à tourner la clé dans la serrure rebelle.

Traînant sa valise, sa cousine sort sur le palier. Anna pense : plutôt que de se crever à pied avec sa valise, elle aurait pu appeler un taxi : « Puisqu'elle est aussi riche ! »

Au moment des adieux, la cousine ouvre les bras comme pour l'étreindre. Anna recule. Rassemblant toute sa volonté, elle dit fermement :

– Elle n'avait peur de personne, surtout pas de mon père. Si tu veux savoir, depuis toute petite, elle m'a répété : « Ton père... »

On pourrait croire qu'Anna a trébuché contre quelque chose – en réalité, elle fouille dans les tiroirs de sa mémoire où sont dissimulés les précieux mots que sa mère disait à propos de son père. Mais il n'y a là que le vide. Qui répand une odeur viciée, comme l'air d'une petite pièce où sont enfermés des étrangers. En grand nombre.

L'air rance empêche de se concentrer. Cependant, la cousine attend. Debout sur le palier, à moitié tournée vers Anna, elle pense : « Combien de temps dois-je encore attendre ! Alors que je suis pressée, que je risque de rater mon train » – mais elle reste. Comme si ce que sa défunte tante répétait à sa fille depuis le plus jeune âge était tout aussi important pour elle. Comme si c'était précisément la raison de sa venue.

Sentant l'impatience de sa cousine, Anna se dit : « À sa place, je me dépêcherais. »

Enfin, la cousine saisit la poignée de sa valise de l'autre main :

– Pardonne-moi. Je suis vraiment très pressée...

Anna veut dire : « Merci d'être venue, de ma part et de celle de maman. » Mais au lieu de paroles de reconnaissance, d'autres mots s'échappent de ses lèvres :

– Non. Attends ! Tu crois sans doute qu'elle ne m'aimait pas ? C'est faux. Ma maman... m'aimait beaucoup !

Les yeux de la cousine sont traversés d'un éclair de stupéfaction authentique.

– Moi ? – elle porte la main à sa poitrine, à l'endroit où bat le cœur. Non, tu te trompes...

Anna referme la porte derrière elle avec le sentiment du devoir filial accompli.

Quelque chose lui souffle que sa cousine et elle ne se reverront pas. Mais cela n'a pas d'importance. L'important, c'est qu'elle a trouvé les forces de dire l'essentiel. À présent que la cousine en est tombée d'accord, Anna elle-même n'en doute plus : comment peut-on ne pas aimer sa fille unique ! « Simplement, petite maman n'était pas comme tout le monde. Et son amour était... particulier. Quel bonheur que je le comprenne... Si ma cousine en doute, tant pis pour elle. »

Le crapaud téléphonique somnole tranquillement sur son petit meuble ; sur le tapis, tels de fragiles esquifs amarrés au rivage, se balancent des pantoufles étrangères. Anna ne comprend pas immédiatement à qui elles appartiennent. Elle les attrape à deux doigts. Les pantoufles exhalent une faible odeur de parfum et de sueur, c'est désagréable : comme si la chair de la cousine était restée ici, dans l'appartement. Tenant les pantoufles à bout de bras, Anna sort sur le balcon et les fourre dans la première boîte venue. Elle s'essuie les mains à son tablier. Elle regarde par-dessus la balustrade : la cousine a déjà disparu. Peut-être a-t-elle pris un taxi ?

Des cris parviennent du parc. Anna scrute les lieux et voit un tableau familier : des voyous locaux ont enfourché un banc, sifflent et conspuent un passant. Impossible de distinguer les mots. Mais enfin, que peut-on attendre de racailles qui ont grandi dans les arrière-cours du monde humain !

Anna ne peut en aucune façon se défaire de sa colère contre sa cousine, et celle-ci se porte sur les malheureux parents qui négligent d'éduquer leurs enfants alors qu'il s'agit d'une obligation indiscutable. Durant ses années d'enseignement, Anna en a vu des tas comme ça ! On a beau dire, Pavlik a eu de la chance avec elle ! Une mère dévouée, responsable, qui ne vivait que pour les centres d'intérêt de son fils. Non, à son garçon, rien ne lui a été refusé, mais à l'esprit de qui viendrait-il de le traiter de bon à rien et de racaille ?...

Anna enjambe la boîte qui gêne le passage et s'approche de la porte qui donne sur la chambre de Pavlik. Elle est entrouverte. Derrière c'est le silence. Il dort. Attentive à sa respiration, Anna lui jette un coup d'œil précautionneux : il gît sur le lit, couvert jusqu'aux yeux. Anna est emportée par une vague de tendresse : son fils est tout ce qui lui reste.

Sur la table, à côté du moniteur éteint, sa tablette. Entraînée par un tsunami de tendresse, Anna se dit : « Je vais lui en acheter une neuve. Ce sera un cadeau de moi et de maman. Quand j'ouvrirai le chiffonnier, je prendrai l'argent et je la lui achèterai... »

Cette importante résolution prise, elle sort dans le couloir. Le crapaud téléphonique est figé sur le petit meuble. Anna tend la main ; prend les clés. Il y en a trois sur le trousseau : une en plastique, ronde comme une pilule (elle ouvre la porte de fer de l'entrée principale), et deux de la porte d'entrée.

C'est le moment de chercher l'autre, la quatrième... Mais au lieu de s'occuper à trouver la clé qui enferme sa générosité (la tablette la plus chère), Anna s'assied sur un tabouret. La porte d'entrée avait été doublée en été. Cet été-là, elle était sur le point de finir ses études à l'institut, elle achevait la rédaction de son mémoire, passait les examens d'État. Sa mère ne l'embêtait pas, elle était à la datcha. Après, la première fois qu'elle revint, elle lui passa un sacré savon : il fallait prendre du foncé, comme les voisins. Avec ça, on ne pouvait qu'attirer les crocheteurs. Anna bredouilla quelque chose pour se justifier. Petite maman ne l'écoutait pas, la transperçait de mots blessants comme autant de coups de poignard. « Tu as choisi ça exprès, hein ? Avec toi, on peut s'attendre à tout. – Qu'est-ce que tu dis là ! – Je sais ce que je dis. S'il n'avait tenu qu'à toi, on peut être sûr que tu aurais ouvert toi-même – entrez, braves gens, je vous en prie, prenez ce qui vous tape dans l'œil. On l'a eu pour pas cher, on ne regrette pas de le perdre... »

Par un effort de volonté, Anna stoppe le torrent de mots immérités. Ses doigts, bestioles aveugles, tâtent le trousseau de clés comme s'ils le flairaient d'un nez humide. Elle se lève du tabouret et marche dans le couloir en balançant son trousseau. Les clés se heurtent et tintent. Bruit angoissant et, en même temps, agréable, mélodieux. Tout en prêtant l'oreille à ce bruit, Anna s'arrête devant une reproduction ; à gauche, le jeune Adam, le premier-né de Dieu...

Son petit garçon ne connaissait pas son père. Elle ne lui avait rien dit. Peut-être était-ce une erreur. Un jour – à présent, impossible de se rappeler quand –, elle avait failli lui raconter. Il lui semble entendre la voix de son fils :

– Tu ne comprends pas ! Il y a tout sur Internet.

Et elle :

– Ne dis pas n'importe quoi. Tout, ce n'est pas possible.

Et lui :

– Si !

– Alors, et l'avenir aussi ? L'avenir, personne ne le connaît. Même pas ton Internet.

Son fils a un petit rire (Anna voit distinctement son rire moqueur – ses lèvres minces semblables à la chrysalide d'un papillon. Accroché au bord de la membrane déchirée, un petit papillon vivant émerge ; voici sa tête qui se montre et voici les pétales de ses ailes).

– Comme si quelqu'un connaissait le passé !

Anna veut répliquer : « Il y en a qui le connaissent ! Et comment ! Tiens, ton père, tu n'imagines pas tout ce qu'il gardait en mémoire. Noms, dates, villes, et avec quelle facilité il allait y puiser ! »

Non, elle n'avait pas répliqué, elle s'était tue, pour ne pas aller encore inquiéter le petit garçon en évoquant son père.

Anna sent ses yeux qui brûlent comme quand il y a quelque chose de carbonisé à la cuisine. Elle inspire des deux narines l'air pur, transparent, sans la moindre pollution. Mais alors pourquoi, pourquoi donc, lui chatouille-t-il les narines et lui déchire-t-il les yeux comme avec un couteau tranchant ?

Dans l'espoir de calmer la brûlure, Anna se couvre les yeux de ses paumes humides. Et soudain pousse un éternuement assourdissant.

– A-a-a… – et, au sommet de la félicité : tch-tch-oum !

L'air demeuré dans ses poumons saute comme un bouchon. Un soulagement descend sur Anna, comme si cet éternuement désespéré lui avait permis de pulvériser la barrière invisible entre son organisme et les étranges processus incontrôlables qui se déroulent à l'extérieur.

Jusqu'alors, il ne lui était pas venu à l'esprit que son fils et elle avaient des destins semblables… La différence, c'est que son père à elle était mort, tandis que celui de Pavlik était vivant. Quand il se réveillerait, elle lui raconterait tout.

Elle est saisie d'impatience : quand se réveillera-t-il, à la fin ?

Elle jette un coup d'œil prudent. La montagne de draps et de couvertures ne donne pas signe de vie. Anna approche sur la pointe des pieds, soulève un coin de couverture.

Pas de Pavlik. Il est parti. Sans fermer le balcon. Combien de fois lui a-t-elle répété : « L'escalier de secours est juste au coin : on peut entrer et nous dévaliser. Ou lancer une allumette enflammée. Ou un mégot. » Toujours ces voyous qui traînent dans la rue...

Anna regarde autour d'elle avec inquiétude, comme si elle cherchait les traces de la présence de malfaiteurs. Son angoisse grandit – indéfinie, multiforme. La première chose, c'est la porte du balcon. Anna l'a fermée. Mais l'angoisse ne disparaît pas pour autant. Il y a donc autre chose...

Son regard troublé glisse sur les surfaces : l'appui de la fenêtre, les murs nus, le bureau... Sur ce dernier, la tablette. Dont son fils ne se sépare jamais ; où qu'il aille, il l'emporte.

Le trouble qui dévore Anna lui souffle qu'il est arrivé quelque chose de mauvais. Sa pensée court sur les rails des craintes invétérées des enseignants : il fréquente un groupe de gens peu recommandables... Son cœur tape comme des roues sur des pavés disjoints. Le wagon plein de ses craintes penche au tournant comme si quelqu'un avait manœuvré l'aiguillage : ce n'est pas un groupe, c'est le garçon en qui la voisine avait vu un ami pour Pavlik. « C'est moi, se dit-elle, dévastée, moi qui suis coupable de tout. J'ai fermé les yeux, je n'ai pas accordé l'attention nécessaire. J'ai négligé... »

Anna se recroqueville. Derrière ce mot terrible (avec lequel, du temps qu'elle enseignait, elle a maintes fois épouvanté les parents : « Si vous êtes négligents, après, vous pleurerez ! ») il y a le regard concentré, le regard de bandit avec lequel cet étrange gaillard la dévisageait dans le hall d'entrée. Pour lui, rien de plus simple que d'attirer son pauvre gamin, lui tourner la tête, l'entraîner dans ses affaires louches.

Agrippée au rebord de la table, Anna plonge le regard dans le noir de l'écran devant elle, un noir total, sans issue, tout comme l'avenir de son malheureux fils ; comme si ce n'était pas un écran mais une fenêtre aux rideaux hermétiquement tirés qui donne sur le monde énigmatique dénommé Internet.

Et si Pavlik avait dit vrai, qu'il y avait *tout* sur Internet...

Anna tend une main prudente vers l'écran comme si elle s'attendait à ce que, sortie de là, une autre main se tende à sa rencontre, une main forte qui l'aidera, la défendra contre toutes les mauvaises choses dont, femme solitaire, elle ne peut venir à bout.

Pourquoi son Dieu le père tarde-t-il ? Il doit tout de même comprendre : elle, sa fille, ne l'implore pas pour elle, mais pour son fils. Pour finir, c'est de son petit-fils qu'il est question.

La difficulté, c'est qu'une tablette n'est pas un téléviseur. Une tablette n'a pas de télécommande.

Comme par un fait exprès, son nez la chatouille encore. Elle en masse énergiquement la racine. Efforts vains. Ça se rapproche ; impuissante à arrêter ou à retarder l'inévitable, Anna serre fortement les paupières, rejette la tête en arrière et lance une salve désespérée :

– A-a-a… tch-tch-oum !

Un instant de béatitude, et la fenêtre qui donne sur l'avenir de son fils est éclaboussée.

Anna veut essuyer. Mais avec quoi ?… Tout de même pas avec le bas de son tablier. Tenant la tablette à bout de bras, elle se dirige vers la cuisine pour prendre un chiffon. Elle pose précautionneusement la tablette sur la table. Derrière le frigidaire, il y des chiffons propres et secs dans un sac de cellophane. Anna fouille pour en choisir un bien doux. Chiffon à la main, elle revient à la table. Surtout, ne rien abîmer ! Peut-être vaut-il mieux ne pas toucher, laisser en l'état ?… Surmontant ses derniers doutes, Anna se penche au-dessus de la tablette.

Pour un miracle, c'en est un ! La fenêtre aveugle s'illumine d'un éclair. Anna reste figée de stupéfaction : devant elle apparaît non pas celui qu'elle invoquait si fébrilement, mais une espèce de binoclard incompréhensible.

Il la fixe intensément, armé de ses lunettes rondes. Elle se sent comme sur un haut monticule de terre : impossible d'en bouger, de reculer ; comme si elle était un buisson né de cette terre, de ce sol nourri de l'engrais de peurs immémoriales ; un buisson aux profondes racines ; ses bras sont des branches derrière lesquelles on ne saurait se dissimuler. Cet homme transperce tout de son regard fixe.

Un instant avant que la fenêtre ouvrant sur l'avenir ne s'éteigne, l'homme, plissant ses sombres sillons nasogéniens, fait cadeau à Anna d'un petit sourire oblique protecteur ; comme s'il prenait sur lui la responsabilité du destin de son fils, de ses actions et de ses réalisations à venir.

Quelle substitution perverse ! Au lieu de Dieu le père sur lequel Anna portait ses fervents espoirs, un binoclard terne, sorti d'on ne sait où... Anna se sent flouée. Elle n'entend pas seulement un bourdonnement dans ses oreilles, ça fait même des crissements, comme si des myriades de grillons déchaînés avaient pénétré sa pauvre tête et y ployaient et déployaient leurs pattes. Anna remue la tête. Et perçoit le craquement de ses vertèbres cervicales. À ce moment-là, elle est tout à la fois un cheval à bout de forces et une carriole bringuebalante ; chargée au-delà de toute mesure et désorientée.

Quel que soit le cocher qui maltraite Anna, devenu fou à lier, il la fait courir sur des chemins impraticables sans se soucier de ce qu'elle va devenir ; atteindra-t-elle l'endroit convenu ou s'effondrera-t-elle en plein milieu de la route ?

Anna erre dans sa maison, tentant de s'accrocher à quelque chose, peu importe à quoi, pourvu qu'elle s'arrête. Dans tout l'amas de choses qui ont fait leur nid dans son appartement, ce sont les plus quotidiennes qui lui sautent aux yeux : une marmite de fonte revêtue d'un émail rougeâtre et craquelé, la tasse préférée de maman « Gloire à la Grande Victoire ! » qui lui a été remise en plus de la médaille commémorative ; un faitout de trois litres jauni par le temps...

Tant que petite maman était en vie, ces objets se comportaient paisiblement, mais à présent ils se sont regroupés, présentent un front uni : il suffit qu'Anna effleure n'importe laquelle de ces reliques pour être submergée par une tristesse sans nom ; comme si elle n'était pas la fille ni même la surveillante du musée domestique où tout est, d'une façon ou d'une autre, relié au souvenir de la récente et amère perte, mais un oiseau enfermé dans une cage sur les barreaux de laquelle est jeté un châle de laine noire aux longues franges emmêlées. Petite maman s'y enveloppait pour échapper à l'humidité qui pénètre toutes les maisons de Leningrad en automne, tant qu'on n'a pas allumé le chauffage.

C'est alors qu'Anna se mit à remarquer qu'en plus des souvenirs liés aux ustensiles de cuisine, d'autres venaient envahir, percer le champ de sa mémoire ; la douleur en avait disparu et ils étaient étonnamment lumineux. En regardant une cuvette émaillée, elle se revit aux bains publics avec sa mère. En été, quand on coupait l'eau chaude dans les maisons. « Avant de me faire asseoir dans le tub, maman le lavait soigneusement, le rinçait à l'eau bouillante. » Un tabouret surgi fortuitement lui remit en mémoire ses blessures et égratignures : maman (pas la vieille femme capricieuse dont elle supportait, contrainte et forcée, les lubies et les chamailleries, mais la mère de son enfance) la faisait asseoir dessus et passait les endroits écorchés au mercurochrome, puis soufflait dessus pour calmer la douleur brûlante.

Les souvenirs lumineux se multipliaient, comme si l'esprit de sa mère, suivant sa fille avec un chiffon sec, essuyait toutes les méchancetés, toutes les grossièretés ; et, en même temps, la poussière des calomnies délirantes laissée par sa cousine de Moscou.

« Ta maman en avait une peur bleue. »

Elle n'avait peur de personne ! Anna passe le doigt sur les surfaces lisses et sèches. On dirait qu'elle trace une ligne en pointillé, en laissant dans les blancs toutes les mauvaises choses avec lesquelles la cousine a tenté de noircir leur mémoire familiale ; en y semant la graine de honteuses insinuations qui menacent d'étouffer tout ce qu'il y a de pur, de limpide, de cultivé, de délicat et dont notre terre natale regorge de toute éternité…

Un coup de téléphone vient interrompre sa lutte contre les mauvaises graines. Elle passe dans l'entrée ; s'essuie machinalement les mains à son tablier et prend l'écouteur. Une voix masculine demande Pavel.

– Pavlik ? redemande-t-elle, étonnée. Il est sorti…

La voix inconnue remercie et disparaît.

Anna regarde le crapaud d'un air interrogateur ; or, il fait mine de s'être rendormi ; il boude et dort.

Encore une sonnerie. Mais, cette fois, ce n'est pas le téléphone.

– Il est enfin là… marmonne Anna en se dirigeant vers la porte. Il a encore oublié ses clés…

À tout hasard, elle regarde par l'œilleton. L'escalier est sombre. S'il faisait nuit, Anna penserait qu'une ampoule a claqué, mais, voilà, il fait jour. Peut-être des gamins qui font les imbéciles ?...

Ils s'amusent à monter les étages en courant, à boucher les œilletons avec du chewing-gum, à sonner et à filer à toutes jambes ! S'apprêtant à prendre ces polissons sur le fait – mais ces coquins ont disparu sans laisser de traces –, Anna ouvre la porte en grand, manquant heurter un jeune homme en uniforme.

Le policier aux yeux bleus est troublé, il traîne les pieds, fait passer un dossier d'une main dans l'autre. Il dit :

– Ouvrez. Police.

Et, visiblement en proie à un trouble profond, il enfonce sa casquette à large visière et rajuste son uniforme noir.

Anna, debout à la porte, ne comprend pas ce qu'elle doit encore ouvrir. Et c'est alors qu'à son immense soulagement, elle reconnaît en lui l'îlotier qui était venu constater la mort de maman.

– Vous... êtes là au sujet de la défunte ?

– Quelle défunte ?

L'îlotier lève ses sourcils minces.

– On l'a enterrée.

Se souvenant qu'elle a devant elle un fonctionnaire, pas n'importe qui, Anna ajoute :

– Hier.

– Bon-jour, chère Anna Petrovna !

De derrière la porte ouverte sort un homme. De petite taille, costaud, dans les trente-cinq ou quarante ans.

– Vous ne me reconnaissez pas ? – il hoche la tête d'un air de reproche. Voyons ! Vous m'avez fait la classe. Je suis en quelque sorte votre élève.

Anna se sent gênée par ce regard réprobateur : à en juger par son âge, cet inconnu est l'un de ces « débutants » bien-aimés auxquels elle avait consacré toute sa jeune âme.

Bien entendu, elle se souvenait. Elle leur enseignait l'arithmétique, la langue russe, la calligraphie (ça, c'était quelque chose ! Les arabesques alambiquées de boucles et de bâtons ; pour écrire les bâtons, il convenait de faire un plein, un délié pour les boucles ; pleins-déliés ; pleins-déliés). En outre, elle faisait la lecture à voix haute à ses oisillons débutants. De sa voix d'alors, jeune, émue, des vers de son inoubliable jeunesse de pionnière : *Mais nous irons encore jusqu'au Gange, nous mourrons encore au combat, pour que du Japon à l'Angleterre resplendisse ma Patrie,* et les plus chers à son cœur qui rendaient ses mains moites : *Mais s'il dit : « Mens » – mens. Mais s'il dit : « Tue » – tue.*

Le cœur réchauffé par ce torrent de souvenirs, Anna a l'impression d'avoir devant elle une photographie de groupe où elle figure avec toute sa classe. Et parmi eux, celui qu'elle est en train de dévisager. S'appliquant, mais en vain, à déceler une ressemblance. Avec les années, les gens changent, mais pas au point de devenir totalement méconnaissables...

Les traits des enfants deviennent flous. À leur place surgissent de petites silhouettes revêtues de l'uniforme scolaire. Le photographe inconnu à tout jamais demeuré derrière l'objectif les a disposés et fait asseoir dans l'ordre qui convient à des occasions aussi solennelles. On croirait un jeu de société où les petits garçons portent des costumes gris taillés dans un drap bon marché, au toucher rêche. Ces costumes alternent avec les robes marron des fillettes qui ont enfilé par-dessus des tabliers blancs empesés. Cela dit, sur les vieilles photographies en noir et blanc, toutes les couleurs ont des nuances de gris.

Cependant, le tout jeune îlotier recule pas à pas en direction de l'escalier. Dans ses yeux bleus, on peut lire un seul et unique désir : disparaître. D'un geste timide, il pose la main sur la rampe.

– Tu es libre, lui lance l'élève d'Anna sans se retourner.

Le jeune îlotier cligne de l'œil, tendu. Ses cils longs et fournis comme ceux d'une fille battent exactement comme des ailes de papillon : ils s'ouvrent, se referment, palpitent.

Désignant du doigt l'escalier, l'élève d'Anna interrompt ce frissonnement qui n'a que trop duré.

L'îlotier se reprend et se précipite en bas. Sa casquette disparaît enfin de la cage d'escalier. Le plus âgé la suit des yeux et, s'adressant à Anna :

– Vous m'avez reconnu ?

Anna fait un oui indécis de la tête : quoi qu'il en soit, elle ne veut vexer personne et surtout pas un ancien élève.

– Anna Petrovna, j'ai une raison sérieuse d'être ici. Parlons franc : il s'agit d'une affaire délicate. Non, non, rien de grave. Du moins *pour le moment.*

En dépit de ses propos, Anna est, naturellement, émue. Toutefois, pas au point de perdre le don de la parole.

– Que se passe-t-il exactement ?

Elle l'interroge d'une voix sévère tout en regrettant d'avoir oublié son nom. Dans le processus éducatif, le nom de l'élève joue un rôle majeur : il souligne la responsabilité personnelle de ce qui se passe et qu'il faut inculquer dès le plus jeune âge, la plus tendre enfance, pourrait-on dire ; d'autre part, cela introduit une note de confiance, ce qui a aussi son importance.

– C'est une longue histoire – son élève anonyme soupire, les yeux vides. Mais, rapidement, en deux mots...

Il parle plus doucement, soulignant de la sorte que l'information qu'il s'apprête à lui faire partager revêt un caractère strictement confidentiel. Ce qu'il va dire n'est pas fait pour des oreilles étrangères.

L'élève qui a fait confiance à sa professeure peut être tranquille : tout restera entre eux.

– Il s'agit...

Anna écoute (elle n'est en ce moment qu'attention) et entend des pas discrets.

Quelqu'un qu'elle ne voit pas encore descend de l'étage du dessus.

Tout d'abord, dans son champ de vision apparaissent des tennis sales, couvertes de taches. Ensuite vient un jean, crasseux, lui aussi, mais, surtout, pas ourlé, simplement coupé : elle voit distinctement les franges au bout de chaque jambe. Enfin, voici les bras. Ils semblent trop longs à Anna qui les regarde d'en bas. Dans une main, celle qui est le plus près du mur, se balance un sac poubelle.

Enfin, Anna reconnaît le garçon, celui-là même qu'elle incriminait, inquiète pour son fils. Il approche du vide-ordures. Ouvre le couvercle, mais, au lieu de s'empresser d'y balancer le sac et de claquer la trappe, il regarde à l'intérieur, dans la gueule noire du conduit. Intéressant de savoir ce qu'il inspecte. Et que peut-on distinguer dans les ténèbres du vide-ordures ? Rien, sauf, qui sait, des rats. De nos jours, se dit Anna, les rats sont malins. Dans la journée, ils évitent de déambuler...

L'élève à présent adulte fait la grimace. Anna le comprend parfaitement : il va falloir attendre ; une conversation à cœur ouvert ne peut pas se tenir en présence d'un étranger.

Elle lance des coups d'œil furieux au garçon : « Qu'est-ce que ça signifie ? Il va rester là encore longtemps ? Planté sur le palier ! »

– Peut-être... demande timidement l'ancien élève, me permettrez-vous d'entrer ?

Anna s'en veut de n'y avoir pas pensé plus tôt ! Elle s'écarte pour le laisser passer, avec un grand geste destiné à manifester sa cordialité d'enseignante, presque de mère.

Avant d'entrer dans l'appartement, il jette un regard oblique sur l'étranger, fait un pas et s'arrête à la porte, plus exactement, entre les portes. La porte extérieure est tendue d'un skaï marron clair, l'intérieur est couleur d'émail blanc. À l'époque où cette porte a été installée, son revêtement laqué était d'un blanc resplendissant ; à présent, touché par le temps, il lance d'ostensibles reflets jaunes.

– Chère Anna Petrovna, je dois vous dire que vous avez une mine superbe, extraordinaire – l'ancien élève parle fort, il ne reste rien de sa morosité fugace. Les années n'ont pas de prise sur vous ! On ne peut malheureusement pas en dire autant de ma mère...

Il écarte les bras autant que le lui permet l'espace où il se trouve : à droite, un mur nu, à gauche des étagères de bois où se pressent des bocaux de confiture poussiéreux. Anna les fait en prévision de l'hiver. L'interminable hiver de Leningrad. Alors que l'été y est si bref : on a à peine le temps de l'admirer que l'on se retrouve déjà dans les frimas.

– Vous vous rappelez ma mère ? dit-il d'un air inquisiteur.

Anna incline distraitement la tête. Elle ne pense qu'à une chose : réussir à se faufiler pour fermer la porte extérieure en similicuir. Et, de la sorte, remettre à sa place ce garçon importun : il arrive on ne sait d'où, il a emménagé de fraîche date et se prend pour... il se prend pour qui, au fait ?

– Vous avez un voisin curieux – son ancien élève fait la grimace, comme s'il notait quelque chose pour lui-même.

Anna fait encore oui de la tête. Cette fois-ci, avec empressement.

L'étrange garçon au jean effrangé la regarde avec une commisération chagrine, comme s'il était au courant d'une chose qu'il est impossible d'expliquer...

Anna lui jette un regard de colère et ferme la porte.

– Anna Petrovna, nous – l'ancien élève regarde le crapaud téléphonique – ne sommes pas des étrangers. Aussi, je serai direct : il s'agit de votre fils…

Anna entend tout ce qui suit comme dans un brouillard. Un soi-disant *portail* où Pavlik dépose des clips (elle imagine une vitrine où son fils installe des articles de sport), à tout le moins étranges et, à parler net, outrageants ; il y raille la Grande Victoire que nos grands-pères et nos arrière-grands-pères ont remportée sur le fascisme. En luttant au péril de leur vie.

Il la regarde d'un air de reproche et ajoute :

– Jusqu'à la mort.

– Jusqu'à la mort ? Oui, oui, jusqu'à la mort… Je ne comprends pas – Anna croise les bras sur la poitrine. Ma mère…

– Précisément. Votre mère. À propos, acceptez mes sincères et très profonds regrets concernant la lourde perte que vous avez subie.

Tout en exprimant ses condoléances, il fouille les murs des yeux, comme s'il y cherchait les traces de la perte irréparable.

Oubliant de le remercier, Anna poursuit, en plein désarroi :

– Ma mère a vécu le siège. Pavlik s'intéresse à l'histoire.

– Précisément ! Il notait le récit de sa grand-mère et le mettait en ligne. Entre nous soit dit, il y a de quoi se tordre de rire.

L'élève tourne la tête à droite et à gauche, enthousiaste.

– Il a du talent, ce petit coquin !

Anna se reprend enfin :

– Non. Je ne comprends toujours pas. C'est outrageant en quoi ?

– Si vous permettez, je vais vous montrer. Mais pour cela – l'élève chasse de ses lèvres la grimace d'enthousiasme –, je dois avoir accès à son ordinateur. Avec votre permission, je me déchausse…

Il fait un geste imperceptible, comme s'il allait se pencher.

– Mais non, inutile de quitter vos chaussures !

Anna est effrayée, sans savoir pourquoi.

L'élève redresse le dos et secoue les mains dans un but inconnu.

– Et puis, encore autre chose.

Il la regarde dans les yeux.

– Votre fils a dit quelque chose à propos de la Crimée ?

– De la Crimée…

Anna tente consciencieusement de se souvenir, mais en vain.

– Bon, on laisse tomber la Crimée ! Elle a regagné son port d'attache.

La laissant passer devant, il pénètre dans la pièce qu'il inspecte d'un regard fugitif.

– Ce qu'on ne saurait dire de votre Pavlik. Votre fils… Naturellement, je m'exprime de façon imagée… dérive tout droit du côté opposé. Parlons clair. Votre garçon s'est égaré. Ça arrive aux jeunes. D'ailleurs, vous êtes mieux placée que moi pour le savoir !

Dans le silence qui s'instaure, Anna entend son cœur taper. Son instinct maternel ne l'avait pas trompée. Son fils, son garçon… Oui oui, pense-t-elle, bien sûr qu'il s'est égaré, qu'il a été influencé. Elle, en mère responsable qu'elle est, sait même par qui. C'est l'étrange garçon surgi on ne sait d'où. Qui leur est, pour ainsi dire, tombé dessus. Non, elle n'est pas contre les nouveaux venus dans l'immeuble, en particulier, les Leningradois qui cherchent à améliorer leurs conditions de logement. Mais celui-là… De toute évidence, *qui vient d'ailleurs* : un long nez étroit fortement busqué ; un menton pointu, trop pointu, à son sens… Des profondeurs de sa mémoire surgit Zinaïda Vassilievna, sa collègue de chimie ; elle la regarde et laisse tomber de ses lèvres pâles à moitié transparentes : « Pour *certains*, leur Patrie est là où il fait chaud… »

L'élève d'Anna a un petit rire. Comme s'il avait lu dans ses pensées. C'est désagréable ; Dieu sait ce qui peut venir à l'esprit d'un enseignant ! Il y a des choses qu'il vaut mieux ne pas partager avec ses élèves. Un enseignant est là pour assurer la sauvegarde des jeunes âmes encore malléables.

– Anna Petrovna, j'espère que vous vous y connaissez en ordinateurs. Non, pas du tout ? Dans ce cas… il faudra procéder ainsi. Je… plus exactement, vous me confiez l'ordinateur. Pas pour longtemps, un jour ou deux. Je le nettoierai de tout le superflu. Pour parler de façon imagée, de tout ce qui est susceptible de jeter une ombre.

– Et… c'est faisable, ça ?

– Bien sûr que oui. Pourquoi non ? On appuie sur un bouton – il regarde sous la table, étend le bras ; la boîte métallique grise répond par un faible bourdonnement : on jurerait une mouche prise dans un poing serré. Et *voilà* !

– C'est si simple que ça ?

Anna est étonnée : voyez-vous, il suffit d'appuyer sur un bouton…

– Par conséquent… demande-t-elle, animée d'un timide espoir, c'est possible maintenant ?

– En principe, oui. Bien que… OK, essayons. Comme on dit, qui ne risque rien, n'a rien.

Il retrousse les manches de sa chemise, se frotte énergiquement les mains.

Debout derrière l'épaule de l'adulte qui a été son élève, Anna attend que disparaisse tout ce qui est mauvais et dangereux. Son garçon reviendra sur le droit chemin ; s'il l'a quitté, ce n'est certes pas intentionnellement, mais par hasard. Il a trébuché. Commis un acte inconsidéré.

À présent que le destin de Pavlik est entre des mains sûres, Anna admire involontairement l'habileté avec laquelle ces mains expérimentées, avisées, courent sur les touches et en extraient des images, pour l'essentiel, militaires : mitrailleuses, fusils, pistolets – elle n'y connaît strictement rien –, c'est l'apanage des petits garçons. Ils ne vont quand même pas jouer à la poupée !

– Dieu m'est témoin que je ne veux pas vous effrayer – l'élève interrompt ses recherches. Mais je crains qu'un nettoyage superficiel soit insuffisant. Tout est beaucoup plus sérieux. Tenez, regardez vous-même…

Anna regarde l'écran où éclatent et s'éteignent des schémas semblables aux feuilles encartées d'un manuel d'histoire : des flèches multicolores dirigées vers les frappes qu'échangent les « nôtres » et les « fascistes ». Mais qu'est-ce que cela a à voir avec Pavlik ?

– Votre fils risque de relever d'un grave article du Code pénal. Cette histoire sent le terrorisme, Anna Petrovna.

Anna aspire l'air par les narines, cherchant à déceler une odeur étrangère.

Peut-être son élève plaisante-t-il ?

Mais non. Il est le sérieux même.

– Préparation d'un acte terroriste. Nous sommes en présence d'indices indirects. Tout dépend des mains entre lesquelles cela peut tomber… Pour vous – il la regarde dans les yeux –, je suis prêt à faire une infraction.

Dans son parcours d'enseignante, ce terme avait joué un rôle bienfaisant. Toute sa vie professionnelle avait commencé par une infraction directe au Code du travail. Anna sent un afflux de confiance et d'espoir. Comme si, précisément maintenant, elle avait reçu une preuve indiscutable que, pour finir, la vie est juste. Le fondement de cette preuve repose sur le monolithe de la meilleure pédagogie au monde.

– J'espère que nous nous sommes compris.

Anna opine du chef.

Les doigts habiles de son ancien élève et futur sauveur fouillent les tiroirs du bureau. Elle a honte du terrible désordre qui y règne, tout est mélangé : bouts de papier, agrafes, moitiés de ciseaux cassés, bâtonnets de diverses couleurs que l'on appelle, semble-t-il, « clés USB »…

– Bien.

L'élève extrait de leur nid les fils emmêlés. Examine l'écran.

– Je crois que c'est tout…

Il se saisit de la boîte métallique et se dirige vers la porte.

Anna le suit. Maintenant que ses premières craintes se sont calmées, elle ressent un certain trouble : un élève est venu chez sa professeure, c'est gênant de le laisser repartir sans lui avoir offert le thé. En tout cas, il faut proposer.

– Avec de la confiture ? De cerises. Ou de groseilles. Ce que j'aime la confiture maison ! Sans faute – il fait un large sourire. La prochaine fois.

– Alors – Anna est légèrement déçue –, va pour la prochaine fois…

– Dans une semaine… une semaine. Nous sommes quel jour ? – l'élève compte les jours en remuant les lèvres sans bruit. Et j'en profiterai pour faire le point sur le travail effectué. J'espère que d'ici à lundi votre confiture n'aura pas tourné ?

Il presse l'ordinateur contre sa poitrine musclée.

– Ne t'en fais pas – Anna lance un coup d'œil rapide aux étagères chargées de bocaux de verre. Elle est stérilisée. On causera. Tranquillement, à la cuisine. Tu me raconteras ce que tu deviens…

Il marmonne :

– C'est ça, à la cuisine… On causera… J'ai bien tout pris ?

Anna se ressaisit : la tablette.

Pendant qu'elle va la chercher à la cuisine, son ancien élève a déjà posé l'ordinateur sur un tabouret.

– Vous permettez ?

Bien sûr qu'Anna permet. Quand c'est le salut de Pavlik qui est en jeu…

– Bien. Et c'est qui, celui-là ?

Anna regarde de biais. Se dépêche d'expliquer qu'elle n'a rien fait de spécial et n'a pas la moindre idée de qui peut être ce binoclard, Dieu sait d'où il est sorti ; peut-être est-elle coupable, elle aura appuyé là où il ne fallait pas…

Mais l'élève ne l'écoute pas, il passe le doigt sur l'écran. Profondément songeur, il fourre la tablette sous son bras.

– Ne vous inquiétez pas, Anna Petrovna ! Nous éclaircirons ça. On trouvera.

Tout au fond de ses yeux à l'expression détachée s'agite une lueur chaude, grande, comme la nostalgie de quelque chose d'impossible, de lointain.

Anna ferme la porte et sort sur le balcon. Elle regarde, penchée par-dessus la balustrade. L'ordinateur dans les mains, la tablette sous le bras, son ancien élève suit le chemin asphalté. Il s'approche d'une voiture qui ressemble à un taxi collectif. La porte latérale s'écarte dans un craquement, deux personnes sautent dehors ; pendant un instant, Anna a l'impression que ce ne sont pas des hommes, mais des masques.

L'élève entre dans la voiture. Après un bref coup d'œil alentour, les hommes-masques le suivent. Encore quelques secondes et le taxi collectif s'ébranle et se fond dans le torrent ininterrompu de voitures.

En bas, la pelouse nue parsemée d'herbes et d'arbustes chétifs. Comme s'il n'y avait eu ni l'élève, ni le taxi collectif aux vitres sombres, ni ces deux avec, en guise de visages, des masques semblables à des bas noirs déchiquetés.

Surmontant péniblement sa faiblesse, Anna se rend dans la chambre de sa mère et se couche sur le canapé.

Sa conscience exténuée vogue, sans s'accrocher à rien. Comme si, au lieu d'être allongée sur un canapé de cuir noir, elle errait dans un marécage : elle patauge sur des mottes de terre meuble, à chaque pas, le sol est toujours plus détrempé, elle s'y enlise toujours plus profondément. Dans son demi-sommeil, Anna devine que, pour émerger dans un endroit sec, elle doit se rappeler le nom de son ancien élève.

Et la voilà non plus dans une forêt, mais dans le bureau de la directrice où se décide le sort d'un gamin. Lui, il est absent. À sa place, sa mère, debout, écoute et opine du chef, soumise, tirant (comme pour rythmer ses rapides signes de tête) sur les extrémités du châle jeté sur ses épaules. Tantôt d'un côté, tantôt de l'autre. Anna se tient de biais. Elle voit une ligne rouge qui gonfle là où le châle de laine touche la peau du cou.

« Ou bien vous, telle une mère responsable – la directrice brandit en direction de la mère la pointe d'un crayon splendidement taillé –, prenez les mesures qui s'imposent. Ou bien nous, en tant qu'institution d'enseignement et d'éducation, prenons ces mesures à notre compte ! Ou bien ce sera la section pour mineurs de la police, avec comme perspective une colonie pénitentiaire pour adolescents. Ou bien un établissement spécial pour des jeunes particulièrement difficiles. C'est tout ce que j'ai à vous dire. »

Valentina Dmitrievna met son crayon dans un verre en plastique.

Anna entend distinctement un craquement.

Dans son sommeil, elle sait qu'il ne s'agit pas d'une mine de crayon. Ainsi craque et se brise un destin. Anna veut glisser un petit mot pour le garçonnet invisible mais, sous le regard inflexible de la directrice, elle courbe l'échine : qui est-elle comparée à Valentina Dmitrievna, dotée d'une immense expérience pédagogique ?

Cependant, le rêve angoissant continue. Le voilà, celui qui a troublé la tranquillité du lycée et qu'attend avec impatience la section pour mineurs de la police (cela fait longtemps qu'Anna ne distingue pas son visage, seulement son uniforme scolaire : un petit costume gris acheté une taille au-dessus pour être utilisé longtemps) ; tout en tirant sur son pantalon trop long qui lui tombe sur les chevilles, il marche vers sa mère dans le long couloir du lycée. Celle-ci l'enlace par les épaules. Ils tournent le coin. Anna entend un cri d'enfant et des sanglots de femme désespérés.

Elle bondit de sa place, les rejoint en courant.

Brandissant maladroitement les poings, la mère frappe son fils. Sous la pluie de coups malhabiles qui s'abattent sur lui, il crie :

– Où sont mes affaires ? Réponds !

Sa conscience émerge ventre à l'air comme un poisson empoisonné. Anna s'assied au bord du canapé, ses jambes pendent, encore entravées par le rêve. Tout aussi absurde que le cri désespéré de Pavlik :

– Où les as-tu mises, où ?!

À la porte, comme un tableau dans un cadre de chêne, son visage féroce, distordu par le désespoir.

Anna s'efforce d'expliquer. En détail, en commençant par le début, son ancien élève qui a promis que c'était pour peu de temps, juste pour effacer tout ce qu'il y a de dangereux et de superflu...

– Effacer ?! Le super... flu ?! – son fils s'étrangle. Il y a là... mon jeu ! Schémas, ébauches... calculs...

– Préparation d'un acte terroriste – Anna prend une voix intransigeante. Ce n'est pas un jeu, mon cher fils.

Pavlik émet un bref gémissement.

La sévérité d'Anna disparaît en un clin d'œil.

Il est sa chair et son sang : son cœur, son foie, ses vaisseaux ; les œdèmes de ses jambes, sa lombalgie, ses acouphènes. Son garçon bien-aimé, unique ; pour lui, elle est prête à tout. Si on lui dit : « Mens », elle mentira ; si on lui dit : « Tue », elle tuera...

– Seigneur, ce que tu peux être... bête !

Son fils la regarde avec des yeux vides, aveugles.

Anna plisse les yeux. Secoue la tête pour en chasser l'hébétude, tremblante comme de la gelée, dans lequel l'a plongée la cruauté de son fils. Et entend le choc de la porte d'entrée. Pas un choc : un coup de feu.

Par bonheur, elle n'est pas tuée mais blessée. Gravement, mais pas mortellement : le garçon est déboussolé, il ne s'est pas retenu et a crié n'importe quoi, ça arrive avec les enfants, surtout les petits garçons... Les petites filles, c'est tout autre chose, elle ne se rappelle pas qu'une quelconque petite fille...

Maintenant qu'elle a couvert la blessure d'un pansement de gaze, Anna se demande ce qu'elle doit faire. Attendre que la fureur de Pavlik retombe et qu'il revienne ?... Ou ne pas attendre et agir ?... Elle s'approche du miroir voilé. Si petite maman l'entend, qu'elle réponde.

Les plis du drap frémissent : « Je te l'avais bien dit, je t'avais prévenue ; tu as eu un enfant de n'importe qui, maintenant, assumes-en les conséquences. »

Anna acquiesce sans protester : « Oui, maman, bien sûr que je les subis, tu as raison, tu l'avais dit, tu avais prévenu » ; cependant, sa main avance vers le miroir, arrache le chiffon blanc. Autant qu'Anna se souvienne, même aux instants de fureur, les yeux de maman étaient emplis d'un calme froid – à présent, elle est en plein désarroi : en arrachant le rideau, sa fille l'a prise au dépourvu.

Anna regarde, bien décidée à se montrer ferme. Une dernière fois, avant que maman ne disparaisse à tout jamais, la fille éternellement soumise qu'elle a été a le droit de poser une question. Sa mère est tenue de répondre : que cherchait-elle donc en torturant sa fille unique bien-aimée ?

Sa mère ricane :

– Unique, oui, mais bien-aimée, tu es allée chercher ça où ?

– Comment donc, maman ! Quand j'étais petite et que nous allions ensemble aux bains publics, avant de me faire asseoir dans une bassine sale utilisée par d'autres, tu la rinçais à l'eau bouillante...

– Je la rinçais, naturellement ! Il n'aurait plus manqué que d'aller attraper je ne sais quelle saloperie contagieuse...

– Et le matin, le matin, tu me peignais. J'avais mal, mais je supportais, je savais que ce n'était pas par méchanceté, mais parce que j'avais des cheveux fins. Tu mettais des rubans dans mes tresses...

– Ah, ces tresses ! Tiens, moi, j'avais une vraie natte et toi – le fantôme de sa mère s'esclaffe – des petites queues de rat...

– D'accord – Anna est prête à accepter, tant pis pour les queues de rat. Rappelle-toi, tu me passais du mercurochrome sur les genoux et puis, tu soufflais sur mes écorchures pour calmer la douleur...

Dans le miroir, le fantôme de sa mère se tait, comme si elle avait la bouche pleine d'amalgame dentaire. Anna se passe la main dans les cheveux – maman lui répond par le même geste. Pour la fille, ce geste est synonyme de résignation. Et pour la mère ?

– Tu te rappelles quand tu travaillais encore au lycée, tu avais une amie intelligente...

Anna lui souffle volontiers :

– Natalia.

Sa mère lève les sourcils d'un air supérieur.

– Tu crois que son nom me fait quelque chose ?

– Maman, je pense à Pavlik...

Sans s'arrêter à ses propos, sa mère poursuit comme si de rien n'était :

– Toi non plus, tu ne te souviens pas des noms.

– Comment ça, maman ! Mais si !

– Ah bon ! Alors, dis-moi comment s'appelle ton ancien élève !

Anna passe mentalement les noms en revue : Vania, Volodia... Gocha...

– Ça me revient ! Serioja.

– Eh bien, tu t'es trompée ! – les yeux de sa mère flamboient et s'éteignent au même instant. À cet égard, tu es ton père tout craché. Je te l'ai bien dit qu'il ne se rappelait pas les noms. Ni les noms ni les visages... Ne raconte pas d'histoires ! – sa mère se renfrogne, fronce les sourcils. Je t'ai *tout* dit. Tu as tous les torts. Tu n'as rien voulu entendre...

Anna incline la tête, soumise. Si maman juge sa fille coupable de tout, elle, la fille, ne saurait s'y habituer. Mais aujourd'hui, oui, aujourd'hui, elle est obligée de l'aider, de lui suggérer que faire, où chercher son petit garçon disparu...

– Souviens-toi de ce que disait ton amie...

Anna se penche, songeuse. Ramasse le drap blanc par terre.

Le drap tremble, se recroqueville... La voix de la mère est presque inaudible. Même si elle le voulait, elle n'aurait plus les forces d'aider.

Néanmoins, Anna est contente, même d'un semblable avis. Il signifie que maman n'est pas sortie de sa vie, n'a pas renoncé à toute responsabilité concernant le destin de son unique petit-fils...

En elle flamboie encore un petit rayon d'espoir.

– Oui oui. Tout de suite... Le temps de réfléchir un peu et je vais me souvenir...

Elle s'assied sur le tabouret, les tempes serrées entre les mains.

Qu'est-ce donc que lui a dit Natalia ? La première chose qui émerge dans sa mémoire est la lampe à l'ange. « Non – Anna chasse ce souvenir impromptu. L'ange n'a rien à faire là. » Il y a autre chose. D'important. Peut-être à propos des familles idéales ? Où la mère prend soin de l'enfant. Et le père ? Il assume la vie matérielle de la famille… Et ensuite, quand l'enfant est grand, il lui donne son billet pour la vie…

Anna a un petit rire amer : cela n'a rien à voir ni avec elle ni avec sa famille.

Mais qu'est-ce qui a à voir avec elle, alors ?

Si sa mémoire ne la trompe pas, Pavlik a mentionné un jeu. Probablement pas un jeu de société, non, il se passionnait pour ces jeux quand il était petit. « Donc – elle devine enfin –, un jeu d'animation en extérieur… »

Quand Anna dévale l'escalier, la tête la première, en pantoufles, il fait encore clair. Mais le temps que, sans cesser de regarder autour d'elle, brandissant son petit rayon d'espoir, elle fasse le tour de la cour et des alentours immédiats, la pénombre lui tombe sur les épaules et se transforme peu à peu en obscurité. Pas une obscurité impénétrable ; Dieu merci, elle n'est pas dans une forêt, mais dans une ville, sous la protection de services sociaux qui veillent jour et nuit à ce que des becs de gaz brûlent partout.

S'y ajoute le mince rayon d'espoir grâce auquel Anna s'appuie à la barrière du parc. Le petit Pavlik redoutait de la franchir.

Un instant, Anna a l'impression qu'il est de nouveau petit, ici, à ses côtés, il lui suffit d'étendre la main pour toucher ses cheveux soyeux, châtain clair. Une vague de tendresse submerge Anna ; si cela dépendait d'elle, elle demeurerait dans le lointain passé où elle était sa seule défense contre les aléas de la vie susceptibles de le menacer.

Des éclats de rire entrecoupés de clameurs indistinctes viennent interrompre la béatitude du passé. Anna regarde et distingue un groupe de garçons et de filles joyeux et insouciants réunis à l'intérieur du parc, pour rire et discuter, comme tous les jeunes le font.

Dans la multitude de voix animées et amicales, celle d'un garçon résonne à part ; elle manque de fermeté tout en étant, dans le même temps, raisonnable. Anna n'est pas loin d'y reconnaître celle de son fils. Son garçon a grandi et a rejoint une bande de jeunes de son âge, tout vaut mieux que de rester chez soi ou de traîner avec un gars douteux : ce genre d'amitié indésirable ne saurait mener à rien de bon.

Se fiant à ce que lui souffle son cœur de mère, Anna veut héler son fils, mais elle se reprend à temps : et si ces nouveaux amis allaient le traiter de mauviette et de fifils à sa maman ? Ils peuvent être rudement cruels, les enfants, elle en sait quelque chose, pour avoir enseigné de nombreuses années !

Afin de ne pas jouer un mauvais tour à Pavlik tout en s'assurant qu'il ne lui est rien arrivé de fâcheux, elle ne va pas l'appeler. Elle se contentera de passer à côté...

Elle tourne le coin du parc dans cette intention, s'enfonce dans une allée déserte ; arrivée au niveau du banc occupé par le groupe joyeux, elle s'arrête à quelque distance, scrutant l'obscurité, mais sans pénétrer dans le périmètre jaunâtre délimité par la lumière oscillante d'un bec de gaz.

Celui qu'elle avait pensé être Pavlik quand elle était appuyée à la grille est là, prenant ses aises. En remarquant Anna, il s'interrompt au milieu d'un mot, d'une pichenette il expédie sa cigarette encore allumée dans une poubelle (le mégot fumant décrit une paresseuse trajectoire et tombe à terre sans avoir touché son but) et se lève.

Anna voit son visage. À la lumière du bec de gaz, il semble large et plat, écrasé. Les yeux noyés dans les pommettes la regardent fixement, comme s'ils la tâtaient. Se tournant vers ses camarades, il marmonne quelque chose entre ses dents en tordant sa bouche étirée semblable à celle d'un poisson.

Sous ce regard perçant, glaçant, l'âme d'Anna se brise en mille morceaux, mais au lieu de s'enfuir en courant, elle fait un pas dans sa direction : inconsciemment, comme si cet homme-poisson froid avait coupé le mince fil qui assujettit sa timide âme vivante à son corps, en avait saisi l'extrémité pendante et veule pour la tirer à lui, où elle ne manquera pas d'étouffer, gorgée d'eau stagnante.

Les lèvres pâles sourient, découvrant un petit rire satisfait : tout indique combien il est content de sa pitoyable, authentique terreur. Les yeux plissés, Anna se dit : « Il va maintenant s'approcher, me toucher... » Cette pensée dégoûtante l'enfièvre.

Mais il ne s'approche pas, il reste debout, remuant ses larges narines que l'on pourrait croire retournées à l'envers. Il semble respirer sa peur comme l'odeur du sang qui s'écoule goutte à goutte de la blessure que lui a infligée Pavlik ; le sang tombe sur la terre en filets visqueux, impossibles à dissimuler.

La voix de son sang lui souffle qu'elle est en face d'un ennemi cruel, féroce ; elle doit se concentrer, mobiliser ses dernières forces pour ne pas tomber entre les pattes d'un mal impitoyable. La voix du sang lui cogne dans la tête. Ce coup puissant, ciblé, réunit, tel un bouquet, toutes les injustices auxquelles Anna s'est heurtée sa vie durant, comme si ce n'était pas sa mémoire, mais son sang, coulant avec zèle et diligence dans ses veines et ses artères, qui avait composé ce bouquet fait d'offenses imméritées disposées les unes contre les autres comme autant de fleurs. C'est avec ce bouquet piquant et sec (qu'Anna serre en le tenant à bout de bras) qu'elle cinglera cette créature haineuse sur les joues, sur son arrogante gueule de poisson.

À présent, elle n'est pas une ombre sur laquelle quiconque le désire est libre de marcher. Elle est un être humain fait de chair et de sang. Pour la première fois de sa vie, elle n'éprouve pas la nécessité d'une aide extérieure pour repousser l'insolent.

Sentant dans l'eau croupie une odeur inconnue, sèche et âcre, son ennemi fronce le nez. Il ne l'a jamais respirée auparavant ; il ignore même avec quoi cela se mange. Ses narines aplaties tressaillent. Dissimulant son fâcheux désarroi derrière un sourire forcé, il ondule des hanches, retardant le moment de bondir.

La meute réunie derrière son dos gronde et murmure sourdement. Anna entend un brouhaha incompréhensible annonciateur d'une obscure menace. Qui vise-t-elle ? Elle ou lui ?

À la différence d'Anna, lui, le chef, le sait.

– Eh ben, tu croyais qu'on te reconnaissait pas ? Qu'on te reconnaissait pas, hein ?

S'excitant, il remonte son pantalon d'un geste circulaire, convulsif.

Un gargouillis satisfait succède à la rumeur qui sourd de la meute. Le bras plongé jusqu'au coude dans le chaudron bouillant, le chef leur jette des morceaux de mouton découpés et cuits à point.

– Hou-hou ! Putain à trois sous ! T'as fait jouir tout le quartier. Depuis les gars du Caucase jusqu'aux Asiates.

Les morceaux bien gras laissent échapper un jus savoureux follement appétissant ; la meute les déchire à belles dents, les avale sans les mâcher, se léchant consciencieusement les babines et montrant les dents.

Anna voit leurs yeux, étincelants, insatiables, où se lit le pressentiment du plaisir.

Des jeunes filles s'avancent. Leurs tendres visages recouverts d'une grasse couche de maquillage font sur Anna une impression repoussante. Si c'étaient ses élèves, elle les chasserait de la classe. En leur ordonnant d'aller se laver la figure.

Elles s'arrêtent à deux pas d'Anna, battant de leurs cils collés, si longs que, plutôt qu'à des cils, ils ressemblent à des ailes de papillons de nuit découpées par une main cruelle, méchante.

À la lumière jaune du bec de gaz, leurs paupières devenues hideuses paraissent bleu foncé. Les jeunes filles ressemblent à des noyées. Le cœur compatissant d'Anna tressaille de pitié : ce sont des enfants abandonnées. Mais les enfants ne sont pas coupables. Les coupables, ce sont les adultes qui ne leur ont pas inculqué les règles élémentaires de la vie en société ; ne leur ont pas expliqué ce qui est bien et ce qui est mal.

Les enfants sont un matériau plastique. Le psychisme enfantin est comme de la pâte à modeler ; ce n'est pas simple de se faire entendre d'un cœur d'enfant. Mais Anna est prête à essayer, même à présent, dans ces circonstances difficiles où elle a été prise au dépourvu.

Les filles approchent, elles sont tout près, elles l'enserrent dans un cercle fermé. Debout, elles dévisagent Anna sombrement, mais avec un vif intérêt. Comme si elle était un insecte empoisonné qu'il fallait détruire. Elles échangent des petits rires, des coups d'œil, cherchant à surmonter leur crainte.

Avant que les doigts agiles ne s'insinuent dans ses cheveux, Anna réussit à tout comprendre (pas comme enseignante, mais par un sentiment intime, animal), à comprendre et à s'élancer pour briser le solide anneau de jeunes corps débordants de vie.

Elle court, sans regarder la route, éclaboussée par l'eau des flaques.

Les jeunes garçons sont debout près du banc. Ils sifflent sur son passage. Leur sifflement retentissant, confus, se mêle à un glapissement désespéré. S'élançant à sa suite, les filles poursuivent leur proie perdue, échappée de leurs mains.

Boitillant drôlement, la proie tourne dans une allée latérale.

Encore quelques pas et elle est sauvée : sa main touchera la barrière tiède chauffée par le soleil, elle s'échappera, triomphera des ténèbres épaisses. Comme pour confirmer son dernier espoir, devant elle, derrière un buisson aux dimensions d'un arbre, quelque chose siffle et lance un éclair. Anna recule instinctivement. Les semelles de ses pantoufles glissent sur le gazon.

Elle perd l'équilibre, trébuche, tombe. Ce n'est pas la faute du brusque jaillissement de lumière, mais de la rosée vespérale qui dégringole des cieux sur la terre.

9

À présent, multipliant les tours et les détours, mesurant de ses pas furieux l'obscurité des rues avoisinantes, il regrettait. Pas de ne pas avoir su se retenir, de lui avoir crié dessus, de lui avoir dit qu'elle était bête. N'importe qui à sa place... Mais d'être parti. En claquant la porte. Au lieu de se claquemurer dans sa chambre. Et de la laisser gratter, frapper, se repentir de ses actes... Il était parti, coupant court à toute possibilité d'examiner les choses tranquillement, à tête reposée. Surtout, de vérifier les clés USB, que, comme s'il avait pressenti le tour qu'allaient prendre les événements, il avait dispersées un peu partout, comme quand, enfant, il imaginait des cachettes. Cramponné à cette idée comme à un fétu de paille, il avait voulu téléphoner, demander où ils avaient fouillé. Dans les tiroirs ? Sous le matelas ? Il prit son smartphone dans sa poche arrière. Remarqua qu'il était presque totalement déchargé et imagina Anna éclatant en cris de désolation. Et, en plus, mentant. Elle dirait qu'ils n'avaient pas fouillé, et quand il reviendrait vérifier, il verrait que si, et comment ! Et tout s'effondrerait définitivement et à tout jamais.

Pour ne pas se priver de ce dernier espoir chancelant, il fabriqua un tuteur pour l'étayer ; tout cela était *si* injuste que cela ne pouvait tout simplement *pas être.* Et faisant mine d'avoir ainsi trouvé une consolation, il tenta de découvrir une perspective immédiate pour la nuit.

Un banc dans un parc ? Premièrement, il faisait froid ; deuxièmement, il pouvait tomber sur une patrouille de policiers faisant la chasse aux clochards.

Il y avait un troisièmement. L'ordinateur rapide qui lui tenait lieu d'esprit, obéissant aveuglément à une habitude infiltrée dans sa chair et dans son sang, lui dessinait déjà un tableau dément : on le saisissait aux aisselles pour le traîner au poste de police le plus proche, on l'enfermait dans la « cage aux singes » en compagnie d'alcoolos et autres personnages puants lui agitant sous le nez des haillons infects. Naturellement, sa mère accourrait, supplierait, refilerait au flic en faction son passeport avec son permis de séjour. Mais le laisserait-on téléphoner ? En l'absence de certitude, il soupira et préféra ne pas tenter le sort.

Une chance que, lors de la dernière rencontre (il ricana : dernière et unique), il ait enregistré le numéro de téléphone. Il envisagea même de débiter une histoire : sa mère était à la datcha, il avait oublié ses clés. Mais ce fut inutile. Son Vous-père l'interrompit pour lui dicter son adresse : à l'angle des rues Gagarine et Ordjonikidze. Plus simplement : le métro jusqu'à la station Zvezdnaïa et puis, à pied. À sa voix, on comprenait qu'il était content.

Il pensa à traverser le parc mais y renonça. Il secoua les épaules, s'efforçant de chasser de sa mémoire ce que, depuis peu, il redoutait à en vomir, à en trembler de tous ses membres : une quinzaine de jours plus tôt, il était tombé sur une bande de monstrueux voyous et s'était enfui honteusement, sentant dans chaque muscle, dans chaque cellule de son corps leurs doigts gluants, entendant leur sifflement, leur ululement répugnant. Leur clique le poursuivait. Comme une meute de chiens enragés.

Au loin, du côté de l'étang où, en été, on louait des barques et qui, en hiver, se transformait tout naturellement en patinoire, quelqu'un tirait un feu d'artifice. La veille encore, contemplant depuis son balcon les explosions de fusées multicolores, bleues, jaunes et blanches, il aurait fait une moue de dédain : des idiots jetaient en l'air un argent qui aurait pu être utilisé *sérieusement.* À présent, après l'explosion de son cerveau dont il était redevable à sa propre mère, il n'éprouvait pas de sentiment de supériorité sur les désœuvrés qui n'avaient rien d'autre à faire que de lancer des sommes folles dans le ciel noir. Plutôt de l'étonnement : incroyable ! Il restait encore des gens assez bizarres pour, sans plaindre ni leur temps ni leur argent, déchiqueter, ne fût-ce que pour quelques brefs instants, les ténèbres épaisses qui envahissaient la terre.

À l'entrée du métro se dressaient les silhouettes de deux flics. Il passa devant eux sans se hâter, l'air aussi détaché que s'il avait lui-même créé ces personnages et les avait pourvus de courtes massues. Pourtant ceux qu'il créait n'avaient justement pas de massues, ni courtes ni longues. En y songeant, il s'assombrit. Maintenant que le jeu était frauduleusement passé entre les pattes de ses concurrents, il n'était plus responsable. Il devait insuffler un semblant de vie ; pour le reste, qu'ils se débrouillent. Au choix, des coups de Walther ou, s'ils préféraient, de massue. Tandis qu'il descendait par l'escalator, ses yeux furibonds glissant sur les parois de la station d'une profondeur telle qu'elle paraissait s'enfoncer dans les enfers, il imagina une devise : « Un créateur n'est pas personnellement responsable de ceux qu'il a créés » – pour ainsi dire imprimée en grosses lettres sur l'emballage de ce qui était désormais *leur* jeu.

Le rôle de créateur irresponsable qu'il s'était attribué ouvrait de nouvelles possibilités. Plus exactement, de nouvelles perspectives : tant que ses perfides concurrents suivraient son chemin, trébuchant encore et encore en tentant d'unir l'incompatible, en un mot, un chemin débouchant sur une impasse (il l'avait senti depuis longtemps, mais à présent, après sa conversation avec Svetlana, il s'en était définitivement persuadé), il recommencerait tout. D'abord les mécanismes fondamentaux du jeu. Pour commencer, un saut. De quel côté, ce n'était pas encore clair. Il résoudrait enfin la question de l'évolution : qu'est-ce qui se développerait, et comment, dans son personnage – nullement hypothétique – au fur et à mesure de la progression du jeu. Et encore, oui : ne pas oublier les systèmes de jeu. Comment la météo va-t-elle évoluer ? Et dans quel local fermé pourra-t-on garder les objets achetés ou pris à des personnages secondaires ? Dans un entrepôt ou dans un grenier ?

Caressant ces idées inspirantes, il arriva sans le remarquer à la station Zvezdnaïa. Il remonta à la surface, sortit de la zone éclairée du bâtiment du métro, s'arrêta pour scruter l'obscurité. Piquante, comme tressée de branches au travers desquelles il faudrait se frayer un chemin. Là d'où il arrivait, il y avait au moins des policiers en faction. Tandis qu'ici... Il songea à allumer la lampe de son smartphone, mais se rappela qu'il allait incessamment se décharger ; sans lui, il se sentait comme amputé des deux mains.

Il marchait sans cesser de regarder autour de lui, tendu. Comme s'il n'était pas dans un lointain quartier excentré, mais parcourait le premier niveau d'un jeu où, loin d'être une divinité, il était un vrai dilettante, un petit nouveau ignorant les règles et risquant de tomber dans un piège. En comparaison, tous les voyous et tous les monstres domiciliés au parc de la Victoire n'étaient que du menu fretin, l'insignifiance même. Une unique chose paraissait actuellement plus ou moins claire : les concepteurs avaient pris pour fondement non point les jeux de société soviétiques, mais quelque chose de plus antique se perdant dans les sombres profondeurs où les premiers *Homo sapiens*, réputés représenter les ancêtres de l'humanité, lançaient un défi aux êtres moitié hommes, moitié singes, les pithécanthropes ou, quel était déjà leur patronyme... Inutile de stimuler sa créativité pour imaginer cet individu : trapu, le front bas et fuyant, une massue entre ses pattes velues... Celui-là, s'il t'approche sans crier gare, il fendra ta misérable tête comme une noix pourrie.

En dépit de ses pires attentes, le lieu inconnu où il cheminait avait l'air calme et désert : pas de malfrats locaux ni même de passants solitaires. Où que le regard porte, partout des immeubles de quatre étages. Les ténèbres environnantes les rendaient plats, pareils à des tableaux inanimés. Si quelque chose leur donnait vie, c'étaient les fenêtres illuminées. D'ailleurs, en cette heure tardive, elles étaient peu nombreuses et s'éteignaient progressivement, l'une après l'autre. À présent qu'il avait quitté le trottoir pour marcher sur la chaussée, il lui semblait que ce n'étaient pas les habitants qui éteignaient l'électricité, mais les immeubles de brique eux-mêmes qui attiraient les derniers lambeaux de lumière accrochée à l'extérieur derrière les fenêtres ; ils les avalaient et les digéraient ; lentement, avec des gargouillis.

Cependant, le gargouillis sourd se rapprochait. Enflait derrière son dos ; il se recroquevilla intérieurement et se prépara à ce que sa vie dans le jeu prenne fin ; encore un instant, et le programme le rejetterait. Le ramènerait au début du jeu. De façon incompréhensible, inexplicable, l'instant se prolongea. Il se retourna brusquement et vit un minibus qui le contournait sur la pointe des pieds ou peu s'en faut. Le bonhomme au volant lui adressa un clin d'œil entendu suivi d'un large sourire amical, genre, tu en as assez de vivre ou quoi ? Et s'en fut son chemin, le laissant dubitatif : qu'est-ce que cela pouvait bien être ? Et surtout, dans quel but ?

Désespérant de résoudre cette énigme, il contourna une haute construction surgie inopinément de derrière les immeubles de l'époque khrouchtchevienne. Entamant la ligne droite finale, il tourna dans un interstice entre les dernières maisons. Maintenant qu'il avait réussi à parcourir la plus grande partie de la route, il avait retrouvé sa certitude d'antan : les ennemis n'avaient rien à espérer. Il était un joueur expérimenté disposant de suffisamment d'expérience pour surmonter tous les obstacles, quels qu'ils soient. L'essentiel était de ne pas bayer aux corneilles, de ne pas faire de sottises (comme avec ce minibus, une erreur qu'il ne pouvait que s'attribuer ; il s'était laissé aller, enthousiasmé par les petites images qui s'animaient), en un mot, agir au maximum de ses possibilités. Il avançait, se persuadant qu'il n'avait rien manqué. À l'exception de cette seule et unique regrettable vétille, tout avait été fait correctement, comme il se devait…

Dans les profondeurs de la cour, à gauche du chemin (à en juger par le plan qu'il avait gardé en mémoire quand, à la sortie du métro, il avait tapé les coordonnées de son père dans la barre d'adresse, ce chemin pavé devait le conduire à son but), se détachait un bâtiment sombre semblable à un garage. Sur le toit il y avait un chat, plus exactement, une chose qui, lorsqu'on s'en rapprochait, devenait un chat. Le chat le remarqua, allongea ses pattes de devant et s'étira, déroulant lentement sa colonne vertébrale ; à la faveur d'une bande de lumière lunaire, son dos, soudain bossu, se détachait distinctement. Il s'arrêta, souffle coupé ; dans l'obscurité deux yeux étincelants le fixaient. Sans détourner de lui un regard électrique, qui lui donna la chair de poule, le chat ouvrit la bouche toute grande et émit un feulement.

S'attendant à ce que la créature tigrée lui saute dessus, il joignit les mains, doigts entrelacés, et se prépara : à défaut de la repousser, au moins, à sauter en arrière. Mais le chat n'en finissait pas de feuler. Presque sans bruit, en montrant les dents.

Il se replaça de force dans l'espace virtuel et pensa : « Pas de doute, ils se sont complètement plantés avec le son. » « Ils », c'étaient les concepteurs. Et soudain, il comprit avec une clarté inéluctable qu'il ne se trouvait ni au premier niveau, ni au deuxième, ni même au troisième, que c'était la bataille avec le *boss ultime*, le test final des caractéristiques et des capacités.

Mais littéralement un instant plus tôt, juste avant de l'avoir compris, d'en avoir pris conscience, il distingua la silhouette solitaire de son père.

Son père l'attendait auprès de l'entrée principale. Il reconnut son fils de loin, alla à sa rencontre, les bras ouverts pour le serrer contre lui. Encore sous l'emprise de ses fantasmes, Pavlik se détourna instinctivement.

Ils montèrent l'escalier. Son père devant, lui, derrière. L'appartement se trouvait au dernier étage. Plus haut, il n'y avait que le grenier.

Dans l'entrée, il s'essuya les pieds sur le paillasson ; se pencha et commença à défaire ses lacets. Son père perdit contenance, fouilla sous le portemanteau, puis fit un geste de la main qui signifiait : inutile, tu peux garder tes chaussures.

Pendant que son père s'affairait auprès de la cuisinière, il examina furtivement les lieux : un réduit en guise de cuisine, c'était même incroyable que pareille chose puisse exister ; en se mettant sur la pointe des pieds, on touchait le plafond. Pour le reste, une cuisine ordinaire : un évier, un égouttoir, une fenêtre avec un large rebord sur lequel étaient disposés – il venait juste de le remarquer – des appareils électriques. Celui-ci, au bord, ressemblait à un hachoir ; et celui-là ? Une cafetière ? Il haussa mentalement les épaules : pourquoi diable un homme seul avait-il besoin d'une cafetière électrique ? Comme s'il ne pouvait pas se faire son café dans une petite cafetière turque en métal ? Le Vous-père s'entourait de technique dernier cri.

N'y avait-il pas là l'aveu d'une secrète impuissance ? Il ressentit une piqûre de pitié, qui ressemblait à un afflux de mauvaise conscience, mais léger – rien de comparable à ce qu'il éprouvait parfois en regardant sa mère.

Son père mit devant lui une assiette pleine et s'assit en face. Il se taisait, mais de telle façon qu'on comprenait qu'il attendait le bon moment. Les questionnements étaient inévitables, ses yeux le disaient. On n'y lisait pas l'impuissance. Bien au contraire, ils étaient concentrés. Pour ne pas dire pénétrants.

Enfin rassasié, il s'essuya les lèvres du revers de la main. Il s'apprêtait à débiter l'histoire qu'il avait préparée, comme quoi sa mère était à la datcha, mais quelque chose l'en empêcha.

Il leva les yeux sur son père et comprit. Quand, quatre ans auparavant, son père l'avait fait exempter du service militaire, il avait l'air costaud, sûr de lui. À présent, il était tout desséché, amaigri. Qui sait, peut-être était-il malade ?... Un geste brusque de l'épaule, et il se mit à raconter les choses comme elles étaient, sans fabuler, mais de façon concise, sans entrer dans les détails. Il commença par l'essentiel, les concurrents : ils étaient venus en son absence et avaient tourné la tête à sa mère. Son père l'écoutait. Hochait la tête. Parfois, redemandait. Mais il posait d'étranges questions : à quoi ressemblaient ces concurrents ? Qu'avaient-ils dit ?...

Il ne comprenait pas lui-même comment il se faisait que son père, rusée cigogne, ait tout picoré jusqu'au fond, plus exactement, presque jusqu'au fond ; à cet endroit, comme une écharde, était planté ce type au revolver, au tablier de cuir et aux lunettes rondes, embuées. L'idée lui traversa l'esprit d'avouer, d'arracher cette écharde purulente. Mais son flair de joueur expérimenté lui soufflait qu'il pouvait parler du « Seigneur des choses » ; de même que du portail où il mettait en ligne les racontars déments de mémé ; et même de l'avion (qu'il avait prétendument abattu quand il faisait l'idiot en s'imaginant être le compagnon d'armes du Reconstructeur) ; mais pas de son grand-père – son grand-père, c'était interdit.

Des années plus tard, alors que le souvenir de leur seconde et dernière rencontre était obscurci par l'ombre du temps, il tenta maintes fois d'imaginer ce qu'il serait advenu de sa vie si son flair l'avait trahi.

Son père se serait-il impliqué, attelé à tout cela s'il avait su qu'il avait devant lui le petit-fils d'un bourreau ?...

Dans tout le tas de choses qu'il avait déballées sur la table, son père, écartant l'assiette vide, choisit la moins importante à ses yeux. Il demanda : « Et un portail, c'est quoi ? »

Il commença à expliquer, mais il perdit le fil de ses idées, s'embrouilla. Pensa : « Plutôt que d'expliquer, il est plus simple de montrer. » Il cliqua sur la première chose qui avait réuni un sacré nuage de likes et de visites – la satanée comédie de mémé à propos de l'hôpital militaire où on l'aurait admise. Au printemps, cela lui semblait drôle ; surtout sur le fond des images de la télé : nos glorieux volontaires, habitués des magasins militaires, se battaient contre les ukrofascistes. À présent, écoutant sa voix confiante, sans défense, il se replia sur lui-même, maudissant sa sottise sans bornes.

Son père regarda la vidéo jusqu'au bout, jusqu'aux derniers mots de mémé « Comment vivre en étant aveugle ! », se leva, fit quelques pas de la table à la porte, revint, s'assit sur un tabouret en pianotant des doigts sur la table. Touk-touk. Touk-touk. Drôle d'expert !

Ensuite, il dit soudain :

– Non. Ce ne sont pas tes concurrents. Ce sont *eux* – et il désigna du doigt le plafond bas, écrasant la tête.

Il ne comprit pas, voulut demander. Il allait ouvrir la bouche, mais, en cet instant, une immense fatigue s'abattit sur lui, comme si tout ce qu'il avait traversé n'était plus qu'un seul et unique morceau de braise couvant dans son cerveau : se coucher et fermer les yeux, quitter ce monde insupportable pour un autre privé de matérialité où ils seraient seuls, plus exactement, seuls à deux. Avec elle, Svetlana. Et ne jamais revenir, jamais.

Comme pour le contrarier, son père n'arrêtait pas de parler (lui opinait du chef en louchant sur le cadran rond de la pendule murale dont l'aiguille marquait près de trois heures), cherchant à le persuader du sérieux de tout cela. Du moment qu'il était entre *leurs* griffes, ils ne le lâcheraient pas comme ça, tout leur était bon ; ils en avaient maté d'autres, il pouvait le croire.

– Pourquoi moi ? demanda-t-il avec indifférence. Pour quelle raison ?

Il regretta immédiatement sa question. Son père se lança dans des discours sans fin sur il ne savait quels dissidents affublés d'un diagnostic de schizophrénie chronique, assommés de piqûres médicamenteuses ; il fut aussi question de la prison centrale de Vladimir où se retrouvaient les prisonniers politiques, pas tous : les grévistes de la faim et les auteurs de plaintes. Autrement dit, il débita des balivernes, qui rappelaient un jeu désespérément vieilli aux règles nulles et non avenues, auquel des fantômes – pas des êtres humains – jouaient en des temps immémoriaux, bien avant sa naissance. Peu importait qui jouait à quoi en ce temps-là. Pourquoi diable serait-il allé approfondir ces histoires ?

Son père se souvint enfin de l'heure, lui dressa son lit sur le canapé et prit pour lui le lit de camp. Il dit que, souffrant d'insomnie depuis plusieurs mois, il ne pourrait s'endormir ni sur l'un ni sur l'autre.

Mais le matin venu, il avait l'air en pleine forme, rajeuni, même, à vue de nez, d'une quinzaine d'années. Pendant le petit déjeuner, il l'interrogea à brûle-pourpoint sur son passeport pour l'étranger[29]. Il répondit qu'il n'en avait pas. Son père redemanda : « Tu veux dire qu'il est périmé ? » Il secoua la tête : « Non, je n'en ai jamais eu. » Son père s'étonna : « Tu n'as jamais quitté le pays ? » Il fit un brusque mouvement d'épaule : « Pourquoi ? Il y a tout ce qu'il faut sur Internet. » Son père fronça les sourcils et dit que cela compliquait les choses. Ensuite, après le petit déjeuner, il téléphona à quelqu'un. Il lui parla brièvement : il s'agissait d'une affaire urgente, mais pas de celles qu'on traite au téléphone. En partant, il lui ordonna de rester tranquille, de n'ouvrir à personne, de ne passer en aucun cas la tête par la fenêtre.

La porte s'était déjà refermée sur son père quand il se rendit compte qu'il avait oublié de demander un chargeur. Il se rua à la fenêtre, tendit la main vers la poignée. Mais, se rappelant l'ordre strict de son père, il ne l'ouvrit pas, le regardant se diriger, voûté, vers son véhicule tout-terrain.

---

29. Les Russes ont deux passeports : un passeport « intérieur », qui est l'équivalent d'une carte d'identité, et un passeport pour voyager à l'étranger, qui n'est pas obligatoire.

Il attendit que la super voiture disparaisse pour inspecter l'appartement, examinant les prises de courant et les surfaces vides, mais sans toutefois découvrir de chargeur. Épuisé, il s'effondra sur le canapé défoncé. Couché, il fixait l'écran mort et se sentait ostracisé, coupé du monde. Et principalement, de Svetlana. En se séparant, ils n'avaient pas convenu d'une nouvelle rencontre. Cela semblait aller de soi.

Son père revint près d'une heure et demie plus tard. Il lui tapa sur l'épaule avec un clin d'œil qui signifiait « on va en sortir par le haut, on n'est pas des losers ». Il avala d'un trait un verre d'eau, comme si au lieu de sillonner la ville dans une jeep hors de prix, il avait erré dans un désert. Il ricana à part lui : « C'est ça, pieds nus. »

Ayant repris haleine, son père se mit à raconter : il fut question d'une certaine Natalia, qui avait fait ses études avec lui et épousé quelqu'un qui *trônait sur les passeports*. Il se représenta instantanément (comme s'il avait fait une esquisse au crayon) un type pesant, trapu, assis sur un tas de passeports à la couverture rouge foncé. Les yeux étincelants, son père déclara solennellement que Natalia avait promis d'aider. Fasciné par le petit tableau coloré, il n'écouta pas à quoi elle devait aider. Mais il décida de ne pas contredire. Moins il questionnerait, plus vite ce serait fini. De toute façon, son père n'était pas du genre facile à convaincre ; il s'était mis en tête qu'il avait besoin d'un passeport pour l'étranger. « C'est ça, pouffa-t-il. À tout prix. »

– Natalia a dit que s'ils n'avaient pas donné suite à l'affaire, il n'y aurait pas de problème.

– Et s'ils ont donné suite ?

Il avait réagi automatiquement, juste pour alimenter la conversation.

Son père s'assombrit, réfléchit et, comme si on avait à nouveau appuyé sur un bouton, se lança dans une série de considérations. Confuses, comme la veille, mais, cette fois-ci, plus pratiques. Sur quelqu'un à qui il faudrait refiler une jolie somme ; payer, pas tant pour la rapidité – cela allait de soi – que pour des services complémentaires. Là, son père se tut et désigna encore du doigt le plafond où, selon les règles d'un jeu datant de plus de cent ans, « ils » devaient se trouver, les ennemis de son père, avec lesquels ce dernier entrait pour ainsi dire en combat singulier. Semblable à celui de la veille dont lui, son fils rusé, était sorti vainqueur. Il avait saisi une occasion, disons-le tout net, pitoyable : dans la lutte pour la survie de l'espèce, d'ordinaire, celui qui part le premier n'aboutit pas. Il périt.

Ressentant une fierté légitime, il leva les yeux, se demandant comment aider son père. Pour commencer, lui expliquer que l'effroi qui le saisissait n'était pas un programme individuel dirigé personnellement contre lui mais une « vague d'horreur » générale introduite par les concepteurs ; en l'occurrence, il était, comme on dit, à son affaire ; à la différence de son débutant de père, il avait suffisamment de capacités et de pratique pour effacer les limitations préprogrammées et introduire contre eux les siennes. Quelle allure pouvait bien avoir cette reprogrammation hors d'âge ? Soudain intéressé, il plongea machinalement la main dans sa poche pour l'élucider, du moins dans les grandes lignes... Et se souvint : son téléphone était déchargé.

À présent, il opinait du chef sans spécialement écouter. Il réfléchissait à la façon d'obtenir un chargeur ; et, surtout, celui de son père conviendrait-il à son smartphone ?

Comme s'il avait entendu son impatience, son père sortit son téléphone et le posa sur le bureau. Faisant mine de s'intéresser au tableau suspendu au-dessus de la table, le portrait d'un type au visage étroit, au long nez de cigogne, aux tempes dégarnies et aux cheveux bouclés, il s'approcha. Waouh ! Pas aussi extraordinaire que celui de Gavrila, mais plus que convenable dans son genre ; pas un modèle antédiluvien comme celui de sa mère.

À propos, le souvenir de sa mère lui revint, fugace, et, sans perdre de vue l'essentiel, il se dit qu'il fallait lui téléphoner. Sur son fixe : c'était même mieux, elle ne savait jamais où elle avait collé son portable stupide, quand elle n'oubliait pas de le charger... Il avait pitié d'elle, elle devait s'inquiéter. Se justifiant on ne sait devant qui, il pensa : « Je n'ai rien oublié ! Ce sont les circonstances. Des circonstances d'une force insurmontable. »

De toute évidence, il avait prononcé ces derniers mots à haute voix. En tout cas, son père les avait entendus. Il lui posa la main sur l'épaule.

– On va réussir. Dieu nous gardera, les petits cochons ne nous mangeront pas. On est des potes.

Il fit une grimace de mécontentement : qu'est-ce que c'était encore que ces « potes » ?

Son père remarqua sa mimique. Il se leva et alla à la fenêtre.

– À la limite je vendrai. À ton avis, ça peut faire à peu près un million et demi, hein ?

Persuadé qu'il voulait parler de ses ridicules jouets électriques, hachoirs, cafetières et autres, il resta quelque peu stupéfait : un million et demi, et puis quoi encore ? Il avait perdu la tête ? Dans le meilleur des cas dans les trente mille, quarante, avec beaucoup de chance.

– Tu sais, tu devrais te reposer, t'allonger, on va dire…

Son père eut un petit rire bref, fouilla dans sa veste. Il sortit de la poche intérieure ses clés de voiture suspendues à une breloque en métal, et resta un instant debout, les faisant passer d'une main dans l'autre.

– Tu peux ne pas me croire, mais je le savais à l'avance. Déjà, quand je l'ai achetée, l'idée m'avait traversé l'esprit : « S'il arrive quelque chose, je la vendrai. » Et après, parfois, je me surprenais à rouler en pensant : « Je suis curieux de savoir quand ça arrivera. » J'allais même jusqu'à me disputer avec moi-même. Je ne sais pas comment expliquer… Comme s'il y avait eu deux personnes à l'intérieur de moi. Une qui disait : pas de sitôt. Et l'autre : bientôt, bientôt, littéralement, à l'instant.

– Tu…

Il s'arrêta, ne sachant comment poser la question de façon correcte.

– Tu es sûr de ne pas la regretter ?

– Bien sûr que je la regretterai, mon fils. Et comment ! – son père tripota sa chouette breloque. Mais la liberté a plus de prix. Un jour, tu le comprendras.

Cela fut dit d'un ton calme et égal, comme s'il s'était agi de quelque chose de courant, d'habituel, de quotidien. Allant de soi.

Jusqu'à ces mots prononcés à voix basse, il était persuadé d'être libre ; pas dans l'univers matériel où tout ce que l'on touche renvoie à l'argent, mais dans son monde virtuel, ça, oui. Ses pensées se mirent en branle : et s'il s'avérait que, par sa décision de vendre sa voiture, son père avait réuni ces deux mondes ?… Une étrange supposition fusa dans le chaos d'idées confuses qui l'assaillaient : et s'il n'avait rien à voir là-dedans, s'il ne s'agissait pas de lui, mais que son père ait son *boss ultime*, embusqué tout là-haut ? Leur bataille durait depuis des décennies, la dernière, la grande bataille dans laquelle lui-même n'était qu'un CHR[30], un personnage doté d'une fonction élémentaire... Mais non, ce n'était pas possible ! D'un geste de l'épaule il se hâta de repousser cette hypothèse. Mais elle ne disparaissait pas. Au contraire, elle s'enracinait toujours plus profond, tandis qu'il essayait de chasser de son esprit le superflu pour se concentrer sur ce qu'on exigeait de lui, et obéir aux directives de son père.

Celui-ci avait dit qu'ils allaient se rendre en ville (il avait parlé en ces termes, « en ville ». Étrange : où donc étaient-ils à présent ?). Ils approcheraient de la maison en voiture, il entrerait et dirait rapidement à sa mère qu'il partait, sans donner de détails.

– Je lui dis que c'est pour peu de temps ?

Son père comprit la question et répondit : « Je l'ignore, nous verrons le tour que prendront les événements. » Il opina du chef. Il lui dirait donc cela.

« Et souviens-toi : n'emporte rien, juste ton passeport. Bon, et si tu en as, de l'argent. – De l'argent ? » Il secoua la tête. Son père acquiesça : « Alors, juste le passeport. » Il se dit : « Pas seulement, je dois vérifier pour la clé USB sous le matelas ; et prendre la pièce de monnaie à tout hasard. » Quand ils furent à proximité de l'immeuble, ils s'arrêtèrent à une centaine de mètres ; son père dit qu'il allait l'attendre dans la voiture. Et ajouta, l'air sombre : « Si tu sens quelque chose d'inquiétant, pars en courant. Pas vers la voiture, en direction du boulevard, je te verrai et j'arriverai derrière toi... » La voix de son père l'envoûtait. De l'impuissance qu'il lui avait attribuée, il ne restait aucune trace.

Il marcha en direction de la maison, sentant dans la moindre cellule de son corps le regard tendu de son père. Ce n'est que sous l'auvent qu'il trouva la force de se retourner. La voiture paternelle avait disparu, du moins, autant qu'il pouvait s'en rendre compte. Mais son père était là. Ne détachant pas les yeux de lui. Les pensées surgies de sous le boisseau essaimèrent,

30. Abréviation de *character*, « personnage » en anglais.

bourdonnèrent comme des abeilles : comment se faisait-il que son père, qu'il voyait pour la deuxième fois de sa vie, ait pris sur lui un pouvoir absolu ?

Cependant, une nouvelle supputation traversa comme un éclair l'essaim d'abeilles : peu importe en quoi consistait cette grande bataille finale, il n'y était pas même un CHR, mais un authentique NPC[31], un personnage dépourvu d'algorithme complexe remplissant une fonction simpliste. Une sorte de cafetière. Ou, fichtre, de hachoir. C'est ce qu'avait décidé pour lui le Vous-père, et ce qu'il avait fait. Il rentra en lui-même : il l'avait fait ; et pourquoi pas ? À la limite, on pouvait toujours sortir du jeu. Et du même coup, se reconnecter, devenir un autre personnage.

Chose étonnante, il se sentait tout à coup léger ; avant, il ne pouvait pas imaginer pareille chose : tout était décidé à l'avance, il n'avait plus qu'à se soumettre. Et en plus, de bon gré. Quoi qu'il en soit, il ne se troubla pas le moins du monde quand, fouillant sous le matelas à la recherche de la clé USB, il ne trouva rien. Soit ils l'avaient réellement emportée, soit il s'était trompé et ne l'y avait pas mise. Il plongea la main au fond du tiroir et mit dans sa poche la pièce de monnaie soviétique. Sa mère était absente. Il enfila des vêtements propres et jeta les sales sur le lit. Quand sa mère rentrerait, elle rangerait. Il eut envie de prendre sa veste, mais se souvint : pas d'affaires. Il laissa un bref message dans la cuisine, sortit, tourna les deux verrous. Il descendit sans particulièrement se cacher, fit quelques pas en direction du boulevard. Son père le rejoignit au coin : « Dépêche-toi de monter. » Il inclina la tête : bien sûr, comment pouvait-il en être autrement – au dernier niveau du jeu ?

La légèreté enthousiasmante (pas d'affaires – juste son smartphone et la pièce de monnaie) l'accompagna jusqu'au bout. Peut-être y avait-il là une autre raison, cachée, celle-ci : ce que son père redoutait ne s'était pas produit.

On lui remit son passeport pour l'étranger tout aussi vite, trois jours plus tard. Son père se rendit dans un endroit mystérieux. En rentrant, il dit : « Schengen pour six mois. » Puis il fit les cent pas dans son appartement, souriant, faisant des

31. Dans les jeux vidéo et les jeux de rôle, le terme NPC désigne un personnage non joueur (abréviation de l'anglais : *non-player character*).

clins d'œil et des plaisanteries incompréhensibles : « Ça, c'est du travail ! En deux jours ! Pile à l'heure ! » En somme, il se réjouissait. Il se dit : « C'est parce qu'il n'a pas eu à vendre sa voiture. » Et : « Moi aussi, ça me fait plaisir. »

Son père s'étonna ; d'abord, il ne comprit même pas. Mais ensuite, il expliqua le motif de sa joie.

– Il y a des raisons d'espérer qu'on t'a mis sous le tapis.

– Moi ? Comme une pièce de monnaie, hein ? – la comparaison ne lui plaisait pas, il fit même la grimace. Sous quel tapis encore ?

Son père rit.

– Je ne saurais dire exactement, mais je crois qu'il est vert... En tout cas, pour l'instant, on n'a pas donné suite à ton affaire. Natalia n'a pas tiré au clair la raison, un simple retard ou quelque chose d'autre. Je pense qu'on le saura très bientôt. En attendant, nous allons agir conformément à notre plan. En partant des pires suppositions.

Ils arrivèrent en avance à l'aéroport. Son père dit : « Inutile de te dépêcher, on va rester un peu dans la voiture. » Il prit dans la boîte à gants une enveloppe cachetée. Lui ordonna de la dissimuler loin du passeport ; il dit : « Ça devrait suffire pour environ deux mois. » Il répéta : « Deux ? » Sous-entendant : si longtemps ? Et après ? Il pensait que son père allait répondre : « Après, tu reviendras. »

Mais ce dernier dit :

– Tu trouveras bien un travail... Oui, encore une chose : ne téléphone pas de ton numéro, achète une carte SIM locale dès que tu arriveras... Eh bien, c'est tout, mon fils. C'est l'heure.

Il inclina docilement la tête.

Il pensait que son père allait lui faire ses adieux. Erreur. Il sortit de la voiture et dit qu'il allait avec lui. Qu'il l'accompagnerait jusqu'aux portes. « Ne te trompe pas, la tienne est verte. » Il répondit : « T'inquiète », en se disant à part lui : « Verte comme le tapis. Sous lequel on me met. »

Pendant qu'il attendait à l'enregistrement, son père ne s'approcha pas. Planté devant le tableau électronique et se dandinant d'un pied sur l'autre, il faisait mine d'étudier les horaires.

Une fois en possession de sa carte d'embarquement, il voulut s'approcher de son père pour lui dire adieu, peut-être même l'étreindre. Mais ce dernier l'arrêta et, d'un signe de la main, il lui désigna la porte verte : vas-y ! Il avança, sentant encore dans chaque cellule de son corps la tension du regard de son père.

À peine franchi le seuil, le fil tendu se rompit. Captant un son chevrotant, il se retourna. Les yeux de son père qui se trouvait de l'autre côté rayonnaient d'une étrange lueur enflammée. L'instant d'après, il avait disparu.

Le douanier, un gars de son âge, le laissa passer sans poser de questions. Pour le reste des formalités, il se retrouva dans une foule épaisse. On lui dit de se déchausser, il obtempéra ; on lui ordonna de traverser un portique de sécurité, il obéit. Il fit quelques pas et se retrouva dans un espace illuminé, débordant de bouteilles multicolores, de bocaux, de petits flacons et de beaucoup d'autres choses qui, en outre, avaient une odeur ; plus exactement, embaumaient. Inspirant un arôme exquis, paradisiaque, il traversa la totalité de l'espace étincelant. Et se dirigea vers la porte indiquée sur la carte d'embarquement.

Sous le numéro du vol on pouvait lire en grosses lettres : FRANCFORT.

Il fut quelque peu surpris. Il croyait se souvenir que son père lui avait parlé de Munich. Et, dans la queue pour l'enregistrement, il faillit interroger les filles assises derrière leur comptoir. Mais il ne le fit pas, de crainte que ces demoiselles vêtues de stricts uniformes bleus ne le prennent pour un imbécile.

10

Lorsque Andreï Dmitrievitch, le médecin qui soignait Anna, braqua sur son œil opéré sa petite torche électrique, il sourit en disant : « Eh bien, tout se passe comme prévu. » Les feuilles de soins qu'il tenait à la main bruissèrent et il ajouta : « Préparez-vous, vous allez probablement sortir vendredi. » Anna se troubla. De toute sa vie, elle ne s'était jamais sentie aussi bien, aussi insouciante, que durant les trois semaines passées dans les hôpitaux. D'abord à l'institut du SAMU, où elle avait été transportée en ambulance directement depuis le parc de la Victoire, et après, ici, à Ozerki : les médecins de l'institut écoutèrent ses timides plaintes, tinrent conseil et, soupçonnant quelque chose de fâcheux, décidèrent de ne pas prendre de risques.

Ce dont elle se plaignait était survenu le troisième jour : nonobstant l'interdiction formelle, son terrible mal de tête et une bosse sur le crâne, Anna s'était levée de son lit d'hôpital ; elle était restée un instant debout à l'écoute d'elle-même, plus exactement, de maman (qui avait souvent dit : « Si tu restes couchée, tu ne te relèveras plus »), elle avait jeté son peignoir sur ses épaules et elle était sortie dans le hall. Surmontant son vertige, elle fit quelques pas en direction du poste d'infirmières. De peur de tomber, elle obliqua vers le canapé. Elle s'y assit en songeant à son fils ; il aurait fallu lui téléphoner, lui dire où elle était et ce qu'il lui était arrivé, sa mauvaise chute, sa tête qui avait heurté une pierre.

La pierre, c'est les médecins urgentistes qui en avaient parlé. Qui avait bien pu les appeler ? Probablement un promeneur, un brave homme, qui passait à proximité et avait remarqué une femme étendue, inerte.

La première chose qu'Anna avait plus ou moins retenue de l'instant où elle décolla les paupières avec difficulté et essaya de se soulever sur les coudes, c'était des silhouettes blanches au contour imprécis qui essayaient en vain de s'approcher d'elle, faisaient des tours comme des sortes d'extraterrestres. Étendue dans le vaste véhicule du SAMU, Anna prêtait l'oreille à leurs propos au travers de son mal de tête et de ses nausées. Ils parlèrent d'abord des changements d'équipe, puis d'un certain Victor Avenirovitch : fallait-il le faire descendre ou se débrouilleraient-ils tout seuls ? « Nous, notre boulot, c'est de l'amener ici. » L'un, semblable à un homme, dit : « Attache les courroies, sinon quand on la sortira, elle va sauter » ; un autre, semblable à une femme : « Non, où irait-elle sauter maintenant ? » Rien de spécial, semblait-il, mais c'était quand même suspect.

Désireuse d'oublier toutes ces sottises – quelles visions peuvent vous passer devant les yeux en pareils moments ! –, Anna contracta les muscles pour se lever du canapé. Et c'est là que de son œil droit fusa quelque chose de sombre qui ressemblait à de l'encre brune ; cela resta suspendu à une dizaine de centimètres de son nez, tournoya une ou deux minutes, mais ne partit pas ; comme les arabesques que les produits de nettoyage laissent sur un miroir tant qu'on ne l'a pas astiqué avec un chiffon sec. Anna se passa la main devant les yeux, mais, loin de disparaître, l'encre diffusa en tous sens.

Le lendemain matin, ses yeux étaient un tantinet plus clairs et, se disant, en guise de consolation, qu'encore un peu et cela se résorberait tout seul, Anna sortit les jambes du lit dans l'attente du petit déjeuner. Quelles céréales allait-on servir ? Du sarrasin, ce serait bien. Et là, *ça* éclata de nouveau. Pas brun sombre comme la veille, mais clair, rayonnant, vert ; une épaisse couche de larmes et, encore, ces flamboyances de couleur vive. Anna prit peur et signala la chose aux médecins.

À proprement parler, c'est alors que commença cet heureux temps, le plus heureux de toute sa vie ; elle se sentait une chose précieuse, la couronne d'une collection de grand prix (faite on ne sait par qui et dévolue en héritage on ne sait à qui). Et voici que, comme un fragile vase de porcelaine, on la portait encore sur une civière ; on lui glissait un coussin sous le dos, on la faisait passer de main en main et on l'installait dans une salle vaste et claire en compagnie de deux autres femmes : l'une, la plus jeune, avait un bandeau de gaze blanche ; l'autre avait beau ne pas avoir de bandeau sur le visage, elle savait. C'est elle qui mit Anna au courant, lui expliqua ce qui se passerait si la déchirure de la rétine se confirmait. Pour commencer, on essaierait le laser, et si ça ne marchait pas, on poserait un patch ou quelque chose dans ce genre ; le laser, ça allait vite, une demi-heure et tu pouvais partir ; l'opération, en revanche, c'était long et, surtout, fastidieux : on commençait par rester allongée, bandée, trois jours et trois nuits, puis venait l'opération elle-même, ensuite, on te bandait à nouveau, pour trois jours encore. À la question d'Anna : « Qu'est-ce que ça signifie, bander ? », la femme répondit : « Ça », en montrant sa voisine couchée sur le dos, silencieuse, immobile. Comme si elle craignait de bouger pied ou patte. À moins qu'elle ne soit endormie, tout simplement.

Et encore, comme ce matin des funérailles où elle avait vu sa cousine pour la première fois, Anna ressentait un étrange dédoublement : son œil gauche, intact, examinait les perspectives imminentes mentionnées par la femme qui sait, et préférait le laser ; tandis que le droit, qui ne cessait de lancer des éclairs de feu, en tenait pour l'opération. Tant pis si ce n'était pas la solution moderne, répondant au dernier cri de la science et de la technique ; en revanche, elle était pratiquée depuis de nombreuses années et on pouvait lui faire toute confiance.

Anna ne se mêla pas de leur discussion : il en serait comme le sort en déciderait et ce serait pour le mieux.

Le conseil qui devait décider de son destin se tint le lendemain matin. On fit asseoir Anna dans un fauteuil rigide visiblement conçu pour les examens, la cheffe de service braqua sa petite lampe sur son œil larmoyant, l'examina quelques instants à la loupe, tout en répétant : « Une poche, c'est bien une poche » ; elle échangea quelques mots avec un jeune homme discret (qui se révéla ensuite être le médecin traitant d'Anna). Anna ne saisit pas le sens de tous ces termes complexes, mais comprit l'essentiel : la déchirure était profonde, le laser ne suffirait pas à la traiter. Pour finir, la cheffe de service caressa l'épaule d'Anna et dit : « Inutile d'essayer, nous ne ferions que perdre du temps », d'un ton si énergique et assuré qu'Anna s'en remit à elle avec joie. Comme à la messagère du destin.

On lui donna deux heures pour se préparer à sa nouvelle vie bandée. Anna mit ce temps à profit avec intelligence. Elle mit de l'ordre dans sa table de nuit ; elle lava la vaisselle de l'hôpital : mug, cuillère, assiette qu'on lui avait remis dans la salle à manger, puisqu'elle n'avait pas les siens ; elle refit le lit, plus exactement tira sur les draps pour éviter plis et boursouflures ; disposa à son chevet tout ce dont elle pouvait avoir besoin : serviettes, un rouleau entamé de papier hygiénique, un verre en plastique anti-renversement au couvercle épais, hérité de la patiente qui avait occupé ce lit avant elle. Enfin, ses préparatifs terminés, elle rejeta sa couverture, se coucha, les bras croisés sur la poitrine et plissa fortement les yeux comme si elle s'essayait au rôle de corps gisant patiemment, rôle facile au premier abord, mais qui sait comment son corps se comporterait par la suite.

C'est alors que, faisant intrusion dans les pensées angoissées d'Anna, la savante voisine dit :

– Pour le bandage, on ne peut pas dire à l'avance. Il y en a qui restent couchés bien tranquilles. D'autres ont des taches devant les yeux ou des tableaux. Il y en a une qui m'a dit : « Je suis couchée comme à l'Ermitage. En plus, ils bougent. Ils vont, viennent et te dévisagent. »

– Bon, moi, j'en sais rien – la troisième voisine s'était mêlée à la conversation. Moi, comme ça, ils m'ont pas dévisagée.

– C'est ce que je dis. La plupart supportent tranquillement, bien que certains n'y tiennent pas. Surtout les fumeurs. C'est comme si on leur mettait une alêne de cordonnier dans le derrière.

Anna l'assura qu'elle ne fumait pas. À quoi, l'autre répondit :

– Alors, d'autant plus, je veux dire, il n'y a pas à s'inquiéter.

Et elle lui donna un conseil efficace : dans la journée, c'était facile de se contrôler, la nuit, moins. En dormant, on remuait, on se retournait d'un côté sur l'autre, voire on se retrouvait à plat ventre, et pour les bandés, il n'y a rien de plus dangereux : il suffit de se retourner une fois, et tout est fichu. Faut tout recommencer. Pour éviter ça, le soir, il faut s'attacher aux montants du lit avec de longues bandes d'étoffe. La voisine souleva son matelas pour montrer comment il fallait faire. À la question où prendre ces bandes, elle haussa les épaules : « Comment, où ? Auprès de la surveillante. Demande un vieux drap et déchire-le. » C'est ce qu'Anna fit.

Armée d'acquis et de savoirs nouveaux, elle dormit tranquillement. La nuit précédant le bandage ne lui apporta pas de rêves, ni bons ni mauvais. Elle jugea que c'était bon signe.

On la banda après le repas.

Anna avait beau s'être préparée à ses tourments à venir, essayé de les imaginer, dans la réalité, tout fut différent.

Pour commencer, son ouïe s'aiguisa. À présent, elle n'avait pas besoin de tendre l'oreille pour discerner les mots prononcés à voix très basse, même de l'autre côté de la cloison, dans le couloir. C'est ainsi qu'elle surprit involontairement la conversation entre une aide-soignante et une infirmière. Ou entre deux aides-soignantes. Elles parlaient d'une SDF.

La première voix demanda :

– Elle venait directement de la rue ?

Et la seconde :

– Il semblerait que non... Le fait est qu'elle était sans rien. Les affaires, à la limite, on s'en fiche. Surtout, sans un sou.

La première voix réagit avec compassion :

– Maintenant, on ne peut plus rien faire...

– C'est bien ce que je dis ! Les autres paient les soins...

Les voix s'éloignèrent. De quelle SDF était-il question ? Anna ne le comprit pas.

Bientôt, elle les oublia complètement. Couchée dans l'obscurité et le calme, elle se réjouissait de ne penser à rien, de ne s'inquiéter de personne. Comme si elle était tombée de sa vie abhorrée tel un oisillon du nid. Sa vie abhorrée qui n'était pas partie bien loin et se rappelait à elle par des silhouettes indistinctes. Semblables à des ombres, elles erraient entre les paupières d'Anna et l'épais bandage opaque. En fin d'après-midi, quand les bruits sonores du repas parvinrent du couloir, les ombres muettes se fondirent dans l'odeur de nourriture.

Quelqu'un lui mit un morceau d'étoffe sur la poitrine, Anna bougea la main pour tâter, mais une voix sévère lui ordonna de ne pas remuer, de rester tranquille :

– Ce que tu as à faire, c'est d'ouvrir la bouche en grand.

Tout en avalant le gâteau au fromage blanc, Anna entendait la cuillère tinter contre une assiette invisible. Le tintement s'accompagnait d'un bredouillis :

– Pour maman... Pour papa... – d'une voix tout à la fois distincte et facétieuse.

Pour la dernière fois, la voix effleura les lèvres d'Anna avec la cuillère déjà refroidie et elle s'éloigna.

À présent, elle parvenait du côté de la fenêtre :

– Pour maman... Pour papa... Pour grand-mère, pour grand-père – reprenant la ritournelle enfantine, la voix de l'aide-soignante n'était plus ironique, elle roucoulait.

Enfin, la voix souhaita une bonne nuit à tout le monde et fit claquer l'interrupteur.

Et Anna se prépara pour dormir. Elle tira de sous son matelas les bandes de chiffons, les noua très serré à ses poignets et ferma les yeux selon l'habitude restée de son autre vie. Elle s'attendait à ce que les ombres, effarouchées par l'odeur de fromage blanc, réapparaissent.

Le temps s'écoulait, mais elles ne venaient pas. Anna poussa un soupir de soulagement et s'endormit.

Elles ne vinrent pas non plus le lendemain. À leur place, des espèces de plaques passaient devant ses yeux ; leur forme évoquait celle de cristaux se regroupant en capricieuses structures semblables à un kaléidoscope. Un jour, quand elle était petite, maman lui avait acheté ce merveilleux jouet dans un accès de générosité.

Combien de temps avait duré cette débauche de couleurs enfantine ? Toujours est-il qu'elle avait pris fin.

Et, une fois encore, Anna ne se troubla pas le moins du monde. Elle prit la chose comme devant arriver. Avec la même résignation que le tintement de la cuillère contre l'assiette. Mâchant et avalant machinalement, elle imaginait que l'assiette et la cuillère volaient toutes seules à son chevet, sans aide extérieure. Comme s'il leur était poussé de petites ailes et qu'elles voguaient dans l'air épais de l'hôpital, prenant appui sur les couches compactes de l'atmosphère des petits déjeuners, des repas de midi et des dîners ; de temps à autre les odeurs de nourriture cédaient la place à celle des excréments quand on lui passait le bassin.

Le troisième jour, alors que l'âme d'Anna s'était accoutumée à sa nouvelle situation, il se produisit une chose que ne pouvaient expliquer ni les bruits ni les odeurs.

La durée du troisième jour, tantôt s'étirait comme un train de marchandises sans fin, wagon après wagon, tantôt accélérait sa course dans les intervalles entre la toilette, l'absorption de nourriture, les indécentes manipulations du bassin. Enfin, le soir arriva ; Anna en connaissait les bruits par cœur : pantoufles traînant sur le lino ; fracas de l'eau qui coulait ; voix sonores dans le couloir ; murmures animés de ses voisines de chambre entrecoupés d'éclats de rire étouffés.

Anna était couchée dans l'obscurité, sentant son corps s'engourdir : en ces jours de bandage, ses bras et ses jambes se paralysaient, mais pas en même temps, à tour de rôle ; le mollet droit se faisait pesant et elle devait prendre appui sur le talon pour attendre que passe le premier et perçant accès de fourmillements. À présent, elle était complètement raide depuis le sommet du crâne jusqu'à l'extrémité des doigts. Pire : une force inconnue avait privé son corps de sensibilité et relevé Anna, mettant son corps dénué de volonté en position verticale ; elle n'était plus couchée, mais suspendue au-dessus d'un abîme, ses mains fixées à une barre transversale aussi solide et sûre qu'une poutre.

Devant elle, à perte de vue, un espace d'une immensité à couper le souffle. Comme sur la nappe magique des contes, des tableaux de la nature de son enfance s'y étendaient sans discontinuer : un champ de seigle ondulant sous le vent ; un pré à l'odeur de miel envahi d'herbes diverses ; une mer azurée chamarrée d'étincelles dorées ; et, plus loin, une forêt, pas d'essences diverses comme celle à laquelle Anna était habituée depuis toute petite, non, une épaisse forêt de conifères, impraticable, évocatrice de la taïga sibérienne.

Elle entendit un vague mouvement ; d'en bas, des profondeurs, montait une odeur de moisissure, de pourriture sylvestre douceâtre. Les yeux plissés, Anna voyait les cimes des arbres : ils prenaient naissance au fond de l'abîme, grandissaient, lançant une multitude de nouveaux rejets ; l'air qui entourait Anna était plein de leur craquement incessant. L'enchevêtrement des branches emplissait l'espace. Effleurant ses jambes, les branches nues se couvraient de bourgeons gonflés. Encore un instant et les arbres l'avaleraient ; elle fit une faible tentative pour s'écarter, ramener les jambes sous elle. Les longs doigts du vent pénétraient dans les entrelacs mêmes des branches, en extrayaient un bruit vert. De peur, point – toutes ses peurs avaient été balayées par le vent. Anna sombra dans le sommeil avec une joyeuse pensée : elle allait s'endormir dans ce berceau vert comme dans un cocon et y somnoler jusqu'à la fin de ses jours…

L'opération se déroula avec succès ; d'ailleurs, Anna n'en retint pour ainsi dire rien. Pour commencer, on la transporta en fauteuil roulant, puis on la mit sur quelque chose de dur (elle pensa qu'il s'agissait d'un banc de bois) et on lui ôta son bandeau.

Regardant alentour, elle comprit qu'elle se trouvait dans une salle d'opération : du plafond s'écoulaient des flots de lumière si larges qu'ils enserraient, outre son corps allongé à plat, plusieurs silhouettes blanches. Quelqu'un approcha par-derrière et lui introduisit habilement un tuyau dans le nez ; un autre lui enserra le bras dans un garrot au-dessus du coude.

Une voix venue d'en haut la pria de compter jusqu'à dix. Anna inspira profondément, emplit ses poumons d'air et comprit soudain qu'elle ne se souvenait plus des chiffres. La voix sourit et se mit à lui poser des questions : « Votre nom ? Votre métier ? » Anna voulut répondre qu'elle était mathématicienne, mais eut peur de susciter les rires : jolie mathématicienne qui a oublié les chiffres ! Elle remua ses lèvres engourdies, mais, en cet instant, quelque chose de convexe qui ressemblait à la lentille d'une lorgnette s'approcha d'elle. Pas une lorgnette simple, ordinaire, que l'on peut tenir en main ; non, celle-ci était énorme, on pouvait l'enfourcher comme un cheval. La dernière chose qui traversa sa conscience s'éteignant fut : ce sont *eux*, les extraterrestres ; et elle ressentit une incroyable gaieté et une quiétude tout aussi incroyable, comme si, depuis son plus jeune âge, elle avait rêvé de se retrouver entre leurs mains et que c'était enfin arrivé…

Anna revint à elle dans sa chambre. Elle avait un bandeau sur le visage et une sensation de lourdeur dans l'œil droit. Dans la journée, on lui fit une piqûre – douloureuse – sous l'œil, mais la douleur lancinante ne passa pas.

Enfin, lui parvinrent des chuchotis entrecoupés de petits rires étouffés et elle demanda si elle allait souffrir encore longtemps.

Les chuchotis se turent et la voix de sa savante voisine dit :

– Ça dépend. Parfois, toute la vie. Et tu voulais quoi ! – la voix était à présent excitée. C'est pas rien de se faire enlever un œil.

– On l'en-lève ?

Elle en eut le souffle coupé.

– Et tu croyais quoi ? On l'enlève et on le met sur une claie. Sinon, pas possible de le raccommoder.

– Et… c'est possible – c'est à peine si Anna arriva à former ces mots – que je le regarde ?

– Attends qu'on t'enlève ton bandeau pour regarder.

Cette fois, la voix répondit d'un ton grognon.

Les chuchotis entrecoupés de petits rires revinrent à leurs sujets de prédilection.

En écoutant attentivement ses rieuses voisines, Anna en vint à la conclusion qu'elles faisaient exprès de l'effrayer ; pareille chose n'avait pas eu lieu et ne pouvait avoir lieu.

Quand on lui ôta enfin son bandeau, Anna voulut se lever et aller au miroir, mais il lui suffit de soulever légèrement la tête pour que celle-ci retombe immédiatement en arrière et qu'elle éprouve une sensation de vertige. Cependant, on lui avait enfilé des bas de contention. La surveillante morose lui dit que c'était pour éviter que ses veines n'éclatent. L'infirmière et elle saisirent à deux Anna sous les aisselles, la firent asseoir, un coussin dans le dos, lui ordonnèrent de ne sortir en aucun cas les jambes hors du lit, au minimum, pendant une heure à une heure et demie, et s'en furent.

Anna, assise dans son lit, ne cessait de s'étonner : elle était, semble-t-il, entourée de choses connues (le dossier du lit, la table de nuit, le coin de la couverture de laine, le petit rouleau de papier toilette) mais tout avait un air différent, comme si, après une longue absence, elle était revenue sur la Terre depuis Dieu sait quel espace intergalactique où son âme s'était reposée des soucis et des peines terrestres. Qui sait, peut-être, les tourments d'après la mort ressemblaient-ils précisément à cela ? Elle ressentit une vive nostalgie et se dit : « S'il n'avait tenu qu'à moi, je serais restée là-bas et tout le reste aurait bien pu flamber dans un grand feu de joie ! »

Sa nostalgie d'une patrie intergalactique inexistante se dissipa dès qu'elle fut enfin sur pied et se retrouva prise dans le tourbillon de la vie d'hôpital. À présent, personne ne prenait soin d'elle ; excepté les soins spécialisés, elle faisait tout elle-même : elle se lavait, allait aux toilettes ; elle prenait son petit déjeuner, son repas de midi, son dîner, elle nettoyait sous le robinet la vaisselle de l'établissement, songeant avec angoisse que cette vie si bien réglée se terminerait bientôt. Il faudrait reprendre son ancienne existence abhorrée. Pour l'éviter, elle était prête à supporter les piqûres, même les plus douloureuses, celles dans le globe oculaire ; il gonflait, craquait, semblait prêt à éclater. Sans parler des examens quotidiens : elle éprouvait même de la satisfaction quand le faisceau lumineux de l'ophtalmoscope traversait son œil.

Mais dans la vie, tout passe, et cela aussi passa.

Au moment de lui prodiguer ses dernières recommandations, Andreï Dmitrievitch, son médecin traitant, prévint Anna que, fort probablement, l'acuité visuelle de son œil droit diminuerait quelque peu ; en outre, on ne pouvait exclure la diplopie, mais elle s'y habituerait, comme tout le monde. Autre chose : ses deux yeux montraient des signes de cataracte ; toutefois, à ce jour, rien ne pressait.

– Quoi encore ? Ah oui. Éviter les efforts excessifs. Ne pas travailler penchée, ne rien soulever de lourd. Surtout brutalement – Andreï Dmitrievitch plissa le front. Vous êtes bien enseignante, me semble-t-il ?

Anna s'étonna : comment le savait-il ? Elle faillit avouer qu'elle avait été enseignante autrefois, mais qu'à présent, elle était femme de ménage ; toutefois, elle préféra se taire, pour ne pas le décevoir : et si Andreï Dmitrievitch allait regretter d'avoir déployé tant d'efforts pour sauver son œil ? Une femme de ménage n'est pas une enseignante ; on peut laver le sol, même borgne.

Andreï Dmitrievitch feuilleta le dossier médical d'Anna et lui demanda si elle avait de quoi rentrer chez elle. Anna se troubla, ne sachant que dire. Remarquant sa gêne, il sortit et revint avec trois billets de cent.

– Tenez. Il vaut mieux ne pas prendre les transports en commun. Appelez un taxi.

Anna prit le métro.

Elle trouva un mot sur la table de la cuisine. Elle le lut sans éprouver d'étonnement. Au fond de son âme, elle savait déjà : Pavlik ne reviendrait pas. Son fils était parti en l'abandonnant à son sort.

Elle marcha dans l'appartement sans remarquer ni le vide sonore ni les portraits anciens. L'idée de devoir retourner récurer les bureaux et de redevenir une femme invisible l'emplissait d'irritation. Mais que faire ? Démissionner pour raison de santé ? Et végéter le reste de son existence sur sa misérable retraite ?… Elle alla au chiffonnier, secoua la porte fermée ; pour briser la serrure, il fallait faire un effort et Andreï Dmitrievitch l'avait catégoriquement interdit. Et, soudain, elle ressentit un afflux d'énergie : il serait à tout le moins étrange que le destin, qui lui avait apporté de telles épreuves, ne lui réserve pas quelque chose d'important, riche de sens, auquel on pouvait accéder en surmontant toutes les entraves, tous les obstacles.

Naturellement, pas en raison du salaire (lorsque sont à l'œuvre les desseins du sort, l'argent est loin d'être l'essentiel), mais pour les enfants qui, d'étrangers, deviendraient les siens, ses nouveaux petits débutants bien-aimés ; elle insufflerait dans leurs âmes encore malléables toute son expérience pédagogique et humaine, y sèmerait les graines de la raison et du bien et arracherait d'une main ferme les pousses du mal. Qui, sinon elle ?…

Anna sortit sur le balcon. Elle frissonnait de fièvre.

Au loin, derrière la grille du parc, résonnaient des cris d'enfants. On entrevoyait les mollets bronzés d'adolescents qui couraient, pieds nus, sur les pelouses fraîchement tondues. Quel âge pouvaient-ils avoir ? Treize ans, quatorze ans ? C'était déjà trop tard pour faire leur éducation. Elle soupira et porta le regard sur les petits. Ignorant qu'ils se trouvaient dans le champ de vision de leur future enseignante, ils rampaient, insouciants, dans le bac à sable. En les regardant de son unique œil sain, Anna éprouvait une joie double : pour eux, qu'elle ramènerait, par ses soins pédagogiques infatigables, sur une route large et lumineuse, où ils marcheraient en formation de pionniers d'un pas cadencé ; et pour elle : le destin ne s'était pas trompé en lui lançant un défi. Loin d'être une espèce de ratée, elle était une professeure de vie et saurait relever dignement ce défi.

Si on n'avait pas été un vendredi, Anna serait partie immédiatement au collège pour faire part de sa décision à la directrice. D'ailleurs était-ce la peine de tant se hâter (surtout maintenant qu'il était presque prouvé qu'en fin de compte le destin était juste) ? Il restait dix jours entiers jusqu'au 1er septembre, à ce moment-là, précisément, son œil serait cicatrisé, la rougeur et l'inflammation auraient disparu. Il ne convient pas que les élèves soient au courant des maladies de leur professeur. Le professeur est un être supérieur, étranger aux faiblesses courantes. Aux yeux de ses petits débutants bien-aimés, elle avait précisément été une maîtresse supérieure, mais, en même temps, proche et chérie, dont ils étaient à tout jamais débiteurs. N'était-ce pas cela que sous-entendait son ancien élève lorsqu'il avait promis de faire tout ce qui dépendait de lui pour sauver son Pavlik ?

Lundi, assurée du consentement de la directrice, elle n'irait pas chercher son livret de travail, elle choisirait dans ses réserves sa meilleure confiture, dresserait la table à l'avance et attendrait. Naturellement, il viendrait ! N'avait-il pas promis de revenir et de lui rendre toutes les affaires de Pavlik au complet et en parfait état ? À présent, Anna était persuadée qu'il était déjà venu. Et il avait dû s'étonner de ne pas la trouver chez elle !

Comment pourrait-elle vivre jusqu'au lundi ? Comment meubler ces trois jours vides ?

C'est alors qu'elle se souvint de la datcha où tout devait être à l'abandon ! C'était l'occasion de s'y rendre. Et, en plus de tout le reste, elle ferait le tour de la propriété pour trouver un endroit où disperser les cendres de maman. Ainsi, elle serait plus tranquille. Plutôt que de savoir petite maman dans un lieu éloigné...

Elle se prépara à la hâte, ne jeta dans son sac à dos que le strict nécessaire. Seule, elle n'avait besoin de presque rien ! Elle tâta le contenu de son sac, vérifia : ses clés, son téléphone, son porte-monnaie, ses cartes bancaires, le chargeur ; pour finir, son sac à dos déjà enfilé, elle jeta encore un coup d'œil au balcon. Le sac bleu foncé lui sauta aux yeux ; elle ne se souvint pas tout de suite d'où il sortait. Ah oui ! C'était elle qui l'avait mis là. Elle avait commencé par l'installer sous le porte-manteau pour épater sa cousine. Mais cette dernière, loin de manifester allégresse et enthousiasme, avait voulu le jeter, le mettre à la poubelle.

Le sac cadeau entraîna ses pensées dans une autre direction. Son bagage toujours sur les épaules, elle passa de pièce en pièce en regardant les choses non point avec les yeux de maman, mais avec les siens propres. Et soudain, elle comprit avec une clarté désespérante que si les craintes maternelles se réalisaient et que l'appartement devait être, un jour, cambriolé, elle, Anna, ne regretterait rien, sauf ses chaussures à talons, sa pochette de cosmétiques de prix et sa robe neuve jamais portée. Et qu'elle, Anna, mourrait d'un infarctus si ceux qui pénétraient par effraction les lui dérobaient.

La deuxième semaine d'octobre, quand les environs du bourg avoisinant la datcha se tendirent d'une pénombre humide et froide, Anna prit définitivement conscience qu'elle n'avait pas envie de rentrer. Ici, loin de la ville et de la maison, elle n'était torturée ni par les angoisses occultes liées à sa défunte mère ni par la vague anxiété suscitée par son fils. D'ailleurs, la joie dont elle avait tant rêvé était partie, elle aussi, comme l'eau d'un seau percé, disparue dans la terre qu'Anna foulait précautionneusement pour ne pas trébucher et retomber.

Jusqu'à la troisième décade d'octobre, tant que les chemins n'étaient pas devenus totalement impraticables, elle avait passé son temps à s'activer sur son terrain, préparant pour l'hiver massifs et plates-bandes ; toutefois, sans le zèle d'antan, plutôt par habitude, en raison d'un étrange sentiment de devoir envers la vie qu'elle avait vécue. Du reste, Anna elle-même ne le trouvait pas étrange : surmonter une habitude profondément enracinée est un dur travail.

Début novembre, on avait coupé l'eau du bourg, il fallait désormais la puiser dans le vieux puits. Afin de ménager son œil opéré, Anna s'était efforcée de ne pas trop appuyer sur la manivelle. Des profondeurs des parois de bois affaissées montait un agréable mélange d'odeurs naturelles : de terre, de rondins à demi pourris, de puits humide. En regardant à l'intérieur, on pouvait distinguer des ombres mouvantes, qui bougeaient tout aussi faiblement que celles de sa mémoire fugace.

En détachant le seau de zinc du crochet, Anna pressentait le moment où le grincement rouillé serait remplacé par un bref rejaillissement indiquant que le seau, ayant parcouru au vol la distance requise, avait atteint la frontière physique séparant l'eau stagnante de l'air tout aussi stagnant, entouré qu'il était sur ses quatre côtés de débris de rondins. Au bref et sonore rejaillissement succédait un bruit de ventouse satisfait, comme si le seau ne puisait pas, mais aspirait en lui l'eau du puits tendue de lentilles d'eau épaisses et verdâtres. Il fallait la filtrer à travers un tamis à mailles fines. Ces besognes demandaient du temps, mais, de cela, elle ne manquait pas.

Le matin, Anna sortait sur le perron pour regarder les sapins. Il fut un temps où ces arbres, poussés tout seuls, étaient petits ; à présent, ils avaient pris des forces, de la hauteur, s'étaient multipliés. Ils se dressaient, leurs lourdes pattes posées sur la clôture. Parfois, elle tombait sur des écureuils. Tantôt elle entrevoyait ces petites bêtes roussâtres qui bondissaient au milieu des aiguilles de sapin ; tantôt, étendus, ils se balançaient avec délice sur les pattes élastiques des sapins, puissantes, couvertes de grappes de cônes.

Anna s'habituait progressivement à la proximité immédiate du monde forestier qui ne se limitait pas aux écureuils agiles. Dans le ravin voisin vivaient des hérissons ; une mère hérissonne flanquée de ses deux rejetons piquants ; mais on ne pouvait les voir que quand il faisait sombre et que la lune montait dans le ciel. Loin de la ville, le disque lunaire aplati semblait d'une couleur aussi vive qu'un jaune d'œuf et d'une immensité invraisemblable. Anna éteignait la lampe de la véranda et attendait que dans la bande de lumière jaunâtre apparaisse l'imposante mère hérissonne et, trottinant à quelque distance derrière elle, deux drôles de petites boules. Après quoi, tout ce petit monde disparaissait dans le ravin. Anna cherchait à améliorer leur ordinaire, leur laissait des restes, même si elle soupçonnait que les morceaux de choix allaient non pas aux hérissons malvoyants, mais aux geais effrontés ; leur heure arrivait à l'aube : alors, ils s'égosillaient, ne perdant pas la moindre occasion d'un quelconque profit, quand ils ne se livraient pas à des exactions. Par exemple, éventrer le sac poubelle en plastique si Anna, distraite, l'avait laissé sur le perron. Un jour, réveillée par les cris de ces volatiles braillards, elle regarda par la fenêtre et vit deux renardeaux adolescents qui sautillaient gracieusement sur leurs longues pattes souples ; ils couraient le long du terrain entre les plates-bandes. Ce spectacle lui rappela vaguement quelque chose. Des enfants qui jouaient.

En ce premier automne de sa réclusion volontaire, l'apparition des champignons fut tardive. Elle dura une semaine ou deux, puis, fini. Durant ces semaines, Anna se réveilla avant l'aube. Ne se décidant pas à aller à la chasse aux champignons (son œil opéré la faisait encore un peu souffrir), elle restait longtemps auprès du portillon, humant les puissantes senteurs végétales de la forêt mélangée, suivant d'un regard envieux les silhouettes affairées, drapées dans des imperméables. En cette heure précédant l'aube, les cueilleurs de champignons, semblables à des fantômes, surgissaient comme de nulle part. Ils tournaient sur le sentier et disparaissaient derrière les arbres les plus proches. La forêt les avalait consciencieusement. Aussi consciencieusement qu'elle les trompait : si, l'automne dernier, même les moins expérimentés revenaient avec des paniers pleins, cette année, les paniers étaient remplis à peine au tiers. Camouflant honteusement leur pitoyable récolte sous des feuilles de fougère, les cueilleurs de champignons rejoignaient la grand-route ; on pouvait lire sur leur visage leur amère déception ; ils devraient attendre l'automne suivant pour effacer cette amertume.

Cette année-là, la neige tomba relativement tard, fin novembre. À présent, une fois terminées les tâches domestiques, Anna s'asseyait sur un petit banc en face du poêle brûlant, croisait les mains sur les genoux et, fixant la flamme dansante, s'adonnait à des rêves. D'abord timides, retenus, comme si, tout près du bord d'une mer imaginaire, elle tâtait du bout des doigts la température de l'eau où il lui faudrait encore entrer.

Elle avait déjà oublié ce qui lui avait servi d'impulsion. Peut-être, les paroles prononcées jadis par Natalia : « Si tu cherches une coupable, accuse-toi toi-même .» Ou autre chose encore. Quoi qu'il en soit, elle passa ce long hiver à rêver du passé. Pas du passé tel qu'il avait été, mais tel qu'il *aurait pu* être. En d'autres termes, elle s'inventait une nouvelle vie.

Afin de réaliser la métamorphose tant désirée sur laquelle elle comptait comme sur un miracle, elle avait recours à des moyens de fortune. Le soir, se rappelant les leçons de Svetlana, elle s'appliquait longuement à se farder : elle se couvrait le visage et le cou de cosmétiques de prix ; revêtait sa nouvelle robe ; enfilait avec difficulté – ses pieds enflaient – les chaussures rigides, toujours pas assouplies, dans lesquelles elle ne pouvait pas faire un pas. Il lui fallait rester assise.

Comme Andreï Dmitrievitch l'en avait prévenue, le tableau de sa vie se dédoublait. Parfois elle avait le sentiment d'être mariée au père de Pavlik ; ils étaient assis l'un en face de l'autre dans de profonds fauteuils. Il lui parlait de l'Europe, des antiques civilisations européennes détruites par les barbares descendus des montagnes, mais, loin de se lamenter, il lui insufflait de l'espoir. Aussi long que soit le Moyen Âge, un jour viendrait où il serait remplacé par le Temps nouveau ; cela dit, il n'était absolument pas certain que les époux aimants qu'ils étaient vivent assez longtemps pour le voir. Ce serait sans doute pour leurs enfants et leurs petits-enfants. Anna l'écoutait en hochant la tête ; elle ne se sentait plus la vierge Europe, mais une matrone Europe mature qui savait inspirer à son dieu taureau bien-aimé la foi en un avenir radieux. Non, elle n'irait pas l'accuser, lui rappeler qu'il avait interrompu son récit à l'endroit le plus intéressant, quitté le droit chemin pour se plonger dans l'histoire russe qui a l'habitude étonnamment stable de revenir indéfiniment au pareil et au même.

Comme s'il avait lu dans ses pensées, ce qui arrive souvent aux époux vivant côte à côte depuis des décennies, son mari romantique se taisait…

Anna n'a plus qu'à s'imaginer un autre mari : le gardien Piotr (il semble qu'il ait combattu dans le Donbass, mais pas longtemps, si sa mémoire est bonne, littéralement une semaine ou deux). Anna hausse ses maigres épaules : eh oui, il n'y a là rien de spécial ; en homme véritable, il a combattu puis est revenu au sein de sa famille. Lui, à la différence de l'autre, ne s'y connaît pas en histoire. En revanche, il sait parfaitement faire plaisir à sa femme dévouée. Auprès de son gardien bien-aimé, elle se sent comme à l'abri d'un rempart. Il prend tout sur lui, ne charge pas les épaules lasses d'Anna des soucis du quotidien : il apporte l'eau par pleins seaux, fend les bûches, regroupe les petits billots de tremble et dresse de hautes piles de bois bien alignées. Là où il est, règne l'ordre.

S'il le faut, il saura couper le bouleau qui a été la cause de tant d'années de conflit entre sa défunte maman et la voisine, grand-mère du gamin braillard. Anna se souvient du jour où l'enfant criait derrière la clôture : « Mamie ! Mamie ! Regarde ! On se croirait en Crimée ! » Anna passe la langue sur ses lèvres desséchées. Maintenant, on n'aura plus à le couper. Piotr Fiodorovitch est un authentique sous-lieutenant de réserve ; il lui suffit d'arborer son sourire sévère en fronçant les sourcils, de laisser tomber deux mots brefs et n'importe quelle voisine, même la plus malintentionnée, disparaîtra derrière sa clôture…

En regardant ses mains délavées couvertes de rides et de crevasses, Anna se dit que son austère mari n'a pas besoin qu'on lui suggère quoi que ce soit. Piotr Fiodorytch sait parfaitement à quoi consacrer leurs économies familiales, sur quoi se restreindre ; comment il convient d'élever leur fils afin qu'il devienne un homme véritable et pas un morveux qui ne sait que présenter à sa mère des exigences démesurées… Du reste, Piotr Fiodorytch et elle ont, semble-t-il, non pas un garçon, mais une fille, qui ressemble à Svetlana, la jeune amie d'Anna.

Il se passa encore un certain temps avant qu'Anna prenne conscience que, pour vivre pleinement, elle avait besoin des deux. Deux maris sont les deux faces d'une pièce de monnaie. À présent, elle leur était fidèle à tour de rôle, sachant bien au plus profond de son âme qu'un jour viendrait où la pièce de monnaie se retournerait. L'un viendrait remplacer l'autre. Il serait pendant quelque temps son mari bien-aimé, puis il disparaîtrait tout tranquillement en transmettant la responsabilité de son passé à l'autre. Seulement, lequel des deux a été le premier ? À qui a-t-elle donné sa beauté virginale ? Discrète, comme les paysages de Levitan…

Dommage que ce ne soient pas ces paysages de Levitan qui entourent sa vie. Ici, où que l'on regarde, c'est la forêt ; elle est aussi impénétrable que celle qu'avait cru voir Anna quand, se préparant à son opération risquée, elle se sentait suspendue au-dessus d'un abîme béant. La différence, c'est qu'ici, elle se sent maîtresse à part entière car elle connaît par cœur tous les sentiers, tous les chemins.

L'automne arrivant, Anna laisse son mari du jour garder maison et terrain, et part à la chasse aux champignons.

Elle attend l'aube – dans l'obscurité son œil droit opéré voit mal. Là encore, son médecin traitant ne s'est pas trompé, sa vue a notablement baissé. Elle revêt un vieux ciré, chausse des bottes hautes, prend dans la resserre un panier en osier. Naturellement, pas celui qu'elle avait abandonné près de la souche au serpent, pourrie depuis quelque dix ans ; quoi qu'il en soit, elle a peur de s'en approcher. Pourrie ou pas, mieux vaut la contourner de loin. Elle suit d'abord un chemin sablonneux jusqu'au ruisseau qu'enjambe une passerelle faite de rondins. À première vue, solide. En fait, vermoulue, elle aussi. Son nez flaire une odeur de pourriture détrempée. Anna se dit : « Pour moi, ça ira, mais plus tard… »

Les champignons se dissimulent dans l'herbe. Ici, au cœur du silence de la forêt automnale, au milieu des champignons, ses habitants muets, une illumination descend sur Anna : elle se souvient de son fils, son petit garçon disparu. De façon incompréhensible, son souvenir est lié aux champignons. Pourquoi ? Anna ne s'appesantit pas là-dessus. Des idées aussi stupides pourraient bien nuire à Pavlik, briser son destin aussi fragile qu'une mine de crayon.

Mieux vaut penser aux champignons. Nobles et uniques en leur genre, au sens que chacun d'entre eux diffère de son frère né sur la même parcelle de la froide forêt automnale ou sorti entre les racines d'une même souche. En quittant le chemin principal, Anna espère tomber sur une petite famille de cèpes ou sur une nichée de gaillards bolets rudes. Elle chemine sans se presser, regardant attentivement à ses pieds, les yeux braqués sur la terre humide. Elle remue l'herbe fanée à l'aide d'un bâton ramassé en chemin.

Là, dans les couches profondes d'humus odorant et d'aiguilles de pin se cachent de minces filaments de mycélium ou, plus simplement, l'hyménium, qui – comme la cause et la conséquence – donne naissance aux champignons. Les gens âgés et expérimentés affirment que l'hyménium ne disparaît jamais. Même durant les décennies vides où l'on a beau errer, se baisser devant chaque petite souche, chaque petit buisson, on ne voit alentour que des paxilles. Anna les dédaigne. Chacun sait qu'ils emmagasinent les radiations ; à côté des dangereux paxilles on peut voir des russules, inoffensives à cet égard, et des cortinaires plus que douteux dont jadis personne n'avait entendu parler ni de près ni de loin. Pareils trophées n'embellissent guère un panier, mais rien à faire, il faut les prendre.

Escortée par le crissement de la mousse sous ses bottes, Anna s'enfonce dans la forêt. Les minces rayons de soleil qui se frayent un chemin à travers les cimes renfrognées des sapins, parsèment les petites collines et les monticules d'éclaboussures étincelantes – on a l'impression que la lumière ne coule pas du ciel, mais monte de la terre elle-même. Sans doute est-ce cela, la radiation, objet des avertissements des vieillards. Mais elle n'a pas envie d'y penser. Il est cent fois plus plaisant d'imaginer que c'est l'hyménium qui étincelle de la sorte. Il attend son heure pour faire surgir à la surface de la terre toute une couvée de splendides bolets : bolets des chênes, des pins, des bouleaux. Leurs dénominations sont variées, mais la visée est toujours la même : doter notre patient peuple champignonnesque des trophées les plus nobles qui soient. Grâce aux soins de maîtresses de maison chevronnées, ils viendront emplir de leur chair ferme des millions de bocaux de verre au couvercle vissé pour, marinés ou bouillis, réjouir enfants et adultes, durant tout notre long, parfois interminable, hiver.

Avait-il envie de rentrer ? À présent que tant d'années s'étaient écoulées, il préférait formuler la question autrement : plutôt oui ou plutôt non ? Quoi qu'il en soit, le dernier mot revint à Svetlana. Elle le rejoignit trois mois plus tard. L'argent de son père touchait à sa fin, il fallait prendre une décision. Chercher du travail ? Son père, qu'il avait de temps à autre au téléphone, insistait sur le fait que pour « ceux-là », qu'il continuait de craindre, trois mois n'étaient rien et il allait répétant : « Il faut attendre. Au moins jusqu'à la fin de l'année. »

Il se souvenait de ce qu'avait alors dit Svetlana.

– Tu t'ennuies de la mère patrie ?

Ni oui ni non. Il fit un mouvement de tête imprécis. Songeant moins à la question abstraite qu'elle lui posait qu'à sa propre mère. Comme si, pour le fils prodigue qu'il était, c'était la même chose.

– Intéressant – Svetlana enroulait une mèche de cheveux autour de son doigt. Et tu aurais l'intention de vivre où ? Dans ma famille ? Mince ! Tu sais, on n'habite pas un palace !

Elle tira sur sa mèche de telle façon qu'il lui sembla soudain qu'il n'y avait pas eu de métamorphose, qu'il n'était pas en présence d'un avatar de sa défunte mémé, mais d'une nénette ordinaire, amie de sa mère et qui convoitait son appartement.

Pour échapper à cette pensée délétère qui faisait se dérober le sol sous ses pieds, il se persuada qu'il s'agissait exactement du contraire : jamais Svetlana n'aurait accepté d'occuper ce logis fastueux.

D'ailleurs, elle ne protesta pas lorsqu'il déclara qu'il jugeait de son devoir d'aider sa mère matériellement, entre autres, de payer les charges de l'appartement afin de ne pas l'accabler de ce fardeau. Il passa sous silence ce qui se cachait en réalité là-dessous. Il ne s'agissait pas du mélange de tristesse et d'amertume que, tel un membre coupé, il éprouvait pour sa mère abandonnée, et, encore moins, de la promesse qu'il lui avait faite un jour. Non, c'étaient les économies volées, son péché à lui, son péché personnel (à la différence de l'autre, celui de son grand-père, parvenu jusqu'à lui au travers de l'épaisseur des temps). Un lourd péché, mais, pensait-il, rachetable. Ce péché devant sa mémé, lui, son petit-fils aimant et aimé, le choyait et le chérissait : mieux valait tout de même l'odeur du vol que celle du sang ! Et il l'expiait consciencieusement en virant de l'argent sur la carte de crédit de sa mère. En effet, en fin de compte, à qui seraient allés les milliers de roubles de mémé ? À elle et à personne d'autre !

Sa tâche était allégée par le fait que l'expiation n'avait pas lieu dans la réalité, où l'on remet de l'argent de la main à la main, mais dans un espace fantôme où les devises virtuelles de n'importe quel pays se transformaient facilement, en un seul clic, en roubles virtuels. Surmontant de la sorte l'espace qui le séparait de la mère patrie. L'espace, se disait-il, mais pas le temps. En dépit de tous les efforts, cette barrière hermétique restait infranchissable.

Et néanmoins, après chaque opération bancaire, quand il recevait confirmation que son argent était bel et bien « tombé » sur la carte d'Anna, il éprouvait un sentiment d'apaisement. Proche de celui qu'on ressent à la vue d'un feu de bois encore brûlant, mais qui a cessé de flamber : dans ses profondeurs, sous la couche de cendre et les morceaux de charbon noir, des étincelles vivantes rougeoient encore par instants, mais cela ne change rien au fait que le brasier est mort depuis longtemps.

Il n'aidait pas son père. Ni les premières années, quand il était pauvre comme Job, ni par la suite, quand il disposait de moyens considérables. Était-ce pour se venger d'un père qui avait laissé sa mère l'élever seule, sans aucun secours ? Probablement pas. Et certainement pas par avarice. Il y avait longtemps que la somme versée à sa mère dépassait de beaucoup celle qu'il avait dérobée. Non, ce n'était rien de tout cela. Il avait laissé son père livré à lui-même. Ou plutôt, au destin que son père s'était lui-même choisi (sa mère, pensait-il, n'avait pas eu cette possibilité) quand il s'était lancé dans ce jeu antique, vieux comme le monde, avec le diable sait quels « ils ». Et voilà. Qu'il le mène donc à son terme !

C'était donc une décision mûrement réfléchie. Pour bien montrer que lui, fils né hors mariage, descendant illégitime qui avait abandonné sa Patrie, ne se sentait pas impliqué dans le grand (petit rire) jeu de son père.

Pourtant, dans toutes les autres circonstances, c'était Svetlana qui, des deux, était la plus audacieuse. C'était elle qui avait insisté pour qu'il laisse tomber un travail aussi absurde que sans avenir pour se lancer sur l'océan cinématographique. Après avoir suivi des cours sur place, elle travaillait déjà dans un salon de coiffure où elle était appréciée car tous reconnaissaient à « cette jeune Russe » un talent et une maîtrise indubitables. À proprement parler, elle avait connu l'existence de l'Académie allemande de cinéma par une cliente régulière, dame extravagante qui adorait changer totalement de style. Elle avait exprimé un énième souhait et Svetlana, à ses risques et périls, lui avait choisi une nuance qui se révéla particulièrement heureuse ; la cliente, enthousiaste, lui parla – peut-être en qualité de bonus – de son fils, futur metteur en scène, qui était justement en train de tourner son premier documentaire.

En écoutant les propos de Svetlana, il haussa les épaules : c'était bien beau, mais l'argent ? Et, dans cet ordre d'idées, lui, il aurait préféré la National Film and Television School de Beaconsfield. Faute de mieux, l'Académie de cinéma des Pays-Bas. Il avait avoué ses préférences une semaine plus tard, et Svetlana en avait déduit que le grain jeté en terre n'avait pas péri (comme on pouvait s'y attendre), mais germé. Quoi qu'il en soit, ils durent renoncer aux cigognes des cieux britanniques et autres en faveur d'une mésange, moins désirable, mais, en revanche, parfaitement réelle. En Allemagne, l'enseignement était gratuit. Un an plus tard, ayant réussi les examens d'entrée, il rejoignit la Deutsche Film- und Fernsehakademie ; il ne devait jamais le regretter.

Les premiers temps, il eut l'impression de s'être lancé dans une navigation démente, sans gouvernail ni voilure et qui l'entraînait il ne savait où. Ce sentiment confus dura longtemps. Jusqu'au jour où une œuvre à lui, tournée au cours de sa troisième année d'études et présentée à un festival étudiant, obtint le premier prix d'un concours de courts-métrages. C'est à ce même festival qu'il rencontra son producteur, un excentrique, qui discerna en lui ce que, avec le temps, tous perçurent.

Après une deuxième récompense reçue à un festival, cette fois, « pour adultes », Svetlana déclara qu'elle était parfaitement heureuse. À présent, si quelque chose venait à lui arriver, il se débrouillerait sans elle. Une ombre passa sur le visage excité de la jeune fille. Il n'y attacha pas d'importance, mais il s'en souvint, bien des années plus tard, quand le médecin d'une clinique allemande où elle était en observation émit un diagnostic des plus sombres tout en les assurant tous deux que la leucémie n'était pas synonyme de condamnation.

Svetlana sourit faiblement.

– Ce qui, pour un Allemand, n'est pas une condamnation, pour un Russe est la mort.

Cette plaisanterie faite en russe n'était pas destinée au médecin qui énumérait les thérapies récentes, les médicaments efficaces permettant de venir à bout des maladies du sang et évoquait, pour finir, une probabilité de guérison, selon lui, élevée.

Ce jour-là, elle resta pour la première fois à la clinique. Avant de monter en voiture, il chercha des yeux sa fenêtre et eut l'impression de l'avoir trouvée.

Le soir, enfin rentré, il monta au premier étage de son appartement, passa de pièce en pièce, essayant de rassembler ses idées. Quelque chose d'important lui échappait, quelque chose en rapport avec sa mère. À propos de justice suprême. Incapable de se souvenir, il descendit, ouvrit machinalement le bar, se servit du vin. Rouge, semblable à du sang, le sang que les uns versent, tandis que les autres paient pour ce crime...

Interrompant ses maladroites tentatives, une voix murmura distinctement à son oreille : « Et il ne te vient pas à l'esprit que les gens enclins à la violence ont le sang empoisonné ? »

Il plissa le front, son épaule fut agitée d'un tic. D'un geste large, il jeta le contenu de son verre dans l'évier.

Impossible de compter le nombre de fois où la nature reprit ses cycles immémoriaux, de l'hiver au printemps, puis à l'été et à l'automne, pour revenir à l'hiver.

Par une sombre soirée d'hiver, Anna étala sur son visage une couche de maquillage et vit sa mère dans le miroir. C'étaient les mêmes rides profondes semblables à des plis, le même nez pointu surmontant des lèvres décolorées, pincées, réduites à un fil. Sa mère la contemplait d'un air de reproche muet. Pourquoi était-elle venue ? Pour reprocher à sa fille de n'être pas allée chercher ses cendres, de les avoir laissées dans la fosse commune du « jardin du souvenir » ?... Le lendemain, petite maman réapparut. Le troisième jour, Anna devina enfin que ces apparitions avaient un sens : pour elle, le temps était venu d'être une veuve.

Du reste, le veuvage ne lui pesait pas. Le plus étonnant, c'est que cette vie ne différait presque pas de celle dont elle avait pris l'habitude avant, quand elle était une femme mariée. Pour commencer, sur le plan matériel, elle n'avait pas souffert le moins du monde. L'argent tombait sur sa carte aussi régulièrement qu'auparavant. Anna savait, était persuadée que c'était Piotr Fiodorytch qui s'en était soucié : à la différence de l'autre, père de son Pavlik, lui, il avait les deux pieds sur terre.

Même après sa mort, Piotr Fiodorytch ne lui refusait rien. Dans le magasin d'alimentation jouxtant la gare, elle achetait tous les meilleurs produits en rayon : beurre, packs de yaourts aux fruits et même rondelles de saucisson fumé. Grâce à Dieu, maintenant l'approvisionnement était tel qu'on n'avait pas besoin de se rendre en ville.

Quand y était-elle allée pour la dernière fois ? Il y avait longtemps. La banque lui avait téléphoné que sa carte était sur le point d'expirer et qu'elle devait se rendre à l'agence la plus proche. En personne, munie de son passeport. En montant dans le train de banlieue, Anna se dit que c'était bien qu'une démarche de cette importance ne puisse pas être déléguée à un mari. Elle ne pensait pas, en l'occurrence, au père romantique de son Pavlik, mais à Piotr Fiodorytch qui lui demanderait probablement les clés. Avec sa force physique, il n'aurait aucun mal à défoncer un battant du chiffonnier. Justement, il lui avait demandé si elle avait de l'argent à elle, au cas où sa mère lui en aurait laissé. À cette pensée, la honte la saisit. Il avait posé la question. Et alors ? Cela signifiait-il qu'il en voulait à son argent et à ses biens, l'héritage de son père compris ?

Et pourtant, elle se sentait en quelque sorte plus tranquille avec les clés de l'appartement dans son sac.

Elle prit place dans la file d'attente. À peine avait-elle reçu un ticket portant un numéro, qu'elle se souvint : elle n'avait pas rendu la somme empruntée à crédit. Elle eut un instant de panique. N'était-ce pas le moment de tout abandonner et de s'enfuir en courant avant que les employés de banque n'appellent la police ? Surmontant à grand-peine cet accès de terreur, elle s'approcha du guichet. Les jambes en coton. L'aimable jeune fille qui s'y tenait ne dit pas un mot du crédit ; elle lui indiqua où signer et lui tendit le rectangle plastifié. En vérité, magique. C'était la seule explication de l'absence de dette.

Cela dit, avec le temps, elle s'arrêta à une autre version : la honte qu'elle avait infligée en pensée à son ancien directeur avait porté ses fruits. Sa conscience avait parlé et, une fois dans sa vie, il avait fait un acte désintéressé en lui octroyant un secours matériel.

Elle ne se résolut pas à entrer dans son appartement. Quelle ménagère voudrait voir ses objets familiers recouverts d'une couche de poussière ? En même temps, la poussière n'a rien de honteux, elle ne vous mange pas les yeux... Des tableaux de désolation lui vinrent à l'esprit plus tard encore et, par une étrange coïncidence, c'était quand elle menait une vie commune avec Piotr Fiodorytch.

Durant les brèves périodes où Anna était mariée au père de son fils, son appartement citadin était occupé par la grande famille unie de Pavlik, sa femme et ses nombreux enfants. Elle brûlait d'envie de faire un aller-retour à la ville, pour les voir, faire la connaissance de sa belle-fille, offrir de menus cadeaux à ses petits-fils et petites-filles. Mais chaque fois, quelque chose l'en empêchait : tantôt la gadoue printanière, tantôt la neige, tantôt la boue de l'automne ; quand il ne faisait pas soudain une canicule qui rendait l'air irrespirable. Elle n'en finissait pas d'attendre et, quand elle avait enfin choisi un moment favorable, pan ! elle avait déjà un autre mari, son gardien bien-aimé, dont la sollicitude lui assurait des bûches en quantité suffisante.

Maintenant qu'elle était veuve, il convenait d'économiser. Jusqu'à l'arrivée des grands froids, Anna ne touchait pas à sa provision de bûches, se contentant de pommes de sapin, par chance, si nombreuses dans nos régions nordiques. Pour ne pas se fatiguer les yeux en soulevant des poids, elle avait recours à une poussette dans laquelle son fils ou sa fille (en un mot, un de ses enfants) se « promenait » sur le balcon quand il était petit. Les premiers temps, quand elle allait en chercher, elle mettait dedans deux seaux de zinc avant de se rendre compte qu'il s'agissait d'un poids superflu et de jeter directement les pommes de sapin dans la poussette. Avec le temps, la vieille poussette lui devint un véritable soutien, un attribut imprescriptible de son être.

Toutefois, à certains égards, sa vie changea. Une veuve qui ne vit que *pour elle* n'a nul besoin de se faire belle. De mettre une robe élégante, de martyriser ses pieds enflés et las en les introduisant dans des escarpins serrés. D'autant que les armoires de la datcha regorgeaient de vieilles affaires. Portées, mais encore bonnes. L'hiver, Anna met une pelisse de mouton retourné ceinturée d'une corde ; à l'automne et au printemps, elle porte un manteau de cuir noir, sans doute trop long pour elle. Quand elle pourra, elle le raccourcira. Seulement, quand le pourra-t-elle ?

Pour les vêtements d'été, c'est plus difficile. On en sort un de l'armoire et, flûte ! il porte les traces d'un impudent festin de souris. Quoi que l'on prenne, c'est rongé jusqu'à la corde. Rien n'a échappé à leurs dents pointues. Il n'y a qu'à repriser, pourrait-on dire. Mais il y a beau temps qu'Anna n'a plus les yeux qu'il faut pour un travail aussi minutieux. Elle n'est capable que de trier et de suspendre sur des cintres. Dans l'attente de jours meilleurs. À propos de jours meilleurs, elle imagine qu'un beau matin, elle va se réveiller sans cataracte. Que les pellicules qui obscurcissent ses cristallins auront disparu. D'elles-mêmes, sans aucune opération. Que ne voit-on pas dans la vie ? Elle est bien placée pour le savoir...

Les habits ne sont qu'une infime partie de son héritage campagnard. La partie inhabitée du grenier est encombrée de meubles cassés : têtes de lit, plans de travail au revêtement stratifié gonflé et décollé, matelas debout, tas de chaises emmêlées. Quand elle monte au grenier, Anna a peur de se cogner, de se porter un coup perfide. Grâce au ciel, elle y va rarement, une ou deux fois l'an. Les dépouilles de meubles destinées à végéter exhalent une évidente et douceâtre odeur de décomposition qu'on ne saurait confondre avec aucune autre. Si on ne ferme pas la trappe hermétiquement, elle menace de se répandre au rez-de-chaussée où elle vit. De s'incruster dans la peau et les cheveux.

Parfois, Anna a le sentiment d'habiter un cimetière d'objets. En pareils jours, dès le matin, son cœur est plus lourd, elle a un poids dans la cage thoracique, et des pensées abracadabrantes gonflent ses tempes. Non, ce ne doit pas être un cimetière, mais un purgatoire, mot mélodieux où vit l'espoir du rachat. Et si, là-haut, dans son grenier, tous les débris des objets qui ont survécu à leurs anciens propriétaires mouraient en paix avec Dieu et avec les hommes ? Leurs âmes coupables se purifient de leurs péchés terrestres avant d'entrer au paradis.

Par bonheur ou par malheur, les idées de ce genre passent. Et Anna regrette de n'avoir pas su s'en débarrasser à temps. En s'adressant à son mari, Piotr Fiodorytch, qui aurait mis tous ces meubles cassés à la poubelle. En tout cas, les plus encombrants. Et aurait fait brûler les autres dans le poêle.

Cependant, son champ de vision se rétrécit lentement mais inexorablement. N'était-ce la poussette à laquelle Anna s'appuie quand elle va ramasser des pommes de sapin dans la forêt ou faire ses courses à l'épicerie, elle ne se risquerait probablement pas à franchir la barrière. Elle a particulièrement peur en hiver, quand les bas-côtés disparaissent sous la neige ; il suffit de se tromper, de prendre la mauvaise rue ou de trébucher : on peut crier tant qu'on veut, personne ne viendra vous aider. Durant les mois d'hiver, la vie est suspendue ; le bourg attenant est à moitié vide.

L'été, quand les vacanciers sont tous là, un autre fléau guette Anna : de juin à août, les gamins la poursuivent. De méchants petits sauvages. Ils lui courent derrière en criant :

– *Maman fol-le ! Maman fol-le !*

À peine leurs glapissements arrivent-ils à ses oreilles qu'elle rajuste sa jupe, et rabat nerveusement sur son front le fichu bariolé sous lequel elle cache ses cheveux qu'elle a cessé de couper depuis longtemps, et qui pendent en mèches grises, crasseuses et embroussaillées.

Le danger est vraisemblablement exagéré. La meute de petits tortionnaires se tient à bonne distance. Au moins, il ne leur vient pas à l'esprit de la pousser, de la frapper ou de lui lancer une pierre. Toutefois, pesant de tout son poids sur sa poussette, Anna se hâte de s'arracher à leur présence, perdant dans sa précipitation ses chaussures avachies, trop larges pour ses pieds osseux et las.

Ces pertes ne l'ennuient pas particulièrement. Sous le lit de la chambre du fond, il y a un sac de toile plein de chaussures usées on ne sait par qui. De pointures et de configurations des plus diverses : depuis des sandalettes marron clair (comme en portaient jadis les adolescents dans les camps de pionniers) jusqu'à d'imposantes chaussures d'homme. Ces dernières années, aux petites chaussures, Anna préfère de gros souliers bien larges, qu'elle choisit parmi les mieux conservés. Avec de solides contreforts et des bouts qui ne se décollent pas.

Avant d'enfiler une énième paire, Anna en ôte les lacets. Elle craint de trébucher si, à Dieu ne plaise, ils venaient à se défaire…

Un jour, c'est arrivé. Le malheur, ce n'est pas d'être tombée, mais, quand elle s'est relevée, en se rajustant, elle a déchiré le sac, le fameux sac cadeau qui, de toute façon, était à bout de souffle avec son bleu foncé décoloré et sa dorure à moitié effacée. En se rendant au magasin d'alimentation, elle le prenait toujours avec elle. Dans l'espoir que les parents des petits sauvages l'apprécieraient et rappelleraient à l'ordre leurs rejetons déchaînés. À présent que cet espoir s'est effondré à son tour, Anna a réuni les morceaux, les a dissimulés sous le petit matelas de la poussette et a versé des larmes amères. Sans doute pour la première fois depuis les funérailles de maman.

Elle marche sur le chemin de terre, sans regarder alentour ni songer à ses tortionnaires. Ce jour-là, quelque chose s'est brisé en elle. Ou plutôt, déchiré. Comme si elle était un sac en papier, une enveloppe vide où l'on ne peut plus rien mettre, ni un passé qu'elle s'est inventé ni un futur qui n'existe pas.

Anna n'avait pas remarqué que le sentier qu'elle avait pris montait. Elle ne s'en rendit compte qu'une fois arrivée en haut de la colline.

Depuis cette imposante colline dont elle n'avait jamais soupçonné l'existence auparavant, la vue s'ouvrait sur le bourg. Si elle avait eu les yeux perçants de jadis, elle n'aurait pas seulement distingué le château d'eau à la silhouette évoquant une tour de jeu d'échecs gigantesque ; pas seulement les barrières séparant les propriétés voisines ; pas seulement les toits inclinés, les proches et les plus lointains – dans une région de steppes, on aurait pu dire, filant au-delà de l'horizon. Mais, voilà, dans nos austères contrées nordiques, tout commence et finit par la forêt – pour l'édification de nos insouciants propriétaires de datchas qui s'imaginent que ces morceaux de terrain enregistrés selon toutes les lois et toutes les règles au cadastre leur appartiennent ainsi qu'à leurs descendants. Lourde erreur ! La forêt de conifères a plus d'un tour dans son sac. L'entrelacement de ses branches dissimule des projets perfides à long terme : reprendre ce qu'elle a perdu. Doucement, progressivement, pas après pas, ensemencer les terrains des datchas de ronces et d'herbes folles ; dans leurs broussailles luxuriantes, on ne distingue ni les futurs pins ni les pousses piquantes appelées à devenir des sapins centenaires.

Il fallut du temps à Anna pour prendre conscience que, dans cet affrontement feutré, elle n'était pas du côté des hommes. Depuis, elle monte sur la colline et, de ses yeux bientôt aveugles, comme bandés à jamais, elle inspecte l'espace habité.

Son visage est creusé de plis aussi profonds que des ravins.

En bas, au pied de la colline, s'affairent de petits hommes. Ils sont tous des enfants déraisonnables qu'elle a mis au monde et éduqués. Depuis longtemps, Anna ne fait pas de différence entre ceux de son sang et les autres. Elle est leur mère à tous, et tous, sans exception, sont à jamais ses débiteurs. Assise sur la terre nue à côté de la poussette vide complètement déglinguée, elle regarde les enfants qui jouent. Le sourire fugitif qu'elle tient en réserve est figé aux commissures de ses lèvres sèches et crevassées. Il y a dans ce sourire autant de désintérêt que de dédain.

Encore un ou deux ans, et le détachement qu'elle éprouve pour ses enfants déchaînés fera place à une indifférence absolue. Anna se dit : « Rien à faire, tel est le décret qui préside à leur peu enviable destin. »

Quoi qu'il en soit, Svetlana, sa protectrice, celle en qui il avait placé sa confiance dans le monde des choses, se révéla avoir vu juste. Pour finir, il se débrouilla. Il se persuada de la traîtrise des choses. Elles oublient leurs précédents propriétaires. Quand ceux-ci meurent, elles se transforment en accessoires.

Métamorphose cardinale. Cet art, lui, virtuel Seigneur des choses, il le possède à la perfection. Et peut en persuader les autres. Tel est l'avis de son si pragmatique producteur.

Cela l'arrange. Que son producteur pense que les principaux personnages de ses films sont des êtres vivants… Lui sait que non.

Comme il sait que, dans le monde imaginaire qu'ils s'étaient créé et protégeaient jalousement des étrangers, Svetlana était pour lui une bonne épouse, l'unique à voir juste.

Et pourtant, il s'étonna quand, peu de temps avant sa mort, elle lui dit soudain :

– C'est très heureux que nous n'ayons pas eu d'enfants.

– Pourquoi ?

– Comment ne comprends-tu pas ? Tout ça va finir avec nous.

Il aurait pu lui répliquer que ce n'étaient pas eux qui avaient inventé « tout ça », mais Svetlana s'était déjà retournée vers le mur et il se tut.

COMPOSITION ET MISE EN PAGES
NORD COMPO À VILLENEUVE-D'ASCQ

CET OUVRAGE A ÉTÉ ACHEVÉ D'IMPRIMER
SUR ROTO-PAGE
PAR L'IMPRIMERIE FLOCH À MAYENNE
EN AOÛT 2024

N° d'impression : 105270
Dépôt légal : septembre 2024

Imprimé en France